KB236727

전환기의 한국문학과 비평상황

이 인 복 외

국학자료원

목 차

새 천년과 한국문학의 대응 방안

생태환경과 한국문학

1999년 전반기의 문제작과 비평

사이버문학과 탈장르의 현상

논단

◗창간사

자성과 전망의 새 걸음으로

이인복*

　많은 사람들이 문학과 문학 비평의 위기를 말하고 있습니다. 사실 우리의 근대문학이 신문이나 잡지에 발표되기 시작하면서부터 문학은 당대 문화의 찬란한 꽃이었고 문인들은 빛나는 스타였습니다. 그러나 현대 자본주의 시대의 문학은 그 영광을 비디오 문화에 빼앗기고 말았습니다. 한 편의 시나 소설 또 혹 수필이나 평론이 아무리 유명해도 영화나 텔레비전 드라마의 인기를 따르지 못하고, 문학인이 아무리 좋은 작품을 써도 그 명성은 탤런트를 넘어서지 못한다는 인상을 주는 것이 사실입니다. 과연 문학의 위기가 심각한 것으로 보이는 시대입니다.

　그러나 겉으로 드러나는 이러한 양상이 반드시 내면의 실제와 동일한 것만은 아닙니다. 문학의 위기 징표가 뚜렷한 시대이지만 누가 뭐라 하여도 그 이면에서 문학은 오히려 굳건히 살아 있으며 또 살아갈 것입니다. 그 어느 때보다 많은 사람들이 문학을 공부하고 창작하고 있으며, 모든 비디오를 비롯한 영상 문화의 밑바탕은 역시 문학이 담당하고 있기 때문입니다. 일견 문학이 죽어가는 것처럼 보이지만 문학은 넓은 영토를 굳게 지키고 있으며, 그 생명은 인류 정신 문화의 꽃으로 길이 이어질 것입니다.

---

*한국문학비평가협회 회장. 숙명여대 교수

이러한 문학의 지속적 생명력은 우리 민족의 현대사에도 분명히 드러납니다. 오늘의 우리 모두 기성세대들은 대부분 6.25 전쟁을 경험한 사람들입니다. 추위와 기근, 헐벗음과 배고픔, 이산과 실향의 아픈 역경을 견디며 살아 남은 사람들입니다. 전사한 남편이 유일하게 남기고 간 유산인 자식들을 혼자 길러낸 전쟁미망인들이고, 풀잎의 이슬처럼 산화한 아버지를 생각하면서 잠 오는 눈시울을 비비며 장학생이 되기 위하여 불철주야 공부해 낸 아들딸들입니다. 오늘의 기성세대들이 그 처절한 생존의 의지력을 무한으로 퍼마신 저력의 원천은 바로 좋은 문학이 먹여준 힘이었습니다. 원시적인 가난과 무너진 폐허 속에서 이 땅의 기성세대들이 먹고 자란 양식이 바로 좋은 문학작품들이었다는 말입니다. 필자의 삶이 그랬습니다. 만해 한용운의 시가 아니었더라면 삶을 포기했을 사람이 만해의 시를 먹으며 배고픔을 달래고 살아 남은 것이 바로 나의 삶이었다고 고백해야 합니다.

문학의 가치는 이런 것입니다. 슬픔을 위로하고 외로움을 달래주고 고통을 극복할 인내력을 줍니다. 사람의 마음을 감동시켜 생명력을 자생케 하는 자아 성숙의 힘을 줍니다. 좋은 문학 작품은 인생을 긍정하는 자세에서 어떤 방법으로로건 보다 높은 차원의 정신세계로 독자를 비상하게 합니다.

그런데 문학의 가치 확대에 이바지하는 장르가 비평문학입니다. 시나 소설이나 수필과 나란히, 아니 그보다 한 차원 더 높은 자리에서 문학이 가야 할 미래를 제시하는 예언적 역할 수행의 영역이 비평문학입니다.

비평은 독자에게는 친절한 안내자요 작가에게는 신선한 자극제인 동시에 문학사에는 엄격한 평가자입니다. 그럼에도 불구하고 창작문학의 발전도에 비해 비평의 그것은 너무나도 뒤지고 있다는 자괴스런 사실을 고백하지 않을 수 없습니다. 오늘날 한국 문단에서 비평은 그 막중한 역할에 비해 너무나도 무기력한 존재로 소외되고 있습니다. 비평이 없는 시대 또는 비평이 죽은 시대라는 말이 결코 헛소리가 아닙니다. 그것은 비평활동이 중단되었다는 이야기가 아니고 비평이 제 몫을 다하지 못하고 있다는 비판의 소리입니다. 이러한 비평의 불모현상은 문학의 위기 극복이라는 차원에서도 시급히 개선되어야 합니다.

문학이 진실을 거짓없이 표현하는 일이라면 비평가의 임무도 이런 기준자(尺)에서 어긋난 일이어서는 안됩니다. 창작의 진실과 비평의 진실과 행동의 진실은 하나의 줄기로 이어지는 미감(美感)의 진원이라야 합니다. 지금까지 '한국문학평론가'들이 이런 준거에서 어긋났다면, 이는 논리의 그물에서 포악한 행위를 일삼는 것과 다름이 없었던 일입니다. 물론 문학을 말하는 데에도 항상 많은 굴곡과 어려움이 있어 왔다는 암담했던 역사 현실을 변명으로 내세울 수도 있을 지 모릅니다. 그러나 문학은 정의를 바탕으로 해야 하고 정의를 바탕으로 미래의 당위와 비전을 제시하는 역사의식이 문학 비평가의 양심이 되어야 합니다. 시대적인 특수성에서 파생된 기형과 모방의 굴레를 벗어 내지 못하고 남의 이론에 편승하거나, 아니면 앞사람의 길을 따라가다 함정 빠지기의 일들을 다반사로 계속해 온 일들을 우리는 반성하지 않을 수 없습니다.

한국의 현대문학이 100년에 이어져 왔고, 이제 20세기를 접어 새로운 세기 그리고 새로운 천년기로 다가드는데도 변혁을 위한 조짐은 별로 보이지 않습니다. 이런 답보의 걸음은 편견과 아집의 굴레를 벗어나지 못하는 자기만의 성 쌓기라는 이기주의에서 일탈하지 못한 고루함에 원인을 둘 수 있을 것입니다. 학연과 지연 등의 패거리 구분에서 지금까지의 한국 문학비평은 무엇을 얻고 또 무엇을 했는가 하는 의문에 명료한 답안을 제시할 근거가 없다는 점에서 망연자실할 뿐입니다.

이러한 시기에 뜻을 맞추어, 비평의 제 자리 찾기를 위해 뜻있는 비평가들이 새롭게 모여 <한국문학비평가협회>를 만들고 『문학비평』 창간호를 발간하게 되었습니다.

새로이 출발하는 <한국문학비평가협회>는 지금까지의 어긋난 논리의 함정을 경계하고, 진실한 행동의 일치를 문학의 땅에 명료하게 대입하려 합니다. 이는 지금까지의 한계에서 벗어나는 일이 거창한 이론을 수립하자는 것이 아니라 제자리 돌아보기라는 작은 자기발견으로부터 <한국문

학비평가협회> 전진의 발걸음을 조심스럽게 새로 시작하자는 것입니다. 문학의 땅에 새로움이란 어의는 타당성에서 어긋나는 말일지라도, 새로운 자리를 펴고 새롭게 일을 시작하자는 의미를 늘상 앞세우는 것도, 변화를 위한 목표에 계속 고민하자는 결단의 근거가 될 것입니다.

이는 문학 특히 죽어가는 한국문학비평을 되살리자는 시대적 사명에서 비롯된 것입니다. 우리의 이 자성적 첫걸음이 모름지기 한국문학의 유구한 흐름에 무한 발전의 디딤돌이 되기를 소망합니다. 이제 『문학비평』은 냉철한 객관적 자세를 견지하면서 한국문학의 문제점을 찾아내고 그 올바른 방향을 제시해 나갈 것입니다. 또한 소외되는 장르가 없도록 유의하면서 수평적 시각을 확대하고 전통의 창조적 계승에도 소홀함이 없도록 수직적 시각도 겸비할 것입니다. 한편 서구 지향적 문화종속주의에 함몰되지 않도록 유념할 것입니다.

무릇 새싹은 연약한 법이지만 역경을 이겨내면 그 열매는 육신과 영혼을 지키는 긴요한 식량이 됩니다. 그러하기에 우리는 『문학비평』이라는 어린 싹을 튼튼하게 길러내기 위하여 혼신의 노력을 다할 것입니다.

대학의 강단에서 문학을 가르치는 사람들, 문단의 평론 분과에 등단한 분들은 모두 우리의 새 가족들입니다. 관심 있는 분들을 가족으로 초청합니다. 우리 한국문학비평가 공동체는 문학하는 가족들의 사랑으로, 성장 촉진될 것입니다.

1999년 10월 1일

존재 근거를 항상 추구하는 비평지

문덕수*

한국문학비평가협회가 발족하면서 기관지 성격의 비평문학지를 발간하려고 한다. 동기나 목적이 사회적·문학적 필요성에 뿌리내리고 있고, 설득력을 공유할 수 있는 분명한 타당성이 있다면 문학단체나 비평단체의 발족은 있을 수 있고, 또 발족 동기나 목적을 실현하기 위한 문학지나 학술지를 가져도 좋을 것이다.

문학지든 비평지든, 그러한 잡지나 논문집을 내면서 계속 '왜 이것을 내는가' 하는 자문을 하며, 끊임없이 자기의 존재 근거를 모색해야 할 것이다. 그저 시인들의 작품이나 비평가들의 논문을 모아 그때그때 배설하는 것으로 만족해서는 발행 목적의 설득력이나 타당성이 점점 줄어들어 세인의 관심 밖으로 밀려나가고 만다. 이것이 계속되면 그때는 끝장이다.

끊임없이 자기존재 근거를 모색한다는 것은 무엇을 의미하는가. 그것은 발행 목적을 지키고 실현하는 일이며, 사회나 문화의 변화에 따라 발행 목적의 부단한 변화의 추구이고, 그 목적의 재정립, 그리고 그 지속성을 의미한다. 이를테면 부단한 문제제기, 기존의 평가에 대한 이의 제기, 논의와 논쟁의 활성화, 새로운 가치·이념·방향의 모색 등은 비평활동의 본질적 영역이며, 이것은 부단한 발행 목적의 탐구에서만 가능한 것

---

*전 펜클럽 회장.

이다.

　한국문학비평가협회의 비평지가 20세기를 마감하고 새 천년, 새 세기를 맞으면서 발행되는 의의는 자못 크다. 한국의 현대문학도 과거와 미래를 불문하고 새로운 맥락을 찾는 전망과 조정이 불가피하다. 어떤 의미에서는 고통과 고민이 수반할지도 모른다. 새 천년, 새 세기를 맞으면서 발행하는 시대적 의미를 깊이 반추하면서 문단과 학계에 공감대를 확대해 갈 수 있도록 발전하기를 바란다.

새 시대의 비평지이길

이유식*

　본 협회에서 기관지 『문학비평』을 창간하게 된 것을 진심으로 축하드립니다. 그리고 남다른 새로운 감회가 들기도 합니다. 특히 감회가 새로운 점은 연전에 본인이 관계했던 조그마한 모임이었던 <한국문학비평가회>가 본 협회와 서로 깊은 연관이 있기 때문이기도 합니다.

　몇 년전, 20여 명의 비평가를 회원으로 하여 순수 친목단체인 <한국문학비평가회>를 결성한 바 있었습니다. 아다시피 타 장르에 비해 비평가들의 수가 적을 뿐 아니라, 극히 개인적인 활동에만 치중하다 보니 이렇다할 교류가 없는 점을 못내 아쉬워해 왔습니다. 동년배나 선후배간의 끈끈한 인간관계가 매우 허약하다는 사실을 누구나 느끼고 있었습니다. 그래서 모여진 이 단체는 1년에 2, 3차례 정도 모여 서로 정보교환도 하고 근황도 확인하면서 정을 나누어 왔습니다. 그러다가 금년에 꼭 친목단체로 만족할 것이 아니라 본격적으로 협회로서 새 출발하는 것이 어떻겠느냐는 여러 회원들의 뜻이 있어, 이를 과감히 확대 개편키로 하여 탄생한 것이 바로 본 협회입니다. 이런 자초지종이 있는 본 협회에서 이번에 옥동자가 탄생하게 되었으니 어찌 감회롭지 않다 하겠습니까.

　비평이 침체되고 위기를 맞고 있다는 소리가 높습니다. 각 문학지를

---

*배화여대 교수

보더라도 비평이 제 자리를 잃고 있습니다. 한 나라의 문학의 발전이 비평문학의 치열성이나 활성화에 있음을 상기해야겠습니다. 이제 창간호가 나오게 되었으니 앞으로 치열한 현장비평을 통해 옥석을 구분해 내는 노력을 보여야 하리라 보며, 또 비평의 지도성을 한껏 발휘하여 우리문학이 나갈 길을 명쾌히 밝혀 주어야 하리라 봅니다.

한 마디로 2000년대를 열어갈 비평전문지가 되었으면 합니다. 시작이 반입니다. 무궁한 발전을 기원합니다.

새 천년과 한국문학의 대응 방안

한국문학의 새 천년과 대응 방안
－정리와 전망

서익환*

1

한국문학의 새 천년과 대응방안에 대한 논의는 먼저 그 논의의 대상과 범위를 설정하는 것에서부터 시작되어야 한다. 왜냐하면 새 천년에 형성될 한국문학에 대한 전망과 대응방안은 지나간 천년에 형성된 한국문학에 대한 정리와 평가를 전제해야 하기 때문이다. 그러므로 본 논제의 대상과 범위는 20C 한국문학과 21C 한국문학으로 한정시키는 것이 가장 합리적일 것이다.

여기서 그 대상과 범위를 20C와 21C로 한정짓는 까닭은 19C말과 20C의 세계문학이 급격한 정치적·사회적·문화적 변화, 그리고 첨단 과학문명의 발달을 배경으로 새롭게 형성되었듯이 한국의 현대문학도 19C말 개화기의 정치적·사회적 변혁을 바탕으로 성립되었고, 20C 전반의 일제식민지 공간과 1945년 해방공간 이후 이데올로기적 양극화와 한국전쟁과 휴전, 민주주의에 역행한 반민주적, 반인권적 독재정권 등의 시대적·역사적 혼돈을 배경으로 형성되었기 때문이다.

그러므로, 20C 한국의 여러 정치적·사회적·문화적 변혁과 격동의 소용돌이 속에서 형성된 한국 현대문학을 21C 한국의 미래문학으로 계승,

---

＊한양여대 교수

발전시키기 위하여 우리는 그것에 대한 올바른 평가를 내리고 정리할 필요가 있다. 그리고 이러한 작업은 21C 새 천년의 한국문학을 전망하고 그 대응방안을 확립하는데 기초가 될 것이다. 따라서 본 논제를 보다 효율적으로 분석, 해명하기 위해 그 대상과 범위를 해방 이전의 일제 식민지 공간과 해방 이후의 분단시기로 나누고자 한다.

2

문학은 인식이다. 자아에 대한 인식이고 현실에 대한 인식이다. 한국의 현대문학도 이와 같이 작가의 자기인식과 현실인식에 기초하고 형성되었다. 더구나 우리의 현대문학이 형성된 시기는 일제 식민지 공간이라는 특수한 상황이었기 때문에 작가의 그것이나 민족정신이 총체적으로 위축되고 위협당한 시기였다. 우리의 주권과 민족자존의 생존권 및 인권이 박탈당하고 민족의 역사와 문화 창조의 원천인 우리말과 글을 빼앗기는 민족사 미증유의 치욕과 수난을 당한 극한 상황 속에서 작가들은 그래도 조국광복이라는 한 줄기 희망을 갖고 민족정신과 민족혼을 문학을 통해 구현했다. 따라서 20C 전반기의 한국문학은 대한제국 말에 잉태된 개화기 신문학, 민족정신과 민족혼에 대한 인식과 각성을 배경으로 성립된 '20년대의 민족문학과 사회주의 리얼리즘 문학, 그리고 서구 지향적 근대문학, '30년대 일제 군국주의의 탄압으로 카프(KAPF)문학의 퇴조와 모더니즘 문학의 본격화 양상, '40년대 초 일제 황민화 정책에 의한 친일문학과 저항문학들로 성격 지을 수 있다.

결론적으로 20C 전반기의 한국 현대문학은 식민지 통치라는 특수한 공간에서 형성되고 성장한 일종의 영양결핍증 환자라 할 수 있다. 한국의 현대문학은 그러나 1945년 조국광복이라는 해방공간에서 자유롭게 우리의 말과 글을 가지고 우리의 현실과 삶을 형상화시킬 수 있는 모습을 갖추게 되었다. 물론 여러 가지 국내외 정치, 외교 및 이데올로기적 상황으로 인해서 민족주의 문학과 프롤레타리아 문학으로 양분되어 문학의 순수성에 대한 새로운 논쟁이 일어났고 1950년 6·25 한국전쟁 이후 순수와 참여 곧 문학과 현실의 대립 갈등이나 '60년대에 대두된 군사문화, 즉 군부지배이데올로기와 기존의 지식인들의 담합으로 형성된 그것이나 이러한 상황에서 작가의 현실인식은 문학성, 예술성에 근원한 문학적 자기 발견보다 정치적·사회적 자아 성찰에 관심을 쏟게 된다.

그런가 하면 '70년대의 정치적·경제적 사회적 상황, 분단에 대한 제반 민족적 이데올로기의 문제제기, 사회 계층적 지배이데올로기에서 초래한 상대적 빈부의 격차는 시의 경우 민중시와 노동시의 태동을 유발시키고 참여시를 강화시킨다. 이와 같은 시적 상황은 언어적 해체와 일상적 경험의 획득, 시의 역할 내지 기능의 재정립, 그 방법으로 시형식의 개방을 모색, 시어와 일상어를 동일하게 보는 시의 산문화 경향을 통해 무절제의 미학을 추구하는 특성을 갖게 한다.

그러면 '70년대와 '80년대 한국시의 특징은 무엇인가. 앞에서 언급한 바와 같이 '80년대 한국시는 '70년대 그것의 계승과 초극에서 보아야 한다. 최동호 교수는 <80년대 시의 회고와 전망>(현대문학, 1986.9)에서 '80년대 시가 '70년대 시의 극복인가 계승인가에 대해 민중시가 전환의 고비를 맞게 되었다고 지적하면서 '80년대 전반에서의 시적 활성화란 민중시가 몰고온 열풍이라고 본다. 그리고 '80년대 중반을 넘어서 우리의 시는 현실에 밀착된 강변적 외침과 현실과 동떨어진 자기 탐닉의 도락 사이를 머뭇거리게 된다고 지적한다.

또한 최하림 교수는 위의 문제를 논하는 자리에서 '70년대 시와 '80년대 시의 차이점을 첫째 시는 정치적 특성을 매우 짙게 반영하고 있다고 지적한다. 그는 '70년대는 이 시대의 유신체제와 같이 매우 중앙집권적이었던 데 반해 '80년대는 시운동 내지 시 작업의 움직임이 다원적이고, '70년대가 <창비>, <문지>를 중심으로 강력하게 문학의 이데올로기화를 지향하고 있었다면, '80년대는 아나키해서 어떤 절대적 이념, 절대적 섹트도 거부하여 시형식에도 그대로 반영된다고 보았다. 또 '70년대 시가 언어나 내용에 있어서 부정적이고 언어나 형식이 단순 적재하다면 '80년대 시는 언어도 형식도 복잡해지고 내용도 부정성을 방법적으로 나타내려 한다고 지적한다.

결국 '80년대 한국시는 '70년대 그것의 계승과 초극에서 특성을 찾아야 한다는 결론에 도달하게 된다. '80년대 전반부는 민중시·참여시들이 내성적 자세를 보인 반면 후반부에는 새로운 방향모색이 추구되고 상대적으로 문학성·예술성을 회복하려는 몸부림이 일어난다.

군부독재의 정치적 경제적 폭력구조에 대항하여 형성된 '80년대의 민중문학 노동문학의 경향은 '90년에 들어와 군부독재의 종식과 함께 투쟁대상을 상실하고 새로운 방향을 모색하는 태도를 보이게 된다. <창작과 비평>의 계열문인들이 새로운 전향적 선언을 함으로써 '90년대의 시문학은 순수서정시의 경향으로 복귀한다.

이상에서 한국 현대시문학의 성격과 흐름을 정리, 회고해 보았다. 다음으로 한국 현대소설의 그것들은 어떠한가.

20C의 한국 현대소설은 시문학의 흐름과 특성과 동일한 맥락에서 진단이 가능하다. 그러나 비평문학은 이들 창작문학의 영역과는 다른 각도에서 형성·전개되어 왔다. 다만 지면관계상 여기서는 생략하겠다.

문학은 인간탐구라는 불변의 본질을 바탕으로 창작된 예술이다. 특히 소설은 인간의 삶을 탐구하는 대표적 장르이다. 20C초 신소설에서 잉태된 근대소설의 싹은 1920년대를 기점으로 이광수의 계몽주의적(인도주의적)소설과 김동인의 자연주의적 소설에서 본격적으로 근대소설로서 성장한다. 따라서 1920년 소설의 주체적 특성은 일제식민통치가 유화적·문화적 회유책으로 전환되면서 개인주의적 절대자유에 바탕한 세계인식을 기초로 한 낭만주의, 유미주의, 소시민적 사실주의 성격의 소설군과 일제에 저항하는 참여적 의지와 이데올로기적 인식을 기조로 한 마르크스주의적, 사회주의적 리얼리즘의 성격을 띤 소설군으로 양극화된다. 이러한 양극화 현상은 문학의 순수성을 옹호하는 민족주의 국민문학파와 카프(KAPF)파간의 순수·비순수의 문학논쟁을 가져오게 한 계기가 되었다.

1930년대의 문학적 특징을 몇 가지로 언급하면, 일제가 군국주의 정책으로 식민정책을 전환시킨 시기였고, '20년대의 순수 민족문학 진영과 카프파의 양극화 현상이었던 문단 조류가 카프파인 회월 박영희와 팔봉 김기진의 카프 탈퇴 선언으로 양극화 현상이 퇴조되었고, 순수문학과 대중(통속)문학으로 새로운 성격이 조성되었다. 이러한 가운데 구인회(九人會), 三四문학, 순수문학 등의 새로운 문학운동이 전개되었다. '30년대의 소설은 이러한 문단상황 속에서 성장했다.

1945년 조국광복 후 해방공간에서의 소설문학은 '20년대 일제 식민지 공간에서 형성되었던 양극화 현상을 그대로 보여 주었다. 임화, 이태준, 김남천 등이 중심이 된 조선문학가 동맹과 유치환, 김동리, 조지훈, 서정주, 조연현 등이 중심이 된 순수 민족문학을 재건하기 위한 청년문학가협회, 한국문학가협회 등이 그것이다. 이와 같은 양극화 현상은 1950년 6월 25일에 발발한 소위 한국전쟁으로 전자가 북한으로 월북하면서 50년대의 한국문학은 하나의 가닥을 잡게 된다.

따라서 '50년대 소설의 주체적 성격으로 6·25한국전쟁을 체험한 작가들의 인식세계를 들 수 있다. 그리고 여기서 형성된 작가들의 현실인식은 서구의 실존주의 문학 특히 프랑스의 실존주의 문학으로부터 세차게 불어닥친 실존주의 문학에 힘입어 인간의 존재문제로 발전한다. 그리하여 인간의 심미적 정서를 바탕으로 한 순수미학의 세계를 추구한 소설군과 실존주의적 성격을 띤 소설군 곧 부조리의 미학과 반항적 인간형을 탐구하는 현실폭로적 소설군으로 형성되었다. 환언하면 '50년대 작가들은 전쟁체험과 거기서 제시된 인간의 가치나 존엄성이 어떻게 전쟁이라는 비논리적 양심에 의해 파괴되고 망가지는가를 예리한 역사의식과 휴머니즘 정신으로 폭로한다.

'50년대 현대소설의 시작이 '50년 6·25 한국전쟁에서 비롯되었다면 아이러니하게도 '60년대 그것은 '60년 4.19 학생혁명과 '61년 5.16 군사쿠데타로 비롯되었다.

'60년대 소설은 '50년대 소설이 추구한 인식세계와는 다른 모습을 보여준다. 그것은 첫째는 정권을 잡은 지배이데올로기에 의해 철저하게 차단되어온 남북분단의 문제에 대한 논의가 작가(최인훈의 <廣場>)에 의해 새롭게 제기되었다는 점이고, 둘째는 군사정권에 저항하는 저항적, 사회참여적 경향의 소설이 그것이다. 결론적으로 '60년대 소설의 주체적 경향은 실존적 리얼리즘(이문구, 정을병, 신상웅 등)으로 성격지을 수 있다.

'70년대의 작가들이 추구한 인식의 세계는 하나는 '72년 10월에 불거져 나온 유신정책에 맞닿아 형성된 시민적 저항의식과 민주주의를 갈망하는 민중의식에 바탕을 두고 형성된 리얼리즘의 세계이고, 다른 하나는 근대화 정책의 중심축으로 군사정권이 추진한 경제의 고도성장이라는 상업화 정책에 맞닿아 형성된 상업주의적 성격이 그것이다. 이와 같은 현실적·사회적 지배이데올로기는 계층간의 갈등과 상극의 벽을 두껍게 쌓는 원인이 되었고, 소외감과 패배의식으로 국민들을 몰아넣는 결과를 초래했다. 결론적으로 '70년대 소설의 주체적 성격은 소외계층, 패배의식에 사로잡힌 계층들이 닫힌 사회에 대항하는 모습을 형상화한 세계와 정치적 무의식 속에서 안주하려는 상업주의적 리얼리즘을 추구한 세계로 분류할 수 있다.

'80년대 소설은 '80년 광주항쟁을 기점으로 정치적·사회적 현실을 어떻게 해석할 것인가에 초점을 맞추어 형성되었다. '80년대 소설은 따라서 시문학이 추구한 세계와 동일한 맥락에서 회고와 반성이 가능하다. '80년대의 그것은 첫째 정치적 폭력, 둘째는 경제적 폭력 등에 대항하기 위한 목적으로 형성된 민중적 서민의식의 투사라고 성격지을 수 있다. 노동문학, 민중소설, 닫힌사회를 열린사회 곧 인간의 생존권, 자유의지가 존중되는 민주화 열망을 추구한 시민적 리얼리즘에 초점을 맞추고 형성되었다.

20C말인 '90년대의 한국 현대문학은 시나 소설 등 대부분의 장르에서 정치지배이데올로기나 경제지배이데올로기로부터 벗어나려는 국민들의 순수한 정신세계를 주체적 성격으로 다루고 있다. 다시 말하면 서정적 리얼리즘 또는 휴머니즘적 리얼리즘이 그것이다. 물론 이러한 문학적 태

도는 정치적·경제적 성향과는 거리가 먼 것이다. 더구나 '90년대 말의 사회구조는 '70년대의 산업사회지향 일변도 정책처럼 전체적 사회구조의 개혁에 지향된 것이다. 국가 정책이 문화의 기초구조인 기초학문의 질서를 배제시키고 물질지향적 응용학문의 질서만을 우선화하는 정책이 그 것이다. 이러한 정책의 수행과정에서 비롯되는 결과는 자명한 것이다. 곧 인간경시 풍조, 정신문화의 퇴화현상이 그것이다.

따라서 '90년대의 소설은 열린사회로 가는 전환적 시점이고 20C를 마감하고 21C 새 천년을 설계해야하는 시점이기도 하다. 그러므로 21C 문학과 문학인들이 화두로 삼아야 할 것은 이와 같은 첨단과학의 추구라는 일방통행적 정책 내지 의식구조에서 희생물이 된 인간성을 회복시키기 위한 정신무장과 강력한 투쟁이다. 인간정신을 보존하고 진작시키고 본래의 자리로 환원시킬 의무와 책임은 문학과 문학인밖에 없다. 작자는 작품을 통해 인간과 인간, 인간과 사회, 인간과 자연이 상호 신뢰성을 구축하고 관계를 순수화하는 원동력을 탐구해야 한다.

위에서 20C 100년의 한국 현대문학을 두 개의 시기로 구분하여 일별해 보았다. 결론적으로 일제 식민지 공간에서 형성된 한국 현대문학은 정치적·사회적 악조건하에서 생성된 영양결핍증적 성격을 띤 문학이라면 분단기의 그것은 절름발이적 민족문학이었다고 규정지을 수 있다. 남한의 문학이 다양성을 띠고 형성·전개된 점에 비해 북한의 그것은 획일성과 목적성 및 교시성을 띠고 형성·전개되었다고 하겠다.

3

그러면 21C 새로운 천년의 한국문학은 어떻게 전개될 것인가. 21C를 맞는 한국문학의 미래를 전망해 볼 때 다른 영상매체 곧 멀티미디어의 확산으로 여러 면에서 위협받게 될 것이라는 점을 예측해야 한다. 왜냐하면 이미 그러한 징조가 나타나고 있기 때문이다. 이러한 시점에서 21C를 전망한다는 것은 결코 수월한 일이 아니다. 따라서 21C의 문학을 전망하기 위해 문학을 본질적인 면과 외적인 면으로 나누어 가름하는 것이 좋을 것 같다.

문학은 인간을 탐구하고 인간의 삶을 창조하는 예술이다. 사회적 흐름이나 시대적 성격이 아무리 물질지향적이고 배금주의적이라 하더라도 인간의 본질은 불변하기 때문에 결과적으로 모든 현상은 인간 존재 그 자체로 회귀하게 마련이다. 따라서 21C를 맞아 인간의 삶이 소비문화나 영상문화에 의해 지배당한다 해도 인간의 본질 그 자체는 불변하기 때문에 문학은 인간성 회복을 위해 인간탐구에 심혈을 기울이고 앞장서는 문학 본연의 자세를 확고하게 견지해야 한다. 다시 말해 인간성의 회복에 포커스를 맞추어야 한다. 이러한 문학적 사명을 달성하기 위해 문학인들은 다른 정신적·인문학적 분야와 손을 잡아야 한다. 종교로부터 진리와 사랑을 도덕으로부터 선을, 철학으로부터 인간의 삶과 죽음, 존재의 심오한 본질을, 역사로부터 인간정신의 흐름이나 역사 창조의 근원을, 심리학이나 정신분석학으로부터 인간의 근원적 욕망, 근원적 정신이 어떻게 문화의 틀이나 사회구조에 반응하는가 등 인접분야와 보다 더 적극적으로 관련을 맺고 탐구해야 하지 않을까. 이러한 노력은 신실존주의적 경향을 띤 문학의 등장을 전망할 수 있다. 그런가 하면, 20C 후반 프랑스를 중심으로 세계문학의 새로운 바람을 일으킨 탈구조주의와 탈모더니즘은 기존의 정치구조나 경제구조 혹은 역사의식을 과감하게 해체하고 인간을 2항대립적 혹은 2분법적 지배이데올로기로부터 자유롭게 하려는 의지를 보인 진실로 20C를 마감하고 21C 새로운 천년을 예고하는 예언과도 같은 성격의 문학경향이었다. 그러므로 21C 새로운 천년의 문학은 멀티미디어나 사이버 영상 등 과학논리에 위축된 인간존재의 재발견이라는 기치를 높이 들고 출발해야 한다.

또 한편 소비문화와 과학논리의 지배이데올로기로 인하여 파괴된 인간정신의 회복이 문학을 통해 재건되어야 한다. 인간이 내면 깊숙이 간직하고 있는 무의식적 욕망을 문학은 달래주고 풀어주는 해법을 발견해야 한다. 20C가 인간이 세계를 지배한 시기라면 21C는 인간이 자기들이 창조한 고도의 과학문명에 의해 지배당하는 시기가 될 것이다. 그러므로 문학은 소비문학과 고도의 과학문명과 공존하기 위한 정신적·정서적 해법을 탐구해야 한다. 그것은 새로운 정신분석학적, 철학적 세계와 손을 잡고 인간을 탐구하는 문학적 본연의 자세를 회복해야 한다고 본다.

이러한 노력을 통해 인간의 과학화, 물질화를 저지하고 인간의 순수 존재를 복원하는 문학자의 사명을 수행해야 할 것이다. 21C라는 새로운 상황에 대처하는 문학, 곧 다양하고 포괄적 성격의 문학을 창조해야 한다. 그것은 장르를 초월한 문학의 창조를 의미한다.

다음은 외적인 면, 곧 소비문화 시대요, 멀티미디어 시대인 21C에 걸 맞는 문학의 전달방법이나 표현기법 등은 무엇이고 어떻게 해야 할까. 21C는 분명 20C의 문화적·문명적 성격과는 다른 모습으로 전개될 것이라는 점에 의구심을 가질 사람은 없다. 이미 그러한 예측을 가능케 하는 여러 현상들이 나타났기 때문이다. 유전공학의 발달로 복제인간의 출생이 가능해졌다든지 멀티미디어 시대를 맞아 여러 분야에서 기존의 틀을 해체시키고 새로운 기법과 틀을 창조한 것 등이 그것이다. 21C는 멀티미디어 시대이다. 멀티미디어 시대에는 출판문화, 인쇄매체에 의한 문학의 전달기법은 철저하게 무시되거나 배척당할 가능성이 크다. 더구나 21C의 과학문명은 공간성과 시간성을 초월하여 인간의 삶을 지배할 것이기 때문에 초고속화 시대에 걸맞는 전달기법을 찾아야 할 것이다. 문학이 전통적으로 지탱해온 문체나 형식이나 기법들을 어떠한 형태로 변형시켜 소비문화시대의 독자들을 끌어들일 것인가를 우리 모두가 탐구해야 한다. 20C까지 누려온 문학의 시각적 기법은 21C에는 시각적 기법과 이제 청각적 기법을 다 만족시키는 영상화 매체인 멀티 미디어를 통해 받아들여야 할 것이다. 환언하면 시각과 청각을 조화시킨 전달기법이 문학을 주도할 것이다. 다만 여기서 우려하는 점은 시의 경우는 가능하지만 소설의 경우는 장편이나 단편이나 모두가 분량이 많기 때문에 멀티미디어 기법에 의존한다는 것은 문제가 많다. 문학은 다른 장르의 예술과는 달리 시각을 통해 문학이 주는 미학적 요소들을 음미하는 예술이기 때문이다. 그러므로, 여기서 소설은 출판 인쇄매체상의 어떤 전달 방법이 강구되어야 하리라.

참으로 20C를 마감하고 21C 새로운 밀레니엄을 맞는 한국문학의 앞날은 평탄치 않은 험난한 미래가 될 것이다.

새 천년과 시적 대응 방안
-변화를 위한 한국 시의 대응 전략

채수영*

1. 새로운 것은 있는가

새롭다는 의미는 언제나 기대와 설렘으로 맞아야 한다는 당위성이 있지만 때로는 두려움도 있을 것이다. 기대와 설렘은 지금까지의 익숙했던 것들을 돌려보낸다는 의미가 있을 것이고, 두려움은 새로운 것과의 조우(遭遇)에서 오는 갈등이나 혹은 예상을 벗어나는 자기 중심적인 두려움이 있기 때문일 것이다. 전자는 친근했던 것에의 이별이라면 후자는 새로운 장면을 맞으려는 발상일지라도 둘의 구별은 결국 보수적인 것과 진취적인 것과의 갈등을 예상하는 말로 압축된다. 그러나 현재는 지나가고 새로운 것은 다가오는 이치를 외면하고 살아갈 수는 없다는데서 변하는 것을 두려워해서는 안될 것이다.

문학의 땅도 이런 대립과 현상, 고정을 위한 상극이 상존하고 있다. 그렇다면 인간이 살고 있는 땅에 새로운 것이란 무엇이고 또 낡은 것이란 개념은 무엇인가? 여기서 새롭다는 것과 낡았다는 것의 차이에는 엄정한 구분을 확정 지울 수 있는 방도가 없게 된다. 왜냐하면 우주의 질서란 인간이 만들어 놓은 개념에 불과하고 또 이런 개념이 다만 인간의 편의

---

*신흥대 문창과 교수

적인 현상이란 점에서 가변적인 일이기 때문이다. 새롭다는 것도 단지 현실을 벗어나는 일에 불과하기 때문에 굳이 특별한 현상으로 치부할 수 있는 일이 아닐 것이다.

문학에서도 항상 새로운 세기를 구획하는 이름들이 탄생하지만 엄정하게는 고전주의적—이성, 과학, 합리에서 낭만—환상과 이방적인 혹은 낭만적인 현상 등을 왕래하면서 과거와는 다른 이름 붙이기를 좋아하는 일에 불과하기 때문이다.

새로운 것은 없다. 이렇게 명제를 정해 놓고 보면 어제와 오늘 그리고 내일이란 개념도 사실은 연장선상에서 다른 이름을 붙이기 좋아하는 호사가들의 흥미 욕구에 불과한 것이다. 그러나 새로운 것은 항상 다가온다. 이렇게 단호한 입장을 앞세워 보면 항상 새로운 것으로 밀물져 오는 신기함 속에 살고 있는 일이다. 그렇다면 이 둘을 편의적으로 구분하는 일은 절충 속에서 이성적인 판단을 앞세우는 일이 필요할 것 같다. 아울러 문학의 땅은 인간이 살고있는 현실을 반영하는 거울보기의 예외가 아니기 때문에 위와 같은 논리는 필요를 긍정해야 할 것 같다.

2. 이대로 좋은가?—반성으로부터

인간에게서 역사라는 의미는 언제나 과거를 반성하고 또 미래를 예견하는 말로 시작한다. 어떻든 찬사의 뜻이기보다는 과거가 어떻게 잘못되었기에 미래는 어떻게 진전되어야 한다는 논리로 마감하려는 것이 역사와 인간의 관계가 될 것이다. 그러나 어떤 수식사를 동원하여 꾸민다 할지라도 "이대로 좋은가?"의 질문에서는 긍정보다는 부정을 앞세우는 결과가 될 것이다. 왜냐하면 인간사는 모순과 불합리 그리고 고통을 혼합하여 살아가는 일이 고작이기 때문이다. 그렇다면 인간의 모두를 문자로 표현하는 문학의 땅에서도 인간의 삶의 원리와 동일한 상관은 벗어나는 일이 아닐 것이라는 유추로 들어가게 된다.

한국 문학—시에서도 결코 이대로는 안된다는 강한 부정이 나열되어야 '이대로'의 현재 상황을 어떻게 개선해야 할 것인가의 해답을 마련할 수 있기 때문이다. 아울러 다가올 새 천년의 확실한 기저를 확립하기 위해서 지난 세월의 표정을 점검하는 일은 비단 온고지신을 위한 뜻만은 아닐 것이다.

한국 시는 일제 치하라는 특수 상황에서 이중성을 갖는 태도를 견지하면서 출발—사회 상황을 외면한 문학적인 태도와 이와는 다른 태도를 가진 이데올로기 그룹 등을 문학의 터전으로 함께 통합할 수 있는 계기를 일탈하고—물론 이육사나 한용운의 경우는 당시 문단의 아웃사이더이면서도 해방 이후에는 시문학의 중심을 점하는 현상을 맞게 된다. 이런 기형성은 일제하 한국 현대시의 위치가 몸조심하면서 조국을 되찾는 독립운동과 일치하는 면을 보게 된다. 그러나 해방 이후에 한국 시와 이론은 다시 외래 지향이라는 함정으로부터 독자적인 시의 영역을 확보하고 있는 가에는 의문이 앞선다. 여기서 한국 시의 문제는 과거에서 오늘이라는 공간까지 우리적인 것이 무엇인가를 숙고하는 시간이 필요할 것이다. 요컨대 문학적인 본질에 접근하기 위한 '태도'의 문제는 항상 문제이자 여기서 해답을 마련하는 계기가 유추되어야 한다는 점이다.

3. 유추로부터—예술 이데올로기의 시대를 위해

현대를 일러 아노미의 시대라 말한다. 기존의 질서가 무너지고 또 무너지는 것을 개성으로 생각하는 측면과 이를 부당한 측면으로 생각하는 대립의 개념이 상충하는데서 오는 갈등은 오늘의 사회적인 특징이면서 이를 어떻게 극복할 수 있는가에서 미래를 예견할 수 있게 될 것이다. 다시 말해서 새로운 시대의 의미는 과거와 현재를 어떻게 바라보는가의 시각에 따라 다른 답안을 마련할 것이다. 이는 새로운 공간을 향하는 일이 오늘만의 단편적인 문제가 아니라 과거와 현재 그리고 미래를 한 묶음에서 평가해야만 미래를 예상할 수 있기 때문이다.

초근목피의 가난과 고통 속에서 생존의 문제가 당위성이었던 시대가 물러가고 90년대 이후는 전환을 위한 조짐들이 나타나고 있다. 이는 생활의 패턴이 일상생활에서 정치나 경제의 함량이 현저히 줄어들고 이 자리에 문화 예술의 비중이 증대되는 현상으로 변모되어 가고 있다. 다시 말해서 경제적인 풍요는 필연적으로 레저와 고급 문화를 위한 욕구를 어떻게 증대시킬 수 있을 것인가의 좌표에 삶의 질을 설정하게 된다. 이런 전제하에서 다가오는 세기를 위한 몫이 무엇인가를 점검한다. 이런 접근은 결국 부분적인 한계를 극복할 수 없다는 가정을 부정하지 않으면서 출발한다.

4. 한국 시의 현상은 무엇인가

1) 변화의 와중에서

시의 변화는 주로 표현의 기능을 살피는데서 파생되는 문제를 거론한다면 이는 사회의 변화와 무관한 것이 아닐 것이다. 가령 농업사회의 정서를 언어로 표현하는 것과 산업 사회의 특성을 표현하는데는 우선 감수성의 표출과 수용에 다름이 있을 것이다. 그렇다면 오늘날의 문화는 컴퓨터가 의식을 지배—사이버 공간을 유영하는 꿈의 시대로 변모되었을 때, 시의 기능과 역할이 어떻게 창작에서 변화를 가져야 하는가의 여부가 대두된다. 가령 소월의 시『진달래꽃』이 1920년대의 정서에서 오늘의 정서와 부합한다고 강변할 수 있을 것인가? 여기엔 보편성의 문제로 풀어낼 수 없는 거리가 발생하고 있다. 문학의 땅은 감동을 전제로 생명을 이어가게 되기 때문이다

90년대 이후 문학 판도에 변화는 엘리트 중심에서 대중적인 현상으로 문학의 판도가 변했다는 점이 가장 두드러진 문제일 것이다. 이는 문학의 대중화라는 점에서 좋은 일이지만 문학의 질적인 하향을 초래했다는 점도 수반하게 된다. 잡지 자유화 이전에는 문인으로의 등단은 화려한 영광과 그에 따르는 문학의 수준도 일정한 평가를 득할 수 있었지만 잡지 자유화 이후엔 누구나 작품을 창작할 수 있는 기회를 제공받게 된다.

다시 말해서 마음만 먹으면 얼마든지 시인과 소설가 혹은 몇 개의 타이틀을 동시에 패용하는 시대로 변했지만 정작 수준의 여부는 부정적인 면으로 고개를 돌리게 된다. 작금에 발표되는 문학지의 지면은 차라리 보지 않는 편이 현명한 시대처럼 보이는 졸작의 행진이 이름 석자를 달고 횡행한다. 이런 현상이 쉽게 가라앉을 상황도 아니고 또 그럴 조짐은 망연할 뿐이라는데 한국 시의 우울이 자리잡고 있다. 물론 우후죽순의 문학지가 없는 편보다 있는 편이 낫다고 생각하는 점에서 시대적인 현상을 극복하는 문제가 전제되어야 할 것 같다. 다시 말해서 잡초 속에서도 양질의 초목이 자라는 것과 같이 졸작들의 행진 속에서 눈에 띠는 작품이 자랄 수 있는 풍토의 조성이 있어야 한다는 의미가 된다. 물론 이런 강변은 논란의 여지를 많이 가지고 있음도 사실이다. 이런 견지에서 문학의 장치적인 문제를 거론하게 된다.

다시 말해서 시의 대중화 즉 엘리트 중심의 시에서 독자 중심의 시로 변모했지만 독자의 증가와는 판이한 바, 이는 잡지의 증가에 따른 추세 반영—거름 장치의 부재를 지적하게 된다. 이는 평론의 부재가 주는 질서 부재의 문학 풍토를 지적할 수도 있다. 한국의 평론은 문학의 전 장르에서 가장 험악한 말을 들어야 할 정도—명분도 기준자(尺)도 없는 건달들의 행진과 같이 대학의 패각 속에서 군림하면서 안주하고 있기 때문이다. 학술 논문과 평론은 다르고 달라야 하겠지만 이 둘을 분간하지 못하는 일이 다반사의 경우에 글들이 횡행하고 있다는 뜻이다.

2) 문학의 땅은 변해야 한다 – 변화의 근거

컴퓨터의 출현은 시대와 간격을 일거에 변화시킨 20세기말 인류사의 획기적인 발명품일 것이다. 다시 말해서 20세기까지의 문화적인 형태의 변화는 농경 문화에서 산업 문화로 이어지는데 걸리는 시간이 20세기까지—연필. 만년필. 볼펜의 입체 문화였다면 컴퓨터의 출현은 자판의 평면 문화로 전환하면서 남성만의 전유물에서 남녀 공유 문화로의 전환에 따른 문제—필연적으로 중성화의 길을 재촉하게 되었으니 그 변화의 시간은 언제나 순간적이었다.

문학은 사회를 담고 표현해야 하는 임무를 부여받았지만 정작 지금의 문학은 무엇을 하고 있는가를 물을 때 망연해지는 이유를 감지해야 한다. 즉 한국 문학의 현상은 과거지향의 패각 속에서 안주하는 모습이 다반사라는 말이다. 가령 pen은 과거의 필기 도구의 주요한 형태였다면 이는 곧 권력을 상징하는 도구로 상징된다. 이는 남자 생식기의 명칭—penis와 같다는 등식에서 문학의 전유물이 남성만의 것이었다면 20세기 후반에 나타난 컴퓨터의 출현은 이른바 중성화의 길을 만들게 되었고—컴퓨터의 자판은 터치의 문화라는 데서 필기 도구의 혁명은 곧 인간 의식의 혁명을 초래하게 되었다. 문학의 그릇은 사회의 변화를 담고 표현하는데서 떨어질 수 없는 상관이라는 점에—문학의 변화 또한 필연적인 현상이 되었다. 문학의 변화는 이미 시작되었고 더욱 요동치는 변화를 목도하게 된다. 그러나 문학인들만은 이런 변화에 매우 둔감하다는 말이다.

현대인의 삶은 컴퓨터에 의지해서 살아갈 수 밖에 달리 도리가 없다. 이는 컴퓨터에 의해 이루어지는 점에서 땀흘리는 노동의 문화가 아니라 머리로 살아가는 버튼 문화 혹은 터치의 문화로 전환했다. 이는 인간 의식을 컴퓨터에 저장하고 맡기는 점에서 인간의 의식구조가 강인하고 명상적이고 끈질김보다는 나약하고 심각하기를 원하지 않으면서 표피적이면서 순간의 변화를 쫓아가는 찰나 문화에 익숙해진—변화의 속도에 먹히우는 퇴화되는 인간—길고 깊고 명상적인 것을 회피하는 단순하기를 원하는 심성으로 이미 젊은 세대는 변화되었다.

이런 일들이 합리적인 것이라면 시의 변화 또한 필지의 것이 될 것이다. 깊고 철학적인 머리로의 시이기보다는 보고 듣는 것으로 감동을 주는 쪽으로 변해야 한다는 사실이 성립하게 된다. 이른바 어려운 고전을 만화로 읽는 대학가의 현상을 나무랄 수 없는 현상이 되었다. 그렇다면 한국 시의 변화에 대응하는 전략은 무엇인가? 여기엔 여러 각도의 접근이 가능하겠지만 사회의 변화를 도외시하고 접근하기는 어려울 것 같다.

몇 개의 가정으로부터 시작한다.

3) 가정

가. 문자 기능의 쇠퇴와 멀티포엠 혹은 사이버문학

문학의 가장 큰 특징은 문자를 사용한다는 것이 지금까지의 전통이었다면 문자의 역할에 영상 매체로의 변혁을 가져올 세기가 예상된다. 가령 문학(literature)이라는 말의 어원이 문자(letter)로 표현―문자를 통해서 사상과 감정을 표출하는 것이었지만, 이런 추세가 얼마나 변혁의 물결을 수용할 수 있는가의 여부는 영상 문화의 범람 속에서 미래를 쉽게 예상할 수 있을 것이다. 다시 말해서 문자의 경우는 사고력에 집중되는 특징이 있지만 영상 매체는 시각성으로 집중되는 상이한 현상으로 나타난다. 즉 문자는 사고를 요하면서 감동의 파장이 장시간을 요한다면, 영상은 순간적인 美感을 자극하면서 감동의 파장이 짧게 되는 차이가 있다. 이런 예상은 영상 매체 시대를 살아가는데서 어쩔 수 없이 문학의 변모를 촉진하게 될 전망이다. 인터넷을 통한 사이버문학이 표현의 중심을 이룰 가능성도 예상해야할 당면문제이다. 아울러 문학의 변모도 독자의 입맛을 부추기는 추리물이나 쉽고 패스트푸드적인 햄버거형의 간편한 포장과 센세이셔날한 일회성 문학이 판도를 좌우할 것이고―이런 추세의 바탕은 컴퓨터라는 표현의 도구가 지배 요소로 등장―고뇌의 산물이 문학이라는 전통적인 현상이 무너지면서 감각적이고 환상적인, 낭만풍의 문학 표정이 과거와는 다른 감수성을 자극하게 될 것이다. 이런 근거는 현대인의 심리적인 조급성에서 이유를 발견하게 된다. 즉 긴 것 그리고 복잡한 것, 심각한 것, 명상적인 것이나 철학적인 것을 외면하려는 특성에서 지금까지의 문학의 판도와는 다른 현상을 재촉―지금도 안 읽혀지기 때문에 명작이라는 <신곡>이나 <실낙원> 등의 고전을 시험이나 극도의 필요성이 아니면 읽을 수 있는 시간이 없다는 현상을 대입하면 앞에서 지적한 21세기의 예상을 가능하게 할 것이다. 문자와 영상의 혼합―멀티 형태로의 변화로 이어질 공산이다. 이는 긴장과 조급증에 빠른 변화를 추구하는 독자를 위해서 시인의 창작 의도 또한 변해야 한다는 점에서 변화의 타당성이 있다. 그러나 조미료적인 기능으로 전락할 가능성을 어떻게 극복할 수 있는가의 여부도 병행해서 생각해야 할 것이다.

나. 전원으로의 귀환

인류사는 복잡에서 단순 혹은 단순에서 복잡을 순환하는 형태로 진행한다. 20세기말까지의 문화는 복잡을 향하는 고도한 과학메카니즘의 시대였다. 현대를 리모컨의 시대―지금까지의 리모컨의 형태는 여러 기능을 나열하는 형식이었다면 이는 과학을 최대로 이용하는 기능을 뽐내는 형태에서 점차 이런 기능을 소화하고 사용하는 사람은 없을 것이다. 여기서 다시 단순한 기능을 선호하는 쪽으로 옮아가게 된다. 또한 도시적인 형태는 과학과 편리라는 요구에 부응하는 쪽에서 점차 탈 도시의 심리적인 인간의 마음이 도시에서 전원으로의 귀환을 서두르는 최근의 현상―예술인들이 편리하고 안락한 도시를 떠나 시골로 돌아가는 심리적인 상태에서 생태적인 발견 이는 문화의 발달에 따른 인간 생존의 노래 쪽으로 변하게 된다. 시의 표현도 이런 추세를 이미 반영하는 작품들이 비중을 갖고 있다. 생명 의식의 고취라는 점에서 **Vital Art**라는 현상이 힘을 얻을 것이다. 이점에서 생태학적인 문학의 관심―결국 전원으로의 귀환을 서두르는 작품들이 우세할 것이고 이런 징후는 이미 진행되고 있다.

다. 테마 시의 필요성

작금에 시인들의 숫자는 기억할 수 없는 양으로 팽창하고 있다. 이는 등단의 절차가 과거와는 다른 점으로 변모한 점에서 시의 질적인 변화도 따르게 되었다. 가령 잡지 자유화 이전의 등단은 그 자체가 문학 엘리트로 인정을 받았고 또 그런 수준을 유지하는 작품을 생산했다는 점에서 고귀한 혹은 희소의 가치로 판정을 받을 수 있었지만 잡지 자유화 이후의 등단은 마음만 먹으면 '등단'이라는 명칭에 다가갈 수 있다는 사실―작금에 문단을 장악하는 문인들은 거의 잡지 자유화 이후의 신인들에 의해 좌우되고 있다. 그러나 작품의 수준에서는 도저히 따르지 못하는 질적인 문제—여기서 특정한 엘리트만의 생산과 소비의 문학에서 누구나 즐길 수 있고 생산할 수 있는 호사가의 문학으로 소비와 생산의 일원화가 되어 버렸다. 양적으로 많다는 것은 곧 이름을 쉽게 기억할 수 있는 방법에서 과거와 달라야 하고 또 다름을 인식하지 못하면 살아 남지 못하는 시대로 변모했다. 자기만의 시적 영역의 독자성을 확보하는 일이 필요하게 되었다면, 여기서 테마 시의 필요를 갖는다. 현대는 다양화의 영역이고 세분화에 따른 변화를 이해하고 수용하면서 살아가기에는 시간이 없는 시대이다. 시인은 자기만의 독특한 상표를 부착하는 전문화의 시대를 이해해야 한다는 뜻이다. 일정한 테마의 시를 자기 상표로 부착하는 지혜가 살아남기의 방법과 상통한다는 점이다.

라. 탈장르의 변화

외모를 보고 남자와 여자를 구분하는 것은 불가능하게 변하고 있다. 문학에서도 이런 가정은 필지의 현상으로 대두될 것이다. 지금까지는 시면 시 소설은 소설이라는 명확한 칸막이를 가지고 창작했다. 그러나 이런 현상을 실제로 장르 구분이 불명확한 현상으로 변하고 있고 또 변할 것이다. 그렇다면 시의 분량과 소설의 분량에서의 차이를 넘어 하나로 통합되는 방법은 결론부터 말하면 수필화라는 점으로 나타날 것이다. 그렇다면 수필의 특성을 이해하는 절차에서 탈 장르의 변화를 예견하게 된다.

가령 가사문학의 경우 형식에서는 산문적인 분량이었고, 그 내용에서는 4.4조의 리듬을 가졌다는 점에서 운문에서 산문으로의 과도적인 예였다면 미래의 시 역시 이런 변화에 다가갈 소지는 충분할 것 같다. 이런 원인은 긴장에 견디지 못하는 현대인의 심리적인 특성의 대입과 시의 특성에서 오는 상징과 비유라는 특징을 이해하려는 노력보다는 단순한 형태의 문학에 심취할 가능성이 많을 것이다. 어렵지 않고 무겁지 않고 심각하지 않고 복잡하지 않고의 문학적인 형태가 미래의 문학의 영토에 주인이 될 가능성은 수필적인 시 혹은 수필적인 분량의 작품이 타당할 것

이라는 예상이다. 그러나 그 표현의 고민은 결코 수필로 포함되는 것이
아니라 개성의 표정을 나타내야 한다는 점에서 지난(至難)한 예견이 될
것 같다.

5. 새로운 가정법—미래의 손짓

1) 문학의 보편화

지금까지의 문학 풍토는 서울이라는 중심에 모아 드는 기능을 수행했
고 이런 추세가 지방이라거나 서울이라는 이분적인 형태로—오로지 서
울을 바라보는 문학의 풍토였다면 이런 추세는 문학 인구의 확대에 따른
紙面의 한계를 극복하기 위해 동인지의 활성화를 가져왔고, 또 90년대에
접어들어 잡지의 양산은 신인의 대거 진출에 따른 급격한 문학 인구의
팽창을 초래하게 되었다. 여기서 필연적으로 자기 체온 데우기의 同人의
다양화는 미처 감당할 수 없을 정도의 문단 질서에 혼란 현상을 초래했
다. 여기서 문학의 땅은 전문가와 독자로 이분되는 현상이 아니라 구분
이 애매해지는 하나로의 현상을 갖게 될 것 같다. 다시 말해서 누구나
즐기는 형태인 딜레탕트적인 요소로 귀환하면서 창작과 소비의 동시적
인 관계로 변모될 것이라는 점이다.

이런 추세를 뒷받침하는 이유가 개인 컴퓨터의 급격한 보급과 인터넷
—누구나 자기의 의견을 개진할 수 있고 또 표현할 수 있는 무한 자유의
표현 시대로 진입한다는 점이다. 아울러 책을 제작하는 일이 마음만 먹
으면 얼마든지 이름 석자를 달고 만들어 낼 수 있는 구조적인 현상을 도
외시할 수는 없을 것이다. 이와 같은 문학의 보편화는 결국 범람하는 홍
수의 우려를 가질 수도 있지만 자연법칙은 문학의 땅이라 해서 예외로
치부되지는 않을 것이다.

2) 가정법의 실현 조건

미래를 예견한다는 것은 성공과 실패의 확률을 동시에 휴대하고 있을 것이다. 그러나 미래를 바라보는 근거는 항상 현실을 충실하게 살고 있는 예지를 필요조건으로 갖추어야만 가능하다. 지금까지 한국 문학은 외부 지향의 성향을 내부로 돌리는 통찰의 눈을 필요로 하고, 또 이런 기저 위에서 독창적인 개성을 나타낼 수 있게 된다면—반성으로의 자기 돌아보기가 전제되지 않고서는 새로운 기류에 침몰할 가능성이 있다. 아울러 자기가 살고 있는 시대의 아픔을 느끼지 못하는 한 시대 '밖'을 바라보는 안목을 가질 수는 없을 것이다. 이런 견지에서 새로운 변화는 두려운 것도 아니고 또 위험한 것도 아닌 통과해야만 할 의례일 것이다. 다만 자각의 문패를 걸고 앞을 내다보는 통찰력의 시선을 가질 때 새로운 시대에 의미를 부여하게 될 것이다.

한국 문학의 미래는 통일에 따른 의식의 혼란을 하나로 통합하는 점과 시대의 추세를 수용하여 표현으로의 미학을 구축한다는 점에서 난제를 안고 있지만 또 기회의 조건이기도 하다. 문학의 특성은 고난과 고독 그리고 참담한 아픔 속에서 꽃의 향기를 제조하는 역설의 혈통을 갖고 있기 때문이다.

6. 나가면서

문학의 땅은 인간의 땅과 대응 혹은 수용적인 입장에서 변해 왔다. 다시 말해서 문학의 토양은 인간의 땅을 묘사하고 영감을 받으면서 존재했지만 정작 표현된 시나 문학은 다시 인간을 변모하게 하는 동력으로 다시 인간에게 영향력을 행사한다는 점에서 필요가 남는다. 미래의 사회는 이른바 사이버 공간에서 인간의 꿈을 실현하는—인간에게 3차원의 생존이 아닌— 차원을 넘나드는 세계가 열릴 가능성을 배제할 수는 없다. 지구의 땅을 밟고 살아가는 삶이 아니라 우주라는 공간을 떠돌면서 살아갈 수 있는 존재를 배제하지 않는 한 변화할 것이고 변모할 것이라면 문학도 이런 변모에 적응하는 대응의 자세를 가져야 한다. 물론 문학의 표현은 항상 삶의 장면보다도 수구적이고 뒤에 나타나는 청소부의 역할이었지만 역설적으로 예언하고 예상하는 인도자의 이중적인 기능을 수행해 왔던 원인은 문학의 상상력이라는 요소에서 찾을 수 있는 바,—문학은 인간의 상상력을 실현하는 도구였기에 인간의 땅에 사랑을 받는 요소로 작용했고 기능을 수행해 왔다. 이런 임무는 어떤 변화에서도 변함없는 관계로 남기 때문에 문학은 인간의 생존과 같이 시작했고 또 지속할 것이다. 여기서 문학의 기능은 인간의 땅을 변하게 만드는 요소로 작용한다는 점에서 문학과 인간의 관계가 불가분의 상태로 정립된다면 이런 상관은 앞으로도 계속 변함이 없을 것이다. 확실한 것은 20세기의 문학적인 변화보다 21세기의 문학적인 변화는 더욱 요동치고 더욱 심각하게 변할 것이라는 점이다. 깃털처럼 가볍지만 향기가 있어야 하고 반면에 둔중하고 사려 깊은 의미로 다가오는 문학의 영토를 마련한다는 것은 그만큼 선도적인 시인의 사명이 요구되는 이유도 될 것이라면 시인의 입지가 그만큼 어렵다는 뜻도 내포할 것이다.

새 천년과 시조문학의 대응 방안

문무학*

1. 새 천년의 세계와 문학

새 천년이 열리고 있다. 우리 앞에 성큼 다가선 천년은 큰 기대를 갖게 하기도 하지만, 매우 불안하게 하기도 한다. 기대와 불안을 함께 갖는 까닭은 무엇이든 '변화'할 것이라는 데 있다.

무엇이 얼마나 달라질 것인가 하는 의문이 그 기대가 될 것이며, 변화에 어떻게 적응할 것인가 하는 것이 불안의 원인일 것이다. 그렇다. 분명히 변할 것이다. 또한 속도도 빠르고, 범위 또한 넓어서 따라잡기가 결코 쉽지 않을 것이다.

미래학자들의 견해에 따르면, 새 천년에 예측되는 변화 중 가장 큰 것은 세계 질서의 재편이라고 한다. 이념은 이미 무너졌고, 경제에서 국경도 사라졌다. 따라서 200여개에 달하는 국민국가들이 상쟁(相爭)의 시대를 청산하고, 상생(相生)의 시대를 열어갈 것이라는 것이다. 따라서 몇 개의 문명권 단위로 지구의 질서가 재편될 것이라는 전망이다. EU 같은 것이 좋은 예가 된다. 국민국가가 인류 문제를 처리하기엔 역부족이기 때문에 서로가 협력하는 상생의 길로 가지 않으면 안된다는 것이다.

그런 가운데 급격한 사회변동이 이루어지면서 세계화는 피할 수 없는

---

*영남일보 논설위원.

명제가 되는 것이다. 따라서 문학도 세계화 내지, 같은 문명권에서의 위상 정립이 시급한 문제로 대두되게 되는 것이다. 우리의 경우 문명권 단위로 묶어진다면 원하든 원치 않든 중국, 일본과 함께 한자 문명권에 들지 않을 수 없게 될 것이다.

또한 새 천년은 '문화의 세기'가 될 것이라고 한다. 그러나 문화의 세기에서 문학은 결코 희망적일 수 없다는 우려가 있다. 그것은 문학 매체의 변화에 따른 문학 환경의 변화 때문이다. 문학은 인쇄 매체를 중심으로 발달해 온 것이지만, 새 천년은 영상 매체의 세계가 될 것이기 때문이다. 매체의 변화는 피할 수 없는 길이 된다. 따라서 문학은 종이에서 컴퓨터 화면으로 그 주소지를 옮기지 않으면 안되는 것이다. 그리고 붓으로 쓰던 시조를 연필과 볼펜 등으로 쓰다가 컴퓨터로 치는 것으로 바뀌게 되는 것이다.

우리 문단에서도 이미 시도되고 있는 컴퓨터 문단이 활성화될 것은 분명하다. 지금의 CD롬이나 문학방 정도의 것이 아니라 더욱 확대된 문학의 광장이 되는 것이다. 그런 문학은 지금의 문학과 판이한 양상을 띠게 될 것이다. 우리가 말하는 기성과 아마추어의 구분 없이 누구나 글을 올릴 수 있고, 익명성을 이용하여 화면에 떠오른 작품에 대한 작품의 비판과 감상 등이 여과 없이 화면에 떠오를 것이다. 문학의 주소가 종이가 아닌 컴퓨터 화면이 된다는 것은 참으로 무서운 일이 될 수도 있다.

그리고 컴퓨터에 문학 작품을 올린다는 것은 바로 문학이 세계를 향해 열린다는 것이다. 한글을 아는 모든 사람에게 읽혀질 수 있는 이른바 문학의 개방(開放) 시대가 되는 것이다. 이런 일은 작품을 컴퓨터에 올리는 사람에게 그만큼의 사명감을 요구하는 것이 되어 문학의 순기능적 역할을 담당하게 될 수도 있다.

그러나 새 천년 인류의 삶도 지금과 엄청나게 달라지지는 않을 것이다. 여전히 밥을 먹어야 할 것이고 잠을 자야 할 것이다. 단지 삶의 형태만 조금 달라지는 것 뿐이지 삶의 본질까지는 변하지 않을 것이다. 당연히 문학도 매체의 변화는 피할 수 없을 것이다. 그렇지만 삶의 문제를 다루는 본질은 바뀌지 않을 것이다.

2. 시대 변화와 시조

시조는 변화에 익숙해 있다. 시조가 원래 시절가조(時節歌調)였다는 사실은 그 내용면으로부터 온 것이지만, 형식도 시대 변화를 적절히 수용하면서 변화해 왔다.

> 가) 한 손에 가시를 들고 또 한 손에 막대들고
> 늙는 길 가시로 막고 오는 백발 막대로 치렀더니
> 백발이 제 먼저 알고 지름길로 오더라.[1]
>
> 우탁(1263-1342)

위의 작품 가)는 고려 말의 시조로 시조 형식이 정제된 후의 초기 작품이다. 이 형식이 조선 후기 실학 사상이 대두되면서 형식이 확장되는데, 다음의 나)와 같은 장형시조(사설시조)가 된다. 형식에서뿐만 아니라 내용면에서도 큰 변화를 일으키고 있다.

> 나) 간밤에 자고 간 그 놈 아마도 못잊어라/ 와얏놈의 아들인지 진흙에 뽐내듯이 사공놈의 정녕인지 사엇대로 지르듯이 두더쥐 영식인지 곳곳에 뒤지듯이 평생에 처음이요 흉중이도 야릇제라/ 전후에 나도 무던히 겪었으되 참 맹세하지 간밤 그놈은 차마 못잊어 하노라.[2]
>
> 이정보(1693-1766)

> 다) 山高水麗東半島는우리大韓帝國이오聖繼
> 神承五百年은우리大韓帝國이라아느냐二
> 千萬同胞들아忠君愛國.
>
> 白頭山아말드러라東方太祖네아니나金

---

1) 심재완, 『정본 시조대전』, 일조각, 1984. 827쪽.
2) 앞의 책, 19쪽.

剛九月智異妙香帝國其地天成이라더견
너富士山놉다마라海島一峰.

友古崔 <詩歌> 전문3)

다)는 일제강점 초기의 작품이다. 내용에서 민족 독립을 드러내면서 그것을 더욱 분명히 하기 위해서 종장 끝음보를 생략하고 종장의 셋째 음보를 축약, 4자성어 한문을 쓰고 있다. 4자성어를 쓰는 것은 종장 끝음보에서 생략하는 의미를 소리글자가 아닌 뜻글자로 보완하는 의미도 갖는다.

라) 위하고 위한 구슬
싸고 다시 싸노매라

때묻고 니빠짐을
님은 아니 탓하셔도

바칠제 성하옵도록
나는 애써 가왜라.

최남선 <궁거워> 9수 중 첫 수4)

라)는 최남선의 『백팔번뇌』에 실린 작품이다. 시조 형식이 정제된 시기의 형식과 같지만 시대 변화가 수용되고 있다. 제목을 붙인 것이라든지, 한 구를 한행으로 하여 한 장을 묶고, 초·중·종장을 자유시의 연처럼 구분한 것, 연시조를 쓴 것 등은 시대 변화에 적응하기 위한 장치인 것이다.

마) 묵직한 鐵柵門이 덜그덕 닫치는고나
도몰아 이는 시름 가슴이 메어지고

---

3) 대한학회월보 3호, 1908년 4월, 문예란. 임선묵편 『근대시조대전』, 홍성사, 1981. 59쪽. 재인용.
4) 최남선, 『백팔번뇌』, 동광사, 1926. 3쪽.

하룻밤 지내는 동안 적이 壽를 덜었다.

몹시 기다리다 아이들 편지 보니
八旬된 아버지 주야로 염려하시며
차디찬 방에 겨오셔 이 겨울을 나신다고.

아직도 閭閻에는 古風이 남았건만
팥죽도 없이 冬至도 지나가고
창살에 비끼던 별이 한 치 남아 자랐다.
　　　　　이병기 <洪原低調> 25수 중 첫수 열셋째 수, 끝수.5)

　마)는 이병기의 연시조다. 이병기는 시조가 시대에 적응하기 위해 연
시조를 창작해야 한다고 주장하기도 했으며, 예로 든 작품처럼 25수나
되는 연시조를 창작하기도 했다.

　　바) 입다문 꽃 봉오리
　　　　무슨 말씀 지니신고
　　　　피어나 빈 것일진대
　　　　다문 대로 겝소서.
　　　　　　　이은상 <입다문 꽃봉오리>6)

　바)는 이은상의 二章時調(兩章時調)다. 이은상은 二章時調 창작의 이유
를 "이미 있어 온 그 형식에만 만족할 수는 없다. 객관성을 부여할 수
있기만 하면 얼마든지 새로운 형식을 생각해낼 수도 있는 것"7)이라고
했다. 이은상의 이장시조를 양동기는 '半時調'로 해야 한다는 주장도 있
었다.

　　마) 솔잎에 바람 머금은 새소리 정적속에 눈 감은 맘.
　　　　　　　　　이명길 <정적에의 도피>8)

---

5) 이병기, 『가람시조선』, 삼중당, 1978. 65~72쪽.
6) 이은상, 『노산시조집』, 삼중당, 1982. 204쪽.
7) 이은상, 앞의 책, 202쪽.

마)는 이명길의 절장시조(단장시조)다. 종장으로만 쓴 시조다. 이명길은 여기서 그치지 않고 한 작품에 단장시조, 양장시조, 평시조를 섞어 쓰는 '겹(重)시조'를 시도하기도 했다.

사)

1

돌꽃 피는 것 보러
돌곶이 마을 갔었다.
　길은 굽이 돌면 또 한 굽이 숨어들고 산은 올라서면 또 첩첩 산이었다. 지칠대로 지쳐 돌아서려 했을 때 눈앞에 나타난 가랑잎 같은 마을들, 무엇이 이 먼 곳까지 사람들을 불러냈나. 살며시 내려가 보니 무덤처럼 고요했다. 가끔 바람이 옥수수 붉은 수염을 흔들 뿐, 아무리 들여다보아도 사람의 자취 묘연했다.

여러날 헤매이다가
텅 빈 집처럼 허물어졌다.

2

화르르 타오르는 내 몸엔 열꽃이 돋고
세상은 천길 쑥구렁 나락으로 떨어지는데
누군가 눈 좀 뜨라고 내 이마를 짚었다.

나, 그 서늘함에 화들짝 깨어났다
눈 뜬 돌들이 지천으로 가득했다
온전히 제 안을 향한 환한 꽃밭이었다.
송광룡 <돌곶이 마을에서의 꿈—석화리> 전문9)

　사)는 장형시조와 평시조를 섞어 쓴 형식이다. 이 작품은 1999년 중앙일보 신춘문예 당선작품이다. 이 형식은 이명길의 겹시조 양식과 사실상 비슷한 것이다. 최근 일부 시조시인들에 의해 시도되고 있다.

---

8) 한춘섭 편, 『한국시조큰사전』, 을지출판공사, 1985. 553쪽.
9) 이지엽 편, 『90년대 우리시, 신춘문예 당선시집』, 태학사, 1999. 314~315쪽.

이 양상을 보면 시조는 이미 700여 년의 역사를 거쳐오면서 많은 변화를 감당해 왔다는 사실을 알 수 있다. 시조의 정형성이 고착되어 있는 것이 아니라 '열린 정형'이기 때문이다. 따라서 새 천년과 함께 올 우리 삶의 변화도 시조가 얼마든지 수용하고 또 소화해 낼 수 있는 것이다.

3. 새 천년, 시조의 대응 전략

새 천년의 시조에서 매체 변화에 대한 대응과 세계화 전략이라는 것을 생각하지 않을 수 없다. 매체 변화에 대한 대응은 문학의 다른 장르와 다를 바가 없다. 그러나 세계화 전략에는 문제가 따르지 않을 수 없다.

그 문제란 시조가 외국어로 번역되면 형식적 특성을 살릴 수 없게 된다는 것이다. 따라서 국어로서는 정형성을 갖되, 세계화는 내용만으로 도전해야 한다. 이것이 더 큰 부담으로 느껴질 수 있다. 그러나 더 많은 고뇌를 요구한다는 측면에서 가치로울 수 있다. 그리고 시조의 정형성은 다른 나라 언어로 번역되어도 외적 정형성이 갖는 매력을 아주 버리지는 않는 특성이 있다. 시조의 정형성이 6개의 의미를 생성하는 구(句)를 기본으로 이루어지기 때문이다. 예를 들어 황진이의

> 내 언제 무신하여 님을 언제 속였관대
> 월침삼경에 온 뜻이 전혀 없네
> 추풍에 잎지는 소리야 낸들 어이하리오

를 한역10)(申緯 역)하면 다음과 같이 완벽한 중국 정형시 7언 절구가 된다.

> 寡信何曾瞞著麽　月沈無信夜經過
> 颯然響地吾何與　原是秋風落葉多

---

10) 박을수, 『시조시화』, 성문각, 1979. 14쪽. 재인용.

또한 황진이의 다음 작품,

> 동짓달 기나긴 밤을 한 허리를 베어 내어
> 춘풍 이불 아래 서리서리 넣었다가
> 어른님 오신 날 밤이어든 굽이굽이 펴리라.

를 영역[11](하태홍 역)해도 6행의 외적 정형을 갖춘 다음과 같은 시가 된
다는 것을 알 수 있다.

> Long long November night!
> Let me cut thee in two pieces.
> Under my quilt, warm as spring
> I put one piece in a roll.
> When he comes like a bridgeroom
> I'll unroll thee to please my lord.

따라서 시조는 세계화라는 측면에서 한국 문학의 다른 장르보다 우위
를 점한다. 천년에 가까운 시조 역사의 그늘이 그것을 가능하게 하는 것
이다.

첫째, 시조가 우리의 고유한 정형시라는 점이다. 그 고유성만으로도
세계화에 한 발 앞 서 있다. 가장 한국적인 것이 가장 세계적인 것이 될
수 있는 개연성을 가지기 때문이다.

둘째, 세계 질서가 문명권 단위로 재편된다면 우리는 한자 문명권에
들게 되고, 한자 문명권 속에서 시조는 이미 매우 안정된 자리를 확보하
고 있다는 점이다. 기, 승 전, 결의 시상 전개 과정도 그렇고, 시조가 한
역되는 일은 자주 있었던 일이다.

셋째, 영역되어도 구를 중심으로 하면 6행으로 이루어지는 외적 정형
성이 갖추어진다는 것이다. 따라서 국어 운율의 묘미는 갖지 못하지만

---

11) 박을수, 앞의 책, 20쪽. 재인용.

형식이 있는 시상의 전개는 가능해지는 것이다.

이와 같은 우위를 확보하고 있는 시조가 지난 천년에서처럼 새로운 천년에도 도도하게 흘러가기 위해서는 몇 가지 관심을 가져야 할 일도 있다.

그 첫째는 정형 속에 문학적 미학을 구축하는 것이다. 3장6구라는 큰 틀을 최대한 활용, 실험하고 형식의 확대를 위한 노력을 아끼지 말아야 한다. 새 천년에 대한 시조의 대응 전략은 처음도 끝도 정형 미학의 구축이다.

둘째, 정형성과 함께 하는 음악성을 중시하여 새로운 매체를 개발할 필요가 있다. 노래했던 시가 읽는 시의 시대를 지나 듣는 시로의 변화를 가정한다면, 시조가 가진 이 영역의 장점을 최대한 살릴 방안을 강구하여야 할 것이다.

미로 찾기 게임—1990년대 소설

이병순*

1. 공룡의 발자국

—지나간 사랑은 아름답다. 그 사랑은 지나간 시대의 그리움을 담고 있기에 더욱 아름답다. 지나간 시대에 대한 그리움과 질투, 그리고 그 사랑의 흔적으로부터 벗어나기 위해 몸부림쳤던 90년대의 소설은, 따라서 아름다웠다.

소설이란 무엇인가. 지금 이 시대에 소설이란 무엇인가. 첨단 과학이 하루하루 그 위력을 발휘하는 이 사이버 시대에 소설이란 다시 무엇인가. 문학의 위기와 위기의 문학이 논의되고 있는 이 시점에서 우리는 무엇을 읽어야 할 것이고, 작가는 또 무엇을 말해야 할 것인가.

90년대 소설은 그 존재의 유효함을 증명하기 위해 다각도로 실험을 거듭했다. 살아남기 위해서가 아니라, 살아내고 있다는 것을 보여주기라도 하듯 소설은 일층 다양해진 모습으로 그 존재를 과시하고 있는 것이다.

그러나 그 일련의 모습들은 일정한 좌표 위에서가 아니라 구심점을 상실한 자들만이 가질 수 있는 '헤매기'를 통해 드러난다. 때문에 90년대의 소설적 경향을 일별하기란 그리 만만치 않다. 그러나 그 방황과 고뇌의 깊이와 거리가 이후 전진의 거리와 비례할 뿐 아니라, 그 '헤매임'이 궁극적으로 지향하는 바가 '미로 찾기'라면 그 헤매임은 나름대로 분석

---

*숙명여대 강사

되고 평가될 필요가 있을 것이다.

90년대 소설은 범박하게 전반기와 후반기로 나누어 살펴볼 수 있다. 즉 80년대 언저리를 배회하는 이른바 후일담 소설과 혼돈된 현실의 탈출구로서 제시되었던 역사소설류가 주로 전반기에 씌어졌는가 하면, 중후반기에 들어서는 나름의 안정을 찾고 일상성에 바탕을 둔 탐미주의적, 혹은 개인주의적 경향의 작품들과 다분히 실험적인 환타지소설들이 산출되었다.

80년대 광주로 상징되는 시대현실의 미체험 세대가 소설의 확고한 독자층 혹은 작가층으로 자리잡으면서부터 시작된 이 경향들은 자칫 방만할 정도로 자유로운 창작 분위기를 연출해 내고 있다. 이념이 떠난 자리에 일상이 자리잡았는가 하면, 정론성에 대립하여 변주된 다양성이 부각되었다. 과거 문학이 추구하였던 교조적이고 계몽적인 의장의 무거움을 벗어 던지고 세련된 복장의 가벼움에 몰입하기 시작한 것이다. 체험보다는 상상에, 실체보다는 이미지에, 그리고 정통적인 소설문법보다는 패스티쉬나 키치에 더 많이 의존하는 것처럼 보인다. 즉 딜레땅티즘과 키치 사이에 90년대 소설은 존재한다. 특히 영화와 음악, 혹은 미술과의 교호적 관계는 소설을 더 이상 문학이라는 울타리가 아닌 문화적인 관점에서 바라보게 한다. 이러한 지형 변화는 90년대에 등장한 이른바 신세대 작가들에게 빚진 바 크다.

리얼리즘의 퇴조로 총체성이나 전형성 등의 개념이 더 이상 시효를 상실한 90년대, 이 틈새시장을 공략한 것이 바로 일상성이다. 개별적인 주체들의 매일매일 반복되는 생활과 행위의 메카니즘을 일상이라고 규정한다면, 과거, 그렇다, 80년대의 우리는 일상을 수치스러워 했다. 역사성을 간직한 변혁운동만이 소설의 주제를 이룰 수 있었고, 그것에 밀려 늘 부차화되던 일상이란 그 거대한 역사를 움직일 수 있게 하는 작은 동력에 불과한 것, 역사에 의해 언제라도 희생될 수 있는 것이었다. 그때 우리는 '나'보다는 '우리'가, '욕망'보다는 '당위'가 한층 의미있는 것이라고 믿었다. 그러므로 '우리'가 제기하는 '당위'적 현실을 위해서라면 '나'

의 일상은 늘 숨죽일 수밖에 없었던 것이다.

그러나 이제 그 주술적 현실의 마법이 풀리고, 갑자기 '우리'는 모두 '나'가 되었다. 어깨를 풀고 손을 놓자마자 그 많은 '나'들은 햇빛 쬐는 광장 위에서 방향감각을 찾을 수가 없게 된 것이다. 그저 잠시, 이 밝은 햇빛에 익숙해지기 위해서는 시선을 내 안으로 향할 수밖에. 미처 알지 못했던 내 손금의 미세함과 입술의 아름다움을 뜯어 볼 수밖에. 아무런 긴장도 필요치 않은, 무의식적이고 본능적인 하루하루의 삶에 조금씩 익숙해져 갈 수밖에.

누군가는 말한다. 일상에 대한 반추가 시대현실을 도피하거나 무시하기 위한 방편은 아닐 것이라고. 일상은 역사의 반대편에 있는 것이 아니라고. 하긴 그렇다. 현실은 늘 일상성 속에 직접적이고 총체적으로 포함되어 있으니까 말이다. 그렇다면 최근 소설에서 두드러지게 발견되는 일상성의 정체는 무엇이고, 그것에서부터 벗어나고자 하는 욕망은 대체 무엇인가.

하루하루 반복되는 삶에 대한 불안함과 나른함, 그리고 답답함과 무의미함을 조직하고, 또 그 안에서 나름대로 가치를 발견하려는 노력이 바로 일상의 소설화이다. 일상적인 개개인의 삶을 집요하게 천착하다 보면 만나게 되는 지점이 바로 나르시시즘이다. 90년대 소설의 일상성과 나르시시즘은 이러한 상황 속에서 도출된 개념이다. 현실과 개인의 관계 설정이 모호해지고, 개인과 개인과의 관계 역시 소통의 어려움을 겪고 있는 상태에서 소설은 일종의 나르시시즘의 경향을 띠게 마련이다. 더 이상 총체성이나 전형성이 문제되지 않는 시대에 관심의 대상으로 새롭게 등장한 것은 바로 자기자신의 맨얼굴이기 때문이다. 특히 자신의 성이나 도덕, 윤리를 점검할 아버지의 부재는 이들의 나르시시즘을 더욱 부추길 뿐이다. 따라서 이들의 나르시시즘은 현실정합성을 얻지 못하고 환상의 세계로 그 뿌리를 옮기기도 한다.

이 글에서는 이렇듯 다양하게 전개된 90년대의 소설적 경향들을 비교적 농후하게 드러내고 있다고 판단된 몇몇 작가와 작품들을 중심으로 논의를 진행해 보고자 한다. 그 논의의 준거틀은 바로 일상성과 나르시시 즘이다.

2. 일상성과 나르시시즘

90년대의 시작을 알리는 징표는 박상우의 <샤갈의 마을에 내리는 눈> 에 상징적으로 잘 나타나 있다. 1990년 11월에 발표된 이 소설은 탈정치 시대로 접어들면서 무게중심을 잃은 지식인들의 상실감을 그린 작품이 다. 이 작품은 등장인물들의 실명을 거부할 뿐 아니라 인물들 간의 의미 있는 말을 철저히 통제함으로써, 타인간의 소통이 불가능해진 시대의 개 막을 예감한다. 이 시대는 바로 '우리'였던 우리 모두가 '나'라는 고립된 개체로 단자화되고, 더 이상 이념이 아니라, 샤갈의 그림이 걸려 있는 여 인의 방으로 상징되는 심미적 세계를 지향한다.

작품 속 '우리 중의 하나'였던 나는 결국 다가올 90년대를 '허무'라는 개념으로 전망한다. 80년대가 정치의 시대였다면 90년대는 낭만적 허무 의 시대일 거라는 예언이다. '응집된 환상이 역사를 만들고, 그 환상이 깨어진 뒤에 인간들은 자아를 찾아 뿔뿔이 흩어져 간다'는 그의 독백은 이후 90년대의 소설에서 그대로 확인되고 있는 바이다. 비주얼 이미지의 강화, 극단적인 냉소, 나르시시즘, 소통 불능의 인간관계, 성윤리의 파괴, 일상의 유희와 일상으로부터의 일탈에 대한 갈망 등 90년대 소설의 일단 이 이 작품에 고스란히 들어 있는 것이다.

90년대가 시작되었다고 해서 금세 80년대로부터 자유로워질 수는 없 는 일이다. 따라서 80년대와 90년대의 링크적 존재인 공지영은 이 과도 기에 빛을 발한다. 이른바 후일담 소설의 출현이 그것이다.

공지영의 <무소의 뿔처럼 혼자서 가라>와 <고등어> 등은 80년대를 모 태로 한 후일담 소설로서, 흔히 30년대의 전향소설과도 비견된다. 즉 자 신이 믿었던 가치의 상실과 거기서 오는 혼돈에 빠진 주인공들은 이념과 젊음의 이름으로, 비장했던 과거의 이력만을 되씹는 태도를 보인다. 따라서 이들이 현실에서 할 수 있는 일이란 이혼이나 자살 등 다소 비관적이고 부정적인 행태일 뿐인 것이다. 과거에는 투사였을지 몰라도 달라진 현실에는 어쩔 줄 몰라하는 현실 부적응주의자들인 것이다. 육체는 90년대에 와 있지만 정신은 아직도 80년대의 언저리를 배회하고 있는 인물은 이 같은 사실을 증명해 준다. 이 같은 불협화는 <존재는 눈물을 흘린다>에서 어느 정도 극복하고 있는 것처럼 보인다. 이 소설들 속에 발붙인 주인공은 아이를 키우는 평범한 일상의 주부로 돌아와 자신의 삶의 거죽에 붙어 있던 먼지들을 털어내고 있기 때문이다.

소설에서 80년대를 마감하고 90년대의 시작을 알린 작가는 신경숙이다. 주제보다는 문체, 의식보다는 섬세한 감각에 의존한 소설을 씀으로써, 계급과 이념에 복속되어 있던 소설을 미학의 세계로 안내한 이가 바로 그다. <풍금이 있던 자리>에서부터 <기차는 7시에 떠나네>에 이르기까지 그의 추구한 세계는 잃어버린 것에 대한 안타까움이다. 따라서 그에게는 유부남과의 비극적인 사랑도 아름다울 수 있고, 피곤에 젖어 흐느적거리던 공장생활도 시를 읊듯 조곤조곤 속삭일 수 있는 것이다. 그는 사라져 버린 추억의 아름다움을 일깨워주고, 우리를 한없이 평화로웠던 어린 시절의 한적한 고향으로 데려다 주었다. 다시는 돌아갈 수 없는 곳, 그러기에 더욱 가슴 아리고 설레는 곳, 혹은 이루어질 수 없는 사랑의 슬픔에 잠겨 우리는 드디어 80년대와 결별할 수 있었다.

사라져 버린 것에 대한 회고를 더욱 극단으로 밀고 간 사람은 바로 윤대녕이다. 고향보다 더 멀고, 추억보다 더 아스라한 것, 존재의 시원과 그 의미에 대한 천착이 <은어낚시통신>에 의해 이루어진다. <은어낚시통신>에서 <많은 별들이 한곳으로 흘러갔다>에 이르기까지 그의 행보는 이러한 존재의 의미 탐색에서 크게 벗어나지 않는다. 고전에서 현대로, 과거에서 현실로, 현실에서 환상으로 시공간을 확대하고, 여기에 음악과 미술, 영화 등을 착종시키고, 우연성을 도입하여 소설의 얼개를 잡는 것이 그의 독특한 작법이다. 소설 속 주인공들은 늘 어디론가 여행을 떠나지만 정작 그가 도착한 곳은 과거의 추억이나 사랑 주변일 뿐이다. 따라서 이루어지지 않은 과거의 사랑은 그에게 세계와 사물을 바라보는 아비투스적 존재이다.

신경숙과 윤대녕의 존재는 90년대 소설을 지난 시대와 차별화시키고 새로운 시대의 흐름을 제시하였다는 데 그 의의가 있다. 이어 90년대 중반부터는 여상작가의 약진이 두드러지는데, 그중 은희경, 배수아의 존재는 눈여겨볼 만하다. 이들은 여성 특유의 섬세하고 정확한 묘사를 통해 탁월하게 인물의 심리 묘사를 하고 있다는 점, 일상의 갈피에 자리잡고 있는 사소한 신변사에 의미를 부여하고 그것을 예각화하여 드러내고 있다는 점에서 공통적이다. 또 지극히 일상적인 것에서 소재를 따오면서도 그것으로부터 벗어나기를 시도해 본다는 점도 주목해 볼만하다.

<새의 선물>에서 <행복한 사람은 시계를 보지 않는다>까지 은희경의 작품의 등장인물들은 주로 냉소적이고 오만할 뿐 아니라, 세계를 관조적으로 바라본다. 현란한 아포리즘적 화법을 통해 댄디한 인물을 창출해 낸 그는 타인과의 소통이 불가능한 현대 사회의 일면을 증언, 비판한다.

은희경의 경우 일상 지키기는 타인과의 관계 맺음에 대한 거부로 인해 유지된다. 타인과의 완벽한 의사소통이란 사실상 불가능하고, 따라서 인간의 삶은 수많은 오해로 빚어진 복잡한 코드로 이루어져 있다는 것이다. <타인에게 말 걸기>나 <빈처>, <특별하고도 위대한 연인>, <명백히 부도덕한 사랑> 등에서는 각기 서로의 환상 속에서 맘껏 부풀려질 수도 있고, 또 어느 순간 함부로 유린할 수도 있는 인간관계의 허상을 적나라하게 보여주고 있다. 이를 통해 인간과 인간의 거리, 개별적 존재들의 삶과 삶의 방식에 대한 거리를 확인하는 한편, 타인과의 관계 맺음의 어려움을 도도하게 그려낸다. 사랑이나 결혼 등 어떤 외적인 조건에 의해서도 타인의 성역은 넘볼 수 없다는 것, 또는 타인 역시 내 성(城) 안에 침범할 수 없다는 것이 그의 소설적 주제이다. 왜냐하면 타인에 의해 개인의 일상이 완전히 뒤바뀌는 예는 없으며, 타인은 영원히 타인인 채로 존재할 수밖에 없기 때문이다.

배수아는 자본주의 시대를 사는 젊은이들의 우울한 일상을 회화적으로 그려내고 있다. 그녀의 소설에 등장하는 인물들은 젊고, 가족과 떨어져 있고, 음악과 블루진, 그리고 블루마운틴 커피를 즐겨 마시는가 하면, 끊임없이 어디론가 여행을 꿈꾸는 인물이다. 또 이들은 대부분 불행한 가족사를 지니고 있는데, 이는 아버지의 죽음(<여섯 번째 여자아이의 슬픔>, <검은 늑대의 무리>), 가출이나 이혼(<천구백팔십팔년의 어두운 방>, <엘리제를 위하여>), 혹은 부재하거나 존재하더라도 아버지의 자리를 차고 앉은 오빠의 지나친 무게(<푸른 사과가 있는 국도>, <여섯 번째 여자아이의 슬픔>)로 인해 시작된다. 게다가 아버지의 잦은 재혼(<검은 늑대의 무리>)과 어머니의 죽음과 이모의 끝도 없는 출산(<엘리제를 위하여>) 등도 등장인물의 일상을 우울하게 채색하는 데 일익을 담당한다. 때문에 이들은 대부분 가출하여 떠돌기 시작한다.

그녀의 경우는 분명 일상성이 역사를 압도하고 있다. 뿐만 아니라 그 일상성은 5년간을 함께 보냈던 사랑의 추억까지도 탈색시키고 있다. 그녀에게 올림픽보다 더 중요하게 기억되는 사건은 커피콩 가는 기계를 산 일이다. 결국 그녀에게 있어 전쟁이나 죽음, 사랑 등의 모든 것들은 그저 무심하게 지나가는 일상의 사소한 욕망에 비하면 아무 것도 아닌 것이다. 이는 배수아의 소설의 중요한 특징을 이룬다. 철저하게 개인적인 삶 이외에 어떠한 외적인 코드도 필요치 않다는 것, 삶이란 그저 먹고, 입고, 섹스하고, 길을 떠나고. 그것뿐이다. 결국 서사는 실종되고, 화려한 색채와 외국어를 동원한 순간의 포착만이 진실인 양 우울한 얼굴을 하고 살아가는 곳, 그곳이 바로 배수아가 살고 있는 지향하는 일상의 풍경인 듯 싶다.

은희경과 배수아의 작품세계와 차별화되면서 최근 부상하고 있는 작가로 김영하, 백민석 등을 들 수 있다. 이 두 작가는 둘 다 경쾌하고 건조한 문체를 무기로 현실과 환상 세계를 넘나들며 공격적인 소설작품을 생산하고 있어 주목된다. 이들은 시네마 키드 혹은 (김경욱의 표현을 빌리자면) 영웅본색세대로서 소설을 독립적인 장르가 아닌 문화의 영역으로 확장시킨 장본인이기도 하다.

신경숙에게 있어 '죽음' 모티프가 과거와의 추억이 묻어 있는 아련하고 비장한 것이었다면 김영하에게 있어 '죽음'은 유희적이고 자발적인 나르시시즘적 경향을 띤다. <나는 나를 파괴할 권리가 있다>에서 김영하는 우리가 지금까지 지녀왔던 경험적 현실에 기반한 평범한 사고의 틀을 교란시킬 뿐 아니라, 다분히 환상성을 띤 채 유혹적인 아우라를 연출한다. 이는 작품집 <호출>에서도 마찬가지다. 김영하의 환상적 나르시시즘은 백민석에 이르러 더욱 견고해진다.

섹스와 권태, 그리고 상상력이 교직되어 있는 <내가 사랑한 캔디>는 어른이 되기 위한 고통스럽고 쾌락적이며 우울한 통과의례에 관한 소설이다. 총잡이와 동성애, 민주화운동, 음악 그리고 문학이 나른하게 혼합되어 있는 이 소설은 마치 한 편의 영화를 보듯 각종 이미지들로 이루어진 몽타주 형식을 차용하고 있다. 백민석은 이 작품을 통해 소설이 나름의 고유한 전통적인 장르에 머물지 않고 90년대에 어울리는 문화의 영역으로 접어들었음을 선언한다. 요컨대 그의 소설은 만화적 상상력을 바탕으로 소비대중문화시대를 유영하는 젊은이들의 방황과 고통을 가벼운 문체와 몸짓으로 그려내고 있다는 점에서 오히려 현실적이다.

3. 미로 찾기 게임

지나간 80년대는 90년대 소설의 후광적 존재로 기능하지 못했다. 다만 그것은 추억이나 죽음, 혹은 회한이나 죄의식일 뿐. 따라서 90년대 소설은 사생아로 자라야 했다. 아이는 이어폰을 낀 채 짐 모리슨의 노래를 듣고, 왕가위 감독의 영화를 기웃거리거나 뭉크 화집을 들춰보며 홀로 거리를 떠돌아야 했다. 그러다 지치면 컴퓨터 속으로 숨어들거나 상상으로의 긴 여행을 떠나기도 했다. 다행히 90년대라는 후기 대중문화시대는 이들을 받아들였다. 그리고 이제 이들은 어른이 되어가고 있다.

90년대 소설의 이 같은 특징은 궁극적으로 아버지 부재에서 그 원인을 찾아볼 수 있다. 그 아버지가 이념이었어도 상관없고, 정치였다 해도 상관없다. 가족의 기본적인 삶을 유지할 수 있게 해주고, 성장을 돌보아주고, 실수를 교정해 주는 존재인 아버지의 부재는 90년대 소설의 무의식에 깊은 상처를 주었다. 그러나 90년대 초반, 즉 어릴 적 잠시 그리움의 대상이었던 아버지는 곧 그 존재 자체가 무의미할 뿐 아니라 무가치하고, 때로는 거부의 대상이 되어 버렸다.

따라서 90년대 소설은 12살에 성장을 멈춘 채 스스로 어른인 척 자만하는가 하면(은희경의 <새의 선물>), 자본주의의 아이임을 자랑하며 가출하여 밤거리를 쏘다니고(배수아의 <천구백팔십팔년의 어두운 방>), 환상 속으로 존재의 가치와 삶의 의미를 찾아가기도 한다.(윤대녕의 <은어낚시통신>) 또 때로는 위악적인 포즈로 나르시시즘에 젖어(김영하의 <나는 나를 파괴할 권리가 있다>, <호출>), 스스로 영웅본색 세대임을 강조하며 영상언어로서의 소설쓰기를 시도하는가 하면(김경욱의 <바그다드카페엔 커피가 없다>, <시네마 天國>), 권태와 무료를 공상으로 해소하고자 하기도 한다.(백민석의 <내가 사랑한 캔디>, <16믿거나말거나박물지>)

아버지 부재 혹은 거부가 가져온 또 하나의 소설적 특징은—바로 소설의 시간적 공간적 배경의 확대이다. 아버지가 존재하지 않는 한, '지금' '여기'는 특별한 의미를 지닐 수 없다. 뿌리를 상실한 자아는 자유롭게 시공간을 넘나든다. 따라서 해외를 배경(권현숙의 <인샬라>, 서하진의 <푸른 폭포 너머로>, 공지영의 <존재는 눈물을 흘린다>)으로 하거나, 신비 속의 과거 혹은 환상 속의 미래를 넘나들며 사랑을 나누기도 한다.(송경아의 <책>, 송대방의 <헤르메스의 기둥>, 양귀자의 <천년의 사랑>) 그 소설적 시공간은 이라크, 페루, 캘리포니아, 모스크바 등 자유롭게 국경을 넘나들고, 시간의 흐름에 따라 과거 혹은 추억에서 일상, 일상에서 다시 환상으로 옮겨가고 있다. 따라서 이 추세가 어디에까지 가 닿을지는 아무도 모른다.

물론 90년대에도 소설의 정통성을 고고하게 유지한 채 정도를 걷는 이들도 있다. 김소진, 이혜경, 윤영수 등의 존재가 바로 그들이다. 또 기존 소설의 문법과 최근 소설의 날렵함을 적절히 유지하며 탁월한 균형감각을 발휘하고 있는 이순원이나 박상우, 구효서 등도 90년대 소설을 거론할 때 마땅히 호명해야 할 것이다.

그러나 작가가 누가 되었든지 간에 이들 모두가 미로 찾기 게임에 참가하고 있다는 사실은 분명하다. 90년대라는 시대적 현실을 통과하며 모두는 출구를 찾기 위해 노력했고, 그 노력은 충분히 가치있는 것이었다. 그러나 아쉽게도, 출구는 아직 보이지 않는다.

새 천년과 한국문학의 대응 방안
—소설의 경우

정순진*

1. 들어가며

새 천 년이 이제 몇 달 남지 않았다. 단순히 연대가 바뀌는 것 이상의 변화가 우리의 모든 것을 바꾸어 버릴 것이 확실해 보이는 지금 미래학자들이 과학을 동원하여 정치, 경제, 사회, 예술, 이념 등 여러 차원에서 예측과 전망을 하고 있지만, 변화의 방향과 속도에 대해서는 누구도 예측할 수 없을 만큼 불투명하기까지 한 것이 사실이다.

그럼에도 불구하고 본고는 문학의 경우에 한하여 현재 우리가 알고 있는 지식을 바탕으로 어떻게 달라질 것인지를 예측해 보고자 한다. 세기말 곳곳에서 활자매체의 종언이 예고되면서 동시에 다매체 시대의 복음이 전해지고 있다. 따라서 먼저 문학을 둘러싼 환경의 변화가 어떻게 진행되고 있는지 살펴보면서 그런 변화에 맞추어 문학은 어떻게 달라지고 있는지 기술하고자 한다.

그러나 변화하고 있는 사실을 기술하는 것보다 더 중요한 것은 그러한 시대의 바람직한 방향성 설정이라고 할 수 있다. 이런 시대에 문학이 할 수 있는 일이 무엇인지 헤아려 보아야 하는 것이다. 우선 생각해 볼 수 있는 일은 다매체의 담론방식에 대한 반성적 사고의 촉발이고 다른 하나

---

*대전대 문창과 교수

는 인류 문명 전체의 바람직한 방향성을 제시하는 일이다. 따라서 본고는 새로운 천 년이 우리에게 요구하는 질서가 무엇인지, 그 질서를 문학으로 형상화하기 위해서 어떻게 대응해야 하는지 전망해 보고자 한다.

2. 새로운 환경—다매체 시대

새로운 천 년을 눈앞에 둔 이 시점에서 문학을 바라볼 때 가장 커다란 변화는 매체환경의 변화이다. 매체는 의사소통이나 표현의 수단인데 그 동안 문학은 종이의 발명 이래로 활자매체의 기린아였던 셈이다. 오늘 날 기술의 발전으로 문자매체, 청각매체, 영상매체를 통합하면서 발신자 와 수신자가 양방향에서 상호작용 할 수 있는 다매체 시대가 되자 활자 매체에 의존해왔던 문학은 존재방식 자체가 의문시되는 상황이 되어 문 학의 위기나 문학의 죽음이라는 담론까지 생산해내게 되었다.

때문에 문학계에서는 이런 다매체 환경이 문학 전반에 미치는 영향에 대해서 꾸준히, 그리고 집중적으로 논의하고 있다.[1] 본고에서는 매체 환 경의 변화가 야기시킨 소설의 변화를 짚어보고, 그 와중에서 문학이 어 떻게 대응해 나가고 있는지[2]를 기술하고자 한다.

2-1 비활자매체의 가능성 수용

소설은 다매체 시대에 살아남기 위해 비활자매체의 가능성을 수용하 고 있다. 이 현상에는 다매체 체험을 수용하는 것과 비활자매체의 스타 일을 수용하는 것이 포함된다. 전자가 직접 체험보다 지식이나 정보 및

---

1) 각 문예지에서 앞다투어 특집을 마련하는 것은 대체로 1994년경부터이고 가장 최근에 한국현대소설학회에서는 <다매체 환경과 소설의 위상>이라는 주제로 연 구발표회를 가졌다.(부산대학교, 1999.6.25-6.26)
2) 성민엽, 「21세기 작가란 무엇인가」, 『21세기 문학이란 무엇인가』, 민음사, 1999. 15-43면 참조.
  황국명, 「다매체 환경에 따른 소설 장르의 변화」, 『다매체 환경과 소설의 위 상』, 한국현대소설학회 제13회 연구발표대회, 1-15면 참조.

문화체험을 바탕으로 상상력을 추동시키고 사건을 만들며 인물을 형상화하는 방식이라면 후자는 영화, 만화, 포르노, 게임의 캐릭터와 분위기를 차용하거나 전자오락의 문법을 차용하는 것으로 나타난다.

이렇게 변화된 소설에는 현실이 재현되는 것이 아니라 문화적인 것, 이미지, 허구적인 것으로 자리하고 있다. 책, 영화, 비디오, 연극, 음악, 사진 등 대중문화와 관련된 체험과 지식, 정보가 소설의 배경을 이루며 주인공들의 의식과 사건은 모두 여기에서 촉발되는데 우찬제는 이런 소설을 문화형성소설[3]이라 부르기도 한다. 이들 소설은 탈이념, 탈정치, 탈중심을 표방하면서 시간의 경과 대신 영상매체 특유의 회화적 이미지를 차용, 조합함으로써 서사의 선조적 전개가 중단되거나 방해받기도 하고, 랩이나 대중음악의 기법을 도입하여 글쓰기의 통사구조를 와해시키면서 다매체 문화형식의 표본인 영화를 보는 것처럼 읽힌다. 또 다양한 매체를 끌어들여 혼성장르가 되거나 현실과 환상의 차이가 사라지고, 인과성이 없어지며 자료의 합성과 변형을 현란하게 보여준다. 이런 합성과 변형은 디지털 체계에 의해 뒷받침된다. 디지털 체계는 인류의 모든 유산을 단순 부호로 정보화한 후 무한히 자유롭게 조합해 활용하도록 만든 장치로 시공의 차이를 넘어 혼합, 재구성할 수 있도록 만들어 준다.

90년대를 대표하는 작가들인 복거일, 신경숙, 윤대녕, 구효서, 김영하, 성석제, 박상우, 이순원, 김설 등의 소설에서 확인할 수 있는 이런 특징은 문학 자체에 적지 않은 변화를 가져오고, 새로운 양상을 보이기도 하지만 기존 문학의 확장으로 볼 수 있다.

2-2 사이버 문학 혹은 하이퍼텍스트로의 전이

소설의 또 다른 변화는 책이 아니라 컴퓨터의 가상공간에서 비트문자로 씌어지는 사이버 문학 혹은 하이퍼텍스트로 전이되는 것이다. 사이버 문학이란 컴퓨터의 가상공간에서 이루어지는 글쓰기이다. 사이버 공간은

---

3) 우찬제, 「소설 1990년대, 그 동향과 전망」, 『욕망의 시학』, 문학과지성사, 1993. 396-399면 참조.

네트워크로 연결되어 있는 컴퓨터, 네트워크를 통해 전달되는 정보, 네트워크를 사용하는 사람들로 구성되어 있는데 인터넷은 이데올로기와 국경을 초월하여 인류에게 무한한 가능성과 정보를 제공하며 탈시공간적인 지구촌을 형성하고 있다. 또 사이버 문학은 문체의 특성이 바뀌기도 하고 기성의 문학제도 바깥에서 문학을 활성화시키고 기성 문학 제도를 교란하거나 변화시킬 가능성을 가지고 있다.

다매체의 가장 대표적인 기술형식인 컴퓨터로는 자료의 첨삭, 합성, 편집이 가능하고, 가상공간에서 문자, 음성, 영상, 그래픽 등 각종 정보단위가 하이퍼링크되어 비선형적으로 유통되면서 하이퍼텍스트가 된다.

하이퍼텍스트는 이제까지 유통되던 텍스트와는 전혀 다른 새로운 종류의 텍스트이다. 전통적인 텍스트는 처음에서 끝으로 이어지는 단선적인 구조를 가지기 때문에, 전후순서를 바꾼다면 텍스트의 전체적인 구조가 깨지고 만다. 그러나 하이퍼텍스트에서는 스크린에 있는 단어에 마우스를 클릭하거나 작가가 만들어 놓은 경로 중 하나를 선택하는 독자의 활동에 따라서 한 항목이 많은 다른 항목과 연결될 수 있다. 여기서는 독자의 선택에 따라서 항목의 순서가 달라지기 때문에 전체를 관통하는 단선적인 길이 없고 따라서 전후순서가 바뀌는 것이 하이퍼텍스트 전체 구조에 어떠한 손상도 입히지 않는다.

하이퍼텍스트의 특성은 양방향성, 비선형성, 장르적 복합성, 상호텍스트성, 가상현실성 등인데 하이퍼텍스트가 문학인가에 대해서는 보다 심화된 논의가 필요하겠지만 필자로서는 새로운 예술형태로 보아야 한다고 생각한다.

이렇게 달라진 환경에서 문학이 비활자매체의 가능성과 비활자매체의 스타일을 수용하면서 살아남거나 사이버 문학 혹은 하이퍼텍스트로 몸을 바꾸는 것도 방안의 하나가 되겠지만 더욱 중요한 것은 이런 시대야말로 문학의 본질적 기능이 더욱 긴요하다는 사실의 인식이라고 할 수 있다.

그런 점에서 책과 컴퓨터의 차이를 생각해 보는 것이 필요하다.4) 책은 텍스트 자체로는 닫혀 있지만 독자와 작가의 만남이 직접적이다. 반면 하이퍼텍스트는 텍스트 자체는 다양하게 열려 있지만 작가와 독자, 독자와 독자, 작중인물과 독자가 만나기 위해서는 컴퓨터라는 매체가 있어야 한다. 하이퍼텍스트는 열린 텍스트로 모든 개개인이 동등한 주체의 자격을 가지고 세계 구성에 참여할 수 있다는 쌍방소통의 환상을 심어주지만 사실상 하이퍼텍스트는 자본에 매여 있다는 점을 지적하지 않을 수 없다. 또 현단계 사이버문학이나 하이퍼텍스트가 보여주듯 대중들의 말초 감각이나 자극하며 저급화될 수 있다는 점도 인식해야만 한다. 결국 하이퍼텍스트는 다원성과 개방성을 표방하고 있지만 매체를 독점하고 있는 어느 집단의 이데올로기에 의해 지배되거나 자본이 지지하는 권력에 봉사하게 될 위험이 충분한 것이다. 이런 점에서 새로운 천 년 하이퍼텍스트가 확산되는 것을 막을 수는 없다고 하더라도 비판적이고 반성적인 사고의 제공이라는 문학 고유의 기능을 지켜 가는 일은 어느 시대보다도 긴요해졌다고 할 수 있다.

3. 새로운 질서 - 생태윤리

새 천 년은 현실의 다양성, 존재의 층위와 질서의 다원성을 인정할 수밖에 없는 시대가 될 것이다. 이런 시대이기에 사회 전반에서 수직적 질서가 아닌 수평적 질서가 요구된다. 우리 사회는 오랫동안 수직적 질서가 자리잡고 있었기에 아직도 수평적 질서가 확립되지 못한 실정이다. 21세기 문학은 수직적 질서의 폐해를 고발하고 비판하는 일부터 수평적 질서를 두고 벌이는 사회 구성원간의 갈등과 화해를 통해 우리가 지향해 나아가야 할 가치와 아름다움을 구현해 보여주는 일을 해야 한다.

남녀관계를 동반자 관계로 만드는 것이 아니라 남성의 일방적 우위를 보장해 주어 남녀간 힘의 균형을 잃게 만드는 가부장제나 계층문제, 민

---

4) 성민엽, 같은 글, 참조.

족문제 등 수직적 질서가 완강한 분야가 많이 있지만 특히 전지구적으로 진행되고 있는 생태계 파괴에 문학적으로 대응하는 일은 현안 중의 현안 이라고 하지 않을 수 없다. 인간과 자연, 혹은 우주의 관계가 새로이 정립되어 공존할 수 있다면 인간과 인간 사이의 수평적 질서는 보다 쉽게 자리잡을 수 있다고 믿기에 21세기 문학은 생태학적 세계관이 바탕이 되어야 한다고 생각한다.

생태계의 기본 원리는 순환이다. 있는 그대로의 생태계를 인식하기 위해서는 생명뿐만 아니라 그 생명과 상호관계를 맺고 있는 무기적 환경을 하나로 통합해서 총체적으로 보아야 한다. 삼라만상은 무기물에서 유기물로, 그 유기물에서 다시 무기물로 순환을 거듭한다. 즉 모든 살아있는 것은 죽음을 통하여 자신을 생태계에 되돌려주며, 모든 삼라만상은 삶과 죽음을 순환한다. 이것이 반복이 아니고 순환인 것은 동일한 사태가 현현되는 것이 아니라 시간의 역동성이 개재하기 때문이다. 스나이더는 "호주 원주민들은 끊임없는 순환의 세계에 살고 있다. 자연과의 동료의식과 존재와 형태 그리고 위치의 계속적인 자리바꿈의 세계, 모든 사람과 짐승, 그리고 세력들이 환생의 그물을 통해 연관지어진, 아니 그보다는 그것들이 상호 태어나는 세계에 살고 있다.5)"면서 서로가 상대에게 녹아있는 순환의 세계를 상호탄생이라고 명명한다. 상호탄생이란 그야말로 생태학적인 깨달음이라고 할 수 있다. 문학은 생태계의 원리를 실현하는 생태윤리를 형상화해야 하는 소임을 가지고 있다.

3-1 공생의 윤리, 어울림과 보살핌의 미덕

순환의 원리로 이루어진 생태계이기에 삼라만상은 상호의존의 빈틈없는 관계를 맺고 있다. 식물은 이산화탄소를 마시고 동물은 산소를 마신다. 이산화탄소를 마신 식물이 산소를 만들어내고 산소를 마신 동물은 이산화탄소를 뿜어낸다. 이런 관계의 그물망에서 모든 존재는 그 자체로

---

5) 김원중, 「자연과의 애무—게리 스나이더의 생태학적 이상」, 『녹색평론』 1997.1-2 월호, 통권 32호, 90면 인용.

개성적이며 다양한 채로 서로 어우러져 살아간다. 생태계에서 삼라만상은 위계를 갖지 않는 형제인 것이다. '만물은 서로 맺어져 있다'는 사고는 1854년 미합중국 대통령 피어스에 의해 파견된 백인 대표자들이 두아미쉬-수쿠아미쉬 족이 전통적으로 살아온 땅을 팔 것을 제안했을 때 시애틀 추장이 답한 <우리는 결국 모두 형제들이다>에 감동적으로 표현되어 있다.

지금은 잊혀졌지만 사실 뜨거운 개숫물을 함부로 버리지 않는다든가, 나무를 벨 때는 나무의 아픔을 함께 느껴 베기 전에 나무에 세 번 절한다든가, 고수레를 한다든가, 아무리 먹을 것이 없어도 감을 다 따지 않고 까치밥을 남겨둔다든가 했던 조상들의 생활태도에도 이런 생각은 녹아들어 있었다. 만물이 함께 살아간다고 생각할 때 자연스럽게 생겨나는 아름다움은 함께 어우러지는 것이고, 다른 사람과 다른 생명을 보살피는 마음 씀씀이는 필요불가결한 덕목이다.

그렇기는 하지만 이런 경우 자연은 언제나 평화롭게 어울려 있는 것으로 신비화시키지 않도록 조심해야 한다. 사실 모든 생명체의 관계는 상호의존적이면서 동시에 섭식의 관계이다. 자연을 고려하면서 이런 현실적인 면을 도외시한다면 자연의 일원인 인간을 자연에서 소외시키는 결과를 낳게 될 것이다.

공생하기 위해서는 본질적으로 나만이 아니라 타자의 입장을 고려해야 한다. 易地思之가 바로 그것이다. 이제까지의 易地思之가 인간 사이에서만 일어나는 것이었다면 생태윤리에서는 다른 생명체, 아니 삼라만상으로 그 범위를 넓혀야 하는 것이다. 문학적 형상화에서 주의를 요하는 점은 그 동안 인간중심이었으니까 이제 자연중심이기만 하면 되는 것처럼 생태문제를 너무 간단하고 쉽게 생각하는 것이다. 이것은 현실을 살아가는 우리 자신이 가지고 있는 모순을 간과하는 일이기 때문이다. 예를 들어 우리는 농약을 치는 것이 환경을 오염시킨다고 생각은 하지만, 시장에서 물건을 살 때는 크고 좋으면서도 값은 싼 것을 선택하는 모순적 존재이다. 길항하며 갈등하는 현실의 문제를 형상화하는 것이 문학의 소임이라고 할 수 있다.

어울려 살아가기 위해 요구되는 덕목은 보살핌이다. 지배와 억압의 수직적 질서에서 보살핌은 약자의 징표였으나 수평적 질서가 현현하기 위해서는 구성원 모두가 서로를 보살피는 윤리를 생활화해야 할 것이다. 보살핌은 나를 중심에 놓고 생각할 때는 나타날 수 없는 태도로 부드러움에 기초하고 있는데 그 원형은 모성이다. 이 부분이 생태학과 여성주의가 만나는 접점이기도 하다. 그렇지만 이때 모성이 생물학적으로 어머니가 되었다고 해서 저절로 획득되는 것은 아니다. 생물학적 조건을 초월하고 성을 초월하여 모성을 확대하는 것이 보살핌의 미덕을 확산하는 방안의 하나가 될 수 있을 것이다.

3-2 충족의 윤리, 겸손과 청빈의 미덕

상호의존하며 어울리고 보살피는 공생의 윤리와 맞물려 생태계가 지속되기 위해서는 모든 생명체는 적정수준에서 충족하는 충족의 윤리가 절실히 필요하다. 모두가 섭식관계로 이어져 있으면서도 공생할 수 있는 이유는 섭식관계가 종족보존의 한계를 넘지 않기 때문이다.

오늘날 생태계에서 순환의 고리가 끊어진 가장 큰 이유는 인간의 무절제한 욕망과 거기에 기인한 과소비 때문이다. 산업국가에서 소비는 미덕이 되어 버렸다. IMF 관리 체제 아래 한국 경제에서도 지나친 검약은 경제에 도움이 되지 않는다는 말을 공공연히 하고 있을 정도이다. 소비와 개인의 행복 사이에는 상관성이 약하다. 단군이래 물질적으로 가장 풍요롭게 살고 있는 우리가 과연 가장 행복한가라는 질문을 던져 보면 자명해진다. 우리는 물질로는 채워지지 않는 보다 본질적인 인간관계나 정신적인 욕구까지도 물질로 채우려는 헛된 노력을 하고 있는 것이다. 물질은 공허함을 채우는 것이 아니라 더 큰 공허함만을 만들어 낼뿐이다. 아흔 아홉 섬 가진 사람이 한 섬 가진 사람 것 빼앗아 백 섬 채운다고 하지 않는가.

그러나 생각해 보면 사람이 충족시켜야 할 욕구는 소비만이 아니다.

폴 에킨스는 사람의 욕구를 네 가지 관점에서 다시 검토하여야 한다고 말한다.6) 첫째 사람이 가진 욕구의 하나는 쓸모있고 존중받는 존재가 되고 싶어하는 것이다. 둘째 욕구 충족은 주관적인 것이고 그런 만큼 그것은 전문가에 의해서 객관적으로 정의될 수 없다. 셋째 욕구 충족은 문화적 사회적으로 결정된다. 넷째 욕구의 충족은, 자신이 다른 사람에 비해 형편이 떨어지면 불만족하다는 의미에서 상대적이다.

결국 사람의 무절제한 욕망이 끊어놓은 생명의 고리를 다시 잇는 방법 중의 하나는 무제한의 생산과 무제한의 소비를 줄여 생태계가 지속할 수 있는 적정 규모와 적정 수준의 삶을 자발적으로 선택하는 것뿐이다. 이런 선택을 위해서 사람은 보다 겸손해져야 하며 보다 청빈해져야 한다.

마이다스 왕은 신화에만 존재하는 것이 아니다. 빈곤을 찬양할 수는 없지만 많은 것이 항상 좋은 것은 아니라는 검약과 절제의 정신이야말로 우리의 소비욕구를 절제해 만족스러운 일과 만족스러운 휴식, 가족과 지역공동체의 소중함을 인식하고 실천하는 존재욕구를 충족시켜 인간의 품위를 지키면서도 생태계의 일원으로 살아가게 할 것이다.

3-3 연대의 윤리, 합의와 실천의 미덕

생태문제는 단순한 오염의 문제가 아니라 현재 사람이 살아가고 있는 방식의 문제점이 총체적으로 작용하여 나타난 것이다. 따라서 눈에 보이는 현상만 비판하거나 동양정신의 미화나 자연을 신비화하는 관념으로 해결될 수 있는 것이 아니다. 모든 사람이 정신주의자들이거나 신비주의자들이 아니고 대다수의 사람들은 세속적 삶의 한복판에서 살아가기 때문에 생태문제는 현실에서 물질적으로 사는데 길들여진 개개인의 윤리적 결단과 실천에서야 비로소 해결의 단서를 찾을 수 있다. 그러나 또한 생태문제는 개인의 차원만으로는 해결될 수가 없다. 계급과 민족을 넘어 전 지구적으로 연대해야만 하는 이유가 여기에 있다. 새로운 가치의 인

---

6) 폴 에킨스, 「욕구의 문제」, 『녹색평론』 1996.5-6월호, 통권 28호, 147-161면 참조.

식은 구체적인 상황과 얽혀 다가오는 법이다. 삶의 구체성을 가장 절실하게 보여주는 것이 바로 문학이 아니던가. 인식과 합의에 이르기까지의 어려움, 또는 합의는 했어도 구체적인 나날의 삶에서 실천하면서 부닥치는 갈등이야말로 문학이 다루어야 할 영역이다.

새로운 가치는 추상적으로 성취되지 않는다. 또한 당위적인 주장을 소리 높여 외치는 것이 문학도 아니다. 기본적으로 21세기 문학은 생태계의 원리와 생태윤리에 대한 철저한 인식을 바탕에 두어야 한다. 그러면서도 총체적인 상황에서 고민하고 갈등하면서 새로운 변화를 시도하는 사람들의 모습을 적극적이고 긍정적인 상상력을 통해 구체적으로 포착하여 형상화해야 할 것이다.

4. 나오며

새로운 천 년, 컴퓨터는 인간 삶의 전면적인 영역에 영향력을 행사할 것이다. 다매체의 가장 대표적인 기술형식이 컴퓨터이기에 문학도 다매체의 스타일을 혼합하거나 하이퍼텍스트로 전이되어갈 것이다. 그렇다고는 하더라도 문학의 주요한 기능은 다매체 시대가 전파하는 복음의 환상을 직시하게 해주는 일이다. 다매체의 담론 방식에 대한 반성적 사고의 촉발이야말로 문학이 포기해서는 안되는 영역이다.

과학 기술의 지속적 발명, 개발과 발전이라는 명목 아래 진행되고 있는 현재 인류문명은 패러다임의 혁신적 전환이 필요한 때이다. 이런 시기 문학이 할 수 있는 일은 인류 문명 전체의 바람직한 방향성을 제시하는 일이다. 우주 안에서 인간의 자리와 자연과 인간의 관계에 대한 인식의 전환을 이루는 계기를 포착하여 형상화하는 일, 즉 생태학적 세계관과 그 세계관에 바탕한 생태윤리를 철저히 인식하고, 총체적인 상황에서 고민하고 갈등하면서 새로운 변화를 시도하는 사람들의 모습을 적극적이고 긍정적인 상상력을 통해 구체적으로 포착하여 형상화하는 일이 무엇보다도 절실히 요청되는 때이다.

새 천년을 향한 수필문학의 방향

정주환[*]

1. 序

 수필작가란 단순한 이야기꾼이 아니다. 고도의 압축과 다기한 묘사력을 발휘하여 무게있는 읽을거리를 제공하는 창작인이다. 그러므로 신변잡기의 차원을 뛰어넘어 현실상황의 맥락 안에서 생의 의미를 끊임없이 추구하고 발견하여 탄력있는 삶을 제공하는 전문이라는 점을 뼛속 깊이 인식해야 한다.

 특히 시와 소설과 수필을 비교하여 특징 지우려는 것은 큰 의미가 없다. 그리고 문학의 장르라는 쇠울타리를 쳐놓고 그에 따른 정의를 내리는 것 역시 충분한 근거가 못된다. 그것은 문학의 본질을 외면한데서 출발한 편협한 논의들이다. 수필에서 허구를 배제해야 한다는 논의도 그 좋은 예라 할 수 있다. 그것은 시간에서 태양만 존재해야 하는가 아니면 암흑만 존재해야 하는가 하는 물음과 같은 우문이다. 왜냐하면 밤은 낮을 위해 필요한 존재요 낮은 밤 때문에 낮으로서 그 가치성을 발휘할 수 있는 것이다. 마찬가지로 문학에 있어서 허구란 어디까지나 그 진실을 위해서 존재하는 것이요, 그 진실은 허구 때문에 진실로써의 상징성을 지닌 미의식으로 발휘될 수 있는 것이다. 드라마에서 선인을 드러내놓기

*호남대 교수

위해서는 먼저 악인을 등장시켜야 하고 자신을 드러내놓기 위해서는 타인을 등장시켜야 하는 것과 같은 것이다. 이러한 음양의 논리는 사물의 법리를 설명하는데 자연스러운 이치다.

그리고 다음으로 수필의 이야기의 구성이나 표현은 견고하게 구축되어 독자에게 충격과 신선한 맛을 느낄 수 있게 해야 한다. 단편 소설과 마찬가지로 수필 역시 어떤 전기의 실마리, 자질구레한 극적 사실, 흥미 있는 일화, 마음속의 기이한 감상 등을 통해서 복잡한 인생을 송두리째 엿볼 수 있게 미학적으로 압축되고 의미있게 형상화되어야 한다. 여기에서 이런 문제점을 전제로 새로운 21세기의 수필의 방향과 그 대안을 모색해 보고자 한다.

2. 수필문학의 방향

새로운 세기를 준비하는 시점에서 수필작가들은 수필에 대한 유행으로서의 관심이 아니라 확고한 사유 세계의 형상성으로 자신만의 개성을 정착시켜야 한다. 고통스럽다할지라도 독자들의 욕구를 충족시킬 수 있는, 나름대로 수필창작의 장치적 비밀을 가지는 것만이 수필이 문학으로서의 자리를 견고하게 확보하는 길이다. 타 문학은 인간의 존재론적인 문제에 대한 심각한 고민이 사유를 통해 입안되어있을 뿐만 아니라 '상징'이 적절하게 배합되어 있어서 문학으로서의 충분한 가치성을 보유하고 있다. 그런 반면 수필문학은 대개가 그렇고 그런 시시콜콜한 이야기 전개가 대부분이었다는 점을 솔직하게 시인해야 할 것이다. 따라서 새로운 21세기는 이런 면을 깊이 통찰하고 이런 인습에서 과감히 탈출해야 한다. 말하자면 신변잡기적인 너스레에서 탈출하는 혁명적인 작가로 거듭나야 한다. 여기에서 신변잡기라는 말은 본격 문학으로 자리매김하지 못한 그렇고 그러한 시시콜콜한 이야기를 말한다는 것을 전제해 둔다.

1) 일상성의 탈출

작품이란 문자에 의해서 탄생되지만 그러나 작가가 주고자 하는 메시지는 그 문자의 의미 밖에 존재해야 한다. 문학이란 뜻으로 표현되기 때문에 어쩔 수 없이 문자를 사용한다. 하지만 우량한 작가는 문자 밖의 어떤 것을 추구하기 위해서 상징같은 문학적 장치를 동원한다. 그래서 그 작가의 고도의 장치 속에 들어가면 작가가 내세우고자 하는 그 본질적인 세계를 미학적으로 음미할 수가 있게 된다. 예를 들어 윤오영의 <달밤>, 주요섭의 <할머니>와 같은 작품 등이 그 좋은 예라 할 것이다. 이들 작품 속에 달이 주는 이미지와 동전이 주는 이미지는 모두 문자 밖에서 그 의미를 찾게 되어 있다. 그리고 윤오영의 <왜 울었던고>는 제목의 상징성이 아주 뛰어나서 제목만으로도 수필의 전체의 내용을 흔들고 있다.

앞으로 수필은 이렇게 일상성을 쓰되 그 일상성을 탈출하는데서 쓰여지지 않으면 안될 것이다. 그것만이 새로운 시대의 진정한 문학에 가담하는 수필의 방향일 것이다.

사르트르의 <嘔吐>는 그의 최초의 작품이면서도 예술적으로 가장 완벽하게 마무리한 작품으로 평가받고 있다. 그것은 수십 번의 개작 끝에 이루어진 작가의 집념의 결과였기 때문이다. '존재의 우연성'을 주제로 그의 실존철학을 소설화한 이 작품은 시적인 이미지와 형이상학적인 이미지를 교묘히 혼합하여 주인공 로캉탱의 의식이 구토로 향하는 계기를 구명한다. 여기에서 존재의 우연성과 여분의 자유에 대한 문제는 卽自와 對自를 구별하게 되고 인간 존재와 사물의 양태에 대한 무상함을 보여준다.

그리고 헉슬리의 <멋진 신세계> 역시 <구토>와 마찬가지로 새로운 소설의 방법을 모색하며 쓰여진 것으로 그의 절대적인 신념의 소산이었다는 점이다. 이 소설은 장차 도래할 과학과 이성의 26세기의 사회를 비평적으로 묘사한 작품이다. 과학이 고도로 발달한 미래사회는 물질적인 풍요 속에서 정신적인 생활은 통제되고 규격화할 것인데 과연 이같은 미래세계의 모습이 바람직한 것인지 아닌지 의문을 제기한 것이다. 작자의 박식함과 기지가 종횡으로 직조되어 이 작품을 읽는 독자들을 사로잡고

있다. 수필에서도 이러한 심층적이고도 철학적인 수필을 구상해 볼 필요
가 있다.

2) 문학과 법

문학과 법은 서로 뗄래야 뗄 수 없는 상호 의존적인 관계들이다. 법은
인간을 교살하기도 하지만, 국민의 안녕과 질서를 세우는 근거도 된다.
그리고 인간의 욕망을 재단하는 무기이면서 그 책임을 묻는 심판자이기
도 하다. 그래서 인간을 보호하는 중요한 장치도 되는 것이 또한 법이며
악법도 법으로서의 가치성이 존재하는 근거가 되는 것이다.

인간의 욕망은 끝이 없다. 그것은 궁극적으로 신이 되려는 욕심에 머
물러있다. 그러나 신이 될 수 없다는 현실성 때문에 인간의 욕망은 한계
에 부딪치게 된다. 그 한계성이 법이요, 욕망에 대한 브레이크가 또한 법
이다. 그러므로 법은 하나의 갈등적인 요소로 작용한다. 그런데 수필문학
에서 법과 욕망에 얽힌 내재적인 문제들이 의미 심장하면서도 교묘하게
형상화되지 못하고 단순 처리되고 있는 것은 몹시 안타까운 일이다.

문학과 사회는 함께 존재한다. 그러면서도 법은 어느 사회에서나 문학
을 뒤따른다. 인간은 상상을 통해서 많은 것을 생각해 내고 또 그것들을
시험해 왔다. 그리고 상상이나 이상은 언제나 그 사회적 실존을 앞지르
며 그것들은 우리 사회에 고착화되기 마련이다. 그 때 법은 그것을 보호
막의 위치에서 뒷받침해 주고 보호해 준다. 이처럼 법이란 우리의 삶과
불가불의 관계가 있듯이 문학 역시 우리의 삶을 부단히 뒷받침 해 주고
있다.

뱀은 이브를 유혹했다. "절대로 죽지 않는다고. 그 사과나무의 열매를
따 먹기만 하면 눈이 밝아져서 하나님처럼 선과 악을 알게 된다고"(창
3;5) 유혹한다. 신이 되고싶은 이브는 그 유혹에 넘어갈 수밖에 없었다.
그래서 그 열매를 따먹게 된다. 그러나 그 결과는 엄청난 파멸을 가져오
게 된다. 이브는 그것을 취하지 않았을 때보다도 훨씬 더 큰 고통에 시
달려야 하는 것이다. 이렇듯 인간의 갈등의 요소는 먼저 그 법률적인 제

재로부터 출발한다.

사실 사회 속에서 우리는 법으로부터 엄청난 고통을 겪으면서도 사과를 따먹은 사람들이 저지른 많은 모순 속에서 살아가고 있다. 그런데도 그 법의 모순을 철학적으로 미화시킨 수필이 없다는 것은 앞으로 수필문학이 해결해야 할 숙제의 하나라 생각된다.

소설 가운데는 법을 테마로 다룬 것들이 실로 많다. 그 대표적인 작품으로 우리나라의 정을병의 <육조지>는 수필적인 요소를 띤 아주 짧은 단편이다. 이 작품은 법이 안고 있는 우리의 현실의 모순을 아주 리얼하게 그리고 있다. 그리고 외국 작품으로는 알베르 까뮈의 <이방인>, O. 헨리의 <20년 후>, <경관과 찬송가>, 호돈의 <주홍글씨>, 위고의 <레미제라블>, 도스토예프스키의 <죄와 벌>, <까라마조프가의 형제들> 등을 들 수 있다. 특히 O. 헨리의 경관과 찬송가는 수필의 모습으로 쓰여진 소설이 아닌가. 이들 소설에서 보는바 우리 사회의 문제적 모순을 수필로서 해결할 수 있어야 할 것이다.

3) 사신으로서의 수필

문학이란 사신, 즉 사적인 글이라는 맥락에서 관찰되어야 한다고 양선규는 그의 견해를 피력한 바 있다. 필자 역시 이 말에 동조하면서 앞으로는 이 사신에 대한 노출이 좀더 효율적으로 이루어져야 한다고 생각한다. 작가란 어떤 내용을 리얼하게 형상화하여 보여주는 하나의 전문인이다. 그런데 지나간 세기의 수필작가는 깊은 골방에 앉아서 큰 기침소리나 내는 도덕군자로서 만족해야했고, 또 그렇게 하는 것이 수필작가의 절대적인 몫으로 생각해 왔다. 그러나 다가오는 세기는 그런 답답한 골방에서는 멀찍이 탈출하여 대지의 맑은 하늘을 노래해야 한다.

따라서 이제는 사신을 솔직하게 고백하는 수필이 창작되어 소설에 빼앗겼던 독자들을 끌어 모아야 한다. 성애문제는 인간의 영원한 호기심을 안고있기 때문에 천박하게 다루지만 않는다면 얼마든지 독자들을 확보할 수 있다.

소설에서도 經史類를 제외한 모든 글들은 사신에 속한다. 사신은 한 개인의 내밀한 사건이기 때문에 개인의 프라이버시를 침해할 우려가 있다. 그러나 소설은 허구라는 방패 때문에 그것이 자유롭게 구사되면서 수필은 한 개인의 이야기라는 한계성 때문에 그것들을 금기시해 오고 있다. 그러나 수필에도 이제는 이러한 제한에서 탈피하여 작가라는 프로성을 발휘해야 할 때가 온 것이다.

얼마전 필자가 관여하는 잡지에 이모씨의 <첫 사랑 그 영원한 향기>가 게재된 적이 있다. 그런데 독자 가운데는 이 문제를 가지고 얼굴을 붉히는 사람이 생각보다 많았다는 점이다. 그것이 그토록 문제 삼을 만큼 비도덕적인 문제라면 할말은 없다. 그러나 인간이 어차피 그 내면에 비도덕성을 지닌 다음에야 비밀을 숨긴다고 도덕으로 무장되겠는가. 성애문제는 그것이 어떻게 쓰였는가가 중요한 것이지 적나라한 표현이 문제되는 것은 아니다. 돌아오는 새로운 천년은 이러한 폐쇄성에서 탈출하여 소설처럼 사적인 문제가 본격적이면서도 감동적으로 다루어져야 한다고 생각된다. 그리고 만일에 이같은 문제를 제대로 다룰 용기가 없다면 최소한 소설에서처럼 이라도 '실제작가'와 '내포작가'로 분리시켜 性愛문제의 聖域을 극복해가야 한다.

명나라 말기 笑笑生의 작품 <金瓶梅>는 남녀의 욕망의 세계를 적나라하게 전개시키는 한편,당시 사회의 풍습을 사실적 수법으로 그리고 있다. 미래에는 이런 성애류의 작품이 소설에 자리를 내어 주어서는 안된다고 생각한다. 그리고 로오렌스의 장편소설 <차털리부인의 사랑>에서는 性愛문제를 실로 자유롭게 다루었다. 여주인공 코니가 이상적인 배우자 멜러즈로부터 성적인 만족을 얻기까지의 性愛, 즉 결혼전 성교와 간통을 솔직하고 대담하게 다루고 있다. 더욱이 활자화의 금기를 깨고 성교 장면과 남녀의 국부를 가르키는 표현들을 통해 남녀가 육체의 교섭을 거의 종교적이라 할만큼 성실하고도 진지한 태도로 다루었다. 그리고 그러한 성을 태양과 같은 생명의 근원으로 인식, 감출 수도 더럽힐 수도 없는 신성한 것으로 그려놓았다. 따라서 인간의 본능을 해방하여 인간의 균형과 조화를 찾고, 또 생명의 기쁨에 도달해야 함을 묵시적으로 암시하고 있다. 그러니까 성을 태양과 같이 신성시함으로써 건전한 인간이 태어나고, 또한 여기에서 바른 인간관계가 성립된다고 생각했던 것이다. 성을 이렇게 신성시하여 다룬 이 작품은 외설 문학의 범주를 뛰어넘어, 독특한 문학적 가치를 지닌다.

4) 구원으로서의 생명백서

인간 구원으로서의 문학은 어쩌면 인간의 인식의 한계성을 넘어서는 것인지도 모른다. 왜냐하면 구원의 과정은 우리가 살필 수는 있어도 그 결과는 확인할 수가 없기 때문이다. 그래서 필자는 구원의 의미를 신학적 미가시적인데 국한하지 않고 삶의 질을 향상시키는데 그 논의의 초점을 두려 한다. 예를 들어서 우리가 살아가는 현실 속에서의 환상같은 것도 그 한 부분이 될 수 있을 것이다.

현실처럼 가혹하고 무력하고 냉정한 세계도 없다. 그러나 다행이도 환상이란 열차가 있기 때문에 가혹한 현실을 슬기롭게 살아갈 수가 있는 것이다. 따라서 건전한 인간의 삶은 현실과 환상과의 적절한 조화로 보아야 할 것이다.

또한 인간 구원의 문제를 인간의 勝과 敗로 견주어 볼 수도 있다. 환상과 현실이 둘이 아니 듯이 따지고 보면 勝과 敗도 둘이 아니다. 그러니까 그 둘은 서로 배반하면서 공생한다. 이것이 바로 우리 인간의 삶의 양면성이고 자연성이다. 勝이 곧 敗요 敗가 곧 勝이 되는 우리의 삶을 도처에서 만날 수 있다. 산이 높아야 물이 흐르고 숲이 있어야 새가 깃들일 수 있는 것처럼 구원으로서의 문학이라야 舊自我를 해체하고 新自我를 정립하는 길로 들어설 수 있는 것이다. 그러므로 인간 정신의 불가해성의 숭고성을 시적 애매성을 통해 한층 고조화시킬 때 구원으로서의 진정한 생명 문학이 될 수 있을 것이다.

따라서 수필문학은 외형을 교묘하게 감춘 채로 인간 존재를 억압하는 일체의 경향들에 대한 선전포고가 되어야 하고, 한 사회의 진보 가능성과 좌절을 한 때의 기억이나 풍경의 차원으로 고정시키지 않고 잠복된 숨은 의미를 되새기는 구원의 문학으로 21세기를 주도해야 한다. 따라서 구원으로서의 수필문학은 궁극적으로 수필을 통한 미래의 전망을 그리고 감각과 감성주의의 칼라시대를 창의적으로 이끌 수 있을 것이다. 그리고 자본주의로 인하여 파괴되고 훼손된 생명경시의 시대를 회복해 가는 결단으로 다가서야 한다. 그리고 숨막히는 현실 위안으로서의 좀더 편안하고 안식할 수 있는 미학으로서의 아름다운 그림을 보여주어야 한다. 피천득의 <오월이 오면>, 김소운의 <가난한 날의 행복>이 그런 류의 수필류에 속할 수 있으리라 생각된다.

자연주의 학자였던 드라이저는 인생에 대해 극히 회의적인 인생관을 가지고 있었다. 그래서 집필한 것이 그의 소설 <아메리카의 비극>이다. 이 작품은 발표 당시에 보스턴에서 발간 금지를 받았으나 반응은 의외로도 좋았다. 그는 사회란 개인의 의지력을 초월한 거대한 메카니즘으로, 개개의 인간은 외부로부터의 힘, 즉 사회적, 경제적 조건에 밀리면서 살아가는 徽小한 존재에 지나지 않는다고 생각했다. 작품 속의 주인공 클라이드는 바로 그러한 인간 모형을 그린 것으로 돈과 명예를 능사로만 여기는 물질주의에 병들어 결국 자기 일신을 망치고 만다. 따라서 클라이드는 자신의 그것이 유죄라 한다면 사회 모두가 유죄라고 판단하고 자신을 파멸로 인도한 원인은 바로 자기가 아닌 사회 안에 있다며 사회에 그 책임을 묻는다. 따라서 이러한 비극은 사회 조직의 비극이며, 벌을 받아야 할 대상은 미국사회라는 것이다.

이와 같이 드라이저는 인생의 상층부를 향해 발버둥치는 인간의 욕망을, 미국 사회의 선악과 美醜를 리얼하게 묘사해 냄으로써, 현실과 환상(이상), 勝과 敗의 갈등을 의미있게 조직해 놓은 것이다. 여기에 착안하여 새로운 시대 수필 문학의 한 방향이 잡힐 수 있지 않을까 한다.

3. 수필작가들의 시대적 책임

태초에 수필은 문학의 가장 기본적인 장르였었다. 후일 소설과 평론에 그리고 희곡에 한 부분씩 자리를 내어주면서 수필은 가지 잘린 나무처럼 그렇게 허허한 몸으로 외로움을 감내하는 장르가 되었다. 그간 수필에 평론이 부재했다는 사실은 그만큼 본격 문학으로써의 대접이 소홀했다는 것을 잘 설명하여 주고 있는 대목이다. 평론은 사실 문학을 키우는 지줏대와 같은 것이라 볼 때 수필은 올바로 자랄 수가 없었다는 말이 된다. 그리고 수필문학의 이론 부재나 왜곡 등 그 외면의 부끄러움은 필설로 다할 수 없다.

그러나 새로운 천년은 분명 수필의 시대로 전망된다. 풀어말하면 다가오는 세기에는 에세이풍이 문학의 주역을 이룰 것이다. 그같은 조짐은 이미 새로운 천년의 문턱에서 에세이풍의 소설전집의 발간이 그것을 잘 말하여 주고 있다.

권성우는 1990년 <날개>(이상), <무진기행>(김승옥), <이 황량한 역에서>(이문열) 등의 작품을 묶어서 에세이 소설이라 이름하였다. 그러나 에세이 소설이 자리 잡기는 훨씬 그 이전부터라고 할 수 있다. 토마스 만의 <마의 산>, 무질의 <특성없는 남자>, 지드의 <좁은 문>, 릴케의 <말테의 수기>는 에세이적 소설이라고 볼 수 있다. 그리고 <서유기>나 최인훈의 <소설가 구보씨의 일일>, 현진건의 <운수좋은 날>, 황순원의 <소나기>도 에세이풍의 소설인 것이다.

그리고 다가오는 천년은 晉像文學이 새로운 자리를 확보하리라 전망된다. 읽는 것보다는 소리나 화면을 통해서 작품을 감상하려 들 것이다. 이러한 음상문학에 수필문학이 가장 적절한 문학이 되지 않을까 생각된다.

그러나 수필문학에 있어서 더 중요한 것은 창작의 신선감을 향한 새로운 모색이 이루어져야 한다는 점이다. 그것은 작가만의 철저한 고민일 수도 있겠고, 인간의 행복을 겁탈하는 억압적 요소들을 작가가 새롭게 인식하는 작업이라고도 할 수 있겠다. 그리고 또 있다. 수필문학의 영역을 자꾸만 한쪽으로 몰고 가는 협소성에서 탈피해야만이 문학으로서의 자리 매김이 확고해진다는 점이다. 한 나무에서 가지를 자르고 이파리를 떼고 순마저 자른다면 그 나무에서 무엇이 남겠는가. 나무는 온전히 자연성으로 성장할 때 진정 나무의 생명이 존재하는 것이 아닐까.

새 천년과 수필문학의 대응 방안

하길남*

1. 머리말

많은 학자들이 수필을 미래의 문학이라고 했다. 아나톨 프랑스(Anatol France)는 "수필이 어느날엔가는 온 문예를 흡수해 버릴 것"으로 보았다. 그만큼 수필은 다양성을 지닌 문학장르로서 무한한 변용, 그 천의 얼굴을 한 분장술의 명수다. 시나 소설 그 어느 문학장르도 수필 속에 인용, 흡수되지 않는 것이 없듯이 말이다. 그래서 독일의 유스트(Klaus Günther Just)는 "에세이는 당연히 서사적 표현을 기본으로 하면서도 희곡적 요소에서 오는 극적 대화와 문제의식의 긴장에서 오는 반사적 독백 양식을 함께 하고 서정적 요소에서 오는 감성적 율동과 마력을 융합하고 있기 때문에 이종생식(異種生殖: Heterogenie)의 현상으로 생성되는 장르"라고 했던 것이다. 즉 미래로 무한히 열려있는 양식이다.

물론 그런 가운데서도 보수적이며 폐쇄적인 면도 없지는 않았다. 시가 고답파(高踏派)다 입체파(立體派)다 다다이즘(Dadaism)이다 하여 당대 전위적 실험시들이 횡행하고, 이른바 도둑촌을 고발하고 노동의 새벽을 합창할 때 수필은 차라리 열외에 서있지 않았는가.

고발성 수필이 없지는 않았지만 소위 참여시라는 용어가 말해주듯이,

---

*창신대 외래교수

시대의 아픔을 집단적으로 이념화했다기보다 그 구성원 각자의 일상성의 성찰을 문제삼았던 것이다. 벤제(Max Bense)가 "우리들 정신의 비판적인 범주의 양식"이라고 한 것도 역시 스스로 자신의 일상을 묻는 당사자의 정신이 먼저 진단의 단서가 된다는 점을 전제한 것이라 하겠다. 여기에서 수필과 타 장르와의 차별성이 유도될 것이다. 수필에서 거론되고 있는 신변사는 이를 잘 말해주고 있다. 이렇듯 수필적 일상이 바로 작가의 생활사인 까닭에 프라이(N.Frye)가 내적허구와 외적허구라는 통로를 튼 후에, 수필을 1인칭 담화형식으로서 제4 넌픽션 장르로 분류했던 것이다.

이와 같이 변화하는 사회 속에서 부단히 자신의 향방과 행선을 물어온 수필이 앨빈 토플러(A.Toffler)가 말한 것처럼 수렵·채집사회로부터 농경사회로, 농경사회에서 공업사회로, 공업사회에서 지식·정보화사회로 이행하여 이제 영상정보화, 디지털정보 시대를 맞이하면서 앞으로 수필은 어떻게 변모해 나갈 것이며, 거기에 또 어떻게 대응해 나가야 할 것인가 하는 문제는 바로 시대적 변화에 따른 인식의 변화 즉 새로운 자기의 일상성, 그 삶과 사회에 대한 적응과 반응, 그 성찰로부터 접근해 나가야 할 것이다.

2. 수필의 특성과 그 흐름

우리가 스스로 자신의 정체성을 자문해 볼 수 있는 존재였던 까닭에 상황의 변화를 희구하게 되는 것이다. 내가 바라마지 않는 자신의 정체, 그러한 자신이 몸담고 싶은 환경, 이러한 문명과의 담론을 어떤 면에서 우리가 문학이라는 이름으로 부를 수 있다면, 이 시대의 수필은 역시 짐진 자의 아우성일 수 밖에 없게 된다. "어떻게 사는 것이 좋을 것인가 하는 의문은 결국 모든 수필적인 사유의 동기가 될 것이라"고 한 게르하르트 하스(G,Hass)나, "수필은 인간적인 가치가 바로 작품의 가치로 드러나는 문학"이라고 한 요시타 게이이치(吉田精一)의 지적이 아니더라도,

그 동안 우리는 얼마나 우리들의 삶의 현장 그 일상에 대해 전전긍긍해 왔는가 하는 것을 새삼 돌이켜 보게 된다.

수필에 있어서 우리는 한없이 '신변잡기'를 노래하면서 폄훼해 왔던 것을 기억하게 될 것이다. 자신의 일상 속으로 자신의 정체를 진맥하면서도 말이다. 여기서 문학적 형상화 문제를 잠시 유보한다 하더라도 삶의 실상, 그 자신의 체험적 담론이 수필 이외 그 어느 장르에서 더 절실히 다루어졌던가 하는 것을 우리는 이 자리에서 되묻게 된다. 이렇듯 우리는 늘 자신의 일상을 자문자답하면서 거듭 되풀이하게 될 일상을 점검하게 될 것이다.

사실상 우리의 인간적 품격은 자신이 이승에 머물 동안에는 정확히 가늠될 수 없다. 존재 자체가 소실된 후에 비로소 그 존재의 자리매김이 정리되는 자, 그것이 인간이요 인생이다. 늘 무엇이 되면서 채워져 가는 인간인 까닭에 우리는 쉬지 않고 우리의 일상을 응시하면서 늘 깨어있게 된다. 다시 말하자면 '자기 지키기'가 되는 셈인데, 이 말은 역시 수필이 "인간이 무엇인가를 묻기보다 어떻게 살 것인가 하는 입장"에 서게 된다는 것을 의미한다.

여기서 우리는 존재가 본질에 선행한다는 말을 되새기게 되지만 어차피 우리는 자신의 본질을 찾아 이를 채워나가지 않으면 안 될 것이기 때문이다. "에세이는 이미 형태를 가진 어떤 것을 말해주거나 또는 기껏해야 이미 언젠가 현존했던 것을 말해준다. 그러기에 또한 에세이가 새로운 사물을 공허한 무에서 끄집어 내오는 게 아니라 이미 언젠가 생동하고 있었던 그러한 것들만을 정리하는 것 또한 에세이의 본질에 속한다."고 한 게오르그 폰 루카치(Georg Lukac's)의 말은 그래서 적절한 지적이었다 할 것이다. 그렇다. 자신을 다스려 나가기 위해서는 거기에 적절한 환경을 조성해 나가게 되는데, 일상은 나와 나의 공간적 역학이다. 그러한 생활 현장의 단위요 처지인 까닭에 우리는 늘 그러한 입장 안에서 응전과 도전의 지평선상에서 눈 떠 있게 된다.

예컨대 전사한 용사들을 추모한 최치원의 <한식제진지장사>나, 군신들의 일화를 곁들인 시평론집인 최자의 『보한집』, 출가한 딸의 부도(婦道)를 기린 우암의 『우암선생 계녀서』, 사도제자의 참변을 중심으로 궁중의 일화와 자신의 일대기를 그린 혜경궁 홍씨의 <한중록> 등은 모두 나와 남이라는 조직공간이 빚어낸 생활사의 반영이었던 것은 말할 나위도 없는 일이다.

명예나 애국심, 신념, 진리와 같은 주제를 즐겨 다룬 그리이스의 플라토(Plato), 시세로(Cicero) 등을 비롯하여 17세기에는 시인·법률가·신사 등 인물론을, 18세기에는 유행·우정·마술·도시 생활 등을, 19세기에는 인생 문제·과학·종교·경제·역사 등에 걸친 에세이(Formal Essay)의 발달, 20세기의 전쟁과 평화, 과학과 신념이 다루어진 시대적 변천사의 향연들을 보면서, 우리가 1910~1940년대의 민족의 수난사와 독립의 염원을, 1960년대는 재생의 의지를, 1970년대는 산업화의 모습을, 1980년대 전통윤리의 붕괴와 인간성 상실과 가치관 혼돈 등을 즐겨 주제로 다루어 왔던 사실을 상기해 보면 동서양의 생활사적 대응관계를 알게 된다. 그렇다면 새 천년에 펼쳐질 우리들의 일상, 그 사회상에 대응해 나갈 우리 수필의 향방은 어떤 모습일 것인가.

3. 표현매체 변화에 따른 전망

『문학의 죽음』에서 앨빈 캐넌(Alvin Kenan)은 "문학은 인쇄문화가 낳은 산물"이라고 전제하고, "인쇄문화에서 전자문화로의 변화가 문학의 위기를 가져왔다."고 진단한다. 그러나 인쇄매체에 의존하던 과거의 낡은 문학 관행에서 벗어나 긍정적이고 설득력 있는 새로운 방식에 의해 전통적인 문학작품이 총체적으로 사회를 위해 유용한 역할을 담당하게 될 때 새로운 문학이 모습을 드러낼 것이라고 하였다. 사실 21세기 영상정보화 시대에는 우선 두 가지 측면에서 창작문학의 방향이 고려되어야 할 것이다.

그 첫째가 표현매체의 변화 즉 인쇄매체로부터 영상 및 CD매체로의 이행이다. 읽기로부터 보기 및 듣기로의 전환이 이루어지고 언어행위가 바로 문장화되어 만인에게 공개되는가 하면, 음성화된다는 사실이다. 그러나 영상매체의 경우 엄밀히 따져보면 글을 써서 인쇄하여 읽는 행위나 글자를 손으로 두드려 인터넷에 띄워서 본다는 행위도, 결국은 그것을 읽어서 이해하기 때문에 그 행위 자체에는 별반 다를 것이 없다 하겠다. 다만 영상으로 보면서 읽는다는 감각적 차이가 있을 뿐이다.

그러나 인쇄된 글을 읽게 되는 경우는 그 글을 읽어본 후에 비로소 그 작품성이 평가되겠지만, 인터넷에 뜰 경우는 우선 시선을 제압하는 광고 효과 즉 마케팅 개념이 가미된 작품에 우선적으로 후한 평가를 내리게 될 것이다. 그런 까닭에 다중의 독자들이 작품을 선택적으로 접하게 될 때, 그 선택 기준이 작품성보다 마케팅 효과에 좌우될 공산이 크게 된다. 그래서 한 편의 작품은 결과적으로 멀티미디어 효과에 적잖이 의존하게 될 것이다.

여기서 수필이 미술(컴퓨터 그래픽)과 음악을 제휴하게 된다는 장르의 결합 형태를 예상하게 된다. 이는 결과적으로 작품의 마케팅 효과에 따른 상업성 제고라는 등식과 맞물리게 될 것은 말할 나위도 없는 일이다. 이렇게 되면 삽화를 곁들인 회화시나 미래주의시 신감각주의시와 같이, 역시 그림이나 음악을 곁들인 회화음악수필이나 신감각주의 수필이 대두된다 하겠다. 이와 같은 기법은 CD매체가 문자의 세계에서 말의 세계로 이행하게 되어, 말과 음악과 동작이 동화되는 새로운 개념의 미의식의 출현을 의미하게 될 것이다.

이는 역시 문학 즉 시가 가사와 노래와 춤의 삼위일체에서 발생된 것처럼 이제 다시 이 삼자가 동화되어 이른바 표현상 일체를 이루는 옛 양식으로 회귀하는 것을 말하게 된다. 이와 같은 사실은 김준오가 그의 저서 『시론』에서 말했듯이, 카시러(Ernst Cassirer)가 신화적 사고의 형식을 다룬 『상징론』에서 원시적 언어를 주술적인 것으로서 말 자체가 바로 대상 자체이며 신에게 구원을 요청하는 말씀에 의해 실제로 구원이 이루어진다고 믿었던 것 같이 원시언어에로의 회귀가 되는 것이다. 이와 같은 1차적 비유로서의 원시언어 속에서 처음부터 시적 가치가 잠재되어 있었던 것이다. 그러나 지금은 인간의식의 발달로 주술적인 힘에 대한 신뢰가 두너짐에 따라 언어는 상징적 즉 의미론적 기능밖에 갖지 못하게 됐다. 여기서 또한 우리는 문학이, 시가 늘 본래대로의 회귀 즉 그 원상을 회복하려 했던 것을 알게 된다. 시의 음률이 또한 가사가 음악과 융합하려는 자기 회복의 잠재였듯이 말이다.

그 다음으로 생각해 볼 수 있는 것은 차별화 전략이다. 읽혀지는 수필, 그 흡인성과 흥미성을 간과할 수 없게 될 것이다. 다양한 계층의 사람들이 띄우는 PC 통신문 중에는 비록 문학성은 논외로 한다 하더라도, 결코 진부하지 않고 식상하지 않은 자못 이색적인 생활 체험담 등을 전혀 형식이나 격식에 구애됨이 없이 진솔하게 다룸으로써 적잖은 독자들을 확보하고 있는 것도 없지 않다는 사실이다. 그래서 특히 PC통신으로 펴낸『퍼즐』이란 인터넷 잡지의 쉬어가는 페이지에 적합한 원고지 5·6매 정도의 교훈성을 띤 엽편(葉篇)유머풍 수필의 등장을 점쳐 볼 수 있게 된다.

또 우리는 PC통신문에서 사회 비판적인 글도 보게 되는데, 예를 들면 <아줌마는 사회악이다>, <20세기 한국 사회의 천민이 아줌마다> 하는 따위가 그것이다. 이밖에도 일선 공무원들이나 경찰관 교사 등이 정부시책이나 신분 혹은 업무상의 불만이나 어려움 등을 토로하고 있는 글들을 보게 된다. 이와 같은 비판적 시각은 우리가 수필적 일상사에서 작가의 개인적 일상을 점검하듯, 다중적 조직적 일상사를 점검하면서 고발하는 방향으로 선회하고 있다는 것을 의미한다.

이런 면에서 본다면 앞으로 <아줌마 그들은 누구인가>(김경실), <이메일(e-mail)>(박상규) 등과 같이 PC통신 내용이나, 전자 매체 자체들이 수필의 주제로 떠오를 것은 말할 것도 없고, 수필에서 개인보다 다중적 일상사에 무게가 더 실려 지게 될 것이다. 개인보다 공동체적 삶의 질이 관심사로 떠오르게 되기 때문이다. 여기서 사회적 관심사 즉 중수필류에 일부 시선이 돌려진다 하더라도 이는 어디까지나 논리적인 진술보다 생활 서정적인 담론형식이 되어야 할 것이다. 영상매체의 속성상 장시간 집중력을 길들이기에는 무리가 따를 수 있는 까닭이다.

아무튼 우리는 여기서 '신변잡기'라고 일컬어져 온 일상사의 유형과 그 범위 즉 개인성과 다중성에 대해 다시 한번 짚어봐야 할 것이다. 일상사라는 개인적 유형으로는 차별성 즉 생활체험의 독자성, 전문영역의 장인성, 표현의 참신성 및 작품의 실험정신 등이 요구될 것이다. 그래서 김원한의 <저마다 깨친 인연 있었네>와 같은 참선수필, 성의학 대가인 최형기의 <세집 줄게 헌집다오>와 같은 투병기, 정신과 전문의인 김영우의 <전생 여행>, 또는 기(氣)수필 같은 특수한 인생체험을 다룬 수필들이 활발히 쓰여질 것이 예상된다. 유체공학 박사, 전자공학 박사 등이 쓴 <새로운 사람들>(이종호), <황금화살>(이성수) 등 특수분야 전공자들이 쓴 전문가 소설이 뜨고 있듯이 말이다. 아니면 오히려 신변잡사에 식상한 일부는 아예 순조 때 바늘을 의인화하여 쓴 유씨부인이 쓴 <조침문>이나, 실, 골무, 인두, 자, 가위, 다리미 등을 의인화하여 쓴 작자 미상의 어느 규중부인이 쓴 <규중칠우쟁론기>나, 식물이나 동물을 주인공으로 쓴 우화수필과 같은 새로운 현대판 소재와 기법을 원용한 수필이 대두될는지 모른다. 그리고 다중적 일상에 대해서는 역시 비판받아야 할 부류나 집단과 더불어 보호를 받거나 존경을 받아야 할 대상들이 수필의 관심사로 부각될 것이다.

하지만 우리는 여기서 한 가지 결단을 예상해 보지 않을 수 없게 된다. 그것은 끝내 독자 대중들 그 일반적 취향에만 영합한 비문학적 수필쓰기에 안주할 것인가, 아니면 특정독자층 즉 고급독자들을 겨냥한 문학적 수필(Familiar Essay) 쓰기에 일생을 걸 것인가 하는 쟁점이다. 이와 같은 관점에서 우리는 영상정보시대와 더불어 거기에 걸맞는 문예사조의 태동을 기대하면서 새로운 미의식에 따른 문학적 지평이 열려질 것을 바라는 것이다.

4. 생활 변화에 따른 전망

그 두 번째는 생활의 혁명에서 오는 의식 변화에 따른 수필 문학적 전망이다. 우리는 화상압축기술에 의해 저장된 모든 생활정보를 일상생활에서 활용할 수 있게 된다. 정보네트워크와 연결된 콘텐츠 서비스를 디지털방식의 인터넷 TV를 통해 일상생활을 영위하게 되어, 홈쇼핑이나 은행 및 증권거래, 여행예약, 화상회의, 인터넷 가상 대학, 사이버 가족 면회, 건강체크 등 일상생활에서 이른바 디지털 생활혁명을 맞게 된다. 이런 상황에서 우선 가고 온다고 하는 지리적 개념과 시간개념이 바뀌어지고 공간적 개념도 달라지게 된다. 손에 의해 모든 노동행위가 대신되기 때문에 노동의 개념에도 변화가 온다.

이와 더불어 실제 인간적 접촉이 가상접촉으로 대신되는 등 실제 세계가 아닌 가상 세계에서 생활의 대부분을 보내게 되어 실제 인간관계에 따른 애증의 농도가 희박해져서 사랑과 증오 등에 대한 감정적 굴곡에 변화가 온다. 실제로 인간관계에서 오는 스트레스 같은 것은 덜 받게 될 것이다. 이와 같은 실제적 인간 단절에 따른 정과 그리움, 그리고 인간 본질 희구에 대한 조심스런 복고현상이 일어나게 될 것이다. 가상 세계에서의 대리만족 현상은 스스로를 가상으로 만족할 때만 가능한 현상이기 때문이다. 실지로 코리아 인터넷 서바이벌 게임에 참가했던 한국외대 박성래 교수는 기본적인 음식들은 생각보다 많은 업체들이 전자상거래를 구축하고 있어 쉽게 주문해 먹을 수 있었으나 "사람과의 단절은 큰 슬픔이었다."고 말하면서 "음악을 듣다가 나오는 눈물을 주체할 수 없었다."고 말했다. 그래서 인간에 대한 그리움과 애정 그 절실한 사랑과 꿈을 다룬 진정한 휴머니즘수필이 쓰여질 것이다.

또한 대량유통, 대형유통 할인, 소비자 협동조합 설립 등 소비자가 우선이 되는 유통혁명이 일어나, 우수한 품질, 저렴한 가격, 서비스 및 친절 본위의 경쟁적 마케팅 시장이 지배하게 되어 소비자들의 구매 전략이 더욱 구체화될 것이다. 그래서 소비자 협동조합에 의한 공동대량 구매가 일상화될 경우, '나홀로' 시대가 공동체 생활 모형으로 전환되면서 소비 생활의 규격화나 평준화가 이루어져, 앞에서 잠시 개인보다 다중에 무게가 실릴 수 있다고 보았듯이, 자연히 수필이 1인칭 서술양식에서 '우리'라고 하는 다중이 발화자가 되는 다중, 즉 공동체적 일상에로의 실험이 이루어질 수밖에 없게 된다. 특히 식료품 공동구매의 경우, 유기농업 무공해 식품 등 가족의 건강관리에 더욱 유의하게 될 것이며, 이러한 관심은 앞으로 점차 기존의 의료기관은 물론 대체의학이나 기치료, 음악치료, 기공, 명상, 요가 등에까지 확대될 것으로 전망된다. 그래서 이와 같은 주제의 수필이 선보이게 될 것이다. 뿐만 아니라 이러한 관심은 이미 뜻 맞는 이들끼리 모여 농촌에 한옥을 지어 집단촌을 형성하거나, 재래식 건강 황토가옥을 지어 이주하는 사례가 늘고 있어 앞으로 새로운 형식의 전원수필의 태동도 예견해 보게 한다.

결국 이러한 관심은 역시 공해문제와 직결되는 것으로 건강이나 비만관리, 생태환경수필 등이 크게 기대된다. 뿐만 아니라 남녀 불평등 금지법이 제정되고 자녀에게 어머니의 성(姓)을 물려주자는 운동이 일어나고 있는 현실에서 앞으로 페미니즘수필이 관심사항이 될 것이다. 또한 남북 간 경제교류, 금강산 관광, 이산가족 상호 방문 등 점차 교류가 활발해지면서 통일지향문학이 힘을 얻게 될 것이다.

5. 전망에 따른 대응

문학이 사람 사는 이야기인 만큼 그 시대의 사회상이나 작가의 일상적 삶이 표현의 중심이 될 수밖에 없다. 앞에서 우리는 수필의 특성, 특히 우리나라 수필의 중심과제가 작가의 일상성을 근간으로 한 사회상의 표현이었다는 점에 주목하여, 그 흐름과 영상정보시대에 있어 수필의 대응 방안을 염두에 두고 그 전망을 살펴본 셈이다. 역시 이 문제는 문학이 유동하고 변화하는 인간의 삶과 그 현실 속에 내재하는 표현적 한 양식으로서 새로운 창조적 적응과 응전의 새 지평을 어떻게 열어 나가느냐에 달려 있다 하겠다.

앞에서 단편적으로 지적된 바와 같이 앞으로의 창작행위는 단순표현에서 표현융합으로, 단선적 사고에서 복합적 사고에로, 단편적 지식에서 전방위적 지식으로의 전환이 요구된다는 것이다. 앞에서 잠시 언급한 것처럼 가사와 노래와 춤이 분화되어 그 중에서 가사가 시가 되었듯이, 수필이 미술과 음악과 만나, 다시금 융화로의 회귀 즉 사고의 분화에서 통합이 이루어지게 되는 것이다. 이제 더 이상 너와 나는 남이 아니고 자연과 인간은 둘이 아니며, 세계는 하나인 것이다.

말(voice)과 소리(audio)와 그림(video)의 만남, 공간의 색채화와 이미지화에 따른 새로운 미의식의 체계적 정립이 이루어지게 되는 것이다.

그 다음으로 생각해 볼 수 있는 것은 인간관리와 더불어 기계관리에서 오는 현상변화에의 적응 양상이 주는 문제들이다. 여기에는 부적응 세대와 개인별 격차에서 오는 갈등과 괴리, 가상세계와 접촉 빈도에 따른 중독성이나 비인간화 및 개인정보 유출이나 컴퓨터 범죄 등과 같은 여러 부정적 유형들을 생각해 볼 수 있을 것이다. 이렇게 되면 인간과 인간과의 갈등 양상 이외에 인간과 기계와의 갈등까지 빚게 되어 갈등의 복합양상이 나타난다. 이것을 우리가 문명적 이기가 가져온 필연적 증후군으로 이해하기 전에, PC가 동(動)과 정(靜)을 묶는 새로운 공간예술을 창출하는 현대적 미의식의 장이라는 인식의 선행과 조정, 그리고 타협이 이루어져야 한다.

그래서 어쩌면 PC는 더 이상 기계가 아닌 것인지 모른다. 이러한 만인이 공유하는 영상매체하에서는 엄밀한 의미에서의 작가와 일반 독자와의 구별이 모호해질 수밖에 없게 된다. 이 말은 영원한 내 것과 네 것이라는 개념도 불분명해진다는 이야기가 된다. 변용적 순발성을 속성으로 하는 영상매체 속에서 독자의 의견은 언제나 어디서나 덧붙여질 수 있기 때문이다. 여기서 공동작품의 시비도 예상하게 된다. 또한 변용적 순발성 그 즉시성, 즉효성이라는 속성 때문에, 일생을 두고 오직 한 작품, 그 대하소설을 쓴 경우나, 2~3년이 걸려 썼다는 수필, 한 편의 시를 쓰면서 그 마지막 한 구절 때문에 해를 넘겼다는 서정주 시인의 시 <국화 옆에서>와 같은 일화는 이제 듣기 어렵게 될지 모른다. 여기서 작가들의 지적 회전감각에 대한 새로운 인식이 요망된다. 그러나 어느 시대 어떤 상황하에서도, 그 당대의 미적 기준에 따른 예술성 짙은 문학작품은 영원히 우리들을 감동시킬 것이라는 것은 언제나 명백한 사실이라 하겠다.

'연극성'의 강화, 한국적 정체성을 찾아서

김미도*

우리에게 서구식 극장 문화가 도입된 것은 정확히 1902년 <협률사>가 개관한 이후이며 '희곡'이라는 문학 형식이 출현한 것은 1912년에 조일재의 <병자삼인>이 발표된 이후이다. 옥내극장에 기반한 연극문화와 희곡에 토대한 한국연극사는 아직 1세기도 못되는 역사를 지니고 있는 셈이다.

고대 그리이스에서는 기원전 5세기에 아이스퀼로스, 소포클레스, 아리스토파네스로 대표되는 작가들에 의해 이미 완숙된 형식미를 이룬 희곡들이 창작될 만큼 연극문화가 고도로 발달하였다. 이러한 작품들을 바탕으로 지금까지도 예술원론의 귀감이 되는 아리스토텔레스의 『시학』이 집필되기도 했다.

때때로 90년도 채 안되는 한국 희곡의 역사는 2500년 이상 되는 서양의 희곡사에 비추어 무참히 폄하되곤 한다. 그러나 다른 각도로 생각하면 우리 희곡 쓰기의 수준은 1세기만에 비약적으로 성숙했다고 볼 수도 있다. 모든 교과서에서 희곡을 시, 소설과 함께 문학의 3대 장르로 인정하면서도 대학에서 희곡을 가르치는 전임교수가 아직도 전국적으로 손꼽을 정도이고 보면 차라리 기적적인 수준이다. 어릴 때부터 연극감상이 생활화되어 있고 학교 교육에서도 교육연극적 방법론이 광범위하게 도

---

*서울산업대 문창과 교수

입되는 서구 선진국에 비하면 우리에게 연극이란 어린이로부터 노인에 이르기까지 여전히 낯선 문화행위에 지나지 않는다. 희곡은 엄연히 연극 공연을 전제로 하기에 연극 문화 자체의 발전과 연극 관객의 확산 없이 내실 있는 발전을 기대하기 어렵다.

우리 희곡사의 전통이 일천하다고 해서 연극의 역사마저 짧은 것은 아니다. 고대 문헌에서 발견되는 연극의 자취는 부여와 삼한시대의 고대 국가 시절까지 거슬러 올라간다. 우리에게 희곡의 전통이 없었던 것은 전통극의 고유한 특성으로부터 연유한다. 동서양을 막론하고 연극은 원시 제의로부터 원시종합예술의 형태로 출발하였다. 일정한 시기를 지나면서 희랍을 중심으로 한 서구 유럽에서는 '언어'의 힘에 절대적으로 의존하는, 즉 '희곡'에 토대한 연극을 발전시켰다. 반면 동양권에서는 대체로 종합예술의 형태를 그대로 계승하는 차원에서 연극이 성장했다. 한국 전통극의 대표격인 탈춤을 상기해보자. 탈춤에도 대사가 나타나기는 하지만 그것은 탈춤을 이루는 여러가지 요소들, 즉 가면·춤·동작·소리·음악 등의 요소에 비추어보면 미미한 부분에 지나지 않는다. 탈춤의 백미로 꼽히는 '노장 과장'의 경우에는 대사 한마디 없이도 사회 풍자적인 의미와 포복절도할 웃음을 전달하기도 한다.

영어로 연극을 지칭하는 용어 중에 대표적인 것이 'Theatre'와 'Drama'이다. 'Theatre'는 연극 공연 자체와 극장 등을 의미하면서 연극의 현장적 성격과 함께 매우 다양한 형태의 연극을 포괄한다. 이에 비해 'Drama'는 희곡 자체를 의미하기도 하며 연극을 의미하는 경우에도 통상 희곡에 기초한 연극을 칭한다. 이러한 용어의 차이에서도 짐작되듯이 연극의 종류는 종합예술로서의 성격이 강한 부류와 대사의 위력이 강한 부류로 크게 대별할 수 있다. 우리에게는 예로부터 Theatre에 해당하는 '연희'나 '놀이'라는 말은 있었어도 Drama에 해당하는 어휘는 존재하지 않았다. 우리가 명심할 것은 동서양의 연극 또는 문화를 비교함에 있어 어느 한쪽의 우월성을 따지기 이전에 그 '차이'를 인식하고 존중해야 한다는 점이다.

20세기를 접는 시점에서 우리가 한국 희곡사를 대할 때 근본적으로 반성해야 할 점은 먼저 서양 희곡사에 대한 무조건적인 열등감으로부터 벗어나는 것이다. 20세기 이전까지 우리에게 희곡이라는 문학 장르가 존재하지 않았던 이유는 우리의 전통적 연극 형태가 '대사'에 크게 비중을 두지 않았기 때문이다. 구비전승·행위전승의 성격이 강한 우리 전통극의 특성과 더불어 광대에 대한 뿌리 깊은 우리 사회의 천대 의식은 오랜 세월 동안 전통극의 희곡화를 저해하고 있었다.

전통극으로부터 희곡 문학이 자연스럽게 성장할 수 있었던 길을 치명적으로 차단한 것은 아무래도 일제 강점기에 유발된 비정상적인 문화 행위들이라고 할 수 있다. 한편으로는 일제의 전통문화 말살 정책이 수행되어 우리 전통극의 유산들을 체계적으로 채록·정리할 수 있는 기회를 박탈당했다. 다른 한편으로는 일본으로부터 유입된 신파극의 급속한 유행으로 전통극의 단절이 가속화되었을 뿐 아니라 정통 서구 무대극이 아닌 변질된 형태의 무대극과 맞닥뜨리게 되었다. 게다가 1920년대 이후 소위 정통 서구 무대극을 이 땅에 이식하려던 지식인들은 서구연극에 대한 무비판적 추앙의 태도를 지니고 있었다.

해방 전 연극사에서 한국 연극과 희곡의 발전에 크게 기여한 대표적 단체로 1931년에 창립된 <극예술연구회>(약칭 극연)가 손꼽힌다. '극연'에서 활동한 연극인들과 그 직계 후배들이 최근까지 한국연극계의 중심 세력으로 자리하면서 '극연'의 성과와 업적은 사실 과대평가된 면이 없지 않다. '극연'은 흔히 한국에 리얼리즘 연극을 뿌리내리기 시작한 단체로 평가되며 한국연극의 질을 획기적으로 향상시킨 것으로 알려져 있다.

그러나 '극연'의 출발은 처음에 '해외문학파'의 부수적 취미로서 아마추어 연극의 수준을 벗어나지 못했다. 1930년대에 적어도 연기와 무대 장치면에서는 고도의 세련된 경지에 올라섰던 신파극 배우들은 '극연'측을 '공회당 배우'라고 야유하기도 했다. '극연' 초기의 중심 세력이었던 해외문학파의 결정적 오류는 종래의 전통극을 아예 무시하고 서구식 연극문화를 무리하게 이식하려 한 점이다. 당시 언론계를 장악하고 있던 해외문학파들의 논설에서는 "조선과 같이 하등 극적 전통을 가지지 못하고”(이헌구)라든가 “극이 업는 사회에서 극을 잇게-극문화를 세워볼가 하는 데서 극을 가진 나라에서 극을 가저 와야 하겟다”(김광섭)는 등의 전통극 무시의 태도가 역력하다.

‘극연’ 멤버 중에서도 유치진과 홍해성의 견해는 사뭇 달랐다. 유치진은 “조선에는 재래에 그다지 찬란한 극예술의 발전이 잇섯스리라고 단언 못할지언정 지금과 가티 이다지도 무능한 민족은 아니엿스며 이다지도 맛업는 생활은 하지 안엇슬 것이다. 그는 아직까지 향촌에 유존하야 잇는 각종 가면극과 춤 등속을 보더라도 규지할 자료가 될 것이다”라고 언급한 바 있다. 우리나라 최초의 전문 연출가였던 홍해성도 “이러함을 따라 문화의 각 부문의 예술이 발전하야 가장 고봉에 달하니 우리의 연극도 그와 한가지로 최고봉에 열립하얏습니다. 다시 말하면 조선민족도 일즉 위대한 종합적 예술을 가졌든 민족”이라고 하였다.

해외문학파의 횡포에 실망한 홍해성이 ‘극연’을 떠나지 않고 유치진과 연합하여 창작극 운동에 주력했다면 한국연극과 희곡의 발전은 조금 더 일찍 주체적인 입장에서 발전했을 지도 모른다. 그러나 홍해성은 1935년 11월에 우리나라 최초의 연극 전용극장인 ‘동양극장’이 개관하자 자리를 옮겨 한국적 신파극의 최고 전성시대를 주도했다. 흔히 ‘고등 신파’로 명명되는 동양극장의 연극은 내용면에서 지극히 통속적인 대중극에 속했으나 연기와 연출 양식은 리얼리즘을 지향했고 무대장치는 당대 최고의 사실성을 확보하고 있었다. 한편 유치진은 비슷한 시기부터 ‘극연’의 주도권을 잡고 ‘창작극 운동’을 펼쳐 나가기 시작했다. 하지만 아마추어 수준의 연기와 무대를 쉽게 극복하지 못하고 얼마 안가서 통속적 대중극과 타협하게 된다.

전통극이 자연스럽게 계승되고 현대화하는 과정에서 서구식 극장연극이 수입되었다면 한국연극과 희곡의 발전 양상은 아주 다른 차원으로 전개되었을지 모른다. 그 단적인 예가 ‘창극’이라고 할 수 있는데 조선시대 후기에 이미 고도의 음악극 경지에 올랐던 ‘판소리’는 1900년대 이후 이 땅에 옥내극장 문화가 도입되면서 자연스럽게 ‘창극’이라는 자기 갱신을 이루어냈다. 1908년 7월에 문을 연 '원각사'에서 공연된 <은세계>는 전통적인 판소리 다섯 마당이 아닌 새로운 창작극과 서구식 무대극의 접목이라는 점에서 획기적인 의의를 갖는다. 이는 우리의 전통극이 서구의 영향을 한국적으로 육화하여 현대화시킨 훌륭한 실례라고 할 수 있다. 그러나 불행하게도 일제 말기의 국민연극 정책과 우리 지식인들의 무분별한 서구 연극 추종의 분위기 속에서 창극의 현대화마저 지속되지 못했다.

해방 이후 1970년대까지도 '근대극'이라면 일본과 '극연'을 통해 받아들인 '신극', 즉 리얼리즘 연극의 개념을 벗어나지 못했다. 서구에서 리얼리즘 연극은 이미 1920년대부터 표현주의, 상징주의, 초현실주의 등의 도전을 받기 시작하여 1940년대 이후에는 잔혹극, 서사극, 부조리극 등의 전위적인 양식으로 나아가고 있었던 데 비해 우리는 너무 오래 "근대극=리얼리즘 연극"이라는 도식 안에 고착되어 있었다. 1960년대 이후 반리얼리즘의 서구 연극 양식들이 부분적으로 소개되기는 했으나 여전히 이식적인 차원을 벗어나지 못했다.

결국 서구식 극장 문화가 도입된 1900년대 이후 1960년대까지의 한국연극은 일본이나 서구의 강력한 영향 아래 매우 모방적인 형태의 연극 행위를 해왔다고 볼 수 있다. 이러한 흐름은 1970년대에 들어서서 뚜렷한 변화를 보이기 시작한다. 변화의 핵심은 한국연극의 '정체성'(Identity)을 찾으려는 움직임이라고 할 수 있다. 먼저 대학가를 중심으로 탈춤 부흥운동이 일어났고 일부 민중 운동 단체들이 전통극을 현대화시킨 마당극 양식을 태동시켰다. 마당극은 우리의 전통 연희 속에 내재한 마당의 현장성과 자발적 놀이성, 집단적 신명, 관중들의 참여 등 잠재된 풍부한 '연극성'을 현대의 연극 속에 창조적으로 계승하고자 하였다.

제도권 연극 내에서도 70년대부터 산발적이나마 전통연극을 계승하여 주체적인 한국연극을 창조하고자 시도하였다. <민예극단>은 연극 속에 전통적 연희를 원형적 형태로 적극 포용했고 연출가 허규는 창극의 현대화 작업을 재개했다. <드라마 센터>를 중심으로 활동한 유덕형·안민수 등은 지극히 한국적이면서도 초현대적인 연출 기법으로 큰 변혁의 기운을 몰고 왔다. 특히 오태석 작·안민수 연출의 <초분>은 그 이전까지 대사 위주의 연극으로 일관되었던 한국 연극계에 비언어적이며 신체 행위가 중심이 되는 연극을 통해 한국적 현대연극의 진정한 출발을 알리는 상징이 되었다.

80년대에 이르면 이러한 움직임이 훨씬 가속화되어 연출가 김정옥이 이끄는 극단 <자유>, 오태석이 이끄는 극단 <목화>, 손진책이 이끄는 극단 <미추> 등이 전통적 정서와 연극적 기법을 현대화하는 데 앞장섰다. 이들은 그런 작업을 통해 독자적 색깔의 한국연극을 처음으로 해외에 알리기 시작했다. 90년대에는 이윤택이 이끄는 극단 <연희단 거리패>, 김아라가 이끄는 극단 <무천> 등이 이러한 흐름에 가세하였다. 70년대에 물꼬를 튼 전통의 현대화를 통한 한국연극의 정체성 찾기는 90년대 말에 이르러 한국연극의 가장 지배적인 흐름을 형성하고 있다해도 과언이 아니다.

연극에서의 변화는 물론 희곡의 변화를 수반한다. 70년대 이후 한국 희곡사에서 가장 독보적인 작품을 생산한 극작가들로는 최인훈, 오태석, 이강백, 이윤택을 꼽을 수 있다. 이들의 작품은 거의 전면적으로 한국의 역사와 설화를 기반으로 하며 전통적 정서와 모국어의 아름다운 숨결을 존중하고 전통극으로부터 현대적으로 양식화된 연극 기법을 추구한다.

오태석, 이윤택, 김아라, 그리고 젊은 세대의 조광화, 김광보, 장진 등으로 대표되는 90년대 후반 연극의 또 다른 특징은 철저히 연출가 중심의 연극이라는 점이다. 이들은 대개의 작품들에서 극작과 연출을 겸하고 있으며 그 연출적 경향은 대사 뿐 아니라 극장에서 가능한 모든 요소들을 동원하는 '극장주의' 연극으로 요약된다. 최근 들어 서구 고전극을 한국적으로 해체·재구성하고 있는 김아라의 경우에는 거대한 야외공연장에서 제의성이 강한 연극 지향하고 있다. 이들은 미리 완성된 극작가의 텍스트에 의존하지 않고 연습 과정과 공연 과정, 그리고 거듭되는 재공연을 통해 텍스트를 완성해가는 방법을 취한다. 오늘의 한국연극은 갈수록 극작가의 양식보다는 연출가의 양식이 두드러지는 경향을 보인다.

1970년대로부터 촉발된 한국연극의 새로운 경향은 과거 '문학성' 위주의 연극을 지양하고 '연극성(theatricallity)을 강조한다는 점에서 세계 현대연극의 조류와도 거대한 공통점을 갖고 있다.

후기 구조주의 이론가인 데리다(Jacques Derrida)에 의하면 "연극은 다른 어떤 예술보다도 모방을 해체해야할 근본적 특권을 가진 예술"로 단정된다. 그에 의하면 아리스토텔레스의 미메시스 미학에 바탕을 둔 전통적 서구연극은 그 발생 자체가 연극 본래의 긍정적 본질과 힘을 상실한 채 무대 본연의 삶을 부정하면서 출발했다고 본다. 그의 지적대로 서구연극은 '로고 센트리즘'(logo-centrism), 즉 '글'보다 '말'을 우위에 두는 태도에 따라 대사 위주의 연극을 발전시켰다. 데리다는 이러한 형태의 서구 연극을 '신학적'이라고 야유한다. 창조자로서의 작가 대신 노예화된 해설자에 지나지 않는 연출자와 배우, 그리고 작품을 수동적으로 받아들이기만 하는 관객으로 구성된 연극이란 결국 무대상에 실재하지 않는 창조자에 의해 초월적으로 지배당하는 결과라는 것이다.

데리다의 이론 형성에 큰 영향을 끼친 연극인은 안또넌 아르또(Antion Artaud, 1896-1948)이다. 아르또는 말과 작가에 의해 지배 당하는 '언어의 시'로서의 연극 대신에 음악·춤·회화·마임·제스추어·영창·주문·건축구조물·조명 등에 의해 총체적으로 구성되는 '공간의 시'로서의 연극을 제안했다. 그는 또한 무대와 객석이 함께 몰아의 경지에 이르는 연극을 시도하여 관객의 역할을 새롭게 제시했다. 이러한 아르또의 연극관을 형성시킨 원동력은 발리 댄스를 위시한 동양의 연극이었다. 서구 현대연극의 또 다른 거장인 베르톨트 브레히트(Bertolt Brecht, 1898~1956) 역시 중국의 경극을 보며 개방적 무대 사용과 관객들의 적극적인 반응에 깊은 반응을 받고 '서사극'이라는 새로운 연극이론을 창안한 바 있다.

아르또나 브레히트를 거쳐 1960년대 이후 서구연극의 중요한 변화는 '연극성'의 강화로 요약된다. 공통적 특징이리면 '언어' 대신 '행위'의 중요성에 대한 재인식, 집단 또는 공동 창작, 몽타주나 꼴라주식 구성, 스펙타클의 강조, 관객의 적극적인 참여 유도, 집단적 체험, 영화·음악·

무용·비디오 등 인접 장르와의 적극적인 연계, 축제와 제의적인 성격의 강화, 극장 공간으로부터의 탈피 등을 들 수 있다.

세기말 전위연극의 흐름 중에는 심지어 '비언어적 연극'(non-vebal performance)를 표방하는 작품들이 나타났다. 최근 오프 브로드웨이의 최고 흥행작인 <스텀프>(Stomp)와 <튜브>(Tubes)는 새로운 차원의 연극이 도래하고 있음을 알리는 신호탄처럼 보인다. 오프 브로드웨이에서 대사 위주의 연극은 급속히 쇠퇴하고 있으며 대신 크로스오버 형태의 퍼포먼스가 강력히 부상 중이다. 전통적 언어극을 파괴하는 움직임은 이미 50년대부터 미국의 <리빙 씨어터>, <오픈 씨어터>, <라마마>와 같은 집단들에 의해 실험되어 왔지만 근자에는 '대사'와 '이야기'를 극단적으로 배제하려는 경향이 있다. 이러한 기류는 한국에도 상륙하여 97년에 극단 <환 퍼포먼스>가 공연한 <난타>가 한국연극계를 강타했고, 99년 여름에는 영국 에딘버러 페스티발에 진출하여 찬사와 호평을 이끌어냈다.

1990년대 이후의 한국연극은 분명 대사 위주의 '문학성'이 약화되는 대신 종합예술로서의 '연극성'이 강화되는 방향을 취하고 있으며 이러한 흐름은 21세기로 이어질 전망이다. '연극성'을 강조하는 연극의 추세 속에서는 극작가의 위상이 약화되기 쉬우며 문학 작품으로 읽힐 만한 희곡의 성격도 약화될 수 있다. 대사의 흐름만으로 거의 모든 의미를 짐작할 수 있었던 과거의 희곡에 비해 대사보다 무대지시문의 비중이 커지는 희곡들이 늘어나고 있다. 전통적 희곡과는 비교할 수도 없이 무대지시문에 나타난 동작, 춤, 소리, 음악, 조명, 장치, 소품 등의 연극적 기호들을 연극적 상상력으로 무대화하며 읽을 수 있어야 한다. 이전보다 희곡 읽기의 어려움이 훨씬 가중되고 있는 셈이다. 대본에 활자화된, 또는 행간에 숨어 있는 무수한 연극적 기호들을 뇌리 속에서 창조적 상상력으로 무대화시킬 수 없는 독자들에게 앞으로 희곡 읽기란 음악의 악보를 읽는 일처럼 어려워질지도 모른다.

혹자들은 21세기에 연극이라는 형식 자체가 첨단 영상 산업에 떠밀려 사멸할 것으로 전망하기도 한다. 사실 연극은 영화의 출현 이후, 그리고

TV의 출현 이후 매우 심각한 타격을 받았다. 앞으로도 연극은 20세기 이전의 화려한 시절을 회복하지는 못할 것이다. 그러나 연극은 결코 죽지도 않을 것이다.

그 중요한 근거의 하나는 세기말 아방가르드 연극 운동의 큰 특징인 '원시주의'(primativism)이다. 이 원시주의의 경향은 연극을 통해 꿈의 상태라든가 본능적이고 잠재적인 심층을 탐구하는 한편, 신화와 주술에 초점을 맞춘 의사(擬似) 종교적 요소를 지니고 공연 자체를 제의적, 의식(儀式)적으로 형식화한다. 이는 곧 '원래' 형식으로의 복귀, 즉 고대 희랍의 디오니소스 제전이나 샤머니즘적 연희, 발리섬의 무용극 같은 것에 대한 그리움으로 나타난다. 후기 산업사회 속에서 아방가르드 연극의 특징은 고도의 테크놀로지의 총화가 아니라 아이러니칼하게도 반물질주의와 함께 초월성에 대한, 또는 영적인 것에 대한 지독한 열망을 보여준다.

20세기말 연극에서 제의성이 부활되고 있는 것은 곧 잃어버린 '아우라'에 대한 갈망이기도 하다. 사진, 영화, 레코드, 비디오 등의 복제 예술이 가공할만한 위력을 떨치는 오늘의 시점에서 연극만이 여전히 복제 불가능한 예술임에 주목할 필요가 있다. '아우라의 상실'이라는 발터 벤야민의 전제는 예술 작품이 우리 눈 앞에서 '지금', '여기에' 단 한나의 작품으로 존재하던 '예배적 가치'로부터 그 대신 아무데서나 그 복제품을 볼 수 있는 '전시적 가치'로 이행되었음을 지적하고 있다. 연극이 끝까지 살아 남을 수 있는 생명력은 결국 '예배적 가치'의 미덕을 살리는 방향에서 찾아지고 있다.

세기말의 한국 연극은 서구 연극의 무조건적 추종과 모방이라는 오랜 세월의 시행 착오를 거쳐 이제 한국적 전통에 뿌리를 둔 주체적 현대 연극으로 성장하고 있다. 그 추세가 세계적인 아방가르드 연극 운동의 흐름과 호흡을 같이하면서도 한국적 정체성을 강화하고 있다는 점은 매우 고무적이다. 바로 여기서 가장 한국적인 연극을 통해 가장 현대적이면서도 가장 세계적인 연극이 창조될 수 있는 무한한 가능성과 만난다.

생태환경과 한국문학

문학환경학과 문학생태학

채수영*

1. 인간과 문학 그리고 자연

인간은 사회의 변화에 반응하는 한편 변화를 주도하는 양면적인 역할을 수행한다. 물론 두 가지의 경우가 동시 혹은 별개로 영향을 받을 수도 있지만 일단의 반응을 주요한 대상으로 설정한다. 인간에게 적합한 환경인 경우에는 깊은 관심을 갖지 않지만 열악한 환경에서는 즉각 반응 —개선을 위한 조치를 강구하는 절차를 생각하고 토의한다. 각종 환경오염이 피부로 다가온다고 느낄 때, 위험에 대비한 반응-노래를 부르면서 그 중요성을 거론하는 글들을 쓰기 시작한다.

한국문학사에서 1990년대 후반에 와서 환경에 대한 단편적인 거론은 시작되었다. 물론 이런 조짐은 서구 쪽에서 비롯된 현상이었지만 우리에게 피부로 다가온 것은 각종 매연, 일산화탄소의 증가와 쓰레기 그리고 공기 오염이나 오존층의 파괴 등 환경에 대한 위험 지수의 증가와 함께 인간 보호를 위한 깨달음이 고조되는 것과 더불어 표현의 필요성을 나타내는 징후가 전면으로 대두되게 되었다.

문학과 환경문제를 생태(Ecology)로 바라보는 현상이 90년대 후반부터 다음 세기에 걸쳐 주요한 문학의 이슈가 될 것 같다.1) 여기에는 한국 문

---

*신흥대 문창과 교수

학에 새로운 관심의 분야로 정착될 소지는 주로 사회 환경적인 문제로 관심을 재촉하는데서 근거를 찾을 수 있을 것이다.

문학의 생태라는 말에는 두 가지의 의미가 내포된다. 문학을 하나의 유기체로 인식하고, 문학 자체의 오염 환경(주로 표현의 저속성) 문제를 거론하는 것과 인간이 살아가는 환경이 파괴됨으로써 문학에 어떻게 반영되는 가를 작품으로 비평하고 북돋우는 형태가 있을 수 있다. 주로 문학의 환경과 문학의 결합 문제를 거론하는 점은 후자 쪽에 집중되고 있다. 여기서 명백하게 구분해야 하는 점—전통적으로 동양 사회에서는 자연과 인간의 관계를 밀접하게 생각하고 상호 교접하는 조화에 초점을 두었던 자연 애호사상으로 돌아가야 하는 가라는 점이다. 다시 말해서 서양의 역사인 과학 만능의 폐해에서 오늘의 환경 위기를 초래하는 동인(動因)을 제공했다면, 그 반대인 동양사상의 본질로 돌아가야 하는가의 의문에 답해야 한다는 점이다.

작금에 와서 인간의 위기를 거론하는 주요 이슈가 환경문제로 집약된다, 예를 들면 물 좋고 산 좋았던 금수강산의 물도 마음놓고 마실 수 없는 오늘의 현실이나 한강 물도 앞으로 5년이 경과하면 정화 기능을 완전히 상실하여 오물로 변할 거라는 우려, 이 상태로 10년이 가면 도시는 유독가스로 가득찬 공기를 마시게 될 것이고, 공기를 맑게 해주는 숲과 녹지가 러브 호텔, 음식점의 대명사가 된 가든이 무분별한 개발로 죽어가기 때문이다. 또한 이대로 20년이 경과하면 쓰레기로 전국이 묻히게 된다는 우려는 이제 남의 일이 아니다. 이미 환경문제는 개인의 단계를 넘어 전 인류의 문제로 확대되었다.

지식인들이 문명의 위기를 거론하는 것은 오늘의 문제가 아니다. 리즈맨, 머튼, 슈팽글러 등 서구 학자들 사이에서 분석된 아노미 퍼스낼리티 즉 서구 사회의 해체를 거론하는 시발도 과학의 발달에서 얻어진 위기를 예언하는 말들로 집약된다.

---

1) 졸저, 문학 생태학(새미, 1997.7)에서 환경문제에 따른 문학의 반응과 문학 자체에서 생로병사의 단계를 가졌다는 가정을 생태라는 개념으로 분석한 바 있음.

　　해체에는 ① 마약, 자살, 범죄, 섹스 범람에서 오는 <개인 해체>와 ② 별거, 이혼, 동성애, 부부교환, 자녀반항 등의 <가족 해체> ③ 불복종, 임금투쟁, 무고, 모략, 사제지간의 파탄 등의 <직장 해체> ④ 유괴 시설물 폭파, 빈민가 청소년 범죄 등의 <지역 해체> ⑤ 기성 모랄의 거부. 노소전쟁, 남녀전쟁, 다수결원리의 거부, 게릴라의 출몰 등에서 볼 수 있는 <제도 관습의 해체>가 있다.[2]

　　주로 서구의 해체는 그들이 신봉했던 과학 만능과 물질 우선의 사고에서 비롯된 원인이지만 이런 원인이 동양 사회에 지대한 영향을 끼친 세기로부터 과학 편리의 대가를 치르는 일이 시작되었다. 이는 전통적인 동양의 미덕이 개선의 중심이 되었고 여기서 갈등과 반목의 소용돌이가 진행되었다. 과학은 분석이고 해체를 조장하는데서 논리를 앞세우게 된다. 그러나 동양 사회는 전통적으로 서구와는 완전히 다른 문화의 출구를 가지고 있었기에 둘의 결합은 갈등을 잉태하는 수순을 밟게 되었다. 여기서 앞에서 언급한 해체는 결국 좌절의 지수(the Level of Frustration), 사회 병리 현상의 지표인 아노미 지수를 만들게 되었다. 현대의 특성은 모든 분야의 대상이 해체라는 혁명의 도구가 됨으로써 가치의 붕괴 현상을 가져오게 되었다. 물론 붕괴에서 어떤 대안을 마련하면 좋은 결과를 예상할 수도 있지만 목적 없는 파괴와 부정의 시대를 연출하는데서 현대의 위기는 시작되는 이유가 된다. 이는 서구의 위기가 아니라 곧 우리의 위기로 전염되었고 또 이런 현상이 급속한 기류를 타고 진행되고 있다는 점이다. 인구 1000명당 이혼 2건으로 1999년에 불란서나 일본을 앞질렀다는 이혼율의 급증, 불렉보드 장글을 능가하는 학생들이 무례한 일들은 동양의 전통을 일거에 무너뜨린 바, 이는 사회를 민감하게 반영한 현상이 우리 앞에 다가왔다. 그렇다면 이런 사회병리 현상은 치유의 전망이 있는가 혹은 그런 희망의 공간이 어디에 있는가를 염려하게 된다. 이런 해체 현상을 수반하여 질서 사회에서 무질서의 공간으로 이동하지만 이

---

2) 주관중, 질학사상(성아, 1981.6) P.59

내 새로운 질서를 구축하고 찾으려는 노력이 인간사의 이치이고 자연의 이치라면 희망은 여기서 잉태하게 된다. 이런 근거 위에서 인간의 절망을 깨우치고 예언하는 기능, 문학을 생태-유기체의 관점으로 체온을 나누는 생명 연장의 근거를 모색해야 한다.

자연은 항상 복원력을 갖는 특성을 갖고 있다. 쓰레기더미로 만들어진 난지도에 꽃들이 피고 나무가 자라고 열매가 맺는다면 이는 인간으로 생각하기 어려운 무서운 복원력을 증명한다. 그렇다면 자연을 파괴하고 죽이는 일을 일삼는 인간의 손길이 멈춘다면 피폐해진 자연은 금방 새로운 영토로 탈바꿈할 꿈은 먼 것이 아니다.

문학의 토양은 작가나 시인이 살고 있는 사회를 벗어나는 것이 아니라 오로지 사회 속에서 문학의 시발이 이루어진다는 점에서 시대의 온도계가 될 수 있다. 이는 시대마다 다른 표정, 가령 김소월의 <진달래꽃>은 1920년대의 표정이 들어 있고, <죄와벌>은 당시대 러시아의 표정을 반영했다는 점에서 작가와 시인의 삶이 용해 혹은 투영되었다. 그렇다면 한 세기를 마감하는 오늘의 문학적 표정은 어떤 모습인가?

한국 문학은 외래 지향이나 유행병에 매달리는 민감한 특성을 가지고 있다. 특히 서양의 흐름에 지식을 동원하는 경향이 한국 문학 초창기부터 일방적인 현상이었다면 이런 징후는 100여년이 지난 지금에도 변함없는 현상으로 나타나는 고질병이다. 80년대 알맹이 없는 민중타령에 모조리 오염되었던 현상을 위시해서, 모더니즘이 들어오면 온통 문학의 이론은 모더니즘이라는 말로 도배를 했고, 현상학이 오면 거기에 맞추는 합창곡, 포스트모더니즘의 유행이 지나면 그런 이론에 발맞추는 행진을 익숙하게 보아 왔다. 이는 비전의 결핍을 나타내는 그리고 몰개성의 휩쓸려 가기 혹은 함정 빠지기의 특성과 같았다.

90년대 이후 나타난 현상은 문학과 환경을 거론하는 말들이 많아졌으나, 필연적인 현상을 간과하는 일과성 유행이어서는 안될 것이다. 왜냐하면 생존의 위협 혹은 인간 생명의 위험을 문학의 땅이 외면해서는 입지가 없기 때문이다.

2. 새로운 이데올로기를 위해

공산 이데올로기는 이론상으로 볼 때 민주주의라는 개념보다 훨씬 매력적인 용어이지만 실제로 욕망(慾望)을 부추기는데는 민주주의의 매력을 따라가지 못하는데서 공산주의는 인류사에서 문을 닫아야 하는 운명으로 전락했다. 그렇다면 백성의 가치는 食而爲天이라는 경제 문제로 집약될 때, 민주주의는 욕망의 팽창을 위해 주야불식 노력을 투척하는 점에서 공산주의는 따라갈 수 없는 차이를 낳았다. 이런 승패는 인류사에 새로운 이념의 질서를 구축할 필요가 태동되었으니, 경제와 환경과 문화라는 세 개의 용어가 자리잡게 된다. 다시 말해서 이것들은 개별적으로 독립된 가치를 가지면서 아울러 종합적으로 작용하는 국가의 중추적인 현안-이데올로기로 정착되게 되었다.

경제는 국민을 넉넉하게 먹고사는 문제를 해결하는 점에서 우선 순위에 들게 된다면 자급자족의 협소한 개념이 아니라 인터내셔널에서 내셔널의 방향으로 특성을 삼을 수 있게 된다. 즉 국내에서 물건을 만들어 해외에 팔아 이윤을 극대화할 때 경제적 가치는 빛을 발하게 된다. 국가라는 기구는 본질적으로 국민을 안락하게 먹이고 입히는 제도를 어떻게 능률적으로 운용할 수 있는 가의 요건이 결국 경제라는 형태—여기서 공산이니 민주니의 이데올로기조차 와해되는 상황을 빚게 되었다.

두 번째는 환경 이데올로기의 대두다. 아마도 환경문제의 관심은 80년대 후반에 와서 급속하게 중요성의 앞자리를 차지하게 되었다면 이는 산업 사회와 메커니즘에서 빚어지는 필연적인 결과가 되었다. 무한정으로 배출되는 쓰레기의 홍수와 자동차에서 뿜어져 나오는 일산화탄소로 빚어지는 공기의 오염과 공장에서 배출되는 오수와 폐수의 문제는 이미 처리해야 할 인류의 중요 관심사로 대두되었기 때문이다. 이런 발상은 결국 내셔널의 국지적인 관심을 넘어 인류의 공통적인 현안으로 대두되었다. 가령 중국이 급속하게 산업화를 이루어 가는 와중에 어느 새 우리와 밀접한 황해가 썩어 가고, 연안에는 적조현상이 빈번하다는 보도는 비단 중국과 우리만의 문제가 아니라 인류의 재앙으로 확대되는 개념으로 진전된다. 더구나 공기의 오염은 일정한 지역만의 문제가 아니고 지구라는 인류의 귀중한 공간을 멸망으로 변하는 요인으로 작용할 뿐만 아니라 물의 오염은 더욱 심각한 미래를 예측하게 한다. 1998년 8월의 홍수, 99년 8월의 게릴라성 호우 등 엘리뇨로 인해 기상 이변이 지구의 곳곳에서 재앙으로 아우성이다.

인간이 깨끗한 물과 신선한 공기를 마신다는 것은 생존의 본질이고 가장 시급한 문제의 핵심이 될 수 있다. 가령 한 끼니를 굶어도 되지만 공기와 물을 마시지 못하고는 존재 자체가 불가능할 수 밖에 없다. 여기서 환경 이데올로기는 인터내셔널의 본질로 자리잡게 되면서 공통의 관심사로 다가온다.

여기서 문학도 생태학적인 현상과 떨어질 수 없는 해결의 과제로 인간에게 던져진 것이 90년대의 후반에 와서 관심의 현안이 되었다. 이런 관심은 앞으로 급속하게 확산될 것—인간의 중요 관심사는 곧 문학의 표현 대상이자 해결해야 할 문제로 다가오기 때문이다. 문학 표현의 대상도 전통적인 것 혹은 민족적인 개념에서 세계를 대상으로 하는 표현의 시야가 넓어지게 되었다. 이를 뒷받침하는 또 다른 현상은 정보화 사회라는 인터넷의 바다가 국가적인 경계에서 이미 우주를 하나의 단위로 변모한 사항도 표현의 영역을 확대하는 요소가 된다.

세 번째는 문화 이데올로기— 현대는 단순히 물건을 파는 시대가 아니라 예술을 파는 시대라는 것은 두 말할 나위가 없다. 가령 밥을 먹을 수 있는 단순한 식탁에 예술적인 디자인이나 도안을 가미함으로써 그 부가가치는 높아질 수밖에 없다는 점에서 예술 문화는 현대와 미래를 연결하는 중대한 관심사가 될 뿐만 아니라 국가경제와 생활에 활력을 주는 요인으로 작용하게 된다. 물론 예술 문화는 본질이 개방적인 성질을 띄기 때문에 또한 인터내셔널이라는 속성에 쉽게 수용될 수 있다. 결국 이 셋의 상관은 때로 독자적이고 또 종합적인 상관으로 이어지면서 국가 경영의 요체로 자리잡게 된다. 아울러 인간을 위한 바탕이 중심을 이룬다는 점에서 생명의 존귀함을 깨우치는 일이며 인간 체온을 나누는 문학으로의 진로를 설정해야 할 필요가 대두되는 이유를 말하기 위한 예가 된다.

3. 자연과 문학의 고리

앞에서 언급한 경제와 환경과 예술은 곧 국가의 미래를 어떻게 운영할 수 있는가를 좌우하는 요체가 된다는 점에서 새로운 이데올로기라는 개념이 탄생된다. 물론 이 셋의 개념은 항상 밀접성으로 연결되면서 때로는 별개의 작용을 갖는다는 점에서 이질성일 수도 있다. 그러나 셋의 이데올로기 중에서 가장 중요한 것은 환경문제가 된다는 것은 두 말할 나위가 없다. 이런 발상에서 본인이 졸저『문학 생태학』(새미출판사)을 상재한 이유도 문학과 인간의 환경문제가 본질로 대두될 수 밖에 없는 시대적 상황을 직시하기 위함이다. 그렇다면 문학은 환경을 어떻게 수용하면서 또 정리해야 하는가는 이제부터의 과제가 될 수 밖에 없다. 두 가지의 인용으로부터 논지를 새롭게 하려 한다.

> 문학 생태학이란 말은 아직 사전에도 없고 또 학자들 사이에서 널리 통용되고 있지도 않다. 그럼에도 불구하고 그것은 지금 작가들과 비평가들 사이에 점점 절박한 문제로 인식되고 있다. 거리에서 집안에서, 도시에서 또는 농촌에서, 우리는 우리의 생활 환경과 주거 공간이 급속도로 파괴되어 가고 있는 것을 바라보며 살고 있다. 그리고 그와 같은 상황 속에서 우리는 우리의 정신 건강 또한 급속도로 붕괴되어 가고 있는 것을 느끼며 살고 있다. 대기 오염과 수질 공해는 이미 우리 목숨을 위협하고 있으며, 물신 주의와 이기주의는 이미 우리 사회의 근본을 흔들어 놓고 있다. ―김성곤<문학의 생태학을 위하여>

1990년에 쓴 위의 글은 아마도 우리 주변에 환경문제를 거론하면서 문학이 생태 쪽에 관심을 가져야 한다는 최초의 발성으로 보인다. 물론 이런 발상은 1866년 에른스트 헤켈의 <환경에 관한 유기체에 관련한 총체

적인 학문> 이후 환경과 생명체의 관계 규명은 시작되었지만 정작 산업 사회의 폐해가 피부에 닿기 시작한 이후 자연 환경의 문제를 심각하게 숙고하게 되었고 더불어 자칫하면 인간 존재가 파멸에 이를 수 있다는 자각을 갖게 되었다. 다시 말해서 인간이 편리를 위해 노력한 과학 만능의 메커니즘은 결국 인간을 옭죄어오는 부메랑의 비극이라는 인식을 갖기 시작한 이후 생태의 파괴는 인간에게 위협의 수준으로 감지되고 있다는 점이다. 어떻든 도시나 농촌이나 어디를 막론하고 인간이 머무는 곳은 생태계를 위협하는 양상이 전개되고 있다. 이런 위협은 인간의 오만을 제어하는 쪽에 초점이 맞추어져야 할 것이지만 자연을 정복하고 개조하여 인간을 이롭게 하려는 F.Bacon 이후 자연 파괴를 과학이라 생각했던 서양식 사고의 문제를 무비판적으로 받아들인-- 자연 조화의 외경이 무너진 결말이 우리 앞에 무서운 속도로 다가오고 있음을 이제야 느끼게 되었다. 자연과 인간의 분리가 얼마나 비극인가를 깨닫게 되었을 때 이미 자연은 우리 곁에서 치유 불능으로 신음하고 있기 때문이다.

서양의 자연관은 인간이 자연에 대해 얼마나 위력이 있는가를 시험하는데서 출발했고, 동양은 인간이 얼마나 자연을 사랑하는가의 발상에서 시작되었다. 이는 결국 생태학의 차이를 마련했고 −육식 문화의 서양은 대상을 적으로 생각하는 문화− 초식 문화의 동양은 결국 자연 친화에서 삶의 근본을 맡기려는 발상으로 근본이 달랐지만 결국 서양 문화에 먹히운 꼴이 황폐화를 부추기는 위협의 원인이 되었다. 이런 위협에 대해 새로운 대책을 강구한 것은 동양 학자들이 아니라 서양의 학자들이었다는 것도 특기할 만한 문제 제기일 것이다.

모든 문학의 영역은 결국 생태학이라는 영역으로부터 관찰과 묘사에 이르기까지 추상성이거나 현실성의 사이를 왕래하면서 문자로부터 생명력을 얻어야 한다. 살아 움직이는 자연현상과 여기에서 삶을 이어가는 인간과의 연결은 곧 문학 생태학의 근원을 형성하는 환경 모태가 된다. 인간은 환경을 떠나서는 존재 자체가 무의미하다는 발상-- 지금까지의 자연현상을 새로운 눈으로 바라보아야 하고 가슴으로 느껴야 할 대상으로 다가온다. 결코

정복이나 버려두어야 할 대상이 아니다.—졸저, 『문학 생태학』(새미,1997)

　문학은 곧 인간학이고 인간은 자연 속에서 존재를 구성하게 된다. 자연과 인간은 어떤 일이 있어도 분리되는 것이 아니라 동화되었을 때 존재 추구는 안락을 얻을 수 있다. 여기서 자연과 문학 또한 상호관계를 어떻게 유지하면서 표현으로 승화하는가에 중심을 두어야 한다는 발상이다. 이제 모든 국가는 얼마나 잘사는가의 경쟁이 아니라 어떻게 자연을 아름답게 유지하고 보존하는가에 관심을 집중할 때 삶의 원리가 주어져야 하는데서 문학과 생태학(Ecology)의 관계가 대두된다.

　자연은 인간에게 위안을 제공한다는 말은 특이한 뜻만은 아닐 것이다. 편리를 추구하는 과학 만능은 오늘의 위협을 불러왔다면—자연은 편리와는 상관이 없지만 아름다움과 안락을 제공하는 점에서 인간은 자연 속에의 존재가 되어야 한다.

　한국의 현대시는 이미 자연을 어떻게 친화적으로 수용할 것인가를 최근에 많은 시인들이 시도하고 있다. 나는 이런 현상에서 앞으로 한국 시의 진로가 자연을 노래하는 '신자연 현상'으로 집중될 거라는 단언을 하고 있다. 편리와 합리와 정치(精緻)함에 이미 피곤하고 식상한 것이 현대인이다. 여기서 자연으로 돌아가는 것은 노동의 귀중함을 알지 못하고는 풀 한 포기의 의미도 깨닫지 못하고 다시 도시의 낙오자로 전락하게 된다. 편리를 추구하기 위해 자연 앞에 군림하는 오만성을 버리고 겸손으로 새롭게 만나는 점에서 신자연 현상은 단순한 자연과의 조우와는 상당히 다를 것이다. 다시 말해서 자연의 순수함을 보지(保持)하려는 노력과 과학의 편리가 결코 자연을 훼손하지 않으려는 인간의 자각이 덧붙여진다면 원시 상태가 아닌 또 다른 친근미의 자연이 인간 앞에 마주하게 될 것이라는 의미이다. 바라보면서 노래하는 자연이 아니라 땀을 흘리면서 심고 가꾸면서 동화되는 자연을 뜻한다.

4. 자연 철학과 한국 문학

　서양의 문화와 동양의 문화적인 차이는 익히 알려진 바다. 서양의 문화는 해양의 도시 중심으로 출발했다. 이는 서양의 사상이 선(線)위주의 기하학적인 현상을 뜻한다면 동양은 땅의 농경 문화—원으로의 포괄적인 차이를 갖는다.

　시조의 대부분이 자연현상과 인간의 도덕을 전면에 내세우고 있는 것도 모두 동양사상의 근저를 문학으로 표출한 특성을 가지고 있다면, 이는 곧 삶의 원형을 문학이라는 형태로 나타낸 의도일 것이다. 한글에 天地人 삼재의 원리나 5音 5行 5時 5方位 등의 이름들은 곧 자연의 이름을 모아 놓은 것이고 5장 6부 등 우주의 개념과 인간의 신체 구조를 자연현상에 일치시킨 사상은 곧 동양문화의 원형을 뜻하는 명칭으로 삶의 모두를 여기에 집중하면서 사상을 형성했다.

　<춘향전>에서의 원형은 한국인의 사상—밤과 낮으로 명확하게 구분되는 자연의 원리에서 설명되어지는—선택의 여지보다는 차라리 죽음으로 삶을 선택한 춘향의 행복이나 불사이군의 뜻으로 생을 마감한 정몽주를 여전히 도덕가치의 정점으로 생각하는 일들은 비단 문학만의 현상은 아닐 것이다. 자연의 본성을 거슬려서는 인간으로 존재할 수 없다는 사상은 곧 한국 문학의 원형을 이루는 요소가 되었으니, 이의 줄기는 농경 문화를 바탕으로 출발한 동양문화는 계급적인 사회를 형성했고 이는 배반 없는 절대 헌신의 결과를 최상의 가치로 삼는다. 한용운의 <님의 침묵>에 "님은 갔습니다. 아아 사랑하는 나의 님은 갔습니다…… 아아 님은 갔지만 나는 님을 보내지 아니하였습니다." 중 실제로는 不在하지만 결코 이를 인정하지 않으려는 사랑은 곧 영원을 지향하는 일체화의 목표는 곧 생명을 버리고 얻는 좌표이기 때문에 죽음이라는 마지막조차도 영원의 이름으로 바뀌는 계기를 형성하게 된다. 결국 한국인의 삶은 현세뿐만 아니라 내세까지도 연결되는 인자가 절대 요소인 가치를 떠나서는 존재할 수 없다는 사상에서 연원하는 것 같다. 인간과 자연의 조화는 문

화 가치의 일정한 축(軸)을 이루었고 '우리' 사상의 원형으로 처리하고 있을 뿐이다. 즉 '우리'의 중심축은 항상 자연과 인간의 조화를 본질로 이룩한 사상이다.

한국 문학은 갑오개혁 이후 서양화에 모든 가치를 접목하는데 시간을 투척했다면 이로부터 1세기가 경과한 지금에 문학은 국적을 상실한 형태--서구 형식에 우리 내용을 비빔밥식으로 혼합한 점이 없었는가를 반성할 필요가 여전히 유효할 것이다. 다시 말해서 「우리」를 상실하고 1인칭 문화에 중독 되었다는 뜻으로 이는 전통적인 특성이 상실된 바탕 위에 세워진 이상한 건물과 같은 모양새가 오늘의 한국 문학이라면 21세기의 문학은 개성을 확립하면서 우리의 문학적 표정을 연출해야 한다는 점이 주요한 이슈가 되어야 한다.

문학의 표현은 민족의 정신적인 축(軸)을 중심으로 전개되어야 한다. 축은 곧 우리의 원형이고 이 원형은 새로운 문화를 받아들일 때 혼란함이 없이 수용하면서 용해하는 바탕을 만들 수 있는 인자가 되기 때문이다. 정신의 중심축을 갖지 않을 때 개성의 혼란은 곧 존재의 혼란으로 이어질 공산은 크다. 정신 원형 형성에 가장 중심을 끼친 자연으로의 길 찾기는 오늘의 이데올로기의 중심을 이루는 일과 같다. 자연 파괴와 공기의 오염 그리고 황폐화한 도시 조건 아래서 민족의 원형을 되찾는 일은 곧 카오스에서 질서를 찾는 일—자연으로의 길을 찾아 나서는 일이다. 다가오는 21세기의 정보화 사회의 급속한 변화에 정신의 축을 이루는 것은 곧 생존의 원리와 다름이 없다는 점이다.

1) 전원으로의 귀환

인류사는 복잡에서 단순 혹은 단순에서 복잡을 순환하는 형태로 진행한다. 20세기말까지의 문화는 복잡을 향하는 고도한 과학메카니즘의 시대였다. 현대를 리모컨의 시대—지금까지의 리모컨의 형태는 여러 기능을 나열하는 형식이었다면 이는 과학을 최대로 이용하는 기능을 뽐내는 형태에서 점차 이런 기능을 소화하고 사용하는 사람은 없을 것이다. 여기서 다시 단순한 기능을 선호하는 쪽으로 옮아가게 된다. 또한 도시적인 형태는 과학과 편리라는 요구에 부응하는 쪽에서 점차 탈도시의 심리적인 인간의 마음이 도시에서 전원으로의 귀환을 서두르는 최근의 현상—예술인들이 편리하고 안락한 도시를 떠나 시골로 돌아가는 심리적인 상태에서 생태적인 발견 이는 문화의 발달에 따른 인간 생존의 노래 쪽으로 변하게 된다.

시의 표현도 이런 추세를 이미 반영하는 작품들이 비중을 갖고 있다. 생명 의식의 고취라는 점에서 **Vital Art**라는 현상이 힘을 얻을 것이다. 이 점에서 생태학적인 문학의 관심—결국 전원으로의 귀환을 서두르는 작품들이 우세할 것이고 이런 징후는 이미 진행되고 있다.

2) 자연과 인간의 균형

자연 생태는 인간의 손길이 닿는 곳에서는 어김없이 진행되고 있다. 다시 말해서 인간의 편리와 생산의 증대를 위해 필연적으로 자연의 일부를 훼손해야만 하는 점에서 자연은 곧 인간에 의해 변형되는 도정을 되풀이하고 있다. 그러나 자연은 복원력으로 돌아가는 길을 재촉하지만 되풀이되는 인간의 파괴력은 무한 반복으로 다가온다. 자연의 복원탄력과 인간의 훼손의 정도가 균형을 이루면 파괴의 위력을 발하지만 복원력에 못 미치는 경우가 되면 자연의 상태는 양호한 환경을 이룩하게 된다. 그러나 유감스럽게도 인간의 손길은 훨씬 빠른 속도로 자연과의 균형을 파괴하는 속도를 갖고 있다. 편리를 위한 과학적인 발명들은 하나같이 자연의 상태를 위험으로 만들었고—자동차를 위시해서 냉장고 또는 에어콘, 아스팔트 등 우리 주변에 많은 이기가 결국 부메랑으로 돌아오는 피해는 편리만큼 보답을 받아야 한다. 그 보답의 정도는 천천히 그리고 완만하게 다가오는 점에서 인간의 각성에 불빛을 희미하게 한다. 문학의 길은 이런 형편에 불을 밝히는 작업을 예언처럼 설파해야 한다. 한국의 문학은 이점에서 예언자의 설법을 화두로 던져야만 한다.

5. 文學環境學

　문학은 인간이 살고 있는 환경을—여기엔 사회 환경과 자연 환경으로 나누어지지만 문학의 대상은 결국 두 가지를 표현하는데는 구분이 없을 것이다. 그러나 문학은 본질적으로 환경에 인간이 어떻게 반응하고 또 환경을 영위하는가의 여부에 인간의 이야기를 더하는 줄거리로 이어진다면 인간에게 환경이라는 재료는 본질이 될 것이다. 물론 소설은 공간적인 현상으로 나온다면 시는 주로 배경을 이루는 요소로 드러난다. 또 인간이 살아가는 공간이 건전하고 쾌적하다면 그 공간을 영위하고 살아가는 인간의 땅엔 평화가 깃들게 된다. 결국 인간의 싸움이라는 형태도 이런 평화로운 환경을 쟁취하기 위한 명분이기 때문이다.

　문학은 역경의 환경을 또는 평화로운 환경을 노래하는 점에서 환경학(環境學)일 수 있다. 하늘을 나는 구름에서 땅 밑을 흐르는 하수도에 이르기까지 문학이 처리하고자 하는 모순과 합리의 명분을 축적하면서 환경에 반응—뜨거움과 삽상함에 대한 노래를 합창한다.

　인제에서 댐의 건설을 반대했던 일이나 동강의 댐을 반대하는 일들은 인간의 손길에 위협을 받는 자연의 순수를 지니고자 하는 문학의 노력의 일환이다. 이점은 확실히 환경학이 문학의 영토라는 말에 어울리는 것 같다. 환경이 생태의 특성을 만들 수 있다는 점에서는 순서를 갖지만 결국 둘은 분리되는 개념에서보다는 통합된 의미에서 문학의 활기를 부여하는 조건이 될 것이다.

6. 남는 문제를 위해

　작금에 우리 주변에는 자연으로 돌아가자는 소리가 드높아 가고 있다. 이는 한창 들떠서 소리쳤던 과학에서 인간의 정서가 안정감을 갖지 못한다는 의미를 확인하는 흐름으로 보고 싶다. 다시 말해서 자연현상으로 돌아가기를 염원하는 문학작품들이 많은 빈도로 관심을 표현하는 것은 시대의 요청이자 흐름일 것이다. 이런 추세는 더욱 가속될 것이고 또 그런 기세를 대체할 다른 문학적인 이슈가 없을 것이기 때문에 확신을 갖는 이유가 된다. 물론 이런 조짐은 앞으로의 한국 문학사에서 환경의 관심은 상당 기간 중심 이슈로 거론될 것이다. 아울러 동감댐 건설의 반대 주장처럼 이념으로 생겨진 휴전선은 우리가 선택한 결말이 아닐지라도 이곳에 살아 있는 생태계는 우리 땅에 마련된 소중한 우리의 유산이 되었기에 보호와 보존의 의무가 남게 된다. 그리고 문학인들은 자연의 가치와 중요성에 대해 노래해야 할 문학환경학의 임무가 주어진다.

생태문학론의 현황과 그 지평

홍은택[*]

> 모든 대나무는 하나의 뿌리로 연결된 형제이며 자매이다……그 밑동 중 하나를 베면 수천의 쌍둥이들이 모두 아픔을 느낀다. 누군가 톱으로 그들 중 하나를 자르면 모두가 잘려 나가는 아픔을 느끼고, 그들 중 하나에 물을 주면 백만의 작고 노란 나뭇잎들이 전부 시원함을 느낀다…. ― 마르크 오베르『대나무』중에서[1]

1. 들어가는 말

99년 7월에 발행된 문학지 중 두 곳에서 '생태시'와 '녹색문학'을 각각 특집으로 다루고 있다.[2] 한 뿌리에서 뻗어 올라간 두 개의 가지와도 같은 이 주제들은 위기에 처한 생태환경 속에서 문학인들이 창작과 비평에 있어 어떤 노력을 해야할 것인지를 다루고 있다. 국내에서 이 주제들이 다루어지기 시작한 것은 몇 년 전으로 거슬러 올라간다. 그러나 이렇게 동시에 특집이 터져 나오는 것을 보면 이에 대한 논의가 이제서야 본격적인 괘도에 오르고 있는 느낌이다. 문학론 일반에 대해서는 생태문학,

---

1) 장 마르크 오베르 지음(조은섭 옮김), 대나무(문학사상사, 1999), 136-137쪽.
2) <문학사상>에서 '각광받는 녹색문학의 현주소'라는 제목의 기획특집에 김성곤, 윤지관의 글을 싣고 있고, <시문학>은 6,7월 2회에 걸쳐 '환경과 생태문학'이라는 제목의 기획특집에 문덕수, 송용구, 최병현 등의 글을 연재하고 있다.

녹색문학, 환경문학 등으로, 각각의 장르에 대해서는 생태시, 환경시, 생태소설, 환경소설, 녹색소설 등으로, 비평에 대해서는 생태비평, 녹색비평 등으로 불리고 있어 아직 용어조차 정착되지 못한 상태이지만, 점차 심각해져 가는 환경 오염이나 생태파괴 현상과 맞물려 국내에서도 이에 대한 문학인들의 고민이 보다 진지해져 가고 있는 것이다.

그간에 행해진 작업 중에서 비교적 눈에 띄는 것은 이남호의 <녹색문학을 위하여>, 김욱동의 『문학생태학을 위하여』, 박희병의 『한국의 생태사상』 등이다. 이남호는 문학이 본질적으로 녹색이라며 녹색문학과 관련된 주제들에 대한 개념정리를 시도하고 있고, 김욱동은 미국을 중심으로 한 서구의 문학생태학 이론을 일목요연하게 소개하고 있으며, 박희병은 한국의 고전문학자들이 지닌 생태학적 사상과 문학을 명쾌하게 밝혀내고 있다. 이 세 사람의 작업은 나름대로 중요성을 가지며 각자 시사하는 바가 크다. 이남호의 작업은 문학평론가로서 서구이론을 어느 정도 자기 언어화하면서 녹색문학 및 비평을 향한 나침반을 만들어내고 있으며, 김욱동은 영문학자로서 문학생태학과 관련된 거의 모든 주제들을 망라하여 정리하는 동시에 국내 작품들에 대한 실제 비평도 시도하고 있다. 이들의 작업은 국내에서 생태문학론이 본격적으로 제기될 수 있는 토대를 마련했다는 점에서 의의가 크지만, 선구적인 작업들이 흔히 그렇듯이 약간의 문제점도 드러난다. 이 둘 모두에 대해 윤지관은 문학을 녹색과 적색으로 구분하는 이분법적 오류에 빠져 있다고 지적한다. 이분법적 태도는 다양성과 조화를 내세우는 녹색문학 특유의 입장과도 상반되기 때문이다[3].

또한 이남호의 경우, 글의 말미에서 자신은 녹색문학론을 내세움에 있어서 굳이 서구의 생태문학 작품이나 생태문학론에 의존할 필요를 느끼지 않으며, 서구 문학 사상의 모조품을 수입해서 진열하기에 급급했던 지난 관행으로부터 비교적 자유로울 수 있는 것이 녹색문학론이라고 언

---

3) 윤지관, "'녹색문학', 무엇이 문제인가," <문학사상> 1999.7(통권 321호), 99쪽.

급한다.4) 그러나 그 글에 인용된 내용의 출처들을 살펴보면 거의 대부분이 서구학자들의 문헌이며, 주목해야 할 우리 사상의 본보기로 든 박희병의 글에 대해서는 불과 반쪽만을 할애하고 있다. 실제로 서구사상에 의존하고 있으면서도 이를 경원시하는 태도는 생태학의 중요 개념인 상호의존과 다양성의 측면에서도 어긋날뿐더러, 이백 년 전 홍대용(1731-1783)이 주장한 공관병수(公觀倂受: 공평무사한 눈으로 보아 다른 사상의 장점을 두루 받아들인다)의 사상에도 못 미치는 생각이다. 물론 그간에 서구문학 전공자들의 무분별한 이론 수입과 국내작품에 대한 무차별 적용이 문제가 되어온 것도 사실이다. 그러나 한국문학이 자체의 문학이론을 체계적으로 정립하고 있지 못한 상황에서 서구 문학이론의 틀을 도입하여 활용하는 것이 특히 문학비평에 있어 도움이 되어왔음도 부인할 수 없다. 그러나 이남호의 경우, 녹색문학론이 이러한 지난 관행에서 비교적 자유로울 수 있다고 하면서도 실제로는 스스로 별로 자유롭지 못한 모습을 보이고 있는 것이다. 그가 이러한 모순된 태도를 보이게 된 데는 생태학, 생태문학 등의 움직임이 서구에서 먼저 시작되어 다양한 연구성과물들이 이미 많이 쏟아져 나와있는 데 비해, 생태학과 관련된 것만큼은 한국을 비롯한 동양의 여러 사상들이 오래 전부터 서구를 앞서고 있다고 생각하면서도 한국 및 동양의 이론들이 실제로 원용할 수 있을 만큼 체계적으로 정리되어 있지 않기 때문일 것이다.

　이러한 정황으로 볼 때, 박희병의 『한국의 생태사상』은 중요한 의미를 지닌다. 한국의 고전 문학자 및 사상가의 작품과 사상을 생태학적인 입장에서 꼼꼼히 읽어냄으로서, 한국 현대문학을 생태문학적인 시각에서 바라볼 수 있는 준거를 마련해 주었기 때문이다. 더구나 박희병의 글은 그들이 자신들의 사상을 근거로 창작을 하면서 그들 특유의 시학을 정립해내고 있음을 밝혀줌으로써, "과연 생태시학이, 그것이 지닌 이념적 특수성을 바탕으로 예술로서 새로운 미학을 창조할 수가 있는가"5)라는 최병현의

---

4) 이남호, 녹색을 위한 문학(민음사, 1998), 55쪽.

5) 최병현, "에코포에틱스와 현대시," <시문학> 1999.7(통권 336호), 88쪽.

문제제기에 대한 해답의 단서를 마련하고 있다. 다만 이러한 우리의 전통적 생태사상을 윤지관의 지적처럼, 서구와는 다른 우리의 제3세계적 현실의 특수성과 어떻게 접목시키는가 하는 것이 과제로 남는다.6)

즉, 현단계에서 생태문학에 관한 논의는 서구 생태문학론의 전개양상을 살펴보고 한국의 생태문학적 전통을 밝혀내어, 양자를 한국 현대문학에 적합하도록 접목시키는 방향으로 진행되어야 할 것이다. 각각에 대한 논의가 어느 정도 중첩되면서 앞으로도 계속 다양하게 전개되어야 할 것이지만, 이 글에서는 기존의 연구 성과를 토대로 서구 생태문학론과 한국 생태사상의 현단계를 점검해 보고, 소박하나마 앞으로의 방향성을 모색해 보고자 한다.

2. 서구 생태이론의 흐름

생태이론과 관련하여 정의되어야 할 용어들에는 생태학, 생태주의, 심층생태학, 사회생태학, 생태여성주의, 생태문학, 생태시학, 생태비평 등이 있다. 이 외에도 녹색문학, 환경문학이 있고, 생태나 녹색, 환경 등의 접두어를 문학의 각 장르에 붙이면 그 수는 더욱 늘어난다. 녹색이나 환경 등은 녹색운동, 환경보호운동과 관련하여 근래에 들어와 쓰이게 된 용어이므로 가장 오래된 것은 아마도 생태학이라는 말일 것이다.

생태학(ecology)이라는 말은 주거공간(home)을 의미하는 그리스어 'oikos'와 학문을 뜻하는 'logos'라는 말의 합성어로서, 1869년 독일의 에른스트 헤켈(Ernst Haeckel)에 의해 처음 사용된 것으로 알려져 있다. 생물학자이자 철학자였던 그는 생태학을 동식물 등의 유기체와 주변 환경과의 상호관계를 연구하는 총체적 학문으로 정의했다. 헤켈의 생태학은 다윈의 진화론과 깊은 연관성이 있는데, 진화론이 유기체와 그를 둘러싸고 있는 환경과의 총체적 상호관계 즉, 유기체의 생존과 도태, 진화 등의 문

---

6) 윤지관, 앞책, 105쪽 참조.

제를 풀어가고 있다고 보았기 때문이다. 이 생태학은 백년이 지난 20세기 중엽부터 크게 주목을 받게 된다. 산업혁명 이후 인간 이성의 산물인 과학기술의 비약적 발전과 더불어 자연환경의 오염과 생태계의 파괴 또한 급속도로 진행되어 인간의 생존이 위협받게 된 데 그 원인이 있다.

과학기술의 배후에 있는 인간의 이성을 중시하는 태도는 18세기 유럽에서 발생한 계몽주의에서 비롯되었다. 인간의 이성을 절대적으로 신봉하며 낙관론적 역사관을 표방한 계몽주의는 자연관 또한 크게 변화시켰는데, 계몽주의적 자연관에 따르면, 자연은 인간의 바깥에 존재하는 대상이자 객체일 뿐이다. 이로부터 이성을 앞세워 인간은 자연을 대상화시키고, 정복의 대상으로 삼았으며, 자연을 최대한 이용하여 인간의 이익을 추구하게 되었다. 결과적으로 오늘날 심각한 현안으로 등장한 생태계 파괴는 계몽주의에서 파생된 인간중심주의에서 비롯되었다.[7]

생태학은 자연과학의 한 분야이다. 이 생태학에 기초하여, 생태계는 곧 개체와 전체가 유기적으로 연결된 하나의 생명체라는 사실을 인식하고, 그 질서와 균형을 깨트리지 않으려는 정신을 우리는 '생태주의'라 이름할 수 있다. 미국의 생태주의자 배리 코모너(Barry Commoner)는 생태주의의 특성을 네 가지로 요약한다. 첫째, 모든 생물은 다른 모든 생물과 깊은 연관을 맺고 있다. 둘째, 이 세계에서 소멸되는 것은 아무 것도 없으며, 다만 다른 곳으로 자리를 옮길 뿐이다. 셋째, 자연이 더 잘 안다. 넷째, 대가를 지불하지 않고는 아무 것도 얻을 수 없다.[8]

이러한 생태주의를 문학을 통해 구현해내고자 하는 모든 형태의 문학을 우리는 생태문학이라 부른다. 이와 관련하여 김성곤은 생태주의를 환경주의와 구분하기도 한다. 환경주의는 환경 개선과 환경정화를 인간이 고도로 발달시킨 테크놀러지를 사용해 해결할 수 있다고 믿는 낙관주의

---

7) 송용구, "새로운 문학운동으로서의 생태시—리얼리즘 운동으로서의 생태시," <시문학> 1999.6(통권 335호), 102-103쪽 참조.
8) Barry Commoner, *The Closing Circle: Nature, Man, Technology*(New York: Knopf, 1971), 41-42 참조.

적 태도를 갖고 있으며, 생태주의는 일단 파괴된 생태계는 돌이킬 수 없거나 회복하는 데 오랜 세월을 필요로 한다고 생각하는 비관주의적 태도를 갖고 있다는 것이다.9) 이러한 주장에 근거하여 비평가들은 생태문학과 환경문학, 생태시와 환경시를 구분하기도 하며, 양자를 포함하여 녹색문학 또는 생태환경시 등으로 부르기도 한다.

생태학이 다양한 학문 분야와 긴밀한 관련을 맺게 되면서 여러 갈래로 나뉘어졌는데, 그 중에서도 생태문학과 가장 관련이 깊은 것은 심층생태학(deep ecology)10)과 사회생태학(social ecology)이다. 노르웨이의 철학자 아르네 네스(Arne Naess)가 1973년에 발표한 논문 <표층생태운동과 장기적인 심층생태운동>에서 처음 사용한 용어로 알려진 심층생태학은 생태학을 철학에 적용한 것이며, 표층생태학(shallow ecology)과 대비되는 개념이다. 표층생태학이 환경오염과 자원고갈을 막고자 싸우며, 선진국 국민들의 건강과 풍요의 추구를 주요 목적으로 하는 인간중심주의적 사고인데 반해, 심층생태학은 개체들과, 공동체들, 자연의 만물 사이에 새로운 균형과 조화를 모색하는 비인간중심주의적 사상이다. 아르네 네스는 심층생태학을 자아실현(self-realization)과 생물평등주의(biocentric equality)로 요약한다. 자아실현이란 큰 자아(유기적 전체) 속에서 작은 자아(개체)를 실현하는 것으로, "우리 모두가 구원받을 때까지 아무도 구원받지 못한다"는 말처럼 생태계에 존재하는 모든 것이 연결되어 있음을 깨닫고 그 전체와 하나가 되기 위해 나아가는 과정을 말한다. 미국의 생태시인 게리 스나이더는 정신적인 성장과 성숙을 의미하는 이러한 자아실현이야말로 '참된 일(real work)'이라고 했다. 생물평등주의는 서로 연결된 전체의 부분들로서 생태계의 모든 유기체들과 존재들은 모두가 동등한 내재적 가치를 가지므로, 풀 한 포기, 개미 한 마리가 인간과 전혀 다를 바 없는 동등한 본질적 가치를 누려야 한다는 말이다.11)

---

9) 김성곤, "녹색문화와 포스트모더니즘, 그리고 녹색문학—50년대 말 시작된 녹색문학의 본령과 전망들," <문학사상> 1999.7(통권 321호), 86-87쪽 참조.
10) 'deep ecology'는 근본생태학, 포괄생태학 등으로 번역되기도 한다.

심층생태학은 개량주의적이고 인간중심적인 환경주의에서 벗어나, 윤리적이고 급진적인 생태중심주의를 설파하는 사상으로, 빌 드발이 지적하듯이 가장 강력한 포스트모던 운동의 하나이다. 최근 여러 갈래의 생태문학에 관한 논의들이 심층생태학을 출발점으로 삼고 있는데, 그 이유는 심층생태학이 기존의 지배적인 세계관과 현격한 차이를 보이기 때문일 것이다. 그 차이점들을 살펴보면, 첫째, 지배적인 세계관이 자연을 통제하려는 사고를 가진 데 비해, 심층생태학은 자연과 조화를 모색한다. 둘째, 전자가 자연환경은 인간을 위한 자원이라고 생각하는 데 비해, 후자는 자연 만물은 고유의 가치를 지니며 생물의 모든 종(種)들은 평등하다고 본다. 셋째, 인구가 점차 증가함에 따라 물질적, 경제적으로 발전해야 한다고 전자가 주장하는 반면, 후자는 자아실현이라는 더 큰 목적에 필요한 만큼의 단순한 물질적 욕구를 가져야 한다고 주장한다. 넷째, 전자는 자연이 광대한 자원의 보고라고 여기는 반면, 후자는 지구가 인간에게 공급할 수 있는 자원은 제한적이라고 본다. 다섯째, 고도의 기술적인 진보가 문제를 해결해 줄 수 있다는 것이 전자의 입장이라면, 비지배적인 과학을 토대로 적합한 기술을 개발해야한다는 것이 후자의 입장이다. 여섯째, 전자는 소비적이고, 후자는 충족적이며 재활용을 하는 생활을 강조한다. 마지막으로, 지배적인 세계관이 국가공동체나 중앙집권적인 공동체를 지향하는 데 비해, 심층생태학은 소수 집단의 전통과 소수 생물의 영역을 소중하게 생각한다.12)

환경 문제의 원인을 인간중심주의에서 찾는 심층생태학과는 달리, 사회생태학은 그 원인이 인간에 대한 인간의 지배에 있다고 본다. 사회학과 생태학을 접목시키려는 사회생태학은 미국의 사회학자 머레이 북친(Murray Bookchin)의 이론적인 작업을 근간으로 삼는다. 북친은 심층생태학이 주장하는 생물중심주의(biocentrism)에서 비롯된 반인본주의를 비판

---

11) Bill Devall & George Sessions, Deep Ecology(Salt Lake City: Gibbs M.Smith, 19 85), 65-68 참조.
12) 위책, 69쪽.

하며, 생물중심주의가 결국 에코파시즘(eco-fascism)으로 전락하게 될 것이라고 경고한다.[13] 그는 생태위기가 자연에 대한 인간의 지배보다 인간의 다른 인간에 대한 지배와 억압에 더 근본적인 원인이 있다고 주장한다. 여성에 대한 남성의 억압, 한 계급에 대한 다른 계급의 지배와 억압, 인간의 자연에 대한 지배와 착취가 차례로 이어졌다는 것이다. 따라서 사회생태학에서는 계급 질서를 토대로 한 사회구조를 변혁시켜 평등 사회를 구현하는 것이 생태위기를 극복하는 관건이 된다.

생태비평(ecocriticism)은 이렇듯 다양한 생태학 이론들을 바탕으로 문학과 환경의 관계를 밝혀내려는 비평을 말한다. 생태주의적인 시각에서 문학 작품을 분석, 비평하고 이에 적합한 문학이론을 찾아가려는 움직임이다. 생태비평은 윌러엄 류컷(William Ruecket)이 1978년에 발표한 <문학과 생태학>이라는 논문에서 처음 사용한 용어이며, 그는 이 용어를 생태학과 생태학적 개념을 문학연구에 적용하는 분야라고 정의한다. 생태비평은 유럽중심의 경향에서 벗어나 다문화적이고 국제적인 성격을 띤다. 또한 포스트모더니즘과 마찬가지로 보편성과 객관성, 이원론적 사고를 비판한다. 상호의존과 다양성을 중시하며, 생태계를 자율적인 주체들의 복합적이고 유기적인 관계망으로 파악한다. 그러나 포스트모더니즘과는 달리 도구적 이성을 비판하면서도 이성을 완전히 버리지는 않는 것이 특징이다.

오늘날의 세계가 해결해야 할 가장 중요한 현안은 성차별, 계급차별, 인종차별, 그리고 환경 오염의 문제이다. 문학비평도 이러한 문제점들과 관련하여 시의적절하게 이론을 변화시켜 왔다. 최근에 가장 주목을 받고 있는 생태비평과 여성주의비평의 만남이라 할 생태여성주의비평도 이러한 움직임의 하나이다. 생태여성주의비평은 환경 오염과 성차별이라는 두 가지 문제를 동시에 해결하는 대안을 모색한다.

생태여성주의비평의 이론적 근거인 생태여성주의(ecofeminism)는 급진

---

13) 머레이 북친 지음(문순홍 옮김), 사회 생태론의 철학(솔, 1997), 250쪽.

주의적 여성주의가 앞에서 언급한 심층생태학과 사회생태학을 수용하고 비판하는 과정에서 생겨난 이론이다. 이 용어는 1974년 프랑스의 프랑수아 드본느(François d'Eaubonne)의 저서 『여성주의냐 죽음이냐』에서 처음 사용되었고, 70년대 말과 80년대 초, 수전 그리핀(Susan Griffin), 캐롤린 머천트(Carolyn Merchant) 등에 의해 자리잡게 되었으며, 국내에는 90년대에 들어와서 급속히 확산되었다. 1989년에 캐런 워렌(Karen Warren)이 <여성주의와 생태학: 관련짓기>라는 글에서 밝힌 생태여성주의의 기본 원칙을 살펴보면, 여성의 억압과 착취, 자연의 억압과 착취 사이에는 이중적 연관성이 있음을 인식하고, 이론과 실천에 있어 여성주의와 생태학이 상호간에 관점을 공유해야한다는 것으로 요약된다.[14]

생태주의와 여성주의가 결합하게 된 근본 원인은 남성과 여성, 문명과 자연의 이분법에서, 여성은 곧 자연(대지)과 동일시되며 남성중심주의적인 문명 사회에서 이로 인한 억압과 착취를 동시에 받아왔다는 점에 있다. 즉, 여성의 억압과 자연의 위기는 유사한 속성을 지니고 있으므로, 남성중심주의적이고 인간중심주의적인 사고에서 벗어나 성차별적인 사회구조를 철폐하고 여성과 자연의 근원적 결합을 통해, 성의 조화와 모든 생명체들의 공생을 추구하고자 하는 것이다. 따라서 생태여성주의는 남성과 인간을 타도의 대상으로 보지 않는다. 남성과 여성, 자연과 인간이 원래 하나라고 보고 이들 모두의 조화와 균형을 모색한다. 이것은 기존의 여성주의 및 환경운동에 대한 반성이자 한계 극복을 위한 대안이기도 하다. 생태여성주의는 인간과 인간이 서로 관계를 맺는 방식, 자연과 문명을 이해하는 방식 등에 있어 발상의 대전환을 요구하는 것이다.

3. 한국의 생태사상

김욱동은 『문학생태학을 위하여』라는 책에서 생태비평이 서양 비평가

---

14) 김욱동, 문학생태학을 위하여: 녹색 문학과 녹색 이론(민음사, 1998), 391쪽 참조.

들 못지 않게 동양 비평가들에게 중요한 역할을 부여하고 있다며 그 이유를 세 가지로 정리한다. 첫째, 상호의존과 다양성이라는 생태학의 기본 원칙처럼 생태비평도 유럽 및 미국 중심이 아닌 제3세계를 비롯한 다양한 문화권의 비평가들의 목소리에 귀를 기울여야 하며, 둘째, 환경문제는 범지구적 문제이므로 전세계가 함께 풀어가야 할 과제이고, 셋째, 동양 비평가들은 서양 비평가들에 비해 비교적 자연을 지배와 정복의 대상으로 보지 않고 오히려 자연과의 조화와 균형을 추구하는 문화권에서 살아왔기 때문에 생태비평은 서양 비평가들보다 동양 비평가들의 정서에 더 적합하다고 주장한다.15) 정재서는 동양문학의 하나인 중국 전통문학이 서구의 문학 정전으로부터 저만치 떨어져서 주변을 배회해 왔으나, 이제는 상대적으로 그 고유의 가치가 재검토되고 재정의 되어야 한다고 말하며,16) 이남호는 녹색사상이 우리나라를 비롯한 동양의 고전에서 많은 것을 얻을 수 있으며, 서구적 사유보다는 동양적 사유와 더 잘 어울린다고 생각한다.17) 최병현도 생태시학에 관해 논하는 자리에서 한국문학이나 문화만큼 생태시학에 적합한 토양도 없을 것이라고 조심스럽게 진단한다. 우리가 오랜 세월 인간중심적인 유교문화 속에서 살아왔지만 유교 또한 불교나 도교에 의해 상당부분 희석되어 비인간세계와의 조화나 공존이 인간적인 삶을 영위하는 데 도움이 된다고 생각해왔고, 인간을 포함한 자연 전체의 유기적 관계를 강조하는 생태학은 불교의 연기론을 모델로 한 것이어서 우리에게 익숙한 사상이며, 또한 무엇보다 우리 문학에서 점차 원시적인 자연과 고유한 언어 속의 야성이 사라질 위기에 처해 있으므로 현재의 한국문학이 생태시학을 필요로 하고 있다는 것이다.18)

　이렇듯 연구자들이 생태학 또는 생태문학과 관련하여 한국을 포함한 동양권의 역할을 강조하고 있음에 비해 아직 그 성과는 미미하다. 당위

---

15) 위책, 231쪽.
16) 정재서, "정경교융(情景交融)의 시학과 생태학적 문학론," <비평> 1999 상반기 창간호, 93쪽.
17) 이남호, 앞책, 50쪽.
18) 최병현, 앞책, 77쪽.

성의 주장을 넘어서서 실제적인 연구성과를 거두고 있는 것 중에는 박희병의 『한국의 생태사상』, 정재서의 <정경교융(情景交融)의 시학과 생태학적 문학론>, 김욱동의 <이규보의 생태주의> 등이 있다. 이 글들이 특히 눈에 뜨이는 이유는 한국과 중국의 생태사상에 비추어 고전 문학작품들을 낱낱이 분석해내고 있기 때문이다. 우리의 고전에서 생태사상의 뿌리를 찾고 그 사상을 바탕으로 현대 문학작품에 대한 실제 비평의 가능성을 열어주고 있기 때문이다.

먼저 중국 고전문학에서 생태문학적 전통을 밝혀내고 있는 정재서의 경우를 살펴보자. 그는 원시 도교의 대표적 경전인 『태평경(太平經)』을 인용하며 문학의 소임이 태평세계 곧 생태학적 평형의 상태를 이룩함에 있음을 말한다. 그 문학이 구체적으로 창작될 때 근본으로 삼아야 하는 것이 정경교융의 시학이요, 비평을 할 때 귀감으로 삼아야 할 것이 작가의 기질과 개성, 기법이 빚어 낸 작품의 특유한 정조를 이름하는 풍격(風格)이라 규정한다. 정경교융이란 정과 경이 "묘하게 합치되어 경계가 없는 상태(妙合無垠)"로서, 이른바 장자의 "만물이 나와 함께 하나가 된(萬物與我爲一)" 경지의 시적 체현이라 할 수 있으며, 풍격이란 작품의 미감을 분위기에 의해 전일적으로 파악하려는 생태시학의 한 형태라 할 수 있다.[19] 이어서 정재서는 김용택의 근작시집 『그 여자네 집』을 최근 우리의 녹색문학이 거둔 성과로 평가하면서 작품 읽기를 시도한다. 정경교융론과 풍격 등의 이론을 바탕으로 한 그의 섬세한 시읽기는 생태주의 문학에 적합한 비평 방식의 한 예로서 시사하는 바가 크다.

중국의 영향을 받았으면서도 특유의 생태사상 체계를 보여주는 한국의 경우를 박희병은 13세기 초반 고려 중기에서부터 19세기 초반 조선 말기에 이르기까지 이규보, 서경덕, 신흠, 홍대용, 박지원 등 다섯 명의 사상가이자 문장가들을 통해서 구체적으로 밝혀낸다. 이들의 사상 중에 이규보의 만물일류(萬物一類), 여물의식(與物意識), 물아상구(物我相救)

---

19) 정재서, 앞책, 103-105쪽 참조.

등과 서경덕의 물물상의(物物相依), 홍대용의 인물균(人物均), 공관병수, 박지원의 명심(冥心) 등은 생태학적 견지에서 주목할 만하며, 특히 홍대용을 제외하고 나면 이들의 사상이 자신들의 문학으로 표현되었다는 점에서 생태문학의 귀감이 될 만한 것으로 여겨진다.

박희병은 이규보의 만물일류사상이 장자의 제물사상(齊物思想)에서 비롯되었으나 유교의 측은지심이나 불교의 자비와 결합한 결과로 생겨났다고 파악한다. 그리하여 이규보가 장자의 제물사상을 잘 받아들이는 데 그치지 않고 이를 자기화해 내고 있다고 평가한다. 즉, 장자와는 달리 물(物)에 대한 지극한 애정과 생명에 대한 존중을 보여주고 있으며, 이러한 정신은 미물이나 힘없는 백성에 대한 깊은 연민으로 표출된다는 것이다.[20] <이와 개에 관한 이야기(蝨犬說)>를 비롯한 많은 수의 글들이 이규보의 그러한 사상을 드러내고 있는데, 내용인즉 한 손님이 찾아와 몽둥이에 맞아죽은 개를 보고 그 끔찍함을 말하자 이규보는 화로에 이를 태워 죽이는 모습의 측은함으로 대꾸했다. 개와 같은 큰 짐승의 죽음에 이 같은 미물의 죽음을 비유함에 손님이 자신을 놀리는 것으로 알고 이를 탓하자, 이규보는 이렇게 대답했다.

> 무릇 사람에서 소·말·돼지·양·곤충·개미에 이르기까지 혈기가 있는 생물들은 살기를 원하고 죽음을 싫어하는 마음은 동일한데, 어찌 큰 것만 죽음을 싫어하고 작은 것은 그렇지 않던가?……더구나 개와 이는 독립된 하나의 생명체인데, 저것은 죽음을 싫어하고 이것은 죽음을 좋아할 이유가 있겠는가? 그대는 돌아가서 눈을 감고 조용히 생각해 보게나. 그리하여 달팽이 뿔을 쇠뿔과 같이 보고, 메추리를 큰 붕새처럼 구별없이 볼 수 있는 마음을 기르게나.[21]

이는 서구의 심층생태학이 강조하는 생물평등주의와 다르지 않다. 생태계의 모든 유기체들은 모두가 동등한 내재적 가치를 지니고 있어 미물

---

20) 박희병, 한국의 생태사상(돌베개 학술총서3, 1999), 120쪽 참조.
21) 민족문화추진회 엮음, 이규보 시문선(솔, 1997), 235-236쪽.

과 인간이 본질적 가치에 있어 다르지 않음을 말한다. 이규보의 만물일류사상은 김시습의 애물사상(愛物思想)이 인간중심적인 차등적 물관(物觀)을 견지하고 있는데 비해, 물(物)을 이웃이라 생각하는 여물의식에서 비롯된다고 할 수 있다.[22] 그는 이, 쥐, 제비, 말 등의 생물 뿐 아니라 벼루와 같은 무생물에 이르기까지 인간인 자신과 내면적으로 연결되어 있는 것으로 파악한다. 또한 <군수 몇 사람이 부정하게 재물을 모아 벌을 받았다는 말을 듣고서(聞郡守數人以贓被罪)>라는 시에서는 백성들을 착취하는 탐관오리들을 꾸짖어, 사회생태학에서 말하는 인간에 대한 인간의 지배에도 관심을 쏟는다. 이것은 이규보가 소위 허심(虛心)으로 일컫는 깨달음을 자연에만 적용시킨 것이 아니라 사회적 모순 속에서 신음하는 민중들의 삶에도 똑같이 적용시킨 결과인데, 이 둘의 관계가 근원적으로 결코 둘이 아닌 하나이기 때문이다.

이규보 사상의 또 한가지 특징은 물아상구로 요약되는데, 이 개념은 다리가 부러진 책상을 고친 뒤에 쓴 글에 잘 나타나있다. 이 글은 자신이 고달플 때는 책상이 부축해 주었고, 책상이 절름발이가 되자 자신이 고쳐주었으니, 서로 병들어 구제함에 있어 어느 쪽의 공이 있다 하겠는가를 반문하는 내용으로 되어 있다. 물과 아, 즉 사물과 사람의 관계가 일방적이지 않고 상호의존적이라는 의미를 담고 있다. 서경덕의 물물상의라는 개념도 이와 크게 다르지 않으나, 이규보의 물아상구가 사물과 사람 사이의 상호관계를 나타낸다면, 서경덕의 물물상의는 사물과 사물 사이의 상관 관계를 보여준다.

> 봄이 돌아오면 인(仁)이 베풀어짐을 볼 수 있고
> 가을이 오면 위엄이 펼쳐지는 걸 알겠네.
> 바람이 그치면 달이 밝게 비치고
> 비가 온 뒤엔 풀이 아름답구나.
> 보노라, 일(一)이 이(二)를 올라타

---

22) 박희병, 앞책, 121쪽.

물물(物物)이 서로 의지하는 걸.
현기(玄機)를 투득(透得)하니
허실(虛室)에 괜스레 빛이 나누나.23)

<천기(天機)>라는 제목의 이 시는 서경덕의 물물상의를 여실히 드러내는 작품으로, 이규보의 물아상구가 상생(相生)에 초점을 맞추고 있다면 물물상의는 상생과 상극(相剋)을 모두 포함하고 있으며, 봄과 가을, 바람과 달, 비와 풀 등으로 표현된 천지만물이 생극(生剋)을 통해 일체적으로 상호 연결되어 있음을 보여준다.24) 이 또한 서구의 생태학이 강조하는 상호의존 및 다양성을 중시하는 태도와, 생태계는 자율적인 주체들이 복합적이고 유기적인 관계망으로 이루어져 있다는 사고를 상기시킨다. 이러한 사상은 홍대용의 인물균의 사상에서도 찾아볼 수 있는데, 인물균이란 인간과 사물간에 차별이 없고 가치적 위계가 있을 수 없으며 근본적으로 대등하다는 말이다. 홍대용은 인물균의 사상을 펼치면서, 인간의 입장에서 물(物)을 보면 인간이 귀하고 물이 천하며, 물의 입장에서 인간을 보면 물이 귀하고 인간이 천하지만, 그러나 하늘의 입장에서 보면 인간과 물은 균등하다고 설파하고 있다.

이규보 등의 사상과 문학세계에 대한 연구가 그간에 없었던 것은 물론 아니다. 그러나 박희병의 작업은 생태사상과 관련하여 이루어졌다는 데 의의가 있다. 그가 밝혀낸 이규보의 문예론을 살펴보면 그의 작업이 지니는 가치가 무엇인가를 알게 된다. 그는 '대대적(對待的)'이라는 말로 이규보 문예론의 특징을 설명하는데, 사실적 모사(模寫)와 사심(寫心)의 통일을 표방하는 이규보의 문예론은 사실주의와 낭만주의를 포괄하면서도 동시에 이 양자를 지양하고 있다는 것이다. 마치 음과 양의 관계처럼 양자가 '대대적(對待的)' 관계를 형성하고 있다고 설명하면서 그는 이렇게 덧붙인다.

---

23) 위책, 154쪽에서 재인용.
24) 위책, 155쪽.

(대대적이라는) 말은 대립적이면서 상호의존적이고, 상극(相剋)하면서도 더 높은 차원에서 유기적 조화를 이루는 관계를 지칭하는 말인데, 동아시아 철학에 고유한 개념입니다. 존재와 사상(事象)의 생태적 연관성을 드러내는 데 대단히 유용하게 활용할 수 있는 개념이 아닌가 생각됩니다.[25]

4. 나오는 말

현단계에서 보면, 서구 생태사상의 끝에는 생태여성주의가 있다. 물론 생태여성주의도 나름의 문제점과 한계를 지니고 있다. 생태여성주의가 가부장제 문화의 대안으로서 제시하는 여성성이 여성주의가 이제껏 싸워온 모성 이데올로기나 여성적 이미지들을 오히려 강화시켜주는 역작용을 할 수도 있다는 것과, 여성의 영성 및 신성을 강조함으로써 여성의 신비화에 빠져들 수 있다는 것 등이 그것이다.[26] 그러나 생태여성주의는 여성 억압의 문제와 자연 착취의 문제를 동시에 해결하려 한다는 점에서 매력이 있다. 생태학보다는 여성주의가 몇 년 더 일찍 논의가 시작된 연유로 여성주의비평은 그 동안 국내에서 이론 및 실제비평에 있어서는 많은 성과를 거둬왔다. 이에 비해 생태학은 이제 이론이 소개되는 단계이므로 생태비평 또한 성과가 아직 미미한 상태이다. 따라서 양자의 결합인 생태여성주의비평은 거의 전무하다. 한 분야의 연구에서 너무 많은 것을 기대하기는 어렵겠지만, 어쨌든 앞에서 살펴본 박희병의 작업에서도 여성주의에 대한 언급은 찾아볼 수 없다. 고전과 현대를 막론하고 향후의 연구 방향을 가늠해 볼 수 있는 대목이다.

고전생태사상을 현대문학과 접목시키는 문제와 관련하여 본론에서 언급하지 않은 것 중에 홍대용의 공관병수, 박지원의 명심[27] 등의 개념 또

---

25) 위책, 128-129쪽.
26) 고갑희, "능욕과 식민의 역사 다시 쓰기," <21세기문학> 1998 봄·여름호(통권 3호), 108쪽.
27) 명심(冥心)은 외물(外物)과 내아(內我)의 구분이 사라지고 둘이 통일된 마음 상태, 감각적 인식을 넘어선 주객합일의 심경(心境)을 뜻한다. 박희병, 앞책, 318쪽.

한 생태사상과 일맥상통하는 것으로 볼 수 있다. 특히 공평무사한 눈으로 보아 다른 사상의 장점을 두루 받아들인다는 뜻의 공관병수는 주자학 이외의 모든 사상을 이단으로 배척하고 억압하던 시대를 살면서 가졌던 견해이므로 더욱 가치가 있다. 이는 생태비평이 지닌 다원주의적 성격과 궤를 같이 하는 견해로서 한국문학비평의 현실에 매우 시사적이다. 현재 한국의 문학비평계에는 외국의 사조를 받아들이는 풍조가 지나친 감이 없지 않으나, 한편으로 외국의 사조에 대해 국수주의적이고 배타적인 태도를 보이는 경우도 적지 않다. 바흐찐이 형식주의와 마르크스주의를 생극하여 대화주의라는 제3의 이론을 만들어 냈듯이, 우리 문학계도 국내 사상과 외국의 사조를 창조적으로 융합하여 우리의 현실에 적합한 새로운 이론을 창조해내야 한다. 그러기 위해서는 물밀 듯이 밀려오는 해외 사조에 대응할 수 있는 우리의 사상을 찾아 재평가하고 현실 인식을 토대로 이를 재창조해내야 한다. '나'가 없이는 '너'도 없고 '너'가 없이는 '나'도 없으며, 양자간의 대화 또한 있을 수 없으므로.

누군가는 그간에 생태사상이 없어서 지구의 생태계가 이 지경이 되었느냐고 묻는다. 참으로 뼈아픈 말이 아닐 수 없다. 그러나 인류사에서 여성과 자연이 그래왔듯이, 생태사상 또한 근대 이후로 이성과 과학 지상주의에 밀려나 주변적인 위치에 머물러 왔던 것은 사실이다. 오늘날 하나뿐인 지구는 환경 오염과 생태 파괴로 몸살을 앓고, 이로 인한 갖가지 자연재해가 끊이지 않고 있다. 정확한 수치를 동반한 사례를 열거하기에도 지쳤다. 이런 상황을 해결하는 방법론으로 우선 사회적으로는 환경운동이, 문학적으로는 환경 오염을 고발하는 문학이 있어야 한다. 그러나 이러한 작업들은 근본적인 해결책이 되지 못한다. 이를 넘어서서 지구의 모든 생물체가 본질적으로 동등한 가치를 지님을 깨닫고, 나아가 우주 만물이 대나무 뿌리처럼 얽힌 하나의 생물체와도 같음을 인식하는 생태윤리를 널리 펼쳐야 한다. 문학인들은 이 생태윤리가 곧 미학이 되는 유연하고 역동적인 문학작품을 생산해야 한다. 그리하여 그 작품은 오염된 세상을 정화하는 하나의 생명체가 되어야 한다.

1999년 전반기의 문제작과 비평

설문 분석
―전반기의 문제작을 중심으로

조청호[*]

문학의 땅은 항상 신선감으로 가득하다는 점에서 봄날의 경치를 바라보는 것처럼 화려하고 또 생생한 느낌을 갖게 한다. 그러나 어떤 눈으로, 어떤 각도에서 바라보는가의 여부에 따라 실상의 모습은 다르게 나타날 수 있다. 이런 점은 대상의 개성이라는 말로 돌릴 수도 있고 또 보는 사람의 위치에 따라 다르게 평가를 내릴 수도 있다. 그러나 대상의 특성을 구별할 수 있는 요건은 공통의 가치를 발견하는 방도에 따라 약간의 차별은 있을 수 있지만 대체로 보편성의 기준 범주를 벗어나는 것은 아닐 것이다.

문학은 사회상을 반영하고 또 사회 속에서 일어나는 일들을 때로 해체하거나 조립하는 과정을 반복하면서 일정한 생명체로의 작품을 창조하게 된다. 이런 전거를 앞세우는 이유는 아무래도 구제금융이라는 어려움을 겪다보니 작품집의 발간이 소강적인 국면을 벗어날 수 없었다는 이유를 들어야 할 것 같다. 아마도 경제적인 어려움과 작품의 창작과는 별개라고 말할 수도 있지만 출판사정의 여의함이 없을 때 필연적으로 작품집을 출간할 수 있는 기회는 반감될 수밖에 없을 것이기 때문이다. 아울러 출판사의 어려움이나 설혹 자비로 작품집을 출간하는 일이 어렵다는

---

*신흥대 문창과 교수

것은 결국 문학시장의 영세성에 비춰볼 때, 작품집 빈곤의 결과를 대번에 짐작하게 한다.

전달의 문제가 있다는 점을 솔직히 인정할 때, 다양한 작품을 대면할 수 있는 기회를 갖지 못했음이 솔직한 고백이지만 주로 시쪽에 많은 관심을 가졌음을 결과로 나타났다. 약 50여권의 천거시집(시조집 10권 포함)에 비해 소설은 약 20여 편에 불과했고 희곡은 3명의 작가를 천거했다. 이런 결과는 내용의 문제로 눈을 돌릴 때 위안을 줄 수 있다. 시에 송유미의 경우나 제주도의 『다층』을 중심으로 일정한 문학적 발언으로의 수위를 높이는 느낌을 받았고 우이동 시인들의 왕성한 창작 『너의 광기에 감사하라』 등은 시단의 주목을 받기에 족할 것으로 생각된다. 아울러 김양식 시인의 『은장도여, 은장도여』와 정민호의 체험적 서사시 『세월』 등도 중견시인으로의 무게를 느끼게 하는 작품집이었다.

이 밖에도 직접 육필 작품을 보내준 시인들—경주에 이근식 시인. 채규판 시인, 이재식 시인 등을 위시해서 작가들의 자기작품에 대한 열정을 규지(規知)할 수 있는 부분이었다. 아울러 귀찮아서나 아니면 타인의 작품(집)을 의도적으로 천거하지 않는 외곬의 측면도 전혀 배제할 수 없는 예상으로 생각된다. 작품집을 천거한 문인들은 다음과 같다.

이향아, 원영동, 이병훈, 가영심, 김두한, 정연덕, 윤석산, 윤강로, 문충성, 오성찬, 양왕용, 임보, 문도채, 하현식, 양채영, 김영훈, 김선배, 이수화, 이성교, 김석규, 민병삼, 정성수, 채희문, 김지향. 신상성. 문효치, 김중태, 이근식, 이재식, 채정운, 진헌성, 박종철, 홍진기, 안수환, 문두근 등 외에도 상당한 문인들이 관심을 보여주었다.

물론 천거의 기준을 수용하는 것은 객관성을 확보하는 방안에서 처리될 사항임을 밝힌다.

번호	추천시인(소설가)	추천작품	출판사(발표지)
1	강인한	황홀한 물살	창작과 비평사
2	윤동주	윤동주의 자필시고	민음사
3	김춘수	김춘수의 대표 육필 시집	도서출판 찾을모
4	이향아	살아있는 날의 이별	마을
5	양채영	그리운 섬	문학아카데미
6	정양	까마귀떼	문학동네
7	홍윤숙	조선의 풀꽃	마을
8	이문재	마음의 오지	문학동네
9	김춘수	의자와 계단	시와시학
10	최승자	연인들	문학동네
11	이문걸	새에 관한 소묘	조선문학
12	김정용	초승달	현대시
13	노향림	후투티가 오지 않는 섬	
14	최진연	풀꽃들의 누설	
15	정찬일	죽음은 가볍다	다층
16	서안나	푸른 수첩을 찢다	다층
17	송유미	유크리이트의 散步	
18	송명희	불꽃 속의 바늘	
19	김석교	넋달래려다 넋놓고	중명
20	김정란	사랑으로 나는	
21	이윤기	숨은 그림 찾기	
22	김춘수	의자와 계단	시와시학
23	이생진	거문도	작가정신
24	문도채	현실 속의 내 숨소리 겨우살이 덩굴	
25	김숙현	새는 동굴에서 울지 않는다(희곡집)	부산일보
26	양채영	그리운 섬아	
27	김영훈	가시덤불에 맺힌 이슬	마을
28	김명배	또 한 세상 살고 한 세상 또 살고	오늘의문학사
29	김윤성	뻐꾸기 소리	월간 시문학
30	정재완	봄	월간 시문학
31	유경환	하느님 눈썹	월간 시문학
32	김남조	희망학습	
33	황길현	눈·바람	월간 월간문학

34	김석규	섬	
35	민병삼	도망자(소설)	계간 펜과문학
36	문무학	달과 늪(시조집)	만인사
37	임보	구름 위의 다락마을	우의동사람들
38	김양식	은장도여, 은장도여	
39	박희진	百寺百景	
40	송정란	火木(소설)	문학아카데미
41	권천학	청동거울 속의 하늘	푸른물결
42	최세균	그 나라 가는 길에	그나라서원
43	강우식	바보山水	문학아카데미
44	천양희	오래된 골목(소설)	창작과비평사
45	손영목	인간의 계단(소설)	씨엔시미디어
46	이근식	古稀의 아침길	
47	이재식	저녁	
48	채정운	춤추는 천사(소설)	계간 한국소설
49	주기원	언어가 타고 있을 때	
50	박종철	되돌아옴의 시	마을
51	김문수	가지 않는 길(소설)	좋은 날
52	박종숙	울음의 노래	마을
53	김광자	사랑이여	푸른별
54	홍진기	빈잔(시조집)	경남
55	안수환	풍속	동학시인선
56	문두근	혼자서 부르는 노래	학지사
57	이생진/채희문/홍해리	너의 狂氣에 감사하라	우이동 사람들
58	양왕용	버리기 그리고 찾아보기	고려원

IMF 난국의 여파,
그리고 애정 갈등의 시대적 양태

임영천[*]

필자는 1999년 상반기의 소설평을 책임 맡게 되었다. 그 때문에 본고에서 다루게 될 대상작은 각종 문예지들 가운데 월간지 금년('99년) 1월호부터 6월호까지, 그리고 계간지 금년 봄호부터 여름호까지에 실린 단편소설들이다. 다음의 여덟 편이 본고에서 다루게 될 대상작으로 필자에 의해 선정된 작품들이다.

* 윤진상의 <금세기 마지막 하루>(월간문학 1월호)
* 이병천의 <삼각형에 대한 한 믿음>(실천문학 봄호)
* 김영하의 <사진관 살인 사건>(문학동네 봄호)
* 김용운의 <노숙자>(월간문학 6월호)
* 최재경의 <사육제의 하루>(세계의 문학 여름호)
* 차현숙의 <이브의 거울>(문예숭앙 여틈호)

근래에 **IMF** 사태를 배경으로 한 소설들이 상당수 나왔다. 최근 문학 비평가들의 글들에서도 이 **IMF** 위기와 관련된 문학적 대응의 문제들이 심심찮게 논의되어 왔음[1])을 보아 더욱 그 같은 사실을 확인하게 되는

---

*조선대 교수

1) 하나의 사례를 들자면, 윤병로, "문학과 현실—IMF 시대의 문학적 대응," <열린 문학> 14호(1998.겨울), 119~126쪽.

것 같다.2) 원래 문학(소설)이 사회적 상황의 반영이라고 하는 그 소박한 논리를 받아들일 때, 금년 상반기 문예지들에 실린 작품들 중 이른바 IMF 난국의 문제를 소재로 한 소설 작품들을 찾아보는 것은 당연한 일이라고 하겠다. 그 결과 평자에게 먼저 윤진상의 <금세기 마지막 하루>와 같은 작품이 눈에 띄게 되었다.

<금세기 마지막 하루>는 IMF 상황에 처한 주인공을 다루고 있다는 특성이 엿보인다. 주인공 박 과장은 '그놈의 IMF' 때문에 정리해고 대상이 되어 회사를 떠나 실직자 신세가 된 위인이었다. 그가 회사로부터 해고된 이유라면, 그 자신의 판단으로는, 단지 그가 월급을 좀 많이 받는다는 것 때문이었다. 그것은 해고 이유치고는 조금 뭣한 것이었지만, 그러나 시대가 낳은 이유로서는 역설적으로 성립될 수 있는 성격의 것이기도 하였다.

해고당한 직후 그가 처음 하고자 했던 것은—물정 모르는 짓이었지만— 지금껏 시간이 없어 만나지 못하던 친구들을 마음놓고 찾아가는 것이었다. 그 뒤의 상황이 어떻게 전개되는지 잠깐 소설 본문을 통해 보기로 한다.

> 그들은 아직 직장에 남아 있었다. 그러나 그들은 찾아간 나를 맞아서는 건성으로 던지는 말 말고는 눈길을 곧잘 딴 데다 두던 것이었다. 일테면 눈길을 내 얼굴에다 두지 않고 빠뜨린 제 코끝이나 발 아래에 두던 것이 공통적이었다. 그러나 다음에 다시 찾아갔을 때 나를 맞은 그들은 마치 전염병이라도 옮기러 온 것쯤으로 치부하던 눈치여서 나를 머쓱하게 했는데, 나중에야 그들이 한결같이 나를 눈치없는 친구로 생각한다는 것을 알고는 그 짓도 계속할 수가 없었다.(187쪽)

이는 실직자가 얼마나 고통스러운 삶을 살아야 하는지 잘 표현한 문장이라고 하겠다. 작가는 그 외에도 다음과 같은 몇몇 단문들도 남겨 놓

---

2) 또한 IMF 문제를 주제(또는 얘깃거리)로 한 소설 작품들에 대한 계평 형식의 글도 보인다. 임영천, "IMF의 위기, 그 총체적 난국의 해법(?)," <문예운동> 61호(1999.봄), 185~194쪽.

았는데, **IMF** 시대의 희생자들의 서러운 삶을 표현해 준 그럴듯한 문장들로 남게 될 것 같다.

> ―"할 일이 없다는 것, 그건 돈이 없는 것보다 훨씬 더 견딜 수 없는 짓이었다"(184~185쪽).
> ―"직장이 없고 하는 일이 없다는 것 ―그것은 사람에게 있어 지옥의 문턱을 기웃거리게 하는 것이기도 했다"(188쪽).
> ―"옛날에는 시간이 없어 아무것도 못했는데, 지금은 할 일이 없어 아무것도 할 수가 없었다"(188~189쪽).

이 마지막의 두 문장이 우리에게 암시하는 바와도 같이 주인공은 자신의 할 일 없는 나날의 연속을 견디다 못해 스스로 자신의 목숨을 끊으려고 한다. "나는 그 지겨운 일상을 살해하기로 작정하게 되었고, 그 일상을 살해하자면 내가 먼저 무엇을 선택해야 한다는 것도 결심하기에 이르렀던 것이다." 그 결심을 실현하기 위해 찾아간 어느 절벽(낭떠러지) 위에서 그는 뜻하지 않게도 평소부터 사업관계로 잘 알고 지내던 장차만 사장을 만나게 되었다. 장 사장은 **IMF** 시대에 부도를 당해 쓰러진 어느 회사의 대표였다. (그리고는 곧장 주위에서 종적을 감추어 버린 것으로 알려진 사람이기도 하였다.) 그런데 그는 이미 유서까지 써 놓고 제 신발들을 나란히 암반 위에 벗어놓아 둔 상태에까지 이른 게 아닌가.[3] 그러나 같은 처지의 두 사람이 서로 만나게 된 것을 계기로 해, 두서없는 대화나마 격의 없이 나누는 사이에 그들은 다시 새 힘을 얻고, 죽음에의 유혹으로부터 해방될 수도 있게 되는 것이다.

김용운의 <노숙자> 역시 **IMF** 형 실직자 문제를 다루고 있다는 점에서 위의 작품과 유사한 데가 있다. 그런데 위의 작품이 **IMF** 실직자·파산자

---

3) 유서를 써 놓고 신발을 벗어놓은 이 인물을 장 사장 자신이 아닌 별개의 제3인물로 보는 해석도 보인다. 신동한, "애정·불륜 소설보다는 풍자·해학 소설을 쓰자," <월간문학> 360호(1999.2), 225쪽.

들의 비극적 현실을 다루고 있음에 비해, 이 작품(<노숙자>)은 IMF 여파로 인해 소위 노숙자들의 무리에 합류하게 된 몰락한 인물을 다루고 있다는 점에서 다소의 차이점을 보여주고 있다. 그러나 좀더 분명하게 말하자면, 전자는 파산자가 스스로 죽음의 유혹에 빠져든 처지를 그렸다고 한다면, 후자는 파산자가 서울역 지하도의 노숙자들 무리에 빠져들게 된 경우를 그렸다고 하는 점이 서로 다르다고 할 수 있겠다.

그런데 실직이나 파산에 이른 결과 어느 낭떠러지 위로 기어올라가 투신 자살을 기도하는 이들보다는 그래도 풍찬노숙의 삶이나마 어렵사리 영위하면서 현실을 이겨나가려 하는 축이 조금이라도 더 나은 데가 있을는지 모르겠다. 후자와 같은 갸륵한 이들의 삶의 모습을 그리고 있는 작품이 바로 이 <노숙자>이다. 위의 작품에서도 그러했듯이, 여기에서도 두 명의 주요 인물들이 등장하고 있다. 하나는 숙이란 이름의 스물 세살짜리 처녀 노숙자이고, 또 하나는 한 사십 세쯤 되어 보이는 중년의 사내 노숙자이다. 처녀 노숙자는 전과 2범의 전과자이고, 김 씨라고만 밝힌 사내 노숙자는 IMF로 파산한 작은 공장의 사장이었다. (그래서 앞으로 이들의 호칭을 각기 '숙 처녀'와 '김 사장'으로 부르기로 한다.)

이웃한 노숙자들로서 이들은 서로 친해지게 되었고, 그 결과 상대편의 과거사를 조금씩은 알아가게 된다. 김 사장의 경우는 공장이 파산되자 그의 아내가 어린 아들딸들을 놔두고 가출해 버렸고, 어쩔 수 없게 된 그는 두 아이들을 모처의 보육원에다 맡겨 놓고 있는 실정이다. 그는 보육원에 맡겨 둔 아이들이 마음에 걸려 그것을 잊으려고 술을 마시며 괴로워하고 있다. 숙 처녀는 불행한 어린 시절을 보냈고 그것이 올무가 되어 커서도 전과자 신세를 벗어나지 못하는 불운한 젊은 여성이다. 그녀는 보육원에 맡겨졌다고 하는 김 사장의 아이들을 끝내 데려다가 그에게 넘겨주면서 아이들과 절대로 헤어지지 말라고 신신 당부한다. 그녀의 인간미가 물씬 풍기는 감동적인 장면이라고 하겠다.

그런데 이 소설의 서두가 직설적인 IMF 관계 도입문으로 인해 곤혹감을 느끼게 한다는 지적4)에 대해서 작가는 경청해야 할 일이지만, 그 이상으로 다음과 같은 허점 지적에 대해서도 귀를 기울여야 하지 않겠는가 생각된다. 이는 숙 처녀의 인물상이 확연하지 않은 데서 나올 수밖에 없는 문제 제기라고 하겠다. 그녀는 이를테면 평범한 선녀(善女)인가, 아니면 여(女)의적(義賊)인가? 그녀가 김 사장에게 첫번째로는 텐트 꾸러미를, 그 후로는 2만원 또는 10만원씩 수 차례 가져다주었다고 했는데, 그 돈은 과연 어떤 성격의 것인가? (1) 전과 2범의 관록으로 다시 쉽게 벌어들인 돈일까, 아니면 (2) 개과천선해 힘겨운 노력으로 벌게 된 돈일까, 그도 아니라면 (3) 김 사장의 그 결혼 예물 시계를 팔아 매번 나누어 가져오는 돈일까?

(1)은 가망성이 전혀 없다고는 할 수 없겠지만, 그러나 그녀가 김 사장에게 행한 선한 일들로 보아 독자의 편에서는 할 수 있는 한 그렇게 생각하고 싶지 않은 답지이다. 그러면 (2)는 어떤가. 그녀가 노숙자들의 무리에 합류했던 것은 그녀가 선하지 않다거나 또는 무슨 범죄 행위 때문에 그랬다고 볼 수는 없는 일이 아닌가. 왜냐면 그녀가 선하지 않아서 범죄를 저질렀다고 한다면 교도소로 가야지 노숙자들이 있는 곳으로 와야 할 이유가 없는 것이다. (그녀가 그곳을 도피성으로 삼기 위해 노숙자로 위장해 그곳으로 흘러들었다고 생각지 않는 한은 말이다.) 그러므로 가정컨대 그녀가 아무리 개과천선을 했다고 하더라도 사회에 나가서 맘먹은 대로 돈을 쉽게 벌 수 있는 여건은 되지 못한다는 말이다. 적어도 IMF 상태 하에서는 더욱 그렇다고 할 수 있다. 그렇다면 그녀가 서울역 지하도—노숙자들이 모여있는 곳—에서 갑자기 사회로 뛰쳐나가 무슨 돈을 쉽게 벌 수 있었단 말인가. 결국 (2)도 가망성이 전혀 없는 것은 아니라고 하더라도 개연성은 매우 희박하다고 보아야 할 것 같다.

그렇다면 이제 마지막으로 (3)에 대하여 이야기할 차례에 이르렀다. 그러나 이 쪽도 그렇게 개연성이 커 보이지는 않는다. 왜냐면, 그 시계가 의외로 값나가는 것이어서 그녀가 돈을 제법 많이 받았다고 치자. 이때

---

4) 이명재, "사회적 삶과 개인적인 고뇌," <월간문학> 365호(1999.7), 260쪽.

그녀가 이전처럼 누추한 거지 모습을 계속 유지하고 있었다 한다면 가망성이 전혀 없지는 않겠다. 하지만 숙 처녀는 그 받은 돈을 사실상 다 써버린 상태라고 보아야 할 텐데,5) 그녀가 수시로 얼마씩의 돈을 김 사장에게 가져다준다는 것은 그 돈의 출처가 바로 그 시계 값이라고 보기 어렵게 만드는 것이다. 그렇다면 그녀는 무슨 돈을 어디서 만들어 자꾸 김 사장에게 가져다주었다는 말인가? 결국 필자가 하고 싶은 말은 숙 처녀의 행동거지(行動擧止)나 돈벌이가 제대로 설명되지 않아서 그녀가 마치 무슨 유령(혹은 의적?)이거나 또는 천사처럼 보이도록 만든 것이 이런 현실 반영의 소설에 큰 흠집을 남겨놓고 말았다는 것이다. 김 사장의 인물 설정만은 무리 없이 잘 처리되었다고 볼 때, 숙 처녀의 그것은 약간의 무리를 감수하고 있다고 보아야 할 것이다.

이병천의 <삼각형에 대한 한 믿음>도 역시 IMF 시대의 한 남성의 비극을 다루고 있다는 점에서는 위의 경우와 유사하다. 단 이 소설에서는 살인 사건이 취급되고 있다. 즉 화자의 아내의 업소인 레스토랑의 여자 종업원이 변을 당하는 것이다. 이를테면, 고래들 싸움에 새우 등 터진다는 말처럼 그렇게 힘없이 사라져 버리는 인물이 박정미란 이름의 이 처녀(종업원)이다. 그렇다면 그녀를 그렇게 만든 그 고래들에 해당하는 인물들은 누구인가? 먼저 들어야 할 사람이 화자 '나'에 해당하는 인물 안기성 씨이다. 안 씨는 IMF 형 실직 상태에 빠져 있는 인물로서, 당분간은 합의 이혼한 아내의 배려에 의해 비디오 대여점을 운영하고 있는 위인이다. 그러나 사정 여하에 따라서는 그 비디오 대여점이 자기 명의로 이전되는 행운을 잡을 수도 있고, 또 사정 여하에 따라서는 그 대여점 운영이라는 영업 자체마저 할 수 없도록 위태로워질지 알 수 없는 불안

---

5) 두 사람의 아래와 같은 대화에서 그 점이 확연히 드러난다.
　　"그렇다 치고, 그 시계는 어찌했어?"
　　"아무리 고급이라도, 팔 때는 똥값이라구요. 그 돈으로 목욕도 하고, 머리도 만지고… 때 빼고 광내는 데 다 썼어요."(179쪽)

한 위치에 놓여 있다.

　다음은 안기성 씨의 전 부인 신혜영 씨이다. 그녀는 경제적으로 무력해진 남편 안 씨와 지금 이혼 중에 있는 상태이다. 그러나 그녀는 안기성 씨를 여전히 '남편'이라 부르는데, 이는 그녀의 전 남편 안 씨가 사건 담당 형사 앞에서 여전히 그녀(신 씨)를 '아내'라고 부르는 것과도 같다. 그녀는 때로 전 남편의 비디오 대여점에 나타나 시간을 보내기도 하는데, 이처럼 이혼한 부부 안기성 씨와 신혜영 씨는 서로 완전히 결별하지 못하고 있는 실정이다. 이혼한 뒤에도 안기성은 전 부인 신혜영에게 함께 살자고 먼저 부탁한 바 있으며, 또 신혜영은 전 남편 안기성이 일상 생활을 하는 데 지장이 없도록 비디오 대여점을 차려주기도 한 것이다.

　그리고 마지막으로는 최 씨(崔氏)를 들 수 있겠다. 이 사람은 이름은 나타나지 않고 그냥 최(崔)라고 하는 성씨(姓氏)만 나타나 있는 인물이다. 그는 신혜영이 운영하는 레스토랑의 영업을 책임지고 있는 지배인으로서 주인 신 씨보다는 두세 살 연하의 남자이다. 최(崔)라는 이 남자는 여종업원 박정미의 애인이었지만, 특히 지적되어야 할 점은 최 씨가 레스토랑 주인 신혜영의 정부(情夫)이기도 했다는 사실이다. 여종업원 박 씨의 피살 사건도 실은 이 문제와 관련이 있을 터이다.

　경찰청의 김 형사 앞에 불려나가 '나' 안기성과 전 부인 신혜영이 심문을 받는 것으로 일관하는 내용이라는 점에서 이 소설은 다음에 보게 될 <사진관 살인 사건>과 많은 면에서 유사성을 보여준다. 그러나 이 소설은 끝내 범인을 밝히지 못하는 것으로 작품이 마무리된다는 점에서는 그 소설 내용과는 차이점을 보여주고 있다. 화자 '나'의 고백에 의할 때 이 사건은 분명한 살인 사건임에도 불구하고 담당 김 형사는 이 건이 마치 무슨 경미한 과실 치사 사건이 되기라도 하는 양 관련자들을 쉽게 방면해 버리고 만다. 다음과 같은 의미심장한 말을 남겨둔 채……

　　좋아요. 이번 교통사고 건은 이쯤에서 종결시키겠소. 그렇지만 난 이 사고를 결코 잊지 않을거요. 두고 보시오. 당신들, 알아요? 비록 위증죄 운운

하면서 엄포를 놓기는 했지만 내가 그냥 묵살한 이유를?······이제 가도 좋소
(164쪽)

화자 '나'(안기성)조차도 "왜 그(김 형사)가 쉽게 포기하는지 이해할 수 없었다."고 하였다. 그는 그냥 "우리 전화를 도청하고 또 우리를 계속 미행해서 흔들릴 수 없는 어떤 결정적인 증거를 포착하려는 속셈일 수도 있었다."고만 짐작하고 있을 뿐이다. 그러나 중요한 것은 바로 그 다음 문장인 것 같다. 안기성의 말(독백)이다. "어쨌든 좋다. 나는 비록 쇠고랑을 차는 한이 있더라도 아내를 위한 마피아 가족으로 남을 것이다." 문맥상으로 보아 '마피아 가족' 운운은 그 자신이 형사 앞에서 능히 거짓 증언(위증)을 할 수 있다는 의미로 풀이된다. 말하자면 그가 아내(신혜영)의 혐의점을 형사 앞에서 사실대로 말하지 않고 될수록 그녀에게 유리하도록 둘러대는 것을 뜻하는 것이다.

그러면 안기성은 왜 이혼한 아내가 여종업원 박정미를 고의적으로 죽이려고 한 것을 뻔히 알고 있으면서도 사실대로 말하지 않고 그녀를 감싸려고만 하는가? 이는 '삼각형에 대한 한 믿음'이라는 이 소설의 제목 설정과도 관련되는 문제일 터이다. 여종업원 박정미가 사라짐으로써 사각 구도의 애정 편대가 삼각 구도의 그것으로 바뀔 때라야 자신(안기성)이 안정적인 분위기에 놓일 수 있다고 하는 화자(話者)의 타산이 결국은 박정미의 죽음을 기정사실화하도록 그를 강박하는 요인으로 작용하고 있지 않나 생각된다. 아내 신혜영·종업원 박정미·지배인 최 씨, 이 3자가 만일 극단적인 애정 갈등을 일으키다가 만약 아내가 갑자기 어떤 파국의 경지에라도 이르게 된다면 어찌할 것인가? 그렇게 된다면 자기 명의로 바뀔 여지도 없지 않은 그 비디오 대여점의 문제는 어떻게 될 것인가.

안기성은 이미 이혼해 버린 아내가 지배인 최 씨와 어떤 관계를 유지한다고 하더라도 자기가 공식적으로 개입할 입장이 되지 못하는 것이다. 그는 그런 속에서도 아내가 가끔 자기를 찾아주는 것만도 고마울 지경이

고, 특히 자기의 목줄인 비디오 대여점을 내준 일은 더욱 고마운 일이며, 특히 정미와 관계된 일이 잘 풀리게 되면 아예 그 비디오 대여점을 안기성, 자기의 명의로 이전해 주겠다고 미리 언질을 준 데 대해서는 아내에게 더더욱 감사하지 않을 수 없는 것이다. 비록 아내가 아이를 낳지 못하는 돌치였다고 한들 그게 무슨 대수로운 일인가. 이처럼 이 소설은 **IMF** 사태 하에서의 경제적으로 무능한 한 남성을 역시 여성적인 무능(그녀가 '석녀'라는 뜻)을 지닌 돈 많은 그의 아내와 대비시키면서 시대의 비극을 풍자하고 있는 것이다.

  김영하의 <사진관 살인 사건>은 제목 그대로 어느 사진관 주인 살인 사건을 다루고 있는 작품이다. 살인 사건의 범인을 추적하는 내용으로 되어 있는 이 소설은 그만큼 흥미진진한 데가 있어서 시종일관 독자를 사로잡는 마력을 지니고 있다.[6] 어느 경찰서의 수사(혹은 형사?) 계장직에 있는 이가 화자 '나'로 등장하고 있다. 그는 이 소설 속에서 성씨(姓氏)도 없이 등장하고 있다. 조 형사니 김 형사니 하는 호칭의 인물들이 등장하고 있지만, 이 계장만은 성씨가 따로 없이 등장한다. 그래서 필자는 이 글(上半期評)을 읽는 독자의 편의 도모를 위해 이 사람을 때로 '이 계장'으로 표현하기로 하겠다. (여기서 '이'는 李가 아닌 이, 즉 此(this)의 의미일 뿐이지만, 그를 가정해서 李로 읽는다고 해도 다른 인물과 혼동될 염려가 없어서 무난할 듯도 하다.)

  이 계장은 영신 포토 사진관의 주인 피살 사건을 수사하는 과정에서 우선 피살자의 부인을 사건 현장의 최초 목격자(혹은 용의자?)로 지목하고 그녀를 신문한다. 지경희란 이름의 이 여자는 이 계장의 다소 강압적인 신문을 이기지 못하고, 그녀의 진술대로라면 앞으로 하나의 유력한

---

6) 이 소설을 하나의 '모범적인 미스터리물'로 보는 한 평론가는 이 작품의 특성을 이렇게 말한다. "흔히 PC통신 화면에 전자 언어를 통한 사이버 문학 작품으로 인기를 모을 만하게 단숨에 읽히고 있다." 이명재, "농촌과 도시 소설의 대조적 조화," <월간문학> 364호(1999.6), 205쪽.

용의자로 지목될 수밖에 없을 한 남성—그녀의 사실상의 애인—의 기행을 사실대로 털어놓고 만다. 정명식이란 이름의 이 사내는 자주 그 사진관에 찾아와 자기의 사진 현상을 부탁하는 과정에서 젊은 부인 지경희를 만나고 가곤 하였는데, 그러는 동안 그와 지경희 사이에 미묘한 애정 관계가 형성되었던 것 같다. 정명식이 자기 누드 사진의 현상을 부탁한 것은 물론, 지경희의 누드 사진까지 여러 장 찍어줄 정도였다고 하니까. 바로 이 이유 때문에 정명식 역시 새로운 용의자의 한 사람으로 지목돼 이 계장 앞에 소환되어 신문을 받게 된다. 이 소설은 여기에 이르기까지 숨막힐 정도의 긴장감을 유지한 채 일사천리로 사건이 진행되는 속도감을 보인다.

그러나 이 소설의 마지막 지점에 이르러 사건은 매우 싱겁게 끝나고 만다. 정명식에 대한 혐의가 사건 당일의 알리바이 증명으로 인해 그가 무혐의로 방면됨과 거의 동시에, 제3의 인물이 용의자로 다시 떠오르게 된 것이다. 폭력 누범 전과자이기도 한 이 용의자는 단순히 범행(살인) 혐의만 받은 것이 아니라 실제 범행자임이 드러나고 만다. 이 제3의 인물은 죽은 사진관 남자가 평소 자주 드나들던 다방 레지의 기둥이었다. 이 소설은 "사진관 주인·부인 지경희·손님 정명식"의 삼각 관계에 초점이 맞추어져 범인 추적이 이루어지다가, 뒤에 가서는 엉뚱하게도 "사진관 남자·다방 레지·기둥 서방"의 삼각 관계에서 사건이 해결되는 급전환의 양상을 보여주고 있다. (피살된 사진관 주인은, 이를테면 다음의 두 삼각형 ─▷◁─의 가운데 꼭지점들이 함께 만나는 지점에 위치한, 두 삼각 관계의 중심 인물이었다고 표현해 볼 수 있겠다.)

이 작품이 단지 살인 사건 해결 과정만을 우리에게 보여주는 데 그쳤다고 한다면, 이는 단순한 흥미 위주의 소설로 그쳐버릴 터이지만, 이 소설은 단지 그 선에서 멈추지만은 않은 좀더 깊은 숨겨진 의미를 보여주고 있다. 사진관 주인 피살 사건을 다루다가 이 계장이 발견한 사실이지만 설혹 부인 지경희나 고객인 정명식이 그 살인 사건에 연루된 형사적 책임 문제나 흉악 범행과는 무관했다고 하더라도, 그 두 사람은 사실상의 불륜 행위에 이미 빠져들어가 있는 상태였음이 이후의 사건 전개로 확연히 드러나고 있는 것이다. 그러나 죽은 사진관 주인 역시 젊은 부인을 거의 내팽개치다시피 하고 이웃 다방의 레지와 놀아나다가 갓 출감한, 그 레지의 기둥—폭력 전과 4범의 인물—에게 꼬리가 밟혀 처참한 말로에 이르고야 만 것이다. 게다가 삽화로 제시되는 이 계장 부인의 지난 한때의 불륜 행위 등, 이 소설은 타락한 시대의 인륜의 무너짐을 종합적으로 그려 그 타락상을 은밀하게 고발하고 있다.

최재경의 <사육제의 하루> 역시 살인 사건을 다루고 있다. '명희 아버지'(이일재 씨)로 나오는 어느 선장이 출항 직전일(直前日)에 갑자기 아내와 싸우다가 그녀를 살해한 사건이 이야기의 중심이다. 남녀 사이의 살인 사건이기는 하지만 여기에는 불륜이나 치정 따위의 내용은 들어 있지 않다는 것이 위의 소설들과는 다른 점이다. 그러나 남편이 평소 지극히 사랑하던 아내를 제 손으로 죽였다는 면에서는 앞서의 다른 어떤 소설들보다도 더 충격적이라고 할 수 있다. 이혼을 요구하기 위해 필요한 자료를 모으고 있던 명희 엄마(서영숙 씨)를 남편인 선장이 죽인 사건으로, 현실적으로 능히 있을 법한 이야기이다. 특히 장기적으로 집을 떠나 사는 소위 뱃사람 남편과 그 아내 사이라면 그러한 가정에 불행의 마수가 뻗치지 말란 법이 없지 않겠는가.

이 소설에서 주요 인물들은 명희 아버지 이일재 씨와 명희 어머니 서영숙 씨, 그리고 그녀의 친구라 할, 사건 담당 박희문 형사에 의해 자주 '아주머니'로 불리고 있는 화자 '나', 이렇게 세 사람으로 볼 수 있다. 그러나 이 소설에서의 세 주요 남녀인물들은 흔히 다른 소설들에서 자주 볼 수 있듯이—앞서의 <사진관 살인 사건>이나 <삼각형에 대한……>에서도 볼 수 있었는데—상호간 무슨 삼각연애 관계에 있거나 하지는 않다. 한편 이 소설도 <삼각형에 대한……>이나 <사진관 살인 사건>과 같이, 실제 사건의 목격자에 대한 담당 형사의 장황한 심문 내용으로 일관하고 있다는 공통점을 보여주고 있다.

　그리고 이 소설은 살인 사건의 목격자가 형사로부터 신문을 받는 도중 그와 친근한 피의자에 대해서 옹호적이거나 관용적이라는 면에서 특히 <삼각형에 대한……>과 유사한 점이 있다고 하겠다. 그러나 <삼각형에 대한……>에 있어서 신문받는 목격자(안기성 씨)가 그의 아내(신혜영 씨)를 감싸려 하는 데에는 미미하나마 자기 타산이 없지 않았다고 하겠지만, 이 소설(<사육제……>)에 있어서 목격자 '나'(아주머니)가 피의자 이일재 씨에게 되도록이면 유리하게 증언하려고 하는 데에는 전혀 어떤 이해 타산이 없는, 실로 이웃에 대한 순수한 사랑에서 비롯된 행위가 아닌가 여겨진다. 이 소설이 그러한 유(類)의 사랑을 다루었다는 것은 참으로 '요즘 소설'답지 않은 훌륭한 면이라고 말해도 결코 무리하지 않다고 하겠다.

　이 소설에서는 선장 이일재가 아내 서영숙을 칼로 찔러 죽인 이유를 확연하게 제시하지 않고[못하고] 있다. 그래서 우리는 전후 문맥을 통해 그 이유를 짐작해 볼 수 있을 뿐이다. 25년 동안 금실이 좋기로 소문나게 살아온 부부가 최근 들어 갑자기 그들의 관계에 있어 균열이 생기기 시작하였다. 아내가 이혼 서류를 만들기 시작했고, 아마도 그 일로 남편은 몹시 큰 충격과 함께 더할 수 없는 배신감을 느끼지 않았나 싶다. 그가 그녀를 평소에 극진히 사랑했었기 때문에 그 배신감은 그만큼 그 크기에 비례하지 않았나 생각된다. 그가 아내를 극진히 사랑했다는 사실을 그녀[아내] 역시 그대로 인정하고 있으며, 평소 그들의 관계를 쭉 지켜보아온 화자 '나'도 그 점에 있어서는 마찬가지이다.

　명희 엄마는 평소에 자기 남편을 크게 두둔하기를 잘하는 편이다. 이를테면 "그래도……애 아빤 좋은 사람이에요."라고 한 표현 가운데 그 점이 잘 드러나고 있다. 남이 자기 남편을 조금이라도 폄하하는 눈치가 보이면 금세 표정이 달라질 정도이다. 그러나 명희 엄마가 그 남편에 의해 무참하게 살해되고 난 뒤에도 그녀의 친구인 화자 '나'는 형사 앞에서 이렇게 말할 수 있었다. "평소에……명희 아버진 참 좋은 사람이었어요." 화자 '나'의 말마따나 이일재 씨가 '평소에'는 참 좋은 사람이었는지 모른다. 그러나 만취 상태에서 제 아내를 무참하게 살해한 지금—'평소'가 아닌—까지도 그가 참 좋은 사람이라고 말할 수는 없는 노릇이 아닌가.

'평소에 온순하던 명희 아버지'(287쪽)가 갑자기 왜 이렇게 달라져 버렸을까? 그 해답을 우리가 분명하게 제시하기는 어려울 것으로 보인다.[7] 그러나 이것만은 우리가 자신 있게 말할 수 있을 것 같다. 광분하던 사육제(카니발)의 기간이 지나가면 다음 단계로 성스러운 사순절이 찾아오듯이, 미친 듯이 날뛰던 선장의 살육[살인] 기간이 지난 뒤에는 아마도 그에게도 값진 참회[뉘우침]의 기간이 찾아오리라는 사실 말이다. 그와 관련된 문제가 이 소설 본문에서는 아래와 같이 암시되고 있다.

> 그러나 아침이 되어 명희 아버지가 술이 깼을 때 그는 아무 것도 기억나지 않는다고 했다. 사태를 파악하고 나자 그는 자기가 저지른 일에 경악하며 오열을 터뜨렸다. (……중략……) 남겨진 명희를 위해서라도 양친 중 한 명은 필요할 것이고, 명희 아버지에게 뉘우칠 수 있는 기회를 주는 것이 명희 엄마가 원하는 결과일 것도 같았다.(289, 290쪽)

그러나 이 소설은 그 구성의 치밀함에도 불구하고 약간의 자체 모순을 드러내고 있지 않나 하는 생각이 드는 것을 금할 수가 없다. 아내의 '이혼 서류' 작성을 전후로—그것이 하나의 계기가 되어—남편인 선장의 광태가 어느 날 표면적으로 드러났음이 사실이고[8], 또 아무래도 그 이유 때문에 사건 당일 그가 그 살인 사건이 벌어지기 전부터 몹시 이상하게 보였다고 할 수 있겠는데[9], 그럼에도 불구하고 작가가 점차 이 소설의

---

7) 소설 본문도 그 점을 이렇게 간접적으로 표현하고 있는 것으로 보인다. "이미 명희 엄마가 죽은 마당에 명희 아버지가 명희 엄마를 왜 죽였는가 하는 이유를 아는 것이 내게는 별로 필요하지 않았다."(290쪽)
8) "명희 엄마는 평소부터 알고 지내던 변호사와 함께 당장이라도 이혼을 할 수 있는 제반 서류를 모두 갖추었고, 그 처방은 명희 엄마의 기대대로 명희 아버지에겐 강력한 충격제로 작용했다."(284쪽)
9) "그 일이 있었던 일요일 하루 동안 그들 부부가 몹시 이상해 보였다."(289쪽).

말미에 가까워지면서(특히 289쪽 이후부터) 그 살인 사건을 마치 무슨 불가사의한 일, 또는 원귀에 조종되었거나, 아니라면 아예 사신(死神)의 추격을 받거나 강력한 살의에 지배당하여 불가피하게 발생한 일 정도로 일종의 신비화[신화화?] 지향의 자가진단을 내려 버리다시피 한 것은 살인 행위의 원인 추적[규명]에 있어서 독자에게 일말의 혼란을 조성하는 요인으로 작용하지 않겠는가 우려되는 바 있다.

마지막으로, 차현숙의 <이브의 거울>은 여성 작가의 섬세함이 극도로 발휘되어 있는 작품이라고 할 만하다. 그리고 그 여성적인 섬세함이 의외의 담대함과 함께 어울려 등장인물인 여성들의 모든 것(비밀?)을 적나라하게 노출시키는 결과를 가져왔다고도 볼 수 있겠다. 그 결과 이 작품은 제목 그대로 이브[하와]란 말로 대표되는 여성 모두의 은밀한 세계를 비춰주는 하나의 반사경[거울]의 구실을 한다고 볼 수 있다. 그래서 이 작품 속에서도 삼각 관계니 불륜의 관계니 하는 일들이 그려지고 있기는 하지만, 앞서 보았던 여타의 작품들에서처럼 그 속에서 살인 사건이 일어난다거나 수사관의 끈질긴 심문이 이어진다거나 하는 일들은 일어나고 있지 않다. 그 때문에 독자는 앞의 작품들을 대할 때처럼 극도의 긴장감이나 부담감을 지니지 않고서도 작품을 대할 수 있으며, 그러면서도 이 소설 특유의 재미에 이끌려 비교적 빠른 속도로 이 스토리를 독파할 수도 있는 것이다.

이 소설 속에는 두 명의 주요 인물이 등장하고 있다. 여성 화자 '나'와 그녀의 둘도 없는 친구 희주, 이렇게 둘이다. '나'와 희주는 여고 시절부터 한 남자를 가운데 두고 삼각 연애 관계를 보여줄 정도로 서로 긴밀한 관계에 있었다. 하지만 '나'는 매우 영악하고 이기적이며, 희주는 그 반대로 매사에 온순하고 양보적인 삶을 살아가는 나약해 보이는 여성이다. 게다가 '나'는 가진 것도 없고 당연히 무슨 배경이랄 것도 없지만 희주는 부유한 가정에다가 인물도 출중한 편이어서 둘은 상호간 일치될 수 없는 여러 조건의 격차를 보여준다.

둘은 후에 각기 자기 짝을 찾아 결혼하게 된다. 그러나 희주의 남편이 옛 애인을 다시 만나, 죽자 사자 하는 관계로 들어가면서부터 이들 부부는 결국 이혼하게 된다. 이혼 문제로 고민하면서 그러나 할 수 있으면 이혼에까지는 이르지 않으려고 애쓰는 희주를 도와준답시고 그녀(희주)의 남편을 만나보게 된 것이 오히려 긁어 부스럼 격이 되어 둘 사이를 이혼하도록 촉진한 사람이 바로 '나'였다. 그러나 그런 '나' 역시 지금 이혼의 위협[두려움]에 시달리고 있다. 그녀는 외간 남자를 만나 이틀 동안 여행을 하고 돌아온 것이 시댁 식구들에게 발각되어 결국 남편도 그 사실을 알게 되었고, 그 불륜-'불온한 관계'(142쪽)-의 대가로 무지막지한 폭력에 노출된 뒤, 최후로 그녀의 친구 희주의 집에 잠시 몸을 의탁하고 있는 실정이다. 공지영의 <무소의 뿔처럼 혼자서 가라>에 나오는 불행한 여성들처럼 그렇게 두 친구는 불행한 처지에 처해 있다.

그러나 이 소설은 여성의 자기정체성을 극구 내세우고 있는 것 같으면서도 열렬한 페미니스트들의 극성스런 구호나 주장에는 동조하지 않는 면이 엿보이는 작품이라고 하겠다. 여성의 자기 주장이 강하면서도 그 문제를 무슨 이념의 문제로까지 연결시키려고 하지 않는 작가의 개방적인 자세가 남성 독자들도 읽기에 크게 부담을 주지 않는 결과를 가져다준 것이 아닌가 생각된다. 그래서 다음과 같은 이 글의 마지막 대문은 우리에게 많은 여운을 남겨주는 것 같다.

> 우리에겐 자신을 뛰어넘을 장대가 필요하다. 단 하나의 장대라도 있다면 높이 건너뛸 수는 없어도 이 캄캄하고, 이 막막한 시간의 강물을 저어 나갈 수 있을지 모른다.(155쪽)

이상으로 금년 상반기의 단편소설들 여섯 편을 대체적으로 살펴보았다. 이들은 시대상의 반영으로서의 동시대 소설의 특성을 잘 보여주었다고 생각된다.

첫째, 이 소설들 중의 일부는 지난해부터 본격적으로 시작된 IMF 하의 한국인들의 비극적 참상을 제대로 묘파했다고 보겠다. 실제로 이들 군상은 생존의 밑바닥에서 허덕이고 있는 모습으로 나타났다고 하겠지만, 그러나 그들에게도 희망이 있다는 것을 윤진상과 김용운의 상기 소설들은 애써 강조하려 하고 있는 것으로 보인다. 그런데 최재경의 소설만은 굳이 IMF 상태 하에서의 비극이라고 할 수는 없는, 그러면서도 또한 그것과 전혀 무관하다고 할 수만도 없는 한 미묘한 살인 사건을 돈 문제와 관련해 그리고 있다.

둘째, 위 소설들 중의 일부는 이런 IMF 참상과는 거리가 먼 사람들의 도덕적인 불감증 내지는 그 붕괴의 실상을 그렸다고 볼 수 있다. 비록 IMF 한파가 몰아쳤을망정 오히려 더 높은 이자율에 따른 소득 증대와 치부를 하게 된 부류의 사람들이 많다는 것을 알고 있는 우리로서는, 그런 사회의 또 다른 일각에서는 가치지향적인 삶보다는 도리어 소모적이고 향락적이며 퇴폐적인, 이른바 성적 불륜의 생활에 빠진 이들이 각기 제 방향 감각을 잃은 채 타락한 삶을 살아가고 있다는 사실도 알고 있다. 이러한 성의 일탈 문제가 최근의 소설들에서는 일반적으로 많이 다루어진 셈이다.

이런 현실을 소재로 하여 어떤 작가는 <불륜의 방식>이란 노골적인 제목의 소설까지 쓸 수 있었다고 보여지며, 또 어떤 평론가는 마치 이런 경향에 대한 반기라도 들듯이 "애정·불륜 소설보다는 풍자·해학 소설을 쓰자"는 평론 형식의 글을 쓰기도 했다고 보여지는 것이다. 그러나 김영하와 차현숙의 소설들에 그러한 세계가 비교적 잘 나타나 있는 편이라고 한다면, 그래도 이병천의 소설에서는 예의 그 불륜의 문제가 다루어졌다 하더라도 IMF 사태와 다소 유관한 불륜의 문제가 다루어진 특성을 보여주지 않았나 생각된다.

발상의 전환
―1999년 전반기 수필문학의 작품집 읽기

한상렬*

1. 변화의 물결

바야흐로 20세기가 이제 황혼의 극점에 이르고 있다. 지구촌이 하나가 되고 개인간 나라간의 경쟁이 무한경쟁으로 치달으면서 다른 한편으로는 상호 의존성과 협력의 필요성도 점점 높아져가고 있다. 그런가 하면, 급속한 정보화와 세계화의 추세에 따라 전세계의 산업 및 고용 구조와 개인간의 삶의 양식 자체가 완전히 새로운 패러다임으로 바뀌는 그야말로 문명사적인 전환기를 지금 우리는 맞이하고 있다. 더욱 우리는 IMF라는 경제적 위기의 시대를 통과하면서 아직도 우리들 생활 전반에 그 지배를 받고 있는 실정이다. 유사이래 없었던 미증유의 경제적 환난. 그 환난의 강을 건너면서 우리는 지금 한 시대를 마감하고 새로운 시대를 맞이해야 하는 시점에 서 있다. 이런 상황의 변화는 우리로 하여금 한 마디로 발상의 전환을 요구하고 있다.

이미 헤겔은 그의 『법철학』 서문에서 "미네르바의 올빼미는 황혼이 깃들 무렵에야 비로소 날기 시작한다."고 말한 바 있다. 도대체 이 고전적인 철학자의 잠언이 가리키는 것은 무엇일까? 그것은 철학적 예지란 기

---

*부천대 강사

존의 삶에 대한 객관적인 성찰이 가능한 곳에서 움튼다는 말이겠다.

헤겔의 이런 말은 이제 새로운 천년을 맞이해야 할 우리들에게 무언가 변화를 촉구하고 있다고 해야 할 것이다. 세계 각국은 그렇지 않아도 새 천 년을 맞이하기 위한 준비로 부산하다고 한다. 영국에서는 거대한 밀레니엄 돔 공사가 한창이고 파리에서는 200미터 높이의 지구탑을 건설 중이라고도 한다. 그러나 이런 외관적인 준비가 과연 의미를 지닐 것인가? 문제는 우리의 의식에 있다고 하겠다. 불과 IMF의 충격에서 벗어난 지 1년 반도 안되었음에도, 실업자와 퇴출자들의 고통이 줄을 있고 있음에도 한편에선 언제 그랬느냐는 듯 과소비 행태가 보도되는 것을 보면, 변화는 바로 내부로부터 시작되어야 함을 깨닫게 한다.

변화의 시대. 새 천 년을 맞이하기 위한 황혼의 시대. 그래 지금은 어느 때보다 새로운 발상, 그 발상의 전환을 필요로 하는 때임에 틀림이 없다.

이제, 이런 발상의 전환을 위해 수필문단을 돌아보면 여타의 문단이 그러하겠지만, 수많은 문제의 벽을 만나게 된다. 예를 들면 작가 정신의 문제, 신인 등단의 문제, 여성화 추세의 문제, 독자성의 문제, 편견과 오해의 문제 등 헤아릴 수 없는 문제들이 수필문단을 둘러싸고 잔존해 있다.

이런 문제의 벽들은 문단 내부로부터의 발상의 전환을 요구한다. 그럼에도 이런 변화의 물결에도 요지부동으로 구태를 계속하고 있는 한, 악화가 양화를 밀어내듯 수필문단의 미래는 밝을 수 없을 것이다.

이제, 한 세기의 황혼의 극점을 통과하면서 1999년 전반기 수필문단의 모습을 살펴보고자 한다.

2. 미개척의 일천(日淺)한 수필 평론

비평의 존재 의의는 말할 것도 없이 문학을 향도(嚮導)하고 재단(裁斷)하는 데에 있다. 그러므로 활발한 비평활동은 그만치 문학의 발전에 기여할 것은 명약관화하다. 여기 비평가란 말할 것도 없이 충실한 독자로서 문학작품의 실(實)과 허(虛)를 객관적으로 재단하여 작가에게는 창작의 도움이 되며, 독자에게는 작품에 대한 이해를 돕게 하는 사람을 말한다. 그러므로 창작되는 작품에 대한 객관적 평가와 재단은 필수적이라 하겠다. 그러나 우리의 수필문단은 이런 비평의 부재를 아직도 면하지 못하고 있는 실정이다. 물론 이런 비평에 대한 문단 일각의 곱지 않은 시선 즉 메슈 아놀드의 말과 같이 '열광과 찬양의 평가', '감사와 동감의 평가', '시기와 질투의 평가' 등으로 요약되는 폐단도 없지 않으나, 수필문단에는 그런 비판을 할 만한 비평조차 부재하다는 것이 문제가 아닐 수 없다.

폭증하는 수필 인구, 쏟아져 나오는 수필집과 수필 문예지, 신인의 양산, 이런 변화 속에서도 이들 작품에 대한 재단과 평가가 제대로 이루어지지 않는 한 수필문단의 발전은 요원할 수밖에 없다. 그럼에도 그 동안 수필평론 분야는 미답의 황무지 그대로일 뿐이다. 창작론의 출간이 이어지기도 했고 월평, 작가·작품론을 통해 비평이 없지는 않았으나, 대개의 경우 강단비평식 아니면 수필가가 쓴 창작 수필론 정도가 고작이었다 해도 무방할 것이다. 아나톨·프랑스의 "수필이 전문예를 주름잡을 시대"가 올 것이라는 그런 예언만을 금과옥조처럼 믿을 것이 아니라, 수필문학이 정녕 변화의 선두에 서야 할 것이다. 이를 위해서는 마땅히 수필에 천착하는 비평가를 필요로 한다. 그럼에도 한국의 수필문학을 주도하겠다고 호언하면서도 아직도 미망에 사로잡혀 있는 문예지의 편집인이나 수필작가들이 있다면, 미래문학으로의 수필의 발전은 요원할 것이다.

최근 수필비평에 관심을 보이는 편집인이나 평자들이 더러 있음은 만시지탄의 일이지만 그나마 다행스러운 일이 아닐 수 없다.

수필문단의 비평은 그 동안 주로 문예지의 월평란이나 계간평을 통해 이루어져 왔다. 그 본산은 누가 뭐래도 『월간문학』일 것이며, 그 밖에 『한국수필』, 『에세이문학』, 『순수문학』, 『문학21』, 『문학세계』, 『문예사조』, 『수필과 비평』, 『문예한국』 등의 문예지가 이를 계속해 오고 있다. 이들 중 상당한 영향하에 필자나 독자에게 영향을 주고 있는 월평은 『월간문학』의 꾸준한 노력일 것이며, 특히 『수필과 비평』의 공로는 수필문단의 금자탑을 쌓는 획기적인 일이라 평가된다. 한국수필의 세계화를 목표로 편집되는『수필과 비평』은 수필창작과 비평이라는 두 개의 축을 동시에 일궈내고 있다는 점에서 선도적이라 하겠다. 5·6월 합병호의 예를 들어도 작가론 2편, 작품론 2편, 서평 1편, 월평, 수필논단 4편이 발표되고 있다. 비평부재의 수필문단에 독보적인 업적이라 하겠다.

창작수필론으로 지난해 후반기에 필자(한상렬)의 수필평론집『현대수필작가·작품론』과『한국현대수필작가론』(도서출판 西海)의 뒤를 이어, 하길남의『수필문학 연구와 비평』(교음사)와 장세진의『수필문학을 위하여』(도서출판 훈민)가 발표되었다. 그리고 올 상반기에는 한국수필학회의 <수필학> 제6집과 월간『수필문학』이 그 동안 기획특집으로 다루었던 창작강좌를 한데 묶은『새로운 수필문학 창작기법』(강석호 편저)이 나와 수필창작 기법에 목말라하는 독자들에게 다소나마 도움이 되었다고 생각된다. 앞서의 <수필학>에는 윤제천 외의 14인의 수필론을 발표함으로써 수필학 연구에 기여하고 있으며, 필자의 수필평론집『문학과 인생 그 여울에서』(도서출판 西海)에 수필작가 20인의 작가·작품론 및 월평이 발표되었다.

이런 경향은 수필문단이 아직도 비평부재라는 오명에서 벗어나기 위한 작은 노력으로 평가된다. 그러나 미래문학을 선도할 입장에서 보다 적극적인 비평작업의 필요와 이에 대한 관심이 촉구되고 있다고 판단된다. 여기에는 문예지의 편집인이나 수필문단 자체내의 자성이 요구된다고 하지 않을 수 없다.

3. 수필전문지의 향방

수필문학만을 전적으로 발표하고 있는 문예지로는『한국수필』,『에세이문학』(수필공원),『수필문학』,『창작수필』,『현대수필』,『수필과 비평』,『수필』,『수필춘추』 등이 있다. 이들 중『수필문학』만이 격월간으로,『한국수필』과 『수필과 비평』 등등은 모두 계간지다. 이들은 성격상으로 보면 『한국수필』을 제외하고는 수필동인지의 성격에서 벗어나지 못하고 있다해도 과언이 아니어서 과연 이들이 한국수필문단을 향도하고 있느냐에 문제가 있다. 창작과 비평을 기치로 내건 『수필과 비평』과 『수필문학』, 『에세이문학』을 제외하고는 거의 작품 발표의 장으로서의 역할만을 다할 뿐, 수필문학의 새 지평을 모색하고자 하는 발전적인 노력이 요구된다. 물론 여기에는 나름의 사정이 없지 않다. 그러나 창작과 비평이 제 몫을 다할 때 비로소 수필문학의 미래가 확보될 것으로 보아 편집인들의 의식이 제고되어야 할 것이며, 젊은 비평가들을 대거 양성하여 수필비평의 새 장을 열어가야 하리라 생각된다. 이와 관련하여 '수필학' 연구에 관심이 저조한 이유로 이와 관련한 선행연구물의 부족이 무엇보다도 취약하기 때문이라는 말은 공언으로 받아들여야 할 일이다. 이는 결국 수필문단의 발전을 저해하는 동인이 될 것으로 판단된다.

수필전문지치고 가장 다양하게 읽을 거리를 제공하고 있는 문예지는 단연 『수필과 비평』이다. 1992년에 출발한 이 문예지는 수필창작과 수필비평을 등식으로 상정하여 비평에 상당한 노력을 경주하여 왔다. 이런 사례는 문예지 편집에 하나의 시금석이 되리라 여겨지며 그동안 한국수필문단에 상당한 공헌을 해왔다고 단정해도 좋을 만하다. 5·6월 통권 제41호의 경우만 예를 들어 목차만 살펴보아도, 이를 능히 짐작할 수 있다. 굵직한 기획만 열거하더라도 집중조명으로 이철호, 이시은, 최문석의 작품세계와 기획테마③로 수필론과 관련 4편의 논문이 발표되고 있고, 평론, 월평, 서평 등 비평이 4편, 유병근의 수필기행, 중국고전순례, 연재수필 등 그 내용의 다양성이 돋보인다. 이런 수필전문지의 체제는 매호마다 비슷한 수준을 견지하고 있다. 물론 발표작품 수나 다양성이 문학성을 대변하느냐하는 문제가 제기될 수도 있겠으나, 한국수필의 새 지평을 열겠다는 긍지의 유무가 중요한 관건이 되리라 여겨진다. 『에세이문학』으로 제호를 변경한 『수필공원』 여름호에는 추천작품을 비롯 총 81명의 수필작품을 수록하고 있다. 물론 평론 6편이 수록되어 있다는 점에서 타문예지와 차별화할 수도 있으나,『창작수필』여름호가 수필 91편,『현대수필』여름호에 수필 50편 평론 2편,『수필춘추』에 수필 45편 창작론 1편,『한국수필』5·6월호에는 문학세미나와 관련한 평론 2편과 서평 1편, 평론 1편, 수필 28편, 신인수필 14편이 발표되었고,『수필문학』6월호에 수필 30편과 논단 2편 등이 발표된 것을 감안한다면 우리 수필문단의 문예지의 경향이 동인들의 작품 발표의 장에서 벗어나지 못하고 있음을 알게 한다. 특히 한국수필계를 대표한다는 한국수필가협회의『한국수필』경우는 과연 한국수필을 선도하고 있는가 하는 의문을 갖게 한다. 이제는 작품 발표의 장에서 탈피하여 새로운 패러다임에 의한 발상의 전환이 요구되는 때가 아닐 수 없다.

더더욱 중요한 것은 발표된 작품들이 어제, 오늘 매양 변함이 없다는 점이다. 문학이 사회를 반영하고, 수필문학이 인간 존재의 문제에 천착한 인간학에 바탕을 둔다고 할 때, 적어도 지금 우리가 건너가고 있는 이 시대의 문제는 많은 작가의 공통적인 화두로 떠올려져야 마땅할 일이다. 그러나 1년전이나 지금이나 IMF라는 초미의 문제가 화두로 떠올려지는 작품은 눈을 씻고 보아야 할 정도다. 여기에 현 수필문단의 또 다른 얼굴이 있다고 하겠다.

4. 개인수필집 읽기

수필문단의 창작집의 출간은 그야말로 무풍지대라 할 만치 넘쳐나고 있다. 경제적 위기에 독서력의 약화, 시장경제의 위축 등 어디로 보나 어렵기 짝이 없는 시대임에도 불구하고 개인수필집의 출간은 경기를 타지 않는 성싶다. 그래 혹자는 이런 현상에 대해 악화가 양화를 몰아내듯 인쇄물의 낭비, 심지어 문학의 타락을 혹평하는 이도 있다. 문제는 익지도 않은 채 시장에 내놓는 숱한 수필집이라는 표찰을 단 창작집들이 행여 본말이 전도된 채 횡행하고 있다는 점이다.

어떻든 그 많은 수필집들을 모두 읽는 일은 사실상 불가능하다. 결국

이 글에서 논의될 수필집은 어차피 필자의 시야에 국한하기로 한다.

일단 필자가 수필집의 내용을 꼼꼼히 읽어본 경우만 대충 열거하면, 정선모의 <지휘자의 왼손>, 백정혜의 <쫓겨난 남자>, 정목일의 <가을 금관>, 오정순의 <언제나 우리는 문 앞에 서 있다>, 이옥자의 <요지경 열두마당>, 우희정의 <별이 빛나는 하늘>, 이동민의 <우리 시대의 이야기>, 김덕한의 <텃새여 텃새여>, 홍명옥의 <얼지 않는 바다>, 문정희의 <바라보는 것만으로도 난 행복하다>, 이귀복의 <겨울 연어> 등이다.

이중 지면 관계로 두 작품에 대해서만 필자의 소견을 이야기하고자 한다.

먼저 정목일의 <가을금관>은 한국적 서정의 탐미적인 경향이 짙게 나타나고 있다. 이미 수필작가 정목일의 문학에 대해서 김열규는 "끝없는 서정의 향락주의자"로, 전문수는 "달빛 세계와 명상"으로, 또 하길남은 "일상어 탈피와 천상의 언어"로 극찬한 바 있다. 이번에 새로이 간행된 수필집 <가을 금관>은 작가의 대표 수필이라 할 30여 편을 정선하였기 때문에 작가의 수필세계를 조감할 수 있게 하고 있다. 그는 『월간문학』과 『현대문학』에 수필추천 1호답게 정통수필을 창작하고 있는 작가다. 특히 그의 수필은 '한국적 서정의 추구와 재음미', '한국적 서정의 추구, 그 변용의 미학'이란 필자의 작가론과 같이 줄곧 한국적인 미의 발견에 접근하고 있다. 따라서 이번에 새롭게 출간된 수필집 <가을 금관>은 이런 그의 수필세계의 진수를 음미할 수 있는 수필집이라 판단된다.

또한 이옥자의 풍자에세이 <요지경 열두마당>은 많은 문제의식을 일으킬 수 있는 창작집이다. 과연 이를 두고 수필이라 부를 수 있겠는가 하는 의문이 제기될 수도 있기 때문이다. 그러나 수필문학은 시가 아니면서도 정서와 신비의 이미지를 그리기 위해서 유머와 위트가 반짝여야 할 것이다. 때문에 이런 비평정신이 깔려있지 아니한 수필은 신변잡기나 사색의 부질없는 언어 유희에 그치기 쉽고, 평면적 생활의 지루한 넋두리에 지나지 않는 우(愚)를 낳게 할 수 있을 것이다. 문제는 이옥자의 풍자에세이가 형식적인 면에서 기존의 수필에서는 찾을 수 없는 3 · 4, 4 ·

4의 내재율의 틀을 유지하고 있다는 데 있다. 산문의 대표라 할 수필문학에 있어 이런 내재율이 사용된다는 것을 용인할 수 있겠는가 하는 문제에 있다. 이런 실험적인 방법의 시비는 작가의 말과 같이 과거의 전통적인 유형을 재현해보고자 출발한 데에서 비롯되어야 할 것이다. 다만, 리드(H.Read)의 말과 같이 "시는 창조적 표현이고 산문은 구성적 표현이다."라는 말을 간과할 수 없을 줄 안다.

5. 나가면서

경제적 위기인 IMF의 강을 건너는 1999년은 새 천 년을 목전에 두고 있다. 이렇게 한 세기를 마감하는 황혼의 극점인 상반기 한국의 수필문단에 대한 점검은, 양적 폭발의 수필문단에 걸맞게 그 진단이 용이하지 않다. 이는 필자의 한계요, 벽이 아닐 수 없다. 그런 한계에도 불구하고 필자는 주마간산격으로 수필문단의 모습을 스케치하였다.

분명한 것은 아나톨·프랑스의 전언과 같이 미래의 문학은 수필문학이 주도하게 될 것이라는 예감이 적중되고 있다는 것이다. 그만큼 한국의 수필문학은 발전 도상에 있다고 하겠다. 이는 수필문학의 질·양적인 변화에서 추정이 가능하다. 그러나 이런 변화가 수필문학의 발전과 무슨 상관이 있겠는가 하는 비관론에 빠지기 십상이라는 점을 염두에 두어야 할 일이겠다. 다시 말하면, 수필문단은 이런 변화에 못지 않게 엄청난 문제의 벽에 부딪혀 있다고 하는 사실이다. 이는 수필을 창작하는 작가 모두에게 새로운 변화 즉 발상의 전환을 요구하고 있다고 보아야 할 것이다.

한국적 희곡의 소재 확충과 변모

이강렬*

I. 들어가는 말

어떻든 올해로 20세기의 막은 내린다. 역사의 박물관에나 남아 있어야 될법한 연극이 끊임없는 창조와 장르의 혁신을 거듭하며 새로운 세기를 맞이하고 있다는 것은 아이러니하다. 그것은 연극이 인간적 순수함, 그리고 진솔한 생명력을 느낄 수 있는 예술이기에 그럴 것이다.

'99년 상반기에 나온 희곡집으로는 <창작마을>에서 매년 공모하는 <창작마을 희곡문학상> 수상작을 모은 『발칙한 녀석들』과 심상교 희곡집 『새 천년의 돌』, 그리고 이윤택의 두 번째 희곡집 『어머님』이 있다. 열악한 희곡계 환경을 비춰볼 때 매우 고무적인 일이 아닐 수 없다.

학문이나 예술조차도 경제적인 측면에서만 바라보려는 세태에 희곡이 ―현실적으로 독자가 있는지 조차 궁금한― 출판되어 나오고 있다는 점이 경이롭기조차 하다. 이러한 점은 한편으로 한국연극의 발전적 잠재력을 가늠해 볼 수 있는 잣대로 흥미로운 현상이 아닐 수 없다.

---

*중앙승가대 교수

2. 신인작가들의 연극성 확충 시도

먼저 『발칙한 녀석들』에 실린 신인작품을 살펴보자.

정형진 작 <발칙한 녀석들>은 '뛰는 놈 위에 나는 놈'의 사회 현상을 재치있게 극화하고 있는 작품이다. 이 작품은 우리 주변에서 쉽게 접할 수 있는 인물들의 군상을 전형화하여 보여주고 있다. 상습 정체구간에서 불량음식을 파는 잡상인과 그들을 등쳐먹으려는 협잡꾼, 그리고 약자를 괴롭히는 부패 경찰의 일상을 유머러스하게 그리고 있다. 한편으로 이 희곡은 잡상인으로 전락한 소시민의 애환을 드러내 보여주는 가운데, 음주운전을 일삼는 동네의 협잡꾼과 그와 유사한 처지에서 음주운전자가 저지른 뺑소니 사건이 담겨 있다. 또한 능글맞은 부패한 경찰이 흉악무도한 경찰 살해범임이 밝혀지면서, 예상치 못한 놀라움을 안겨준다. 이와 같은 극적 구조의 치밀함에 즐거움을 보태주는 요인은 네 인물의 생동감 넘치는 개성에 있다. 이들 모두를 작가는 '발칙한 녀석들'로 규정하고 있으며, 이들이 만들어 낸 '물고 물리는 세상'의 모순을 시니컬하게 풍자하고 있다.

김수미 작 <귀여운 장난>은 신랑감을 고르기 위해 펼치는 '핏빛파티'를 귀여운 장난 정도로 여기는 두 모녀의 기괴한 놀이를 그려낸 작품이다. 이 작품에 등장하는 인물들은 표면적으로는 심각하게 대립, 반목, 질투하는 것으로 보여진다. 그러나 실상은 처음부터 짜여진 각본대로 한 남자를 죽이는 게임을 의례적으로 즐기는 두 악녀의 그로테스크한 이미지가 선명하게 각인되고 있다. 특별히 팽팽한 긴장감을 조성하면서 예상키 힘든 반전을 이끌어 가는 추리력이 이 작품이 안고 있는 흥미로운 구성이다. 다소 과장되고 부자연스러우며 상투적인 요소들을 좀더 치밀한 계산과 구도에 의해 극복할 수만 있다면 작품의 완성도를 한층 더 높일 수 있었을 것이라는 아쉬움이 남는 희곡이다.

박승만 작 <K씨 이야기>는 기존의 정통 극작법이 아닌 새로운 형식의 공연문법을 시도한 실험성 있는 작품이다. 이 작품은 301호실에 살던 K

씨의 의문의 죽음을 파헤치는 과정을 되짚어 가면서, 실체를 상실한 채 과장되고 왜곡된 부분을 짜맞추어가는 퍼즐식 구성을 차용하고 있는 점이 흥미롭다. 지나치게 이기적인 사고 방식과 행동 및 이웃간의 소통 단절, 익명적으로 기능적인 성격의 묘사 등을 토의해서 현대 사회의 부조리한 상황이 부분적으로나마 묘사되고 있다. 그러나 필요 이상 잡다한 얘기 전개로 작품의 전개를 느리게 한 점이나, 작품의 본질과 상관없는 부수적인 이야기들이 방만하게 나열되고 있거나 무리하게 결론에 도달하고자 이끌고 있는 점이 아쉽다.

이난영 작 <화목한 가족>은 중풍환자 할머니를 주인공으로 하여 우리 사회의 모순을 고발한 작품이다. 주변에서 철저하게 소외당하고 외면당하는 할머니를 갈등의 축으로 가족간의 대화단절 현상을 극명하게 그려 보여주고 있다. 극단적으로 제 앞가림에만 몰두하는 다양한 인물 군상을 한 가족으로 압축하여 풍자적으로 형상화하고 있다. 구성상의 전개가 매우 미숙하고 단순히 에피소드의 나열에만 급급한 인상이 짙다.

박지선 작 <불우한 악기>는 역사의 뒤안길에서 잊혀져 가는 우리 것에 대한 아픔과 애정이 진하게 묻어 있는 작품이다. 일반인들의 세속적인 평가와는 달리 옛 춤을 현대적인 모습으로 계승하려는 젊은 세대의 진지한 모습을 그린 점이 참신하지만 형식적 전개가 너무 진부한 느낌을 갖게 한다.

사실 신인들의 희곡작품을 대할 때마다 느끼는 감정은 희곡계의 영원한 과제이기도 한 '문학성'과 '연극성'이 서로 배치되는 개념인가 하는 것이다. 물론 문학성에 주안점을 둔 대사 위주의 희곡과 극장 위주의 대본을 놓고 본다면 대립되는 개념일 수도 있다. 그러나 뛰어난 고대 희랍 주의나 셰익스피어 작품들을 대할 때 그런 구분은 무의미해진다. 희곡은 분명 문학의 한 장르이면서도 광활한 상상력과 사색의 바다를 유영하게 해주는 흥미로운 분야이다.

한국의 희곡들은 대체로 이 두 접안점을 포용하고 있지 못하는 아쉬움이 많다. 그것은 이 문제를 너무 단선적으로 생각하는 경향때문이 아널까. 희곡은 문학성과 연극성을 함께 공유해야 하며, 무대 위에서 또 다른 생명력을 가질 수 있는 구성을 갖춰야 한다. 그러기 위해서는 작가들의 무대적 경험이 매우 소중하지만, 현실적으론 그렇지 못하다. 따라서 우리도 다른 선진국의 경우처럼 작가들이 극단의 한 일원으로 참가하여 무대 경험을 가져보는 것도 필요하지 않을까.

심상교 희곡집 『새 천년의 돌』은 <새 천년의 돌>을 비롯하여 <운영의 사랑>, <사물 귀신놀이>, <문호댁>, <담배가게 앞의 삽화>, <버스 전용차선에서>, <아직도 그대는 아버지>, <물과 꿈>을 싣고 있다.

먼저 <새 천년의 돌>에서 파락호 시절 홍선군은 밤중에 천.하.장.안과 함께 경복궁에 들어와 폐허가 되버린 그곳의 실상을 보고 이를 중건할 기회를 달라고 천지신명께 아뢴다. 그 비원은 받아 들여져 홍선군의 아들이 왕위에 오른다. 그는 후에 대원군이 되자 개혁을 시도한다. 이 과정에서 대원군은 집요한 중신들의 반대에도 불구하고 비결(秘訣)을 이용해 경복궁 중건을 이끌어 낸다. 권문세가의 돈을 끌어내 벌이는 경복궁 중건은 여러 가지 부수 효과를 낳아, 나라 경제가 일어나고 결국 왕실의 권위가 올라간다는 점을 계산해 낸다. 이 작품은 대원군 이하응의 파란만장한 삶을 경복궁 중건에 맞춰 씌여진 역사극이다. 구성도 신인답지 않아 독특한 기법으로 진부하기 쉬운 역사주의 한계를 극복해 보여주고 있다.

역사를 테마로 쓴 작품으로 <운영의 사랑>이 있다. 안평대군은 섬약한 면과 강한 질투심의 이중성을 보이는 인간으로, 권력과 부를 가졌으나 운영의 사랑을 얻지 못해 절망하고 운영과 김진사간의 사랑을 질투하여 이들의 사이를 갈라놓으려는 광폭한 행동을 보인다. 전체적으로 사랑을 테마로 역사극의 재미와 흥미를 끌게 하는 재치가 돋보인다.

그 밖에 단막극으로 사물놀이에서 상쇠 즉 꽹과리칠 사람을 구하는 과정을 그린 <사물귀신놀이>와 바닷가에서 대포집을 운영하는 묵호댁을 소재로 가게를 방문한 만삭의 여자와 벌이는 인간군상의 애기를 그린 <묵호댁>, 그리고 작은 담배가게 앞에서 벌어지는 일들을 보여 주는 <담배

가게 앞의 삽화>와 모범택시 기사와 의경의 실랑이를 그리고 있는 <버스 전용차선에서>도 재치가 돋보인다. <아직도 그대는 아버지>는 교통경찰인 아버지와 시위대에 참가한 대학생 딸이 만나 오랜만에 나누는 대화와 그 과정에서 돌발적으로 일어나는 사건을 그리고 있으며, <물과 꿈>은 여중생 임신을 다룬 작품이다.

전체적으로 이야기를 보는 시각에 비해 제한된 표현문법으로 인해 템포감이나 희곡적 완성도가 부족한 것이 흠이다. 그러나 하나의 관점을 넓은 시각에서 조망해 보는 논리성이나 작은 에피소드를 무대화시킬 수 있는 재치는 희곡작가로써 가능성 있는 일면을 엿볼 수 있게 해준다.

3. 한국적 소재의 연극성 성과

'90년대 가장 활발한 연극 작업을 해온 연출가이면서 희곡작가인 이윤택의 세 번째 희곡집 『어머니』는 수록된 작품 네 편(<어머니>, <눈물의 여왕>, <한심한 사랑아>, <사랑의 힘으로>)이 모두 여성을 주인공으로 한 작품이다. 이 작가는 대체로 공연을 염두에 두고 쓰고 있기 때문에 작품의 연극성이 매우 강하다. 따라서 연극적인 관점에서 보면 매우 좋은 무대 대본으로 평가될 수 있겠지만, 희곡으로는 완성도가 부족한 작품이 대부분이다.

<어머니>의 경우 현실과 희망, 이승과 저승, 산 자와 죽은 자가 한데 어울려 전개되는 이중적 구조 속에서 한 여인의 한풀이가 전개된다. 글 공부 못함, 첫사랑과 헤어짐, 남편과의 억지결혼, 불륜 속에 태어난 첫 아기, 남편의 바람기 등 개인적 비극은 징용간 첫사랑의 죽음, 분단, 전쟁, 그리고 전쟁 중 첫 아기의 죽음과 같은 역사적 비극으로 확대된다. 결국 그러한 비극의 한들은 신주단지 풀어내기, 망자를 불러내는 초망자 굿 등의 한풀이로 풀어지고, 어머니는 저세상으로 가게 된다. 이처럼 작가는 한국적 연극의 원형인 굿을 놀이적 시각으로 이해하여 연극 속에 담아내는 탁월한 능력이 돋보인다.

<눈물의 여왕>은 대중가극이라 이름 붙여진 작품이다. 이야기의 큰 흐름은 식민지 시대 유명한 신파극본이었던 <사랑에 속고 돈에 울고>이다. 이 내용을 중심으로 차일혁 총경을 등장시켜 전옥이란 인물의 내면적 세계와 주변에 얽힌 에피소드를 재미있게 그리고 있다. 어떻든 홍미 위주의 대중상업극을 가극의 형식에 빌어 새롭게 시도한 정도의 수준을 넘지는 못하고 있다.

그 밖에 <한심한 사랑아>는 에세이처럼 읽힐 수 있는 희곡이다. 이 작품은 그가 <시민 K>에서 제기했던 '80년대 한국사회 중산층의 소지식인 문제를 '90년대식으로 매듭짓고 있다.

<사랑의 힘으로>에는 "<변신>을 텍스트로 한, 카프카적 글쓰기"라는 부제가 달려있다. 이 작품에 등장하는 여성은 어머니, 누이, 애인 등 세 사람이다. 어머니는 카프카의 아버지처럼 물신적이고 현실적이며, 동시에 마더 콤플렉스적 인물의 전형이다. 그에 반해 천사로 등장하는 누이와 이데아적 여성으로 그려지고 있는 애인을 통해 무대적 실험을 시도하고 있다.

이처럼 작가는 다양한 장르를 넘나들며 무대적 실험과 충동을 통해 자기의 세계를 만들어가고 있다. 어쩌면 열악한 환경에서 바람직한 현상일 수 있다. 관객 내지 독자들에게 무대가 안고 있는 독창성과 극적 재미를 안겨주고 있으니까. 그런 과정을 통해 독창성 있는 작가의 희곡문학이 만들어질 것을 기대해 본다.

이상에서 살펴본 '99년 상반기에 나온 희곡집에서 우리는 한국 희곡의 가능성과 열린 새로운 세계로의 도전을 엿볼 수 있다. 또한 이들 작품에서 앞으로 전개될 21세기의 가능성을 확신할 수 있다. 흔히 21세기를 '문화의 세기'라고 규정한다. 지식과 정보를 주축으로 국가의 발전이 좌우하게 되는 문화의 세기에서는 문화가 발전의 주변이 아니라 중심이 된다는 것이다. 여기에서 말하는 문화는 자국의 전통적 양식과 삶의 정서가 베어있는 독창적 문화를 말한다. 이번 상반기에 나온 작품들에서 한국적 희곡의 소재 확충 시도가 보여지고 있는 점은 다행이고 의미있는 일이 아닐 수 없다. 이를 계기로 희곡을 통해 독창성을 갖는 예술가적 인식과 노력이 더욱 활발히 전개되길 기대해 본다.

사이버문학과 탈장르의 현상

전자시대 시 창작 방식의
변화 양상과 전망

김정훈[*]

1. 들머리

1990년대 중반에 들어 전자시대가 본격적으로 도래하면서 우리의 시는 일정한 창작상의 변화를 보이게 된다. 이 변화는 글쓰는 방법과 전달하는 방법, 그리고 부분적인 내용상의 변화 등 글쓰기 과정 전반에 걸쳐 폭넓게 확인되고 있다. 주로 사이버 공간에 발표되는 작품들에서 이러한 변화의 모습을 쉽게 찾아볼 수 있는데, 이것은 이 변화가 기본적으로 새로운 저작 도구로 컴퓨터 워드프로세서를 도입하고 네트워킹(networking)을 전제로 하여 형성된 사이버 공간이 새로운 발표 공간으로 등장한데 기인하는 것임을 의미한다. 이러한 변화는 시대의 추이에 따른 것으로 일정 정도 불가항력적인 속성을 가지고 있으며, 때문에 시 창작상의 다양한 변화는 나름대로 필연성을 가질 수 밖에 없게 되었다. 이런 인식을 기반으로 이 글에서는 현재 사이버 공간에 발표되는 시 작품을 중심으로 이런 변화의 구체적인 모습을 살펴보고, 이를 통해 글쓰기 환경 변화의 궁극적인 지향점이 어디에 놓이게 되는지 대략적이나마 알아보고자 한다.

---

*한양대 강사

2. 글쓰기 환경과 태도의 변화

컴퓨터 워드프로세서가 펜이나 종이 등을 대체하여 새로운 창작 도구로 사용되기 시작하고 사이버 공간을 통해 시 창작과 감상 활동이 본격적으로 전개되기 시작한 이후 글쓰는 환경과 태도에 있어 몇 가지 중요한 변화가 일어나게 되었다. 컴퓨터의 워드프로세서를 이용한 글쓰기가 보편화되면서 작품의 창작 작업도 그에 따라 새롭게 대응하기 시작한 것이다. 사이버 공간은 물리적인 힘을 가진 권력 구조도, 억압적인 검열 기제도, 아직은 명확한 가치 판단이나 준거틀도 마련되어 있지 않은, 열려 있는 소통 구조를 가진 가상 현실의 공간으로 존재하며, 때문에 탈중심화(decentralizing)된 공간이자 익명화된 공간으로 이해된다. 이런 사이버 공간을 통해 디지털화된 텍스트가 오고가면서 전통적인 글쓰기-읽기와는 다른 양상이 전개된다.

우선, 창작 계층의 확산과 쌍방향성의 확보로 인한 작가 권위의 일정한 실추 현상이 발생하고 있다. 컴퓨터로 글쓰기에 주로 사용하는 워드프로세서 프로그램은 자체 내에 한글/외국어와 한자/부호 넣기 뿐만 아니라 각종 사전 기능, 수정 및 편집, 맞춤법 교정 기능까지 자체 내에 포함하고 있어 글을 쓰려는 사람들이 보다 쉽게, 그리고 자주 이용할 수 있도록 되어 있다. 이로 인해 일상으로서의 글쓰기가 가능해져 많은 이들이 보다 자유롭게 자신의 생각을 글로 표현할 수 있게 되었으며, 결과적으로 창작 계층이 폭발적으로 증가하게 되었다. 반면, 개개인의 컴퓨터가 네트워크로 연결되어 개방성과 확장성을 가지게 되면서 제대로 된 글쓰기 훈련도 하지 않은 이들의 채 걸러지지 않고 충분히 익지도 않은 글이 사이버 공간을 통해 무차별적으로 공개된다는 문제점도 낳게 되었다. 이로 인해 기존 인쇄 매체를 통해 발표되어 온 작품들에 비해 상대적으로 저급하고 일차적인 형태의 창작물이 사이버 공간에 범람하는 바람직하지 못한 현상도 다소 드러나게 되었다. 즉, 공간의 개방성과 익명성으로 인해 창작 담당층의 확산과 글쓰기의 일반화 및 부분적인 저급화 현상을 초래하게 된 것이다. 또한, 글쓰기에 컴퓨터를 이용하기 시작함으로써 전통적인 아날로그 텍스트(analogue text)가 디지털 텍스트(digital text)로 변하게 되었는데, 이로 인해 텍스트의 보관이 보다 편리하게 된 반면 복사와 변형 역시 쉬워져 정전의 훼손과 작자의 권위 실추 현상이 나타나게 되었다.

다음으로, 사고의 단속화 현상을 들 수 있다. 컴퓨터로 글쓰기는 쉼없이 깜빡이는 커서로 인한 심리적인 조급함과 보여진 화면에 기억마저 구금되어 버리는 듯한 특이한 현상으로 인해 전통적인 글쓰기에 비해 사고의 분절과 단편성을 초래하기 쉽다. 또한 글의 구상과 초고쓰기 단계부터 컴퓨터가 필수적인 도구로 개입하게 됨으로 인해 자신의 글을 마치 이미 완결되어 출판된 글인 양 느끼게 하는 컴퓨터 화면 특유의 최면 효과로 인해 상상력의 깊이가 낮아지고 종이 위에 연필로 쓸 때 흔히 맛볼 수 있는 상상력의 중첩 현상이 원천적으로 상실되면서 여운과 깊이를 담보하지 못한 값싼 글이 범람할 수도 있는 위험성1)이 항존하고 있다. 특히 이런 현상은 네트워크를 통해 사이버 공간과 연결되어 있을 때 심해져, 즉흥적이고 직접적이며 선정적인 표현이 확산되는데 일조를 한다.

이와 아울러, 사이버 공간에 발표된 시에서는 시행이 전반적으로 짧아지는 한편, 자신의 감정과 느낌을 직설적으로 토로하는 표현의 직접화 현상이 점차 자리잡아 가는 것을 확인할 수 있다. PC통신의 경우 VT 모드(mode)를 염두에 둘 때 대개 뚜렷한 연 가름 없이 25행 전후에서 시를 완결짓는 것이 보편적인 현상이고, 이 연장선상에서 인터넷상에 올라오는 작품들도 대체로 유사한 형태를 취하게 된다. 이런 현상이 보편화되

---

1) 종전처럼 종이 위에 펜으로 글쓰기를 할 때는 이전까지의 글과 새로 교정보면서 고친 글이 함께 존재하면서 상상력의 중첩 효과를 낳게 된다. 그러나 컴퓨터로 글쓰기를 할 때는 이전에 자신이 글썼던 흔적을 전혀 찾을 수 없어 글쓰기의 일련 과정에서 볼 때 항상 새로운 글쓰기 상태가 되어 상상력의 단속(intermittence) 현상이 필연적으로 발생하게 된다. 즉, 컴퓨터로 글쓰기는 대부분 롤랑 바르트가 이야기하는 '글쓰기의 제로(zero) 상태'를 발생시키는 것이다.

면서 사이버공간에서만큼은 점차 장시가 사라지는 한편, 자극적이고 강렬한 표현이 일반화되는 현상을 촉발케 된다. 실제 CF와 마찬가지로 30초 안에 주의를 끌지 못하면 다른 곳으로 클릭해서 가버리는 사이버 공간의 일반적 문화가 창작 심리에도 일정한 영향을 미치고 있는 것이다. 때문에 제목과 첫 부분 서너 행 이내에서 흔히 선정적이며 자극적인 표현들이 나오며, 이후에는 이것을 뒷받침하지 못하고 일차적이고 직접적인 표현들로 일관하여 시적 긴장의 이완 현상을 보이는 시들이 많이 보인다.

　마지막으로, 이전까지 인쇄 매체를 통해 발표된 작품이 작가 중심적이었던데 반해 사이버 공간에 발표되는 작품들은 독자 중심의 문학으로 이행하는 모습을 강하게 드러낸다. 인쇄 매체를 통해 독자에게 전달되는 기존의 시에서는 작품의 인기도나 독자의 반응, 즉 작품에 대한 피드백(feedback)이 나타나는데 오랜 시간이 걸리지만, 실시간 쌍방향의 소통 구조를 기본으로 하고 있는 사이버 공간에서는 피드백이 실시간으로 이루어지고 독자의 반응도도 구체적으로 확인할 수 있다. 이로 인해 작가와 독자의 상호 작용(interaction)이 필연적으로 발생하여 텍스트의 가변성 확대 및 전통적 작가-독자 관계가 재편되는 현상이 나타나고 있다. 이런 변화 과정에서 이전의 작가가 누렸던 권위와 아우라가 점차 약화되는 것은 어쩌면 필연적인 결과일 수밖에 없을 것이다.

3. 양식상의 새로운 시도

　이상과 같은 글쓰기 방식의 변화로 인해 시 양식상에서도 기존과 다른 많은 변화가 일어나고 있다.2) 간단하게 사이버 공간에 발표되는 시 양식의 변화 양상을 살펴보면, 기존의 인쇄 매체를 중심으로 한 작품 창

---

2) 이 변화의 양상은 필자가 이미 발표한 <전자시대와 시문학의 대응 양상>(문학세계, 1999.5)에서 사례와 함께 상세히 다룬 바 있어 장황하게 논하지 않고, 이 자리에서는 그 결과만을 간략하게 보고하고자 한다.

작 행위의 연장선상에서 약간의 변형을 일으킨 경우와 사이버 공간의 특징을 염두에 두고 새로운 양식상의 시도를 대담하게 보여주는 경우로 대별해 볼 수 있다.

우선, 텍스트 자체로만 봤을 때는 인쇄 매체에 발표되던 기존 시의 양식과 크게 달라진 것이 없으나, 컴퓨터와 사이버 공간이라는 창작 환경의 새로운 변화로 인해 일정한 변형을 일으키고 있거나 일어날 가능성이 큰 것들을 한 범주로 묶어서 생각해 볼 수 있다. 이 범주에 속하는 것으로는 전자책, 조형시, 몽타쥬시, 타이포그라피 시, 문법 파괴 시 등을 들 수 있다.3)

이 중 최근 서구에서 각광을 받고 있는 전자책(eBook=electronic book)은 디지털 텍스트와 음악, 음성, 그래픽이 결합된 형태의 작품을 말한다. 기존의 시나 시집이 텍스트를 주로 하면서 간혹 약간의 일러스트나 사진을 보조적으로 사용하곤 하는데 비해, 전자책은 여기에 배경 음악과 음성 낭독 등을 더하여 비트화한다. 전자책은 독자가 서점에 가서 책을 고르는 수고를 덜어주고, 보다 저렴한 가격에 무게나 부피를 걱정하지 않아도 된다는 강점을 가진다. 또한 큰 수고를 하지 않고도 작자의 목소리를 직접 들으면서 창작의 분위기를 실감하게 해 준다는 점도 빼놓을 수 없는 장점이다. 조형시(typo-illustrate poem)는 아스키 코드(ASCII code)를 이용하여 그림의 형태로 시를 보여주는 것으로, 아폴리네르나 1950년대 조향 등의 시, 잡체시로 분류되는 한시 등에서 이미 시도되었던 것처럼 내용을 표현하는 하나의 수단으로 글자를 그림 그리듯이 배열하고 표현하는 시이다. 이 경우 글자 자체를 그림으로 꾸밀 수도 있으며, 글자의 도형적 배열로 그 의미를 그려낼 수도 있고, 글자와 그림을 같이 사용해 표현하기도 한다. 조형시는 이전까지 문학의 영역에 직접적으로는 포함되지 않았던 색채와 음향 등이 그래픽 이미지와 함께 시의 중요한 한 요

---

3) 여기서 거론하는 '조형시', '타이포그라피시' 등과 뒤에 언급할 '하이퍼시', '가변시' 등등의 용어는 필자가 사이버 공간에 발표되는 시 양식의 변화 양상을 부각시키기 위해 임의로 명명한 것이다.

소로 내재되기 시작했으며, 그것도 텍스트를 보조하는 수동적인 존재가 아니라 그 자체가 새로운 의미를 창출해 나가는 중요한 표현 방법이 되고 있다는 점에서 주목을 끌고 있다. 몽타쥬시(montage poem)는 기존 시에서 일정 부분을 따와 따로 한 편의 새로운 시를 만들어내는 형태를 지칭한 것으로, 실제 사이버 공간에서는 이미지의 의식적 충돌로 인한 철저히 계산된 효과(metaphysical conceit)를 노린 엘리옷식의 방법보다는 무의식에 근거한 다다식 방법이 주로 활용되고 있다. 이 방법은 시인의 의식이 적극적으로 개입하지 않은 자연발생적 상태에서 생기는 의외성과 낯섦의 효과를 노린 것으로, 계산하지 않았던 생경한 이미지간의 충돌로 인한 시적 긴장의 획득이라는 측면에서 일정한 의의를 가질 수 있다. 물론 한쪽에서는 이 방법을 악용하여 남의 쓴 시 전체를 그대로 복사해 약간의 변용을 한 후 자기 이름으로 발표하거나, 여러 사람의 시에서 일부분을 무단으로 따와 자기 마음대로 편집한 후 자신의 독창적인 상상력에 의해 만들어진 시인 양 발표하는 경우도 있어 비난의 대상이 되기도 한다. 타이포그라피 시(typography poem)는 미래파에서 시도했던 인쇄 효과를 이용한 시 창작 방법론의 연장선상에 놓인 것이다. 이 방법은 그 특성상 그래픽적 안목과 시각적 상상력을 필수적으로 요구하는데, 이 때문에 자기들의 생각을 지리한 텍스트적 기술 방법이 아니라 시각적으로 강렬하게 표현하고자 하는 감각적이고 자기 표현에 능한 젊은 세대에게 많은 호응을 얻고 있다. 마지막으로 문법 파괴 시를 들 수 있다. 이 방법은 형태주의의 일환으로, 글쓰기의 환경이 종이에서 컴퓨터로 옮겨지면서 통신 언어 특유의 모습들을 시에 차용한 것이다. 각종 표정언어(smilie)를 비롯한 통신 언어들은 딱딱한 정식 문법어에 비해 평소 자신의 언어 감각에 가깝기 때문에 편하고, 상대방에게 친근감을 줄 수 있다는 장점이 있다. 물론 아직은 이런 언어를 사용한 시들이 보이는 미적 완결성의 현격한 미달로 인해 조야한 느낌을 탈피하지 못하는 한계를 드러내고 있지만, 이런 류의 언어사용이 사이버 공간에서는 지극히 자연스러운 언어 감각이라는 점에서 그 진행 과정을 주목해 볼 가치는 있다.

한편, 이와는 달리 새로운 양식상의 시도를 대담하게 보여주는 시들도 현재 사이버 공간에서는 흔히 찾아볼 수 있다. 멀티미디어 시, 하이퍼 시, 가변시, 실시간 공동 작업시 등이 그것으로, 이들은 앞에 분류된 유형들과는 달리 동적이며 가변적이고 파격적인 형태의 새로운 시 양식을 선보이고 있다.

이 중 멀티미디어 시(multimedia poem)는 기존의 텍스트 위주의 시에서 탈피하여 그림이나 사진, 그래픽, 사운드 등과 텍스트를 결합한 형태의 시를 말한다. 위에서 분류한 전자책이나 조형시와 비슷한 발상이나, 이들이 여전히 텍스트를 위주로 한 의미 전달에 치중하고 있는 반면에 멀티미디어 시는 그래픽이 주가 되어 텍스트가 전체 구성의 일부분을 차지할 뿐이며, 컴퓨터 그래픽스가 아니었으면 불가능했을 전혀 새로운 표현이나 플롯의 작품을 내놓고 있다는 점에서 차별성을 가진다. 이것은 네티즌들의 상상력이 많은 부분 대중영화, 만화, 게임, 애니메이션 등에 기반하고 있다는 반증으로 이야기될 수 있는 부분인데, 앞으로 시간과 공간의 제약성을 탈피하는 형태로의 진전이 기대되고 있다. 하이퍼시(hyper poem)는 사이버 공간의 특성을 가장 잘 이용하고 있는 새로운 시 양식으로 꼽히는 것으로, 매킨토시 특유의 프로그램인 <하이퍼카드>에서 비롯된 하이퍼텍스트(hypertext) 기능을 적절히 이용하여 나온 멀티 텍스트 개념의 시를 말한다. 즉, 시의 곳곳에 하이퍼텍스트 기능을 넣어 독자가 새로운 시행의 구성을 가능하게 하는 것으로, 이 경우 시의 의미 맥락은 독자의 자의적인 선택에 따라 끊임없이 유동적인 상태, 즉 항상 가변성을 지닌 잠재태로만 존재하게 된다. 이 유형의 시는 창작자의 입장에서 볼 때 시의 논리적 의미 파악을 거부하는 새로운 형태의 시도이며, 독자 측에서 볼 때는 시인이 규정하는 고정된 의미의 강요에서 벗어나 자유롭게 자신만의 의미를 찾을 수 있는 기회를 열어주고 있다는 점에서 신선함을 준다. 가변시(version poem)란 1차 텍스트를 내놓은 후 독자와의 대화나 품평회, 또는 독자의 의견 게시 등을 통해 나온 문제점을 반영하여 지속적으로 수정해 나가는 방법으로 최종 텍스트를 완성하는 방식의 시를 말한다. 이 경우 최종 텍스트가 나오기 전까지[4] 모든 텍스트는 작자와 독자가 협력하여 만들어내는 유기적인 의미 구조를 가지게 됨으로 끊임없는 다시 읽기의 대상이 되며, 전통적인 작자-독자의 구분은 상당 부분 희석되어 버린다. 독자의 반응이 실시간으로 확인되고 그 반응을 심각하게 의식할 수 밖에 없는 사이버 공간의 특성을 고려한다면, 이런 유형의 작업은 앞으로 더욱 많이 시도될 수 밖에 없을 것으로 보인다.[5] 마지막으로, 실시간 공동 작업시는 사이버 공간에서 많은 사용자들이 즐기는 머드게임(MUD)을 하는 듯한 실시간 공동 작업을 통해 만들어지는 시를 의미한다. 언뜻 1980년대에 한창 유행했던 집체작과도 유사한 느낌을 주지만, 일정한 흐름을 규정짓지 않고 처음부터 전원이 작업에 함께 참석하여 실시간으로 민주적인 집단 토의를 거쳐 창작 작업이 행해지고 있다는 점에서 일정한 변별성을 갖는다. 이 유형의 시는 개개인이 직접 참여하여 보고 듣고 말하고 부딪치면서 만들어가는 것이며, 따라서 즉흥성과 순발력이 무엇보다 중시된다는 점에서 상대적으로 면밀한 퇴고나 진지한 성찰 과정이 누락되기 쉽고, 미적 완결성이 부족할 때가 많다는 점에서 일정한 한계를 지닌다. 그러나 자신이 바로 창작 주체가 되어 다른 사람과 온라인상으로 연결된 상태로 실시간으로 대화하며 작업할 수 있고, 그 과정에서 창작의 즐거움을 동시에 즉각적으로 누릴 수 있다는 점과 창작 환경 변화에 발맞춘 새로운 가능성의 타진이라는 점에서 일정한 의의를 인정해야 한다.

---

4) '최종 텍스트'라고 말하고 있지만, 독자의 관심이 지속되고 문제점이 지적되는 한 모든 시는 항상 잠재태에 불과할 뿐이어서, 사실상의 최종 텍스트란 존재하지 않는다고 보는 것이 옳을 것이다.

5) 실제 계속해서 버전업(version-up)하는 것은 아니라 하더라도, 젊은 시인들의 경우 자신의 시집을 출판하기 전에 사이버 공간에 자신의 시를 올려 독자들의 반응을 보고 출판 여부를 결정하거나 수정할 점을 찾아 교정한 후 출판하는 사례를 많이 볼 수 있다. 이것은 이미 창작 과정에서부터 독자들이 상당한 정도로 개입하고 있다는 것을 의미하는 것이며, 현재 10대 후반에서 30대 초반까지가 절대 다수인 네티즌이 사이버 문학의 주요 호응자임과 동시에 '인쇄된 문학'의 주 독자층이거나 잠재 독자층이라는 점을 상기할 때 이런 작업이 더욱 가속화될 수 밖에 없는 추세임을 짐작해 볼 수 있다.

4. 사이버 공간에 발표되는 시의 특성

위에서 우리는 편의상 크게 두 가지 범주로 나누어 현재 사이버 공간
에 발표되는 시의 새로운 양식을 살펴보았다. 그렇다면 이들 전체가 기
존 인쇄 매체에 발표되어 온 작품들과 어떤 변별성을 가지고 있는지를
살펴보기로 하자. 각기 표현되는 양상과 취하는 양식의 차이는 있지만,
사이버 공간에 발표되는 시들은 다음과 같은 몇 가지 공통점을 가지고
있다.

첫째, 다양한 방식으로 자본주의적 질서의 일환으로 인지되었던 작가
의 신성성과 권위에 대한 도전 의지가 표현되고 있다. 이것은 일차적으
로 컴퓨터로 글쓰기의 확산과 탈중심화된 공간인 사이버 공간을 발표 매
체로 활용함에 따른 필연적인 결과로 해석된다. 사이버 공간은 실시간
쌍방향의 소통 구조를 기본적으로 가지고 있으며, '조회수'라는 장치를
통해 텍스트에 대한 독자의 반응을 즉각적으로 확인할 수 있어 독자들의
입지는 강화되는 반면, '특별한 개인'으로 오랜 동안 권위를 인정받아 왔
던 작가의 위상은 상대적으로 하락하여 작가-독자의 전통적인 역할 분담
체제가 붕괴하는(empowering) 모습을 보인다.6) 때문에 사이버 공간에서
창작되고 발표되는 작품은 끊임없이 독자들의 요구를 반영하여 재창작
되는 가변성을 그 숙명으로 가지게 된다.

둘째, 작품 평가의 중요 기준으로 '조회수'라는 장치가 자리잡게 되면
서 '손끝에서 이루어지는 문학', 즉 즉흥적이고 말초적인 문학이 풍미하

---

6) 기존의 문학에서 작가-독자-비평가는 각각의 책임과 역할이 어느 정도 분명하게
구분되어 있으며, '텍스트'는 그 자체로 미적인 완결성을 갖춰야만 하는 책무를
지니고 있었다. 그러나 사이버 공간에서 '작가'란 독자층과 마찬가지로 'ID'를
가지고 있는 한 사람에 불과하며, 더 이상 실시간으로 확인되는 독자들의 요구
와 무관한 창작 행위를 지속할 수 없게 된다. 이로 인해 기존 문학에서 끊임없
이 주창해 왔던 '문학의 진정성'에 대한 요구는 일정 정도 유보되고, 반면 실험
정신과 대중 지향성이 상대적으로 높은 호응을 얻는 모습이 나타나고 있다.

고 있다. CF(commercial film)에서처럼 "30초마다 터지지 않으면 채널이 돌아가는" 상황에서 작품의 미적 완결성보다는 감각적인 이미지와 가벼운 흥미 위주로 네티즌(Netizen)의 시선을 끌려고 하는 것은 어쩔 수 없는 측면도 있다. 또한 이것은 이제 전통적인 텍스트(text)의 범주를 넘어 파라텍스트(paratext)[7]의 영역까지를 시를 쓰는 사람이 고려해야 하는 상황이 도래했음을 의미하는 것이기도 하다. 아직까지 이런 현상에 대해 문제점으로 지적하는 이들이 많지만, 그렇다고 현실적으로 네티즌들의 요구를 외면하기도 어려운 실정이어서 이러한 대중 추종적인 경향은 앞으로도 상당 기간 지속될 것으로 보인다.

셋째, 아마추어리즘과 양식 실험의 확산 현상이 두드러지고 있다. 사이버 공간에 발표되는 시들은 전통적인 시 창작 방법론과 미의식을 통해 볼 때, 조금은 거칠고 심정적인 발언, 논리의 비약과 정리되지 않은 혼잡스러움이 무엇보다 눈에 띤다. 이런 점 때문에 기존 시에 익숙한 이들의 시각으로 볼 때 사이버 공간에 발표되는 시들은 일정 부분 폄하될 수밖에 없다. 하지만 반퍼슨의 말을 흉내내 본다면, 詩라는 단어는 본질적으로 名詞가 아니라 動詞이다. 즉, 자연 현상이 시간과 공간과는 관계없이 획일적인 보편을 보여주고 있는 반면에 문학은 언제나 가변적이다.

그렇기 때문에 현재 사이버 공간에 발표되는 시들을 아마추어의 미숙한 작품이라거나 기껏해야 주변부 장르의 돌출 정도로 치부해 버리고, 전통적인 문학의 범주 안으로 들어오라는 요구를 하는 것만으로는 충분치 않다. 사이버 공간의 시인들은 기존과는 다른 발상에 근거해 끊임없이 새로운 양식상 실험을 계속하고 있으며, 이제 조금씩 그 성과물을 내놓고 있다. 따라서 우리가 중요하게 생각해야 할 것은 현재까지 완성된

---

7) 텍스트가 책의 내용이라면, 파라텍스트는 그 내용의 포장이다. 시 자체가 텍스트라면, 텍스트로서의 시를 모아 출판하기 위해 제목·표지·장정·지면 배정(layout)·광고·홍보 전략을 만드는 일련의 작업이 바로 파라텍스트인 것이다. 이것은 출판사의 판매 전략인 동시에 독자와 텍스트로서의 시를 좀더 쉽게 접근하게 해주는 출판사의 배려라는 측면에서 다루어져 왔으나, 현재는 개별 작가의 창작 의도와 전달 전략이라는 측면에서 논해야만 할 것이다.

텍스트의 미적 완결성이 아니라 그 텍스트가 만들어지는 과정의 색다름이며 실험의 진지성이다. 누구든 전통적 장르 개념에 구애받지 않고 자유롭게 자신의 글을 올릴 수 있는 상황에서, 그것도 아직은 충분히 새로운 실험들이 완결된 미적 형식을 갖추지 못한 상태에서, 기존의 관념으로 새로운 변화를 재단한다는 것은 지나친 듯하다. 오히려 주목해야 할 점은 탈중심화된 열린 공간에서 개별 주체들이 어떻게 한 명의 시인으로서 자신의 정체성을 확립해 나가며, 텍스트를 사이에 두고 작가-독자가 어떻게 새롭게 위상을 정립해 나가고 있는가 하는 것이다. 이런 점에서 볼 때 사이버 공간에서 이루어지는 새로운 창작 행위는 기존과는 상이한 기반 위에 서 있다는 것을 인정해야 할 것이다.

마지막으로, 사이버 공간에 발표되는 시들 중 일부는 더 이상 순수한 텍스트 상태만으로 발표되지 않으며, 더 이상 그런 상태를 지향하지도 않는다는 점에 주목할 필요가 있다. 이 경우 시는 텍스트와 음악, 동영상, 그래픽 등 각종 멀티미디어 기술력의 공동 작업으로 만들어지고 발표되며, 텍스트로서의 시는 이 전체 구성물의 일부로서만 그 존재 의미를 부여받는다. 이런 경우 시는 더 이상 개인의 독창적 작업의 산물이랄 수 없으며, 따라서 텍스트로서의 시만을 분석과 평가 대상으로 삼는다는 것은 무의미하게 된다. 여기서 중요한 것은 전통적인 의미의 작가와 작품이 아니라 텍스트와 조판(display), 음악, 동영상, 혹은 다른 텍스트와의 연결 등 구성 전반을 총체적으로 파악하는 연출가(director)적 특성을 구유한 새로운 의미의 작가와 그에 의해 디자인된 작품이 될 수 밖에 없다.

5. 전망과 연구 과제

이제 사이버 공간에 발표되는 시와 그들이 보여주는 양식 실험은 더 이상 단순한 예감이나 가능태로만 존재하지 않는다. 이미 그것은 실존의 모습으로 존재하고 있다. 따라서 이 부분에 대한 본격적인 연구가 시급한 상황이다. 물론 기존 인쇄 매체를 통해 발표되어온 시들과 비교해 볼 때 아직까지 사이버 공간에 발표되는 시들은 본 궤도에 올랐다고 보기에는 미흡한 점이 많다. 양식상의 실험이 아직 충분히 이루어진 것으로 보기 어려울 뿐더러, 본고에서는 자세히 다루지 못했지만, 새로운 의미 획득도 아직은 불충분한 것으로 보인다. 또한 현재까지 발표된 작품에 나타난 양식상의 실험 역시 상당 부분 입체파나 다다이즘에서 시도되었던 것으로, 선행 작업들과 크게 다른 면모를 보이지는 못하고 있다. 그러나 그런 중에도 작가의 권위나 독자에게 일방적 전달이라는 기존 인쇄 매체의 작가-독자 관계가 상당 부분 와해되고 있으며, 기존에는 시도되지 않았던 새로운 유형의 실험들이 현재 사이버 공간에서 활발하게 진행되고 있음을 확인할 수 있다. 또한 이런 종류의 다양한 실험들이 점차 네티즌들의 지지를 획득해 나가는 것으로 확인되는 바, 이런 점에서 그 변화 과정과 귀추에 주목해 볼 가치가 있다고 생각한다.

이런 측면에서 사이버 공간 나름의 특성과 관련하여 새롭게 시도되거나 시도될 가능성이 있는 것들에 대한 주목이 필요하다. 우선 사이버 공간에 발표되는 작품들에 대한 관심은 이제까지처럼 텍스트를 위주로 한 결과물로서의 문학만이 아니라 창작 행위와 그 과정에 대한 관심으로 확장될 필요가 있다. 이제까지는 이것을 위해서는 작가의 육필 원고와 교정 단계마다의 수정본, 최초 지면 발표 상태와 추후의 개작 등을 상호 비교하여야만 했었다. 그러나 사이버 공간에서는 작가의 초고와 각 수정 단계의 변화, 그리고 최종판의 모습을 한꺼번에 살펴 볼 수 있다. 게다가 특정 작가의 경우 그의 초기 작품과 이후 작품의 변화 과정을 지속적으로 살펴봄으로써 그가 어떻게 자신의 상상력을 시어로 다듬어가는지, 습작 단계에서서 이후 어떻게 본격적인 작가로 성숙해 가는지를 살펴볼 수도 있어, 이 분야의 연구 영역을 보다 넓혀 놓고 있다.

또 하나 관심을 두어야 할 것은 '소리'와 '창작 환경'의 문제이다. 데리다는 통신 공간에서 '언어의 바탕이 소리'라는 일반 원칙이 더 이상 적용되지 않는다고 말하고 있지만, 여전히 '소리'가 의미 전달에 있어 중요한 역할을 담당하고 있는 것이 현실이며, 사이버 공간에 발표되는 시

속에 각종 음향과 음악, 그리고 작가의 육성이 함께 결합되는 추세라면, 현대문학으로 이행하면서 우리가 놓치고 있던 과거의 시 창작 작업의 많은 부분—낭송시의 호흡과 시행의 상관성, 창작시의 분위기와 심리적 상태 등—에 대한 보다 심도있는 연구가 가능해지게 되었다.

이 글에서는 이러한 부분들에 대해 심도있는 분석을 하지도, 사이버 공간에 다양하게 전개되고 있는 여러 시도들에 대한 고찰도 충분히 이루어지지 못했다. 앞으로 더욱 주목하여 지켜보고 노력해야 할 부분이라고 생각한다.

논단

번역이론에 관한 사적 고찰

김효중[*]

1. 머리말

최근 들어 번역에 관한 논의가 부쩍 활발해졌으며 각 대학에서 번역을 논제로 하는 석·박사학위 논문이 다수가 나오고 있다. 이것은 아마도 새 천년을 맞이하면서 번역의 수요가 급증하고 있고 지구촌시대를 살아가기 위해서 번역의 필요성을 더욱 절감하기 때문으로 풀이된다.

본고는 번역이 학문적으로 정착하기 위해서는 이론의 체계화가 시급하고 이러한 작업을 위해서는 기존이론에 관한 통시적 고찰이 선행되어야 한다는 전제 아래 기획된 것이다.

번역이 무엇인가에 대해서는 동서고금을 막론하고 수많은 사람들이 매우 다양하게 언급해 왔을 뿐 아니라 번역은 어떤 것이라고 확실히 규정을 내릴 수 있는 성질의 것도 아니다. 고골 N.Gogol은 이상적인 번역에 대하여 다음과 같이 정의를 내린 바, 그것은 마치 사이에 어떤 것이 끼어 있는 것을 모르는 채 원본을 볼 수 있어 그야말로 완전히 투명한 창유리와 같은 것으로 보았다.[1) 번역의 개념을 올바로 파악할 수 있기 위

---

*효성가톨릭대 교수

1) One that is like a completely transparent pane of glass through which people can see the original without being aware of anything intervening cited in Michael Meyer, On Translating Plays 20th century Studies, Centerbury, 1974, p.45.

하여 몇 가지 개념을 예시하면 아래와 같다.

모든 번역은 일종의 화해인데, 그것은 축자적이고 관습적이게 하는 노력이다.(조웨트 B.Jowett)

진정한 번역은 영혼의 재생이다.(윌라모위츠 Wilamowitz)

그리스 작품을 번역으로 읽는 것은 무용하다. 번역은 희미한 등가를 제공할 뿐이다.(울프 V.Woolf)

모든 번역은 나에게 있어서는 해결할 수 없는 문제를 해결하려는 하나의 시도이다.(훔볼트 W. von Humboldt)

우선은 의미면에서, 다음으로는 문체에 대응하여 원문에 가장 가까우면서도 자연스럽게 동등하도록 재현하는 것이 번역이다.(나이다 E.A.Nida)

번역은 반역이다.(이태리 속담)

번역은 언어의 화해를 가능하도록 해 주는 왕국을 약속하며 이 약속은 두 언어를 가깝게 해 주고 짝지워 주고 결혼시켜주는 데 진실의 언어에 호소한다.(존슨 Johnson)

번역이 자식이라면 원문은 부모이다. 원어와 역어 사이에 시간적, 문화적 차이가 나는 것은 부모와 자식의 세대 차이와 비슷하다.(왈드롭 Waldrop)

번역은 작가의 의도를 헤아리는 작업이다.(안질로티 Angilotti)

번역이란 한자어 '飜'(날다, 펄럭이다, 돌이키다, 뒤집다, 옮기다)과 '譯'(通辯, 통역하다)이 합쳐진 것이다. 영어로 'translation'은 라전어 동사 'transferre'(한 장소에서 다른 장소로 무엇을 옮기다)의 과거분사 'translatus'에서 유래하였으며 'translatio'와 대응한다. 결국 번역이라는 낱말이 내포하고 있는 뜻은 '옮김, 전이'이다. 그리고 엄밀히 말하면 상위 개념으로서의 번역 밑에 'Übersetzen'과 'Dolmetschen'을 둔다. 여기서

‘Übersetzen’은 문자 텍스트의 재현에 관련이 있고 반복될 수 있으며 통제, 수정이 가능한가 하면, ‘Dolmetschen’은 구두 텍스트의 재현에 관계가 있고 일회적이며 제한적인 통제만 가능하고 수정이 불가능하다.

나이다와 테이버는 그들의 공저에서 아래와 같이 번역에 대한 정의를 내렸다.

> 번역이란 첫째로는 의미상으로 둘째로는 문체상으로 원어 메시지를 역어로 가장 가깝고 자연스러운 등가로 재생산해내는 것이다.(Translation consists in reproducing in the receptor language the closest natural equivalent of the sour ce language message, first in terms of meaning and secondly in terms of style)[2]

한편, 번역학을 지칭하는 단어는 영어로 ‘translation studies’, 불어로 ‘traductologie’, 독일어로 ‘Übersetzungswissenschaft’인데 이처럼 명칭이 다소 다르게 붙여지는 이유는 국가 혹은 학파에 따라 번역학에 대한 이해가 다르기 때문이다. 예컨대, 영어의 ‘translation studies’는 르휘브르 Lefevere가 1978년에 처음으로 사용한 것으로 그 의도는 ‘번역의 산출과 기술로 일어나는 문제들에 관련된 분과’를 가리키기 위해서였다.[3] 물론 이러한 경향은 각 나라의 관례일 수도 있고 사고 방식의 차이에 기인하는 것이기도 하거니와 어느 것이 타당하다 그르다 할 성질의 것은 못되는 것 같다.

번역을 진지하게 여기고 번역 작업을 실제로 했던 독일 낭만주의자들은 번역을 매우 넓은 의미로 파악하여 두 자연어 사이를 옮기는 행위는 물론 같은 언어 안에서도 고어를 신어로 옮기거나 다른 학문 영역을 시어로 표현하는 행위까지도 번역의 범주 안에 넣어 생각했다. 단순히 책만이 아니라 모든 것을 옮길 수 있다고 본 노발리스는 문학과 번역의 차이를 없애고 번역 자체를 至高의 행위로 보아 번역가를 시인의 시인으로

---

2) E.A.Nida, & R.Taber, *The Theory and Practice of Translation*, Brill, Leiden, 1969, p.12.
3) Bassnett-McGuire, *Translation Studies*, Methuen, London, 1980, p.1.

간주했다. 브렌따노는 번역 행위를 낭만적인 것과 동등하게 보았다. 다음
은 윌스의 도식4)인데, 번역의 개념을 더욱 쉽게 이해할 수 있게 한다.

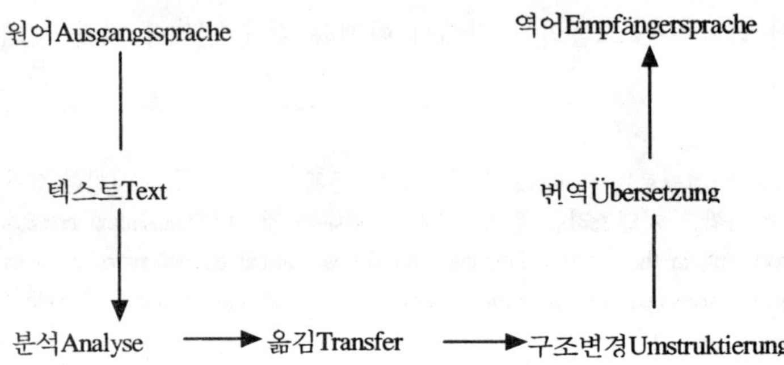

　번역의 초점은 과거에는 단순히 메시지의 형태에 있었기 때문에 번역
가는 문체적 특성 예컨대, 리듬, 운, 단어, 대구법, 대응 등을 재현할 수
있는 것에 즐거움을 느꼈다. 그러나 오늘날에는 메시지 형태에서부터 번
역된 메시지에 대한 수용자의 반응에 초점을 맞추는 쪽으로 바뀌었다.5)
따라서 어떤 번역이 정확한 번역이냐 하는 질문은 다음과 같이 바뀌어야
한다. 즉 정확성이란 평균의 독자들에게 얼마만큼 이해되었느냐 하는 범
위로 결정되어야 하는 것이다. 이해의 측정은 기본적으로 표현의 두 가
지 형태와 관련된다. 첫째, 곡해되었는가, 둘째, 어렵거나 문법·어휘면이
무거울 경우(이럴 때는 메시지를 이해하려는 용기가 꺾인다)가 그것이다.
만약 독자의 상당수가 이해하지 못했다면 그 번역은 결코 합리적인 것이
될 수 없다.
　번역과 통역의 상위개념으로 '통·번역'이란 말이 쓰인다. 그러나 실제
로 통역과 번역의 경계는 유동적이다. 번역은 반복적으로 수정될 수 있

4) W.Wilss, *Übersetzungswissenschaft, Wissenschaftliche Buchgesellschaft*, Darmstadt, 1
　981, p.125.
5) E.A.Nida "Translation" in T.Sebeok(ed.), *Current Trends in Linguistics*, vol 12, M
　outon, The Hague, 1974, pp.1~12.

는 문자나 녹음 등을 이용한 고정된 결과 즉 번역물이 있어야 한다. 통역의 결과가 수정되어 나왔을 때 번역이 된다. 카데 **O.Kade**는 번역과 통역을 엄격히 구분했다. 즉 번역은 반복될 수 있고 언제든지 수정될 수 있는가 하면 통역은 단 한번뿐인 것으로 수정하기가 어렵다는 것이다.6)

  결국 번역의 목적은 메시지를 재생시키는 데 있으며, 이 작업을 위해서는 문법적, 어휘적인 적용이 필요하다.7)

2. 번역이론의 사적 개관의 필요성

  번역 및 번역이론에 관한 연구는 통시적 고찰을 통한 원리 파악이 선행되어야 가능하다. 그런데 이와 같은 시도는 그 범위가 워낙 방대하여 일정한 분량 안에 압축시키는 일이 그리 쉽지 않다. 우리 나라의 경우는 주로 1920, 1930년대에 번역이론이 활발히 제기되었으나8) 그 이후 현대에 이르기까지 번역이론에 관한 논의는 부분적이면서 간헐적으로 일고 있는 실정이다. 그러므로 우리의 사정에 맞게 번역이론을 체계화하기 위해서 서구의 번역이론을 검토하는 일이 선행되어야 한다. 왜냐하면 각기 다른 시대에 나타난 번역 양상, 번역의 역할, 기능, 방법 등을 구체적으로 고찰함으로써 이 시대에 부응하는 적절한 번역 방법을 생각해 볼 수 있기 때문이다,

  번역의 역사는 인류의 역사와 함께 해왔을 만큼 이미 오래 전부터 번

---

6) "Wir verstehen daher unter Übersetzen die Translation eines fixierten und demzufolge permanent dargebotenen bzw. beliebig oft wiederholbaren Textes der Ausgangssprache in einen jederzeit kontrollierbaren und wiederholt korrigierbaren Text der Zielsprache. Unter Dolmetschen verstehen wir die Translation eines einmalig(in der Regel mündlich)dargebotenen Texte der Ausgangssprache in einem nur bedingt kontrollierbaren und infolge Zeitmangels kaum korrigierbaren Text der Zielsprache.(O.Kade, "Zufall und Gesetzmässigkeit in der Übersetzung," *Beiheft zur Zeitschrift Fremdsprachen I*, Leipzig, 1968, p.35)

7) E.A.Nida, 같은 책, p.12.

8) 졸고, "한국의 문학번역이론," <비교문학> 15집(한국비교문학회, 1990), pp.174~230 참조.

역이 수행되어 왔으나, 번역에 관한 관심과 연구가 시작된 것은 그리 오래지 않다. 로마시대 번역이론의 체계 안에서 성행한 직역과 의역의 구분은 오늘날에 이르기까지 지속적으로 토론의 쟁점으로 부각되고 있다. 한편, 민족주의와 번역의 관계를 살펴보면 문화개념에 대한 차이가 얼마나 의미있는가를 나타내 준다. 학자들이 고대 그리스와 로마시대의 작품들을 번역하고 있던 수세기 동안 번역이 성행하면서 봉건주의가 붕괴되고 자본주의가 발달하는 과정에서 번역이 주요한 연쇄고리가 된 것도 사실이다.

3. 시대별 번역론

3.1 그리스·로마시대

번역은 사실상 문학과 그 역사를 같이 한다. 기록으로 전해지는 유럽 최초의 번역가는 안드로니쿠스 L.Andronicus인데, 그는 그리스의 해방된 노예로서 B.C 240년경 오딧세이를 라틴어로 번역한 사람이다.9) 후에 내비우스 Naevius와 에니우스 Ennius 같은 라틴 작가들이 그리스극 특히 유리피데스극을 번역했고, 키케로, 카틀루스 Catullus 또한 번역에 종사한 사람들이다. 이 시기에는 그리스어를 라틴어로 번역하는 것이 보편적이었고 라틴어를 그리스어로 번역하는 경우도 가끔 있었다.

8세기, 9세기 아랍어를 배우려는 욕구는 그리스어를 기초로 하면서 증가 발전 일로에 있었는데, 작품을 구해 읽을 수 있도록 주선한 사람들은 시리아 학자들이었다. 이들은 바그다드로 가서 아리스토텔레스, 플라톤, 히포크라테스 기타 다른 작가들의 작품을 아랍어로 번역하였다. 그래서 바그다드는 마치 번역학교와 같은 현장성을 지녀 아랍 학자들에게 큰 도움을 주었다. 이와 같은 번역의 중요성은 시공을 초월하여 확산돼 갔으나, 아랍어 학습 의욕이 퇴조함에 따라 지적 호기심을 지닌 유럽 사람들

---

9) T.Savory, *The Art of Translation*, Jonathan Cape, London, 1957, p.37.

에게 계승되었다. 3세기 후에 아랍 텍스트는 활기를 잃고 스페인 쪽으로 그 무대가 이동되었다. 즉 바그다드에서가 아닌 톨레도 Toledo에서 소위 '번역학교 College of Translation'에 비견되는 학교가 생겨 아랍어를 라틴어로 옮기는 데 분주히 골몰하였다. 톨레도는 한 세기 이상 학자들이 도서관에서 일하고 싶은 의욕을 가질 만큼 분위기가 무르익었다. 바드 Adeland of Bath는 유클리드 원리를 라틴어로 옮겼고, 레틴느 Robert de Retines는 1141년부터 1143년까지 코란 경전을 맨 처음 번역하였다. 1200년경 본래의 그리스 텍스트 복사본을 톨레도에 가져와 이것을 번역함으로써 간접적으로가 아닌 직접적인 연구를 할 수 있게 되었다.

12세기는 번역기술이 절정에 달한 시기로 간주할 수 있다. 야콥슨 E.Jakobson[10]은 번역을 로마인들의 발견이라고 포괄적인 주장을 했다. 비록 그의 주장이 비평적인 과정의 하나로 간주되더라도 로마인들이 번역의 기능과 위상에 관한 관심의 초점을 맞춘 선구자로서 번역이론사에 기여한 바를 부인할 수는 없다. 로마 번역가들은 한 언어를 다른 언어로 번역하는 과제를 비교문체론의 한 훈련으로 인식했다. 그들은 형태나 내용 그 자체를 알게 해야 할 긴박한 사정에서 벗어나 있었고 자기 자신들을 원문의 틀에 종속시켜야 할 필요성을 느끼지 않았기 때문이다. 그래서 훌륭한 번역가는 독자들이 원문을 이미 알고 있다고 전제하고 원문에 관계된 지식에 의거해야 하는 것이 상식이었다. 왜냐하면, 번역가의 기술적 과제는 자기의 모델에 필요한 창작적 응용에 기초를 두어야 하기 때문이다.

롱기누스[11]는 문학창작을 로마식 개념으로 본다면 번역은 일종의 창작 양상이라고 하였다. 그러므로 로마 사람들의 번역은 언어학적 영역을 넘어선 것으로서 우수한 규범에 의거한 문학적 전망을 지닌 유일한 것으로 인식될 수 있다. 간과해선 안될 것은 로마제국이 확장되면서 2개 국

---

10) E.Jakobson, Translation, Nordisk Forlag, Copenhagen, 1958.
11) Longinus, "Essay on the sublime," in Classical Literary Criticism, Penguin Books, Harmonthsworth, London, 1965, pp.77~97.

어 혹은 3개 국어 사용은 점차 상식화되었고 라틴말로 구사하거나 문학 작품을 쓰는 일도 확산되었다는 사실이다. 결국 17, 18세기에 많이 거론되는 로마 번역가들을 제대로 인정하려면 포괄적 체계의 문맥 안에서 번역 접근 방식을 파악해야만 한다. 로마 사람들은 그들의 목적에 부합하게 텍스트 번역 방법을 강구했고, 누구나 이해할 수 있는 언어로 번역하는 데 의견을 같이 할 필요가 있음을 역설했다.

로마의 이론가 퀸틸리안 Quintilian의 『인스티튜토 오라토리아 *Instituto Oratoria*』는 세미나 대본으로 쓰였는데 三學과 四學 등 두 학습 영역을 확립했다.12) 퀸틸리안에 의하면, 주어진 텍스트를 단락으로 구분함으로써 텍스트의 구조 분석, 장식 혹은 압축 형태의 실험에 유용한 수단이 되는 것을 강조하기도 했다. 그는 번역을 문체연습의 한 수단으로도 보기도 하였는데, 이 시대는 그리스어를 라틴어로 번역하는 시대로서 라틴어는 교육체계상의 언어로 수세기를 거쳐 군림했다.

번역을 통해 얻는 수확은 분명히 외국어 실력을 향상시키는 것임은 누구도 부인할 수 없을 것이며 홀레나 G.Folena와 베이콘 R.Bacon, 단테 등은 이와 같은 견해를 지닌 학자들로 작품의 도덕적, 미적 영역과 관련지워 번역을 논했다. 단테와 트리비사 J.Trevisa 같은 이들은 이미 번역의 정확성 문제를 제기했으나 정확성은 번역가의 독해 능력과 원문의 이해에 달려 있는 것이다. 따라서 이들은 번역이 일종의 기술로서 원문에 대한 독서 및 해석의 유형에 좌우되며 원문은 작가가 자기의 생각을 담은 순수바탕이 되는 자료임을 인식했다고 볼 수 있다.

3.2 15세기 및 르네쌍스기

15세기에는 인쇄기술이 발명되면서 번역량이 증가했으며, 번역의 역할도 현저히 변화되었고 동시에 번역의 이론을 체계화하려는 심각한 논의도 분분했다. 이론 분야의 선구자는 돌레 E. Dolet를 꼽을 수 있으며 그

---

12) 三學은 문법, 수사학, 논리학이고 철학적 지식의 기초이며 四學은 기하학, 천문학, 음악, 산수임.

의 『한 언어를 다른 언어로 번역하는 좋은 방법 *de Maniere de bien tradure d'une langue en autre*』(1540)에 번역의 기본 원리가 제시되어 있는데 그 골자는 아래와 같다.

　　1) 번역가는 불분명한 것을 명백히 할 자유가 있음과 동시에 원작의 의미와 뜻을 완전히 이해해야 한다.
　　2) 번역가는 모국어 및 역어에 대한 폭넓은 지식을 갖추고 있어야 한다.
　　3) 번역가는 직역을 피해야 한다.
　　4) 번역가는 일반적으로 사용하는 언어형태를 사용해야 한다.
　　5) 번역가는 정확한 어조를 나타내기 위하여 적절한 어순을 선택, 배열해야 한다.

　위의 이론을 오늘의 안목으로 보면 3)의 직역을 피해야 한다는 주장이 문제가 된다. 더구나 이런 견해를 계승한 학자는 채프먼 G.Chapman인데, 호머의 번역가이기도 한 그는 『일리아드 The Iliad』의 독자에게 보내는 서간에서 번역가는 다음과 같이 해야 한다고 주장했다.

　　1) 직역을 피한다.
　　2) 원문의 정신에 도달하도록 힘쓴다.
　　3) 다른 표현이나 어구에 대한 학문적 검토를 거침으로써 과도하리 만큼 융통성 있는 번역을 꾀한다.

　원문의 정신 또는 어조와 다른 문화적 문맥 안에서 재창조할 수 있다고 하는 이른바 시의 신성한 영감에 대한 비현실적 교의는 번역가들에게 분명히 사명감을 주었다. 그래서 번역가는 원저자와 독자에게 의무감과 책임감을 가지고 숙련된 기술로서 자기가 접하는 원문을 기술적으로 혹은 형이상학적 수준에서 전이(轉移)시키기 위해 애쓰게 되어 있다.

　케어리 E.Cary13)는 프랑스 대번역가들 가운데 돌레를 논의하면서 16세

---

13) E.Cary, *Les Grands Traducteurs Français*, Libraire de l'université Genéve, Genéve, 1963, pp.7~8.

기 번역의 중요성을 아래와 같이 강조했다.

> "번역논쟁은 돌레시대를 통해서 고조되었다. 종교개혁은 근본적으로 번역
> 가간의 논쟁이었다. 번역은 국가의 문제요 종교적 사건이었다. 왕과 소르본
> 느대학측은 동등한 입장에서 번역에 관계를 맺고 있었다. 시인이나 산문작
> 가 역시 번역에 관하여 토론하였으며 벨라이 J. du Bellay의 『불어의 옹호와
> 해설 *Défence et Illustration de la Langue Français*』도 번역에 관련된 문제를 가
> 지고 집필된 책이다."

르네쌍스기의 특징은 당대의 관용구와 문체를 사용함으로써 현재를
긍정하는 점이다. 엘리자베드시대의 번역가들을 연구한 마티슨 Matthiessen
의 경우 이러한 경향이 짙게 드러난다. 그리고 노르트 North는 『프루타크
영웅전』을 번역하면서 간접화법을 직접화법으로 고쳐 번역하는 경우가
빈번하였다. 이것은 텍스트에 즉시성(卽時性)과 활력을 불어넣기 위한 의
도에서였다.

시 번역의 경우 와이아트 Wyatt와 서레이 Surray는 원문에 무엇인가를
첨가하는 것을 선호하였는데, 이것은 개작(改作)이라는 평가를 받기도 했
다. 이와 같은 평가는 한편으로 그릇된 것일 수 있다. 왜냐하면 와이아트
의 페트라르카 번역은 개인적 어휘나 문장구조에 치중하기보다는 독자
와 관련 지워 시의 의미 이해에 충실한 것이었기 때문이다. 이 시대에
이미 시는 특수한 문화체계로서의 예술품으로 인식되었고 오직 충실히
번역하였을 때 목표로 한 문화체계 안에서 그 기능을 발휘할 수 있는 것
으로 간주하였다.

이 시대의 유럽 지역에서 번역은 가장 중심적인 역할을 수행하였는데,
이것은 쉬타이너 Steiner[14]의 아래와 같은 언급에서 여실히 드러난다.

> "폭음과 무질서로 위협받은 와중에서 폭발적인 개혁이 일고 있던 때에
> 번역은 필요한 원재료를 수용, 형성하여 방향을 제시해 주었다. 용어의 완전

---

14) G.Steiner, *After Babel*, Oxford University press, London, 1975, p.247.

한 뜻을 살펴볼 때 번역은 상상력의 첫째 도구다. 더구나 번역은 과거와 현재의 관계를 논리적으로 형성해 주었을 뿐만 아니라 민족주의의 강조와 종교적 갈등으로 인해 파괴된 전통과 다른 언어 사이의 논리적 관계를 설정하였다.”

번역은 어떻든 부수적인 작업이지만 기본적인 것이고 이 시대의 지적 생활에 크게 작용한 것이 사실이다. 그래서 번역가의 인물상은 원문 또는 원저자에 대한 봉사자라기보다 종교개혁적 행동가로서 부각되었다.

3.3 17~18세기

17세기 유럽에는 반혁명의 영향, 절대군주와 입법론 사이의 갈등, 전통적 기독교적 휴머니즘과 과학 사이에 개재하는 간격, 공백 등이 문학이론 분야에 급진적인 변화를 야기시켰고 이와 더불어 번역의 기능에도 큰 변화가 생겼다. 귀납법을 형성하려는 데카르트의 시도는 문학비평에 반영되었다. 즉 문학비평은 미적 창작의 규칙을 설명하는 데에 전념했던 것이다.

고전 번역은 아리스토텔레스의 삼일치법칙에 기초를 둔 프랑스 연극과 프랑스 고전주의가 발달하던 시기인 1625년부터 1660년 사이에 프랑스에서 성행하였다. 이 무렵 프랑스 작가의 작품은 영어로 활발히 번역되었다. 덴험 Denham은 번역가나 원저자를 동등하게 보되 사회적, 세속적 문맥에서 명백히 다른 삭용을 한나고 번역가의 임무를 작품의 핵심을 역어로 재생산 내지 재창조하는 데에 두었다. 코올리 A.Cowley는 『핀다릭 송시 *Pindarique Ode*』(1656) 서문에서 번역가의 기호에 따라 첨삭할 수 있고 원저자의 의도를 정확히 이해하는 것에 크게 목표를 두지 않은 소위 자유분방한 번역의 양상을 보여 주는데, 이것은 17세기 후반의 일반적인 경향이기도 했다.

드라이든 J.Dryden은 『오비드의 서한집 *Ovids Epistles*』에서 번역의 세 가지 기본 형태를 제시했다.

1) 축어역 metaphrase
2) 의역 paraphrase
3) 모방 imitation

드라이든은 아래와 같은 전제 아래 2)의 의역 방법을 균형있는 방법으로 생각했다. 즉 시를 번역하려면 번역가는 시인이어야 하고 양국어에 능통해야 하며 원저자의 정신이나 성격을 이해해야 한다고 보았으며 아울러 자기 시대의 미적 규범에 적합하게 해야 한다고 생각했다. 드라이든은 번역가를 초상화가에 비유하였는데, 이 비유는 17세기 뿐만 아니라 18세기에까지 자주 거론되었다. 화가는 초상화를 본인과 닮게 할 의무가 있다는 드라이든의 번역관은 포우프 A. Pope가 계승하여 시의 광채를 살리면서 문체나 태도의 세세한 부분을 노트하면서 원문을 정독할 것을 중시했다. 존슨은 『포우프의 생애 *Life of Pope*』(1779-1780)에서 번역가를 통해 하나의 텍스트에 첨가하는 문제를 논하면서 아래와 같이 평가했다. 즉 번역이 우아함을 얻으면 분명히 바람직한 일이지만, 원문의 어떤 것도 손실되지 않았을 때 그렇다. 포우프가 자기 시대와 자기만족을 위해 작품을 썼다고 비난한 존슨은 작가의 의도가 독자에게 읽히는 일이 중요함을 강조했다. 이 시기엔 원작의 주제와 그 수용자(독자) 양측에 대한 도덕적 의무를 가지고 있는 번역가는 화가 혹은 모방자로 널리 인식되었다. 이와 동시에 문학적 창작과정이 번역과정에서 변화되는 것을 성문화하고 서술하기 위한 시도도 이루어졌다.

괴테는 모든 문학을 번역의 세 가지 국면을 거쳐야 한다고 하면서 아래와 같이 주장하였다.[15]

1) 외국 것의 독일어화 (예: 루터의 독일어 성경)
2) 대체 혹은 재생
3) 원문과 번역문의 완전한 일치

---

15) S.B.Mc Guire, *Translation Studis*, Methuen, London, 1978.

괴테는 3)의 경우를 가장 높은 수준의 번역으로 여겼는데, 이것은 새로운 형태와 구조로써 원문의 특성을 융화시키는 새로운 방식의 창조를 통해서만 성취될 수 있는 경우이다. 괴테는 번역에서 'Originality'의 새로운 생명과 번역가가 시도해야 할 보편적 심층구조의 전망을 동시에 논하고 있다.

타이틀러 A.F.Tytler는 『번역의 원리 *The Principles of Translation*』(1791)에서 아래와 같은 기본 원리를 제시한 바 시사하는 바가 크다.

    1) 번역은 원문의 사고를 완전히 복사해야 한다.
    2) 문체와 작품수법은 원작과 성격을 같이 해야 한다.
    3) 번역은 원문의 작업을 편하게 수용해야 한다.

요약하면, 번역가는 원저자의 영혼을 수용하되 번역가 자신의 생체기관을 통하여 표현해야 한다는 것이다. 괴테는 18세기에 풍미했던 "번역가/화가"라는 비교의 표준을 사용하면서도 번역가는 원작의 색채를 사용하지 않고서 번역이 원작만큼 영향력을 행사할 수 있어야 한다고 주장한 것이 독특하다.

결국 드라이든에서부터 타이틀러에 이르기까지의 번역이론은 원작의 영혼, 정신의 특성이 재현되는 문제와 깊이 연관되어 있는 것이 특징이다.

3.4 19세기

쉴레겔 A.W.Schlegel의 『드라마예술과 문학에 관한 강의 *Vorlesungen über dramatische Kunst und Literatur*』(1809)는 1813년에 영어로 번역되었는데, 영국, 독일 이론가들은 번역의 정의 문제를 제기하고 창작적 시도로 볼 것인가 혹은 기계적 시도로 볼 것인가 의문시하고 있다. 쉴레겔은 말하기, 쓰기 등 일체를 일종의 번역 행위로 보았는데, 그 이유는 전달의 특성은 접수된 이미지를 번역하고 해석하게 되어 있기 때문이라는 것이다. 한편, 쉴레겔은 번역을 언어와 문학에 관련된 행위라기보다는 사고의 범주로 인식했다. 쉴레겔을 비롯하여 많은 사람들이 비평 혹은 작품 등을 유럽어로 번역하였는데, 그 예를 들면 독일 작가들은 영어에, 영국 작가들은 불어나 이태리어에 영향을 끼쳤다. 따라서 비평작업에서 영향 연구와 순수한 번역 영역을 구분하기 힘든 정도가 되었다.

번역가는 자기 자신의 생각을 순수하게 하고 자기가 번역하는 작품의 언어와 문학을 풍부히 함으로써 번역을 자기 고유의 사고를 통한 천재적 창작으로 여기는 분위기가 형성되었다. 뿐만 아니라 번역을 텍스트나 저자를 알리는 기계적 기능과 관련지어 인식하게 되었다. 그런데 여기서 제기되는 문제는 의미에 관한 것이다. 텍스트 뒤에 숨겨진 어휘의 뜻을 파악하지 못하면 번역할 수 없다. 번역가가 의미로 인한 번역의 어려움에 직면할 때 해결 방법은 대체로 아래와 같이 두 가지로 인식되었다.

1) 메시지를 담은 직접적 언술에 유의하면서 직역한다.
2) 원문이 갖고 있는 특별한 정서가 다소 생경하게 여겨지는 부분에 인위적인 어구를 삽입한다.

후기 낭만주의시기에 이르면 쉴라이마허의 주장이 주목된다. 즉 그는 번역될 문학에만 사용될 독립된 부차적인 언어를 창조하자고 제안하였다. 이와 같은 견해는 19세기 영국의 번역가들에게 수용되어 널리 활용되기도 했는데, 그 대표적인 사람으로 뉴먼 F.W.Newman, 카알라일 Carlyle 등이다. 모리스 W.Morris는 많은 텍스트를 번역했는데, 대부분의 것이 고풍스럽고 때로는 애매모호한 성격을 지니고 있을 뿐 아니라 독자에게 남기는 메시지도 없었다. 한편, 로제티 D.G.Rosetti는 원문의 형태와 언어에 대한 번역가의 공헌이 있어야 한다고 주장하기도 했다[16].

빅토리아시대의 번역가들의 관심사는 시간적, 공간적으로 원문이 주는 거리감을 가급적 줄여 전달하는 일이었다. 카알라일은 다른 민족이 창작

---

16) S.B.McGuire, 같은 책, p.67.

한 가치와 이에 참여할 수 있기 위하여 가끔씩 모방적이어야 한다는 생각을 지니고 있었다.17) 또한 아놀드 M.Arnold가 『호머 번역에 관하여 *On Translating Homer*』에서 주장한 견해의 요지는 번역가는 원문에 완전히 충실한 직역이어야 한다는 것이었다.

롱펠로우는 단테의 『신곡 *Divina Comedia*』를 번역하면서 원작을 정확히 전달하는 데에 주력하였다. 롱펠로우의 견해에 따르면 번역가의 임무는 저자가 언급한 것을 전달하는 일이지 저자가 의미한 것을 설명하는 것이 아니다. 그것은 해설자의 일이다. 저자가 무엇을 어떻게 말했느냐 하는 것은 번역가의 문제이다. 그러므로 번역가는 일종의 기술자로서. 시인도 해설자도 아닌, 아주 극단적으로 제한된 과제를 가진 사람이다.

『오마르 카얌의 루바이얏 *The Rubaiyat of Omar Khayyam*』(1858)으로 유명한 휫츠게랄드 E.Fitzgerald는 롱펠로우와는 정반대의 견해를 가지고 있어서 원문을 생명력이 있는 총체로서 역어 문화로 옮겨야 한다는 쪽이었다.

제1차 세계대전 무렵까지로 특징 지워지는 이 시기의 번역 양상은 아래와 같이 요약될 수 있다.

> 1) 번역은 학자들의 행동의 일부로 행해진다.
> 2) 번역은 지적인 독자들이 원문으로 돌아갈 수 있도록 격려해주는 수단이다.
> 3) 번역은 번역문의 외국풍을 신중히 연구함으로써 번역문의 독자가 원문의 우수한 독자보다 더 나은 수준의 독자가 될 수 있도록 돕는 수단이다.
> 4) 번역가는 번역문을 읽는 독자들에게 번역을 실용적인 선택이 되도록 한다.
> 5) 번역가는 원문의 위치를 격상시키는 수단으로 번역을 한다고 할 수 있다.

쉬타이너 G.Steiner는 번역의 실제에 관하여 논의하였으며, 번역에서의

---

17) S.B.McGuire, 같은 책, p.68.

중요한 문제를 『古佛語에 있는 참상 *L'enfer mis en vieux language françai s*』(1879)를 통해 제기했다.

3.5 20세기

20세기는 번역이론과 실제에 관하여 토론이 활발한 시기인데, 주로 빅토리아식 번역의 개념 즉 축자역과 의고역, 엘리트 소수를 위한 문학텍스트 생산 등이 이루어졌다. 그러나 등가의 문제는 견고한 이론적 기초 없이 꾸준히 문제시되었다.

번역이론이 최근 들어 발전하게 된 것은 언어학의 응용, 정보 원리의 발달, 신비평, 체코의 구조주의 등에 크게 힘입은 까닭이다. 그러나 20세기 전반을 번역이론의 황무지로 간주한다면 큰 오산이다. 이 시기에 위대한 개인적 번역가가 실용적으로 접근한 것도 사실이다. 파운드의 작품은 번역사에서 매우 중요한 위치를 차지한다. 그것은 그의 번역기술이 비평가 혹은 이론가로서의 감지력과 조화를 이룬 때문이다.

벨록 H.Belloc은 『번역에 관하여 *On Translation*』(1931)의 "Taylorian lecture"에서 번역될 텍스트의 위상에 관한 전반적인 문제와 번역에서 야기되는 실제 문제에 관하여 간결하면서도 고도의 지적이고 체계적인 연구 면모를 보여주었다. 맥화레인 J.Mc Farlance은 『번역의 양식 *Mode of Translation*』(1953)에서 번역에 관한 토론 양상을 영어로 제시하고 있다. 한편, 이 책은 번역을 취급하면서 동시에 번역을 현대의 학제적 관점에서 연구대상으로 삼고 번역에 관련된 학자들을 위한 연구계획을 설정한 책이기도 하다.

최근 독일의 번역이론을 주도하는 학자들을 보면, 회니히 G.H.Hönig, 쿠스마울 P.Kussmaul, 라이스 K.Reiss, 훼르메르 H.J.Vermeer, 맨태리 H.Männtäri 인데, 이들 이론의 공통된 특징을 요약하면, 1) 번역은 언어적 전환이기보다는 문화적 전환이다. 2) 번역을 기호전환 과정으로서보다는 일종의 정보전달 행위로 본다. 3) 번역은 원문을 처방하기보다 역어 텍스트의 기능을 향해서 모두 방향지워져 있다. 4) 텍스트를 세계의 한 구성요소로 보고 언어에서 분리된 표본으로 보지 않는다.

이들 가운데 회니히와 쿠스마울의 업적은 번역연구소의 학생들을 위한 교재로 기획된 것으로 이론적 가치를 유도하기보다는 산뜻한 문체로써 삽화적 예를 많이 제시했다. 저자의 방법은 다년간의 교육 경험을 토대로 하고 있고, 직업적 번역가로서 번역 연구에서 오랫동안 미해결이었던 이론과 실제를 조화시켜 제시해 주고 있다. 회니히와 쿠스마울이 제시한 모델은 아주 새로운 것이지만 기존의 번역이론에서 많은 개념을 그 바탕으로 삼았다. 예컨대, 독일 번역이론을 선도하는 훼르메르의 이론을 많이 활용하였는데, 훼르메르 이론의 핵심은 번역은 기본적으로 '교차문화적 전환 cross-cultural translation'이라는 것이다. 그래서 그의 관점으로는 번역가는 두 개의 문화에 익숙해야 하고 언어는 문화의 내적 일부이고 따라서 복수문화는 여러 개의 통제를 받게 되어 있다.

우리가 여기서 중시하는 것은 텍스트가 주어진 상황 안에 새겨져 있고 주어진 상황은 사회 문화적 배경에 의하여 그 자체가 조건 지워진다는 것이다. 그리고 번역가의 경우, 기존의 직업적 번역가가 이중언어 사전을 뒤적이며 단순히 텍스트를 기호 전환하는 수준이어서는 안되고, 고도로 훈련되고 경험이 풍부한 전문가로서의 자질을 갖추어야 하는 점이 강조된다.

이상에서 살펴본 바와 같이 번역의 개념은 시대마다 각기 달리 정의되었고 번역가의 기능과 역할도 급진적으로 변해왔음을 알 수 있다. 이와 같은 변화를 설명하는 일은 문화사의 한 영역일 수 있으나 번역 그 자체의 과정으로서 번역개념 변화에 관한 결과는 연구자들에게 지속적으로 연구될 과제임에 틀림이 없다. 그런데 개인별로 실제 번역 작업에 종사한 사람은 많아도 이론적인 연구 결과는 빈약하다.18) 번역이론을 연구하는 현대의 학자들은 무엇보다도 번역의 역사를 탐구해야 할 필요가

---

18) 번역에 관하여 이론적으로 언급한 이들을 열거하면 대체로 아래와 같다.
St.Zeromi, M.Luther, Dryden, Hölderin, Novalis, Schleiermacher, Nietzsche, E.Pound.

있다. 그러나 어떤 한정된 범위 혹은 위치에서 접근되는 것은 금물이다. 일반적으로 모든 체계는 서로 연결된 축과 연결고리에 의하여 그 자체 무한한 방식으로 나타나기 때문이다.

4. 결론

본고의 본론에서 드러났듯이 번역의 개념은 시대마다 각기 달리 정의되었고 번역가의 기능, 역할도 급진적으로 변화해왔음을 알 수 있다. 이와 같은 변화를 설명하는 일은 문화사의 한 영역일 수 있으나 번역 그 자체의 과정으로서 번역 개념 변화에 관한 결과는 연구자들에게 지속적으로 연구될 과제이다.

오늘날 번역이론이 빈곤한 이유는 번역에 종사하는 사람은 많아도 번역을 체계적으로 발전시켜 나아가기 위한 이론에 관한 관심이 아직도 미흡하기 때문이다. 앞에서 밝혔듯이 번역 및 번역이론에 관한 연구는 통시적 고찰을 통한 원리 파악이 선행되어야만 하는데, 그 범위가 워낙 방대하여 시도 자체가 쉽지 않은 것이 사실이다.

그러나 번역은 점차 그 필요성이 커지고 있고 합리적인 이론의 바탕 위에서 이뤄졌을 때 국제간의 문화교류나 국가 발전에 기여할 수 있으므로 각 시대별로 나타난 번역 양상, 번역의 역할, 기능, 방법 등을 통찰하고 그 바탕 위에서 새로운 번역 방법이 모색되어야 함은 시급한 일이라 하겠다.

안과 밖의 중립지대에서 서성임
－黃命의 유고시집을 중심으로

배영애*

1. 들어가기

시는 언어적 기교의 산물처럼 보이지만 그 속에는 시인의 세계가 함축되어 있다. 특히 시인의 '완성' 작품과 '미완성' 작품에는 분명한 차이가 있다. 이미 발표되어 완성된 작품에 비해 미완성 작품의 전체적이고 부분적인 구성과 의미는 언제든지 어떤 것이 끼여듦으로써 변할1) 수 있는 가변성이 있다. 그러므로 미완성, 미발표작품은 완성된 작품에 비해 작가와 더 친밀하다. 이런 의미에서 한 시인의 유고시집은 생전의 어떤 시집보다도 진솔한 의식이 담겨 있을 수 있다.

황명 선생은 생전에 많은 시집을 내지 않은 시인으로, 200편이 넘는 유고 시집 『噴水와 裸木』은 그런 의미에서 의의가 깊다. 또한 이 시집은 지금까지 그가 써온 모든 시세계를 포괄할 수 있을 만큼 작품의 양이나 내용 면에서 다양성이 갖추어져 있다.

시의 제목은 적당히 감추고 드러내는 암호요 기호로 해석할 수 있는데, 선생의 유고시집의 제목은 그가 붙인 제목이 아닐지라도 그의 시세계를 충분히 함축하고 있다. 즉 '噴水'가 갖는 상징성은 드러냄과 외면이

---

*숙명여대 강사

1) 김성곤·유인정 역, 무카로브스키의 詩學(서울: 현대문학사, 1987), 65쪽.

라면 '裸木'은 감춤과 내면의식을 상징한다. 이렇게 두 개의 축으로 상징되는 황명 선생의 시세계는 어느 한쪽으로 치우치지 않는 '중립지대'로 설명할 수 있으나 그의 시에서 보인 시적 화자의 태도는 '서성임'으로 일관한다. 그러나 이 '중립지대의 서성임'은 방황이 아니라 자아의 발견과 삶의 깊은 애정이 담겨 있다. 그리하여 그의 시에서 발견할 수 있는 특징은 진솔하지만 강렬하지는 않는 시적 화자의 태도다. 시적 화자는 의식을 치열한 존재의식으로 표출하지 않고 항시 관찰자로서 일정한 거리 두기를 유지한다. 그리고 소재는 타인이나 주변의 사물이 중심이 되고 있으며 화자의 목소리는 배경이 되기도 한다. 이러한 특징이 '분수에서 나목'으로 진행되는 시적 과정에서 드러난다. 그의 시를 관통하는 가장 큰 특징인 외면과 내면의 변주는 삶의 현장, 즉 현실과 시인의 내면의식으로 엮어져 시 텍스트의 의미 체계를 이룬다. 본고는 이 두 가지 양상으로 드러나는 시적 화자의 태도를 중심으로 그의 시세계의 특징을 살펴보고자 한다.

2. 한계인식과 외면지향

황명의 시에는 의외로 '겨울의식'이 많이 드러나고[2] 있다는 지적은 그가 존재에 대한 천착과 삶에 대한 반성을 시의 화두로 삼았다는 증거이기도 하다. 말하자면 그는 자연의 모습을 형상화하고 있으면서도 그 이면에 담겨 있는 의미를 인간의 고통이나 한계로 일치시킨다. 그러나 이러한 의식을 드러냄에도 시적 화자의 어조는 상당히 안정되어 있다. 이것은 그가 주어진 인간의 환경과 조건을 강한 몸짓으로 거부하기보다는 오히려 수용하고 긍정하는 자세를 견지하고 있다는 증거이다. 다시 말하면 그는 외면을 지향하되 큰 목소리의 소유자가 아니라 항시 주변을 응시하고 한계를 의식하는 모습이었다.

---

2) 채수영, "로맨티시스트의 고독과 가을의식," 분수와 나목(서울: 새미, 1999), 282쪽.

지금 어느 먼 산문에서 조용히
노승 한 분이 입적한다
뒤돌아보지도 않고
가진 것도 남긴 것도 없이
훌훌 털어버리고 떠나는
저 황홀한 모습이여

<落照 · 2>

위의 시는 짧은 단 연의 시로 인생의 끝에서 세상을 바라보는 여유를 그리고 있다. 객관적 상관물인 '落照'는 '노승'에 비유되고 세상에 얽매이지 않는 초탈함을 시의 중심으로 삼는다. 그리고 '노승'의 모습을 '뒤돌아보지도 않고'와 '훌훌 털어버리고 떠나는' 거듭 한정의 수식을 통하여 아무런 거부의 몸짓도 하지 않고 현실을 수용하는 삶의 자세를 드러내고 있다. 여기서 우리는 시인의 서정성에 침몰하지도 현실에 격앙되지도 않는 시인의 태도를 엿볼 수 있다. 그러나 마지막 행의 '저 황홀한 모습이여'에서 시적 화자의 감탄은 시인의 염원이 착색된 표현이다. 자신의 감정을 토로함에 있어 간접적인 방법을 사용하여 욕망과 절망의 순간을 하나의 이미지로 연결하고 있다. 해가 지는 것은 절망이라면 황홀한 붉은 빛은 욕망이고 시적 화자의 이상이라고 할 수 있다. 이렇게 시인의 고통과 현실을 표현하되 자연의 공간을 시적 세계로 투입하여 삶의 고통을 자연의 세계로 침윤시키고 있다. 그 이유는 항시 삶의 고통을 구체화시키지 않고 상당한 거리를 두고서 표현하는 시인의 태도에 기인한다. 자신의 삶을 느끼되 한계의식으로 인식하는 시인은 현실을 부정하게 된다.

이 가을에 오는 비는
비가 아니다

어쩌면 멀리 흘려버린
기억의 나뭇가지에 걸린

노란 또는
빨간 그런 숱한

다 져가지 못한
잎새들을 되씹게 하는

미진한 가로수의
눈짓으로

엷은 입김의
나부끼는 옷자락 같은

그것은 정말 비가 아니다.
<가을에 오는 비는>

이 시는 가을비를 노래하는 듯 하면서 실제로는 시적 화자의 심경을 가을비에 의탁하여 노래하고 있다. 즉 비는 추억을 매개하는 자연으로 묘사하면서 실제로는 '눈짓', '엷은 입김' 같은 희미한 사랑의 기억을 드러낸다.

1연과 7연의 반복적 기교의 사용, '가을비는 비가 아니다' 라고 강조한 이유는 가을비의 서정을 강조하기 위해서다. 다시 말하면 이 시의 의미의 중심은 여기에 있다.

2연, 3연, 4연에서 계속되는 묘사의 의미체계는 되씹는 가슴속 그리움의 표현이다. 이렇게 '비'를 매개로 그리움, 혹은 사랑을 드러내는 것은 서정시의 한 단면이다. 이 시의 의미는 매우 단순하지만 그저 평범한 비 오는 풍경묘사가 아니라 비를 매개항으로 시적 화자의 내면의 풍경을 드러내고 있다. 그러나 이러한 내면 풍경은 내면의 흔들림, 미묘한 감정의 질감을 전개하고 있다. 이러한 표현의 점층을 위해 시인은 시적 구조와 문장부호를 의도적으로 사용하고 있음을 발견할 수 있다.

시에 사용되는 문장부호는 휴지, 그 이상의 의미를 수반하는데 이 시에 사용된 문장부호는 마침표 하나다. 마지막 연에 사용한 마침표는 '정말 아니다'의 부사와 함께 시의 중심이 아래로 향하고 비가 갖는 일상적 이미지를 부정함으로써 가을비를 情調化하고 있다. 이 시텍스트에서의 문장부호는 예사롭지 않은 의미를 부가한다. 즉 시간이 흐르듯 자연스럽게 가을의 서정을 묘사하기 위해 다른 연에서는 일체의 부호사용을 금하면서 마지막에 사용한 의도는 역시 시적 의미의 중층화를 위해서다. 앞에서 언급한 것처럼 이 시의 중심 모티프는 '가을 비'다. 이 '가을 비'는 자연현상의 실체 이전에 시인에게는 우수나 낭만을 일깨우는 사유체계요 기호다. 그러기에 시인은 가을비와 함께 잊어버린 기억들을 낙엽의 색깔만큼이나 곱게, 그리고 깊게 되씹고 있다. 가을비는 시인에게 아쉬움과 연민으로 상징되나 그 상징의 깊이는 얕다. 다만 이 시에서 발견되는 연민의 정체는 '어쩌면 멀리 흘려버린', '다 져가지 못한'으로 표현되어서 쉽게 짐작 할 수 있다. 그 연민의 실체는 시인의 미진한 욕망, 즉 삶의 회한이지만 시인은 자신의 감정을 드러냄에 매우 간접적이고 소박하다.

일정한 목소리, 크기와 템포를 유지하면서 삶의 고뇌나 감정의 표현을 표출한다. 이것은 비의 정체에서도 드러나는데 이 '비'는 열정으로 상징되는 여름의 소나기도 아니고 삭막한 겨울에 내리는 운치 없는 비도 아니다. 오직 시인이 느끼는 비는 '엷은 입김', '나부끼는 옷자락' 같은 부드럽고 다정한 것이다. 그러므로 이 비는 시인의 정신적 여유를 부여하는 매개체로써 시 텍스트 형성의 動因이 된다. '가을비'를 중심으로 예리한 감성을 읽어내기 보다는 주관적이고 피상적인 감상을 드러냄에 시적 화자의 목소리는 상당히 절제되어 있다.

이 시에 드러나는 표면적인 시의 어법은 규칙적인 병행구문으로 계절에 따라 다르게, 혹은 같은 현상으로 드러나는 자연의의 반복과 항구성을 드러내기도 한다. 그래서 시의 주조는 투명하고 감각적인 세계보다는 자족적인 서정의 세계를 보여주고 있다.

한꺼번에 뭇 성좌(聖座)가 무너지고 난 다음

그 자리에 다시 새로운 별들이 채워진다

아마들 제각기 어디론지
가고싶었던 여정으로 쏟아져 갔으리라

어쩌면 찰라에서 무한으로
숨쉬어 볼 새로운 날을 그리워하며

지금 어두움이 가시어지면
저마다의 넓은 품을 열고

언제가 이웃하였던 모습들을
하나하나 기억해 가는 아름다움에서

오-랜 날 스스로가 간직하여 오던 맵씨로
종족의 씨를 뿌리며
혹은 나무를 자라게도 하고
빛깔을 맞추어 꽃을 피우기도 하여

옛날 Prospero가 살던
절인고도(絶人孤島)의 무료를 위하여
마리아 같은 연인을 생각하며
그래도 아우성치던 군상들과...

탈출의 꿈을 잊지 않던 대열에서의
전율같은 몸부림이 좋았다고 느낄 것이다.

<별들의 陋巷>

이 시에서 하나로 통일된 의미체계로 드러나는 것은 과거의 아우성, 전율같은 몸부림을 그리워하는 것이다. 이제는 절인고도(絶人孤島)의 한가로운 신세가 된 시적 화자는 그 때를 회상하면서 허탈한 심정을 노래하고 있다.

이 시의 중심어인 '별'은 '아우성치던 군상'에 비유되고 뿔뿔이 흩어져 '絶人孤島'의 신세가 된, 이제는 할 일이 없어진 자신을 '陋巷'에 비유하고 있다.

그러나 이 시에서 시적 화자는 일정한 거리로 떨어져서 감정을 토로하고 있는데 이런 혼적이 시의 어미사용에서 드러난다. 즉 2연의 '갔으리라'와 마지막 연의 '느낄 것이다'는 단호한 어조가 아니고 추측과 짐작으로 일관된다. 추측은 환기적 역할을 하기도 하지만 리얼한 생동감보다는 감상풍경으로 기운다.

사실 이런 유형의 시가 그에게는 수없이 많다. 그의 시작의 본질을 이루는 시혼이 자아에 머물고 있되 확대되지 못하는 아쉬움이 남는다. 하지만 그는 생활 주변의 범상적 소재를 취하여 삶을 주제로 하거나 자아를 주제로 관념을 형상화하고 있는데 이 계열의 시편들이 '裸木' 연작시다. 외관의 아름다움보다는 내적인 것에 충실하려는 시인의 노력이 시의 깊이로 드러난다. 다소 사변적이기는 하지만 훨씬 솔직한 고백을 듣게 된다.

3. 자아로의 회귀와 내면지향

시 작품이 개성의 직접적인 표현이라는 크로체의 이론은 유보되어야 하지만 시작품의 주체는 시인의 개성을 인식할 수 있도록 도와주기도 한다. 선생의 시에서 주체는 반드시 시인이 될 수는 없다. 그러나 숨겨져 있기도 하고 드러나기도 하는 시의 주체는 동사와 인칭, 그리고 작품의 감정적 색조 등을 통하여 짐작될 수 있으며 이때의 시적 주체는 시인의 의식과 태도를 반영하기도 한다. 우리는 시에서 발견할 수 있는 두 번째의 특성으로 시인의 본래적인 자아로의 회귀를 지향하는 태도를 엿볼 수 있다. 여기서 시인은 '裸木'을 통하여 하나의 의미, 즉 자연의 모습을 진술하는 동시에 은폐된 인간의 모순된 삶의 과제를 반성하는 또 하나의 의미를 제시한다. 우리는 그가 裸木을 통해 형상화한, 암시하고 재배치한 의미망을 향하여 나아가면 시적 화자의 단호하고 솔직한 어조을 접하게 된다. 이러한 시적 화자의 어조는 시인의 태도와 관련이 있으며 작품의 주제와 친밀한 관계를 맺기도 한다.

> 아무런 미련도 없이
> 당신을 불러보고 싶다.
> 유리 그릇 윤기나듯 그런
> 파란 눈을 보고싶다
> 저 계곡을 흐르는 것은
> 물소리뿐인 것을
> 기억의 끝자리에 서서
> 기다리는 의미
> 당신의 손목이라도 잡고 싶다
> 이름이라도 부르고 싶다.
>
> <裸木 · 12>

이 시에서 시적 화자는 2행과 4행 그리고 8행과 10행에서 '-고 싶다'는 서술로 단호한 어조를 띠고 개인적 욕망을 표출한다. 인칭이 생략되어 있지만 시의 주체는 일 인칭이다. 시에서 일 인칭의 의미는 욕망의 간절함을 표출하는 것이며, 그 근원은 자신의 현존성을 타인과의 관계 속에서 찾고자 하는 의도에서 출발한 것이다.

이 시에서 '당신'은 시적 화자에게 '기다리는 의미'인 동시에 '삶'의 의미다. '당신'이 구체적인 대상이거나 아니거나는 문제되지 않는다. 오직 시인에게 있어서 귀중한 그 무엇일 뿐이다. 시인은 나무가 옷을 벗는 계절에 가슴 깊이 묻어 두었던 진실을 말해 보는 것이다. '裸木'은 시인에게 있어서 대타자다. 타자와의 관계 속에서 자신의 삶의 정체성을 찾으려는 노력의 상징이다.

"입다물고 있어야 할 시간 속에서/ 한가닥 흔들림도 없이/ 저 하늘을 우러러 서 있음은/ 내 안에서 언제나/ 쉬지 않고 흐르는 강물이 있기 때문."(裸木5)과 "정녕 한번쯤은 우리/ 걸거적거리는 일체의 것으로부터 벗어난/ 홀가분한 마음이고"(裸木6), "가지 맨 끝에 겨울이 걸려/ 흔들리는 내 마음 위에/ 새는 아작 돌아와 주질 않는다" 등에서 산견되는 시인의

시적 정체성은 강한 '자의식'과 '진실한 삶의 포즈', '생동감'과 '허무의
식'으로 혼유되어 있다. 그것은 자신이 살아 온 삶의 지평에 대한 여러
층위에서의 회고인 동시에 '존재의 황폐화를 막기 위한 자위 행위'인 것
이다. 이러한 행위의 원초성이 <裸木·8>에서 발견된다.

꽃을 바라지 않는다
열매를 바라지 않는다
다만 묵념으로 견디면 어느날
너는 개안(開眼)의 각자(覺者).
<裸木·8>

이 시는 4행의 짧은 시이지만 함축된 의미를 담고 있는데 단순히 '裸
木'을 '개안(開眼)의 각자(覺者)'로 상징했다고 하면 즉물시에 불과하다.
그러나 시는 독자의 시적 상상력을 발휘하여 다양한 해석을 할 수 있어
시의 해석은 다양한 방향으로 열려 있게된다.

다시 말하면 이 시는 삶에 대한 소박하고 성실한 자세를 다짐하는 시
인의 삶의 방식을 보여준다. 1행에서 3행까지를 일인칭 시적 화자와 조
응하면 '다만 묵념으로 견디던' 주체는 화자가 된다. '꽃'과 '열매'를 바
라지 않는 것은 세속적 논리로 인생을 살지 않으려는 시적 화자의 노력
이다. 이러한 노력은 나뭇잎 지는 것을 두터운 무지의 허물을 벗어 던지
는 수행자의 자세에 비유되고 있으며, 말없이 인내하는 수행자의 모습은
시적 화자와 일치시키고 있다. 잎이 지는 겨울의 나무가 각자(覺者)로 대
치되는 이유가 바로 여기에 있는 것이다. 시인의 객관적 묘사의 바탕에
는 깊은 삶의 이치를 깨달으려는 의욕이 깔려 있다. 삶과 사물을 바라보
는 긍정적인 의욕은 시인의 시선을 자아의 내면 지향으로 나아가게 한
다. 자연의 순리에 맞추어 소박한 삶으로의 귀향은 번잡스럽고 혼란한
현실적 삶을 지양하고 허망한 현실을 깨닫는 시인의 자세에서 출발한다.

자꾸만 앞서자는 대열이 모여 홍수를 이루고

경이를 바라는 꿈들이 모여 단애(斷崖)를 만든다

가 보면 안다
가 보나마나 뻔하다

나는 그런 믿음으로 가고
너는 그런 두려움으로 머뭇거리고

그리하여 별들은 다 떨어져 가고
수없이 종소리는 밀려왔다 되돌아 가고

마침내는 돌아오는가
하나의 이름으로 너와 나는 여기에 서는가

여기에 이르러 비로소
출발이란 것임을 안다

언제고 늘 우리는
이와같은 낭떠러지에 서면 그때 안다
결국은 아무 것도 아닌
미궁의 설계도같은

언제인가로부터 쌓올리고
싶었던 울타리와

예대로 한 빛 푸른 하늘과
늘어간 우리들의 주름살과 차이

그것뿐이었다
정말 그렇다

가보면 안다
가보나 마나 뻔하다

나는 그런 두려움으로 앞서고

너는 그런 두려움으로 머뭇거리고

앞 서자는 사람은 가고
머뭇거리던 사람은 죽고

하마면 홍수는 정화되고
마침내 나는 낭떠러지에 선다.
<최후의 斷崖>

앞에서도 언급하였듯이 시인은 단호하고 확실한 태도로 삶을 바라보고 있다. 시적 화자 '나'는 '너'와 대립되는 위치에서 현실을 바라보고 있다. '너는 두려움으로 머뭇거릴 때/ 나는 믿음으로 가고' 라는 표현에서 시적 화자는 '미궁의 설계도 '같은 불확실성, 미혹의 시대를 포기하거나 절망하지 않는 태도를 보인다. 오히려 '낭떠러지'에 서서 새로운 출발을 다짐하면서 부질없는 '꿈', '뻔한 삶'의 행로를 되집어 보고서 건조하고 혼란한 현실을 극복하고자 한다. 여기서 '낭떠러지' 이미지는 현실을 이겨내고자 하는 의지의 상징이며, 동시에 시적 화자가 인식한 한 절박한 현실이기도 하다.

1연에서는 '자꾸 앞 서자는 대열'은 시적 화자와 대립관계에 있는 것으로 부정적 의미로 사용되고 있다. 시인은 한때 몰려서 내리는 홍수를 질서와 가치의 파괴 현상으로 인식하고 고통과 혼돈의 상황을 극복하기 위해 낭떠러지에 서게 되지만 시인은 치열한 정신적 반항의식보다는 자신의 내부로 향하는 삶에 대한 각성을 의미의 핵심에 둔다. '최후의 斷崖'는 시인의 자기 방어의 몸짓이며 삶에 대한 正念을 세우는 길이다.

4. 마무리

지금까지 살펴본 바 황명 선생의 시세계는 현실에 대한 강한 부정의식이나 고발의식보다는 잘못된 부분을 감싸안고 이해하려는 온건한 의식이 배어 있다. 그리하여 그는 외면을 지향하고 있어도 시선은 항시 내면의 서정을 향하게 된다. 그것은 황명 선생의 시세계의 뿌리가 개인적 서정에 있으며 역사의식이나 치열한 현실의식은 다소 사변적인 경향을 지니고 있음을 대변해 주는 것이다. 그의 시에 등장하는 소재가 현실성을 지니고 있다해도 시인의 정서로 채색되어 현실의식과 역사의식은 추상화로 흐른다. 그리고 그가 표상화는 현실의 고통은 구체화되기보다는 음영화로 남는다. 이러한 특성은 단순한 비유와 서술을 중심으로 한 시적 표현에서 드러난다. 그는 외면과 내면의 이항대립을 시의 주축으로 하고 있으며 삶에 대한 연민과 관조를 시의 무게로 삼는다. 말하자면 그는 세계인식을 내면세계의 낭만과 조응시키고 있는 셈이다. 구체적으로 살펴보면 '裸木'류의 시에서 배경은 겨울이다. 이 겨울의 상황은 충분히 현실상황의 삭막함을 드러낼 수 있지만 시인은 '만년의 자화상'3)으로 인유한 것은 그에게 있어서 현실은 단편적인 시적 배경구실을 하는 것임이 분명하다. 그러나 그는 현실과 자아의 상관 관계를 확인하면서 건강한 삶을 위해 안과 밖를 배회하고 있다. 이것은 땀냄새 풍기는 거친 삶의 현장에서 한발 물러나 관념의 세계를 향하고 있으나 어느 한 쪽으로 기울지 않는 중립지대의 서성임인 것이다. 그럼에도 불구하고 그의 시에서 느낄 수 있는 열정이 있다면 그것은 시인의 세상과 자아를 향한 끊임없는 반성의 자세다. 이것이 그의 시세계를 관통하는 특징이 된다.

---

3) 채수영, 앞의 책, 290쪽.

한국 전후소설의 반성적 실존 미학

송경란*

1. 들어가면서: 20세기 실존주의의 의미

20세기는 '현대'라는 시간적 성격을 지니며, 다양한 사상과 문명의 발전을 이루어 온 시기이다. 그러나 자본주의, 이데올로기 문제 등으로 말미암은 정치 사회적 대립양상이 두 차례의 세계대전을 거치게 되면서, 개인과 사회의 유기적 연계가 상실되자 현대에 대한 불안감과 위기의식이 더욱 고조되어 민감한 지성인의 반발과 도전을 불러일으켰다. 이로 인해 인간의 존재 근거로 믿었던 신에 대한 철저한 부정, 인간 이성에 대한 불신, 세계나 존재에 대한 의미 상실 등이 지성인들의 사고를 지배하게 된다. 이때 문학은 인간의 현실을 탐구하는 기제로 사용되어 인간의 자유와 개별적 존재로서의 인간상을 형상화한다. 그리고 세기말을 고하는 듯한 문학적 경향은 심각한 사회적 모순과 이에 대한 고민의 반영으로 나타나며, 어두운 이미지를 통해 허무, 퇴폐, 회의의 양상을 강조한다. 특히 민감한 작가들은 당시의 사회상을 정신과 물질의 극단적인 대립양상으로 보고, 퇴폐적인 작품경향을 보여주기도 한다. 또한 기존의 것이 무너졌음에도 불구하고 새로운 것의 성립이 제대로 이루어지지 않는 이중적 부재상황에 대해 두려워하며 이러한 존재론적 상실감을 해명하

---

*숙명여대 강사

려는 시도를 하기도 한다.

이러한 시도 가운데 기존 모더니즘 형식에 대한 새로운 도전으로 다다이즘, 초현실주의, 실존주의 등의 문예사조를 들 수 있다. 다다이즘과 초현실주의가 무조건 기존의 것을 거부하고 새로운 방향과 양식의 모색을 위한 전위적인 운동의 성격을 지녔던 반면, 실존주의[1]는 인간존재의 근원에서부터 현실상황에 이르기까지 문제시되는 부조리와 불안의 극복 방향 모색에 있어서 철학적, 문학적 기반을 토대로 전개된다. 그리하여 실존주의는 절망, 불안, 허무, 부조리를 앞세우며, 하이데거의 '불안의 철학', 사르트르의 '저항과 참여의 실존주의', 카뮈의 '부조리의 철학'을 바탕으로 한 문예사조의 양상으로서 문학적 미학을 드러낸다.

2. 한국 문학과 실존주의

서구 실존주의가 수용되기 시작한 것은 해방직후부터이다. 주로 일문학자와 불문학자들이 시사·계몽적인 차원에서 『신천지』, 『민성』 등의 잡지에 실존주의를 소개하였으나, 미국에서 수용된 실존주의가 일본을 거쳐 수용된 것이었다. 이것은 김기림이 실존주의문학을 고민문학으로 이해하고 모더니즘과 연결하여 그 수용문제를 거론[2]함으로써 부각되었다. 그리고 해방직후 한국문학에 있어서 세계화 혹은 현대화의 문제와 관련하여 주요 논제가 되기도 하였다. 또한 당시 기성문단에 도전하려는 신인작가들에게는 실존주의가 새로운 문학적 기제로 인식되었다는 점도 주목할 만하다. 그러나 이러한 실존주의가 당시의 정치·사회적 냉전 분

---

1) 실존주의(Existentialism)에서 '실존(existentia)'이란 단어는 원래 중세의 스콜라 철학에서 유래된 것으로, '진실하고 현실적인 인간존재'를 가리킨다. 그리고 '실존주의'의 어원이 '밖에(ex; out) 나타나다(sistere; to stand)'라는 뜻의 'Existere'라는 라틴어에서 온 용어이지만, '본질에 대한 現實存在'라는 의미를 지닌다. '현실존재'란 '나'라는 인간 본래의 자기를 말하는 것이며, 실존주의의 근본 의미를 본질보다 우위에 있는 실존, 즉 본래의 자기를 찾으려는 태도로 볼 수 있다.

2) 김기림, <소설의 파격>(문학, 1950.5).

위기와 이데올로기 문제의 심화로 더 이상 집중적으로 논의되지 못한다.

그러나 실존주의에 대한 문단의 관심은 신인의 출현과 밀접하게 관련을 맺으면서 이어져, 전쟁이 휴전된 이후 50년대 중반부터 마치 신인작가들의 전유물인 것처럼 본격적으로 부각된다. 당시 6.25 전쟁은 지성인들에게 삶과 죽음에 대한 실제적이고 충격적인 체험이었으며, 전후 사회 부조리에 대한 비판의식을 갖게 하는가 하면, 패배의식과 자조의식을 갖게 하였다. 또한 전통가치관의 붕괴와, 인간존엄성에 대한 회의, 사회에 대한 불안과 위기의식을 불러일으키는 계기가 되기도 하였다. 이러한 분위기 속에서 지성인들은 폐허가 된 현실을 극복하려는 의지와, 그러한 현실에서 도피하거나 퇴행, 좌절하여 정신분열적인 반응까지 일으키는 모습을 보인다. 이와 함께 실존주의는 해방 이후 극도의 이념 대립이 남긴 반성과 회의 속에서 중간자적 입지를 마련하지만, 남한의 반공이데올로기에 의해 사회주의 이론에 근거한 비판적 시각을 반영하지 못한 채 전개된다. 그러나 이러한 전후상황의 특수성에 실존주의 문학이 결부되어 독특한 전쟁체험문학을 형성하는 계기를 마련한다.

6.25전쟁 이후 문단의 새로운 방향모색이 요구되는 가운데 출현한 신진작가들은 기성작가에 대해 반발과 비판이라는 태도를 취하면서, 전후 현실적 제약 속에서도 비교적 유리한 입지점을 차지한 실존주의를 매개로 모더니즘적 성격의 방법론을 채택하여 작품화한다. 이때 서구의 우울함과 퇴폐성이 반영되어 전후 가치관의 혼란 속에서 성윤리가 무너지기도 하지만, 6.25를 통하여 인간존재에 대한 회의와 한계상황의 체험, 상황내적 존재인 인간이 어떻게 살아야 할 것인가 하는 문제에 대한 깊은 문학적 반성으로 이어진다.

결국 한국 전후소설은 민족상잔이라는 상황과 감상주의적인 정서, 인간의 내면적 방황을 탐구하는 데 그 실존적인 측면을 보이고 있다. 이는 한국의 상황과 정서가 서구의 그것과 다르다는 데 근본 요인이 있을 것이다.

3. 한국 전후소설의 실존성 탐구

이 글에서는 전후소설의 실존주의적 양상을 다음과 같은 작가적 성향을 중심으로 살펴보고자 한다. 우선 장용학의 경우 "실존은 본질에 선행한다."는 기본명제를 추구함으로써 관념에 편향하는 것으로, 오상원의 경우 앙드레 말로의 행동주의 문학적 성향을 냉전의식에 대한 민감한 반응을 보이는 것으로, 김성한의 경우 실존적 저항을 탈역사적 방향에 맞춤으로써 프로메테우스적 자기존재를 확인하는 것으로, 손창섭의 경우 전쟁체험으로 자의식에 집착하여 피해의식과 무력감을 느끼는 전후 인간상의 탐구로 보았다. 이러한 경향은 전쟁이라는 극한상황의 경험에서 비롯된 가치관의 혼란과 인간성 상실에 대한 반성의 의미를 지니는데, 이범선, 유주현, 김동리, 추식 등의 경우처럼 관념론적이고 휴머니즘적인 한국 전후소설의 특성과 결부되면서 하나의 반성적 실존미학으로 형성된다.

1) 실존의식의 관념적 편향 : 장용학

실존한다는 것은 상황 속에 있다는 것이며, 이때 실존이란 개념은 존재와 본질의 관계 안에서 규정된다. 그것은 상태가 아니라 행위이며, 가능성에서 현실(실재)로 옮아가는 그 자체로서, "실존은 본질에 선행한다."는 의미를 지닌다. 이러한 사르트르의 견해를 수용하면서, 장용학은 <요한시집>(현대문학, 1955.7)을 "실존주의 문학에서 배운 눈과 거제도의 전율에서 싹이 튼 것"3)이라 설명한 바 있다. 이는 작가의 직접체험과 외래 사조 영향의 결합양상을 살펴볼 수 있는 좋은 예로 보인다. 그러나 작가는 가장 역사적 현장에 있었으면서도 가장 현장성과 유리된 현실도피적인 주인공을 내세운다. 그리고 모든 기존의 윤리의식과 가치관에서 일탈하고자 "실존은 본질에 선행한다."는 명제에 의존할 뿐만 아니라, '자유'

---

3) 장용학, <실존과 요한시집>, 한국전후문제작품집(신구문화사, 1964), 400쪽.

가 예수를 위해 희생되는 '요한'적인 존재4)라고 말한다.

　이러한 존재의 문제는 작품에 나타난 토끼의 우화5)를 통해 살펴볼 수 있다. 그냥 굴속에만 살았으면 죽지 않았을 토끼가 굴 밖의 다른 세계의 존재를 깨닫고 사력을 다해 바깥세상에 나가려 한다. 그러나 밖의 태양광선 때문에 토끼는 소경이 되어 그 자리를 떠나지 못한 채 심한 열로 앓다가 죽게 된다. 그 후 그 자리에 '자유의 버섯'이 돋아나는데, 이는 토끼의 죽음이 가지는 무의미성과, 자유가 궁극적인 것은 아니라는 의미6)를 나타내는 것이다. 즉 굴속에 갇혀 살던 토끼는 굴 밖의 다른 세계를 알게 됨으로써, 즉자와 대자라는 두 가지 자아를 인식하게 되어 즉자존재에서 대자존재가 된다. 그리고 토끼는 열병을 앓는 동안 일상적인 세계가 대자존재의 의식 앞에서 무화되는 것을 실존적으로 자각하며 죽는다. 여기서 '자유의 버섯'은 토끼의 또 다른 세계에 대한 갈망과 일상에서의 탈출 시도가 결코 주체적인 선택에 의한 즉, 자유의지에 의한 것이 아님을 상징한다.

　사실 <요한시집>은 포로수용소에서 동호는 괴뢰군 누혜와 만나고, 적색분자에 의해 테러를 당한 누혜가 자살하는 것을 누혜의 어머니와 목격함으로써 갖게 된 의식을 그린 작품이다. 여기서 누혜는 자신이 들어간 당에서 인민의 적을 죽여 인민을 만들어내는 이율배반적인 모습을 목격하고, 양자택일이라는 체제의 강요를 견디지 못하여 자살을 선택한다. 이는 "'자유' 그것은 진실로 그 뒤에 올 그 무슨 '眞者'를 위하여 길을 외치는 예언자, 그 신발끈을 매어주고, 칼에 맞아 길가에 쓰러질 요한에 지나지 않았다?"7)고 볼 수 있는 '자유의 버섯'의 의미와 관련되며, 동호를

---

4) <요한시집>의 주제는 '자유'를 예언자 '요한'에 뻘한 데 있다. 요한이 나타났을 때 세상사람들은 그를 구세주라고 생각했다. 그러나 그는 그 뒤에 올 참된 구세주 예수를 위하여 길을 닦고 죽어야 할 존재에 지나지 않았다. '자유'도 '요한'적인 존재에 지나지 않았다. (장용학, 위의 글, 326쪽)

5) 염무웅, <실존과 자유>, 현대한국문학전집4(신구문화사, 1967), 428-9쪽.

6) 우한용, 한국현대소설구조연구(삼지원, 1990), 319쪽.

7) 장용학, 앞의 글, 32쪽.

주인공으로 부각시키는 계기가 된다.

'요한'을 내세운 탈역사적 관념의 시선으로 분단 민족사를 응시하는 장용학의 사변은 무정부주의적 절대자유를 꿈꾸는 관념론자의 언어 유희처럼 생각된다. 따라서 이 작품은 분단사회의 본질론에 대한 인식과 그 존재론적 접근자세에서 출발했으면서도 그 진로가 회의론 내지 허무주의로 향함으로써 관념 편향적인 일면을 보인다. 그러나 의식의 흐름 수법과, 관념의 표현을 위한 우화적 방법, 내면 세계의 분석을 통해 기법상의 실존주의 문학적 적인 면을 발견하게 한다.

장용학의 실존의식은 <圓形의 傳說>(1962)에서 이르러서 "존재가 본질에 선행한다."는 동어반복 속에서 인간성을 내세워 자행되는 비리를 고발하는 반성적인 측면을 드러낸다. 결국 장용학의 작품은 실존문제를 전제로 분단상황과 냉전체제에 대한 관심에서 출발하였지만, 탈역사적인 주인공의 의식과 현실고발에 기울어짐으로써 관념적 편향성을 보이게 된다고 할 수 있다.

2) 냉전상황에 대한 민감한 반응: 오상원

개인의 주체적인 선택과 결단은 사회적인 격동과 불안까지도 모두 자신의 책임으로 돌리도록 한다. 따라서 인간은 '상황적 존재'로 정의되고, 여기서 상황은 외부로부터 인간을 속박하는 제약이면서 동시에 인간이 자기자신의 책임자로서 받아들여야 하는 현실이기도 하다. 이러한 실존상황에 대한 저항으로 등장한 것이 행동주의이며, 앙드레 말로는 이를 문학적으로 수용한다. 그 영향을 받은 작가로 오상원을 들 수 있는데, 그가 주제의 측면에서 정치적인 문제와 함께 정치적 상황 속에서 인간의 본원적 조건을 탐색했다든가, 기법의 측면에서 영화적인 수법을 시도했다는 점[8]에서 그 가능성을 발견할 수 있다.

오상원은 작품 <균열>(문학예술, 1955. 8)에서는 해방직후 북한에서 점

---

8) 염무웅, 앞의 글, 421쪽.

점 침투해 들어오는 적색세력하에 이 적색음모를 분쇄하기 위하여 정치적 암살을 감행하는 것을 테마로 하여 정치와 인간의 관계를 그려보려 하였고, <모반>(현대문학, 1957.11)에서는 정치적 모반과 이에 따른 인간 자신에 관한 모반을 이중적으로 다루어보려 시도9)했다고 한다. 이러한 점에서 그는 인간의 생명이 가장 값싸게 거래되는 혼란기를 겪으면서 소박한 휴머니즘에 대해 관심을 갖고, 반란이나 암살, 특수상황에 의한 인간학살 등을 증언하는 경향을 작품에 드러낸다.

특히 <모반>은 '민'이라는 청년이, 한국 현실에 대한 왜곡된 정보를 미군사령관에게 제공한 인물을 암살한 뒤, 동지들이 정치적으로 이용되고 모반당하는 사실을 목격하면서 갈등과 번민 끝에 조직을 떠난다는 내용의 작품이다. 여기서 '조국을 위해서' 민이 한 행위가 병석에 누워 있던 어머니와 민을 대신해서 누명을 쓴 청년의 생명을 빼앗는 행위와 얽혀지면서 부조리한 현실이 드러난다. 민은 이러한 정치적인 비정함에 반발하듯이 누명쓴 청년의 누이동생에게 돈을 주고, 조직에서 떠난다. '맹목적인 정열'을 이용하고 나서 '모든 것을 버리고 다시 집으로 되돌아가'는 것을 허용하지 않는 위선적인 체제의 억압, 즉 '인간에 대한 謀反'이 주인공 민의 행동을 변화시킨 것이다. 결국 민은 암살 행위가 역사 그 자체의 발전에 기여하는 것이 아니었음을 깨닫는다. 그리고 '하나의 의의를 갖는 반면 하나의 의의를 상실'하는 것에 대해 반성하고, '위대한 하나의 일의 성공보다는 나는 오히려 소박하게 살아가는 인간의 모습들이 하나라도 더 소중스러워졌'다고 생각한다. 이를 두고 虛名의 본질을 벗어나 실존으로 돌아가려는 모습을 보여주는 것이라고 한다면 이는 비약일 것이다. 한계상황을 벗어나 자기 본래의 모습을 되찾으려는 민의 결단은 실존의 자각이라기보다는 휴머니즘의 한 양상으로 볼 수 있다.

앙드레 말로는 실존주의 이전 세대에 속하는 작가이다. 그러나 정치, 혁명 등을 통하여 인간의 '근원적인 인간조건'을 발견해 내고자 한 작가

---

9) 오상원, <초조한 마음>, 한국전후문제작품집(신구문화사, 1983), 421쪽.

라는 점에서, 그의 죽음에 대한 집념, 고독의 탈피, 의식의 마주침 등은 실존주의적 요소를 지닌다. 그리고 이 요소는 오상원의 작품에서도 다루어지는 주제이며, 한국 전후소설의 일반적인 주제항목이라고 할 수 있다. 오상원은 이러한 주제를 1950년대의 이념적 대립상황을 소설로 형상화하는 과정에서 증인문학적이고 휴머니즘 문학적인 경향을 보인다.

3) 실존적 저항과 자기존재의 확인: 김성한

신의 존재를 부정하면서 인간은 자기의 목적을 자유롭게 선택할 수 있으며, 그 자유는 실존의 본질이 되는 것처럼 보인다. 그러나 절대자유는 아무데도 의지할 곳이 없는 '자유롭도록 만들어진' 존재로 인식하게 할 뿐, 이 소외된 존재로서의 자유인은 세계에 대해 '남아도는' 존재로 취급될 뿐이다. 이를 인식하게 될 때 인간은 합리적인 욕망과 불합리한 세계에 대한 인식을 갖게 된다. 그러면서도 인간이란 시지프스처럼 그 바위가 산꼭대기에 이르는 순간 다시 굴러 떨어지게 되어 있다는 관성의 법칙을 알면서도 그 바위를 계속 굴려 올려야 하는 상황내 존재임을 인정하지 않을 수 없게 된다.

김성한은 <5분간>(사상계, 1955.6)이나 <극한>(문학예술, 1956.5)에서 이러한 인간의 한계상황10)과 '인정'에 걸리지 않은 자기존재의 확인이라는 실존주의적인 일면을 보인다.

<5분간>에서 프로메테우스는 사슬을 절단한 채 감히 신과의 대결을 선언한다. 그리고 신의 독선적인 군주적 속박에 항거하여 세계사적 혼란을 빚어놓은 사실을 비판한다. 신은 프로메테우스에게 다시 부드럽게 복종을 권유하나 프로메테우스는 신에게 "영감이 한번 내 부하가 되시구려!"라면서 항거하여, 타협한 지 5분도 안 되어 다시 불화하게 된다. 분

---

10) 한계상황(Grenzsituation)이란, 야스퍼스의 용어로 인간이 실존을 자각할 수 있는 계기이며, 생활체와 환경 사이의 절대적 관계에 있는 상황, 투쟁, 죽음, 우연, 허물 등이 구체적인 내용에 해당한다. 이는 이율배반성을 지니며 고통으로 표현된다.

노한 신은 세상에 될 대로 되라는 식의 관성 법칙을 적용시켜 지상을 혼란의 연속으로 만든다. 이러한 우화를 다룬 <5분간>은 궁극적으로 프로메테우스적 저항의 한계성11)을 보여주는 것이다.

그러나 김성한은 <극한>에서 야마모토 다츠코라는 여인을 통하여 자기 존재의 확인을 위해서는 살인까지도 가능하다는 프로메테우스적 의미를 나타낸다. 시바이처를 숭상하여 중국 봉천에서 고아원을 경영하던 남편이 전쟁 후 억울하게 맞아 죽자, 다츠코는 갖은 고초를 겪으며 남하하여 포장마차를 꾸려 살게 된다. 그러던 어느 날 밤, 다츠코는 중절모 사나이가 겁탈하는 것을 피란민 열차에서 당하던 때와 마찬가지로 하는 대로 내버려둔다. 그러나 새벽에 잠을 깬 후 강간범의 골통을 도끼로 내리치는 행동을 한다. 그러면서 그녀는 찬장에 손을 넣어 쥐약을 집어들었다. 역시 아무 생각 없이 입에 넣고 물을 마셨다. 모든 것이 평정하였다. 생도 사고 없었다. 무로 돌아가는 초조한 향수가 있을 뿐이었다. 모든 사고에서 해방되어 거점이 무한으로 확대되는 기쁨을 느낀다.

이처럼 김성한의 소설에 나타난 실존적 저항은 적극적이면서도 비이성적이다. 그리고 극한 상황에서 인간이 저지를 수 있는 모든 것을 허용하는 프로메테우스적 저항처럼, 자신의 희생이나 관성에 따른 세계의 흐름을 그대로 용인하는 데 그친다. 이러한 저항이라면 구태여 실존적 의미를 내세워 강조할 필요가 있을까 의문스럽다. 이러한 탈역사적이고 관성적인 문학적 성향 때문에 체제순응적이거나 체제긍정적이라는 '휴머니즘'적 제한성을 띠게 되는 것으로 보인다.

4) 전후 인간의 자의식 추구: 손창섭

과거에는 신앙과 이성이 인간을 지탱해 주었으나 현대에 와서는 전쟁으로 말미암아 둘다 파산상태에 이르게 되어, 세계는 부조리하며 인간은 상황내 존재로서 운명에 끌려다니는 위치로 추락하였다는 의식이 전후

---

11) 임헌영, 앞의 책, 93-4쪽.

사회에 팽배하게 된다. 이러한 의식이 실존주의에서 인간 삶의 불합리성을 강조하는 기능을 한다. 논리로 설명되지 않는 삶의 본원적인 진상에 대한 자각에서 부조리의 감정이 싹트고, 거기에 맞서 인간의 존엄성을 되살리고 긍정적인 세계를 추구하려는 실존적 자각이 일어난다.

손창섭은 이러한 실존적 자각을 자의식에 갇힌 인물 속에서 찾고 있다. 그러므로 개인의 내면 추구와 자기 방황에 제한된 자의식 세계만을 보여준다. 그러나 전후소설의 특수상황을 잘 반영하고 있다는 점에서 의의를 찾아볼 수 있다. 그 예로 <생활적>(현대공론, 1954.11)이라는 작품을 들 수 있다.

<생활적>에서 주인공 동주는 전쟁포로 생활체험을 통해 정신적 외상을 입고 삶의 의욕을 상실한 채, 그저 판잣집의 방 한 구석에 처박혀 있는 인물이다. 그에게 '생활'이란, 옆방의 순이가 최선의 삶을 지탱하고 있다는 신호로 내는 신음소리에 귀기울이며 끼니때 죽을 끓여 그녀에게 먹이는 것과 우물물을 퍼오는 일 이외에, 방구석에서 반 시간씩 자신의 몸을 번갈아 눕히는 일이 전부다. 현대적 학문을 공부했다는 인물이지만, 전쟁 이후 피해의식에 사로잡혀 억센 월남 아줌마들이 모이는 샘터를 '무서운 곳'이나 '냉엄한 사회'로 인식하고, 거름더미같은 빈민촌 사람들을 구더기 이상의 존재로 보지 않는다. 주인공은 인간에 대한 모멸의식과 전쟁으로 인해 절망과 허무를 체화한 채 부조리 감정을 가지고 사회와 인간을 극단적으로 부정하며 무의미하게 보고 있다는 점에서, 실존적 자각의 일면을 발견할 수 있다.

한편 동주는 춘자와 동거하면서 '수컷' 역할의 부담스러움과 순이의 의붓아버지 봉수에 대한 반감을 가진다. 봉수는 "시대에 뒤떨어져서 허덕이거나, 시대의 중압에 눌려 버둥거리지만 말고, 시대를 최대한으로 이용해야만 된다."고 주장하는 인물로, 돈과 남녀관계를 중요시하는 현실적이고 부조리한 인물이다. 반면에 동주는 선천적으로 운명에 의존하는 나약한 성격 때문에 암울한 상황과 무의미한 삶을 의욕도 없이 유지하며 피해의식만을 키워가는, 자의식 속에 갇힌 또 다른 부조리한 인간이 된다.

이런 가운데 동주는 이북에 두고 온 부모와 처자를 떠올리며 월남민으로서의 한을 느끼기도 한다. 그러나 이것도 무의미해져만 간다. 그는 무기력한 자신의 삶에 대해 회의를 느낄 때 '죽음'을 예감하며, 신음소리를 힘겹게 내며 삶을 지탱하는 순이에게서 동질감을 느낀다. 그러한 그가 순이의 주검에 키스하며 자신이 살아 있음을 인식하고, 살아 있으니 죽을 수 있다는 '장래'를 확신하게 된다. 여기서 그가 더 이상 죽음을 절망적 상황으로 여기지 않고, 삶의 의미를 부여해 주는 계기로 인식하고 있음을 알 수 있다. 이는 까뮈의 <이방인>에서 뫼르소가 사형당하기 전날밤에 사색하는 부분과 연관지어 생각할 수 있을 것이다.

> 그곳, 생명들이 꺼져가는 양로원 근처에서도 저녁은 우울한 휴식시간이었을 것이다. 그처럼 죽음 가까이에서 어머니는 해방감을 느끼며, 모든 것을 다시 살아보고 싶었을 것임에 틀림없었다. 아무도 어머니의 죽음을 슬퍼할 권리는 없는 것이다. 나도 또한 모든 걸 다시 살아볼 수 있으리라는 생각이 들었다. 마치 그 커다란 분노가 나의 괴로움을 씻어주고, 희망을 없애준 것처럼 이 징후와 별들이 가득찬 밤을 앞에 두고, 나는 처음으로 세계의 다정한 무관심에 마음을 열고 있었다. 그처럼 세계가 나와 비슷하고 형제 같음을 느끼며, 나는 행복했다.[12]

이는 뫼르소가 어머니의 죽음을 통해 새롭게 죽음을 인식하는 대목이다. 여기서 죽음은 부조리에서 해방될 수 있는 탈출구로서 실존을 자각하게 하며, 카타르시스적인 효과를 지닌다. 그래서 재생에의 희망과 세계에 대한 긍정을 갖게 하는 것이다. 마찬가지로 동주도 순이의 죽음을 통해서 현실에서 소외된 채 황폐해져만 가는 자신의 모습에 더 이상 절망하지 않고, 죽음 앞에서는 누구나 평등하며 결국은 '죽음'을 맞이하는 것이 인간의 운명임을 인식한다. 즉 죽음이라는 미래가 있기 때문에 산다는 것이 의미를 지니게 되며, 죽음은 인간의 공통된 운명으로써 절망을 극복할 수 있는 계기가 되는 것이다. 여기서 손창섭의 실존의식을 엿볼

---

12) 카뮈(최규남 옮김), 이방인(홍신문화사, 1993), 119쪽.

수 있다.

결국 전쟁이라는 극한 상황에서 상처 입은 동주는, 현실에 대한 공포, 절망, 권태를 느끼며 비지식인적 치매성을 벗어나지 못한다. 다만 삶과 죽음의 당위성을 발견하고 자신의 무력함, 현실의 모순적 양상을 모호하게나마 감지해 나가는 것으로 동주의 생활은 의미를 가지게 될 뿐이다. 즉 당시의 현실에서 파생될 수밖에 없는 예외자적인 모습을 동주란 인물을 통해 살펴볼 수 있다. 이로써 전쟁이라는 절망적 상황에서 피해를 입은 존재가 죽음의식을 통해 자아에 갇힌 자신의 실체를 발견하게 된다는 점에서, 실존주의적인 면을 발견하게 된다. 6. 25전쟁이라는 극한 상황을 경험한 한국의 작가로서 손창섭은 전쟁에 대한 피해의식과 이후 혼란된 현실에서 느끼는 절망과 허무, 무기력감을 소설로 형상화했다고 볼 수 있다.

5) 한국 전후소설의 제한적 실존성

6.25라는 시대상황의 영향으로 인간조건에 대한 성실한 반성이 다소 이루어졌음은 이범선의 <오발탄>이나 손창섭의 작품들에서 확인할 수 있다.

전후 소설에서 가장 어두운 현실진단서의 하나인 이범선의 <오발탄>만 해도 법률선까지는 무난히 뛰어넘을 만큼 범죄행위를 감쪽같이 해치우나 (영호가 어느 회사의 월급지불 전액을 실은 지프차를 무사히 탈취), 인정선에서 걸린다(그 지프차를 몰고가던 사람을 권총을 위협만 하고 쏘지 못한다). 이는 50년대 전후문학의 한계성으로서, 후진자본주의적 생산관계에서 아직도 완전히 봉건잔재를 청산하지 못한 과도기적 인간상들에게서 볼 수 있는 관념론적 휴머니즘적 의식이 지배적임을 보여준다. 그래서 이들이 희생할 수 있는 것은 결국 자기 자신밖에 없다. 그래서 이범선은 <사망보류>(사상계, 1958.2)에서 교사가 궁핍한 생활로 24일 결핵으로 죽었으나 곗돈을 받기 위해 봉급날인 25일까지 사망을 보류시킨 채 부고를 알리지 않는 이야기를 한다. 자기 희생 이외에는 다른 사람들을 해치는 일에 익숙하지 않은 시대의 휴머니즘적 저항이란 지극히 추상적인 관념성을 탈피할 수 없는 것이다. 그러나 물질적 절망을 겪은 인간이 죽음이라는 최후의 순간에도 극한 상황에서 탈출하려는 의지를 보이는 것을 단순히 관념론적인 생의 낙관으로 오인할 수 없다. 그리고 절망 속에서 육체를 포기하는 행위를 상업성이나 성의 타락화로 볼 수만도 없다.

이처럼 1950년대적 한계상황 속에서 자기희생만 할 줄 알았던 분위기라면 성윤리의 타락화는 예견할 수 있는 현상일 것이다. 그래서 김동리는 <실존무>에서 피난지의 붕괴되어 버린 성윤리를 '실존무'라고 꼬집은 것은 아니겠는가. 이 작품에서 극작가인 이영구는 친구 김진억과 동거생활을 하고 있는 여인 장계숙을 좋아한다. 마침 북한에서 김진억의 본처가 나타나자 이영구는 장계숙과 춤을 추며 "실존주의가 무엇인지 이제는 아는 거야! 됐어, 됐어! 부라보오!"라고 외친다. 이들은 틈만 나면 술을 마시면서 실존주의, 현대사상, 자유, 선택, 고민, 책임, 존재 등에 대해 이야기하는데, 이는 <밀다원시대>(현대문학, 1955.4)적 분위기와 비교해 볼 때 분명 인간존재의 의미를 숨김없이 드러낼 수 있는 상황이었다는 점에서 그 이론적 한계는 차치하고라도 실존주의적 전파력이 강력할 수밖에 없었던 상황임을 이해하게 한다.

이러한 실존의식은 이후 한국 소설에서 내면적 자기 방황과 인격의 와해현상을 증언하는 자본주의 말기현상의 인간상을 부각시키는 방향으로 계승된다. 서기원의 <이 성숙한 밤의 포옹>(사상계, 1960. 10)이나, 손창섭의 <잉여인간>(사상계, 1958.9)으로 상징되는 이 계열의 인간상은 아예 역사나 사회 같은 문제에는 근접할 생각조차 않은 채 자신의 내면세계에 묻혀 관념론적 인생을 반추하면서 언제나 불안과 위기의식에 쫓기는 삶을 살아간다.

현대처럼 누구나가 모든 사실에서 무슨 심각한 의미를 추출해 내려고 광분하는 시대도 드물 것이다. 더구나 인간을 대상으로 해서, 즉 인간 그 자체와 인간의 온갖 행위에서 무엇이든 그럴 듯한 의미를 발굴해 보려고 사정없이 파헤치는 바람에, 점차로 인간의 내면에는 음산한 空洞과, 그 표면에는

> 삭막한 버럭더미만이 늘어가고 있는지 모른다.
> 인간이란 것이 반드시 고가한 의미만을 다량으로 매장하고 있는 광산일
> 수는 없을 것이다. 인가의 생활이 결코 관념적인 의미의 퇴적이나 연결로만
> 일관될 수는 없다는 것이다. 보다 더 무의미한 면의 누적임을 우리는 발견
> 하기 어렵지 않을 것이다.[13]

위에서 손창섭이 언급한 바와 같이, 근대 이후 인간의 해방과 역사적 의미를 탐구해온 문학은, 실존주의시대에 이르러 인간해체기로 접어들면서 극단적인 행동이나 자기 학대적인 희생, 혹은 내면적 방황과 자의식에 갇히는 세계로 변형되었다. 한국 전후소설에서 이런 실존주의적 모습을 볼 수 있다.

추식의 <인간제대>(현대문학, 1957.7)에 이르면, 주인공이 아내를 살해한 이유가 아내가 다른 남자와 동침했기 때문만이 아니라 그 자신이 "인간대열에서 제외된 것이 하도 억울해서"였다고 한다. 서울 시민의 8할이 실직자였던 시대적 상황을 감안하더라도 스스로의 원한을 자신과 가장 가까웠던 아내를 죽이는 것으로만 풀어야 했던 것은 <모반>이나 <오발탄> 등에서 만난 인물들처럼 자신의 희생을 최고의 미덕으로 여겼던 정서적 한계성의 한 발로[14]라 하겠다. 더구나 이들의 저항의식은 분단체제의 냉전의식이 너무나 고착화되어 있어 거의 기계론적이라 할만큼 체제 그 자체에 대해서는 순응적이었다. 즉 한국문학의 실존성은 6.25라는 시대적 상황, 즉 한계상황의 인식에서 싹튼 것으로, 훗날 그 한계상황의 추구는 남정현의 <父主前上書>, 구인환의 <山頂의 神話> 등에서도 나타난다.[15]

결국 한국에 수용된 실존주의는 서구의 이론적 기반을 충분히 검토한 가운데 전개된 것이 아니라 감상적 차원에서 수용되었기 때문에 피상적, 추상적인 면을 보인다. 그리고 문단에서의 신·구세대의 내부분열은 실

---

13) 손창섭, <작업여적>, 한국전후문제작품집(신구문화사, 1983), 406쪽.
14) 우한용, 앞의 책, 326-7쪽.
15) 우한용, 위의 책, 461쪽.

존주의 문학을 정식으로 형성하는 데 현실적 제약이 되었을 것임에 틀림 없다. 그러나 실존주의 수용은 한국 현대문학의 영역 확대에 공헌했으며, 인간 본질적 면모를 주제로 추구함으로써 한국 전후문학의 또 다른 세계성 획득에 기여한 것이라 할 수 있다.

4. 나가면서: 전후소설의 반성적 실존미학

문예사조로서의 실존주의는 근대 이후의 기계문명과 이성중심의 합리주의, 실증주의가 주축을 이룬 '현대'라는 배경하에서 문제를 제기하며 형성된 인간중심의 실존철학에서 비롯된다. 그리고 인간존재의 근본적인 물음에서 출발하여 신의 부재로 말미암은 부조리와 절망을 인식하고 이에서 벗어나고자 하는 의욕으로 전개된다. 그러다가 현대가 낳은 최악의 상황인 세계대전을 목격하는 가운데 치열해진 절망과 허무의식을 바탕으로 인간의 실존문제와 그에 따르는 상황적 한계를 적극적으로 해결하기 위해 책임과 반항을 강조하게 된다. 이러한 실존주의가 인간의 자의식을 통해 문학작품으로 형상화된다.

해방직후 한국에 수용된 실존주의는 1950년대 문학의 주류를 이루며 신진작가들의 문학적 기제 역할을 한다. 그리하여 장용학은 "실존은 본질에 선행한다."는 기본명제에서 출발하여 전쟁과 분단상황에 대한 현장감이 부족한 주인공의 의식, 현실 고발에 편향된 작품을 발표하는데, 여기서 관념론적인 실존의식의 일면을 보인다. 오상원은 이념적 대립으로 경직화된 1950년대 상황에서 인간의 본원적 조건이 상실되는 것을 증언하며, 앙드레 말로의 행동주의 문학적 요소를 드러내기도 한다. 김성한은 극한 상황에 대한 프로메테우스적 저항을 시도하지만 자기존재를 확인하는 데에 만족함으로써, 체제순응적이거나 긍정적이라는 점에서 '휴머니즘'이라는 이름을 달게 된다. 손창섭은 자의식에 갇힌 인물을 통해 전쟁 피해의식과 삶과 죽음의 당위성, 모멸감이라는 제한된 실존의식을 보인다.

그러나 이들 신진작가들의 실존의식은 기성작가에 대한 비판의식과 함께 전후 문단의 새로운 방향모색의 일환이 되었다. 서구의 우울함과 퇴폐성이 반영되어 전후 가치관의 혼란을 초래하기도 하지만, 6.25를 통하여 인간존재에 대한 회의와 한계상황의 체험, 상황내적 존재인 인간이 어떻게 살아야 할 것인가 하는 문제에 대한 깊은 문학적 반성으로 이어진다. 결국 한국 전후 상황과 정서에 의해 1950년대를 중심으로 한 전후 소설은 민족상잔이라는 상황과 감상주의적인 정서, 인간의 내면적 방황을 탐구하는 데서 독특한 실존적 미학성을 드러낸다.

한국 문학에서도 실존주의는 짧은 기간에 감상적인 차원에서 수용되었기 때문에 이론적으로 체계화되지 못한 채, 이념적 체제의 구축과 분단상황의 고착화라는 정치 사회적 문제로 진전되지 못하였다. 그러나 아직도 전쟁의 후유증으로 분단의 아픔을 갖고 있고, 현대라는 테두리 안에서 한계상황과 인간의 부조리 감정을 느끼게 됨을 감안한다면, 현대문학에서 인간의 본질과 존재에 대한 실존의식이 단절될 수 없음을 알 수 있다.

송선영의 시조 텍스트 동적 읽기

신웅순*

1. 휴전선을 바라보며

송선영의 텍스트는 '휴전선'에서 출발한다. 거기에는 치유할 수 없는 민족 분열의 비극들이 존재하기 때문이다. '휴전선'은 잘려진 민족의 허리이며 넘나들 수 없는 지척의 침묵 공간이다. 송선영은 민족의 절박한 화두로 이 문제를 제기하고 있다.

> 동구 밖 나와 보면
> 노을 깔린 휴전선일레
>
> 앙가슴 찢기운 채
> 엉엉 소리쳐 울나
>
> 비정의
> 세월을 지켜
> 굳어버린 돌인가
>
> 장벽이란 이름 아래
> 노려보는 슬픔이여

---

*중부대 문창과 교수

노여움 피를 뽑고
꽃으로 흩날렸던

그날, 그
불타는 눈동자들
밤이슬에 젖고

기러기 청둥오리
끼룩끼룩 어디로 가나

겹겹이 사무치는
안타까운 그리움이여

길게도
내뿜는 숨결
북쪽하늘에 서리는데……

탄흔에 송알 송알
이슬 방울 아롱지다

세월이 새어 흘러간
수풀을 헤치고 앉아

한 아름
통곡을 사려
안아보고 싶소이다

너와 나 가슴 사이
가로 막힌 골짜구니로

언젠가는 종이 울려
파랗게 넘칠게다

입 깨문
응시의 들에

불어오는 바람 소리……
　　　　－<휴전선> 전문

　<휴전선>에서는 시적 자아의 행위 자체가 수동적이며 추상적이다. 휴전선을 바라보며 엉엉 울고 그리움을 기러기에 실어보낸다. 그리고 통곡을 사려 안아보고 싶다고 하였다. 종이 파랗게 넘칠 그날을 믿으며 입술 깨문 응시의 들에서 바람 소리를 듣는 것이다. 할 수 있는 일은 이것 뿐이다. 민족의 아픈 현실이 '휴전선'에서 그대로 드러나고 있는 것이다.
　소리쳐 울 수 밖에 없고 기러기에 그리움을 실어보낼 수 밖에 없다 . 통일의 그날을 기다리며 응시의 들에서 입술을 지그시 깨물 수 밖에 없다. 이것이 우리 민족이 처한 현실이다. 시적 자아는 울음을 터트리지는 않는다. 객관적인 현실 비극을 냉철하게 인식하고 있는 것이다.
　<설야>에서는 <휴전선>과는 달리 시적 자아의 행위는 능동적이며 좀 더 구체적이다.

　　　슬픔을랑 쓸어안고
　　　가버린 세월인데
　　　골짜구니에 가로 누워
　　　울어예는 여울이여

　　　곰곰이
　　　피 맺힌 사연
　　　가슴 아픈 메아리
　　　　　－<설야> 2연

　여울물 소리로 아픔의 수위를 조절하고 있다. <휴전선>에서는 길게 내뿜는 기러기의 숨결이 하늘에 서리고, <설야>에서는 피맺힌 사연이 여울물 소리로 메아리쳐간다. 정적인 <휴전선>의 하늘에서 동적인 <설야>의 여울물로 이동되어 가는 것이다. 슬픔이 크면 시적 자아는 세계에 대해 능동적으로 대처해 갈 수밖에 없다.

제기처럼 오똑 앉아
한밤을 새노라면

마지막 사랑처럼
눈송이는 흩날린다

새벽창
열어젖히고
기다리는 새소식
                    -<설야>의 3연

　강한 감정은 강한 희망으로 남는다. 그래야만 가슴의 응어리를 풀 수
있다. 비극적 상황이라도 새소식을 기다리지 않으면 안되는 강한 희망이
있다. 밤을 새우면서 새벽창을 열고 새소식을 기다리고 있는 것이다. '바
람소리'를 듣는 것과는 달리 '새소식'을 기다리는 적극적인 태도로 바뀐다.
　탈출은 구속을 대가로 해서 얻어진다. 송선영이 민족의 비극이라는 구
속된 세계에서 탈출하고자한 것은 무엇인가?
　해석은 언표된 것에서 언표되지 않은 것을 찾는 일이다. 분단과 통일
이라는 '휴전선'의 단순한 이분법에서 세계의 탈출이라는 전통의 해법이
송선영에게는 필요했던 것이다.

2. 전통의 긴 협곡을 지나

　시텍스트는 세계를 생생하게 그려내지 않는다. 리얼한 세계를 그려낼
필요도 없다. 세계를 보고 또 다른 세계를 창조해야하기 때문이다. 많은
배경들을 깔아놓아야 한다. 그래야만 더욱 리얼한 또 다른 세계를 들여
다볼 수 있다.
　사물 자체를 그대로 보고 삶의 근원적 의미를 깨닫게 하는 것이 시일
것이다. 그러기 위해서는 언어 속에 갇힌 세계를 또 다른 언어의 세계로

건져낼 필요가 있다. 송선영은 '휴전선'이라는 비극의 구속세계에서 전통
이라는 극복, 화해의 세계로 눈을 돌린다.

뉘게 먼저
선보이랴
쪽물 들인 모시 한 필

여름의
긴 협곡 지나
협곡의 긴 여름 건너

아, 누가
깨어 듣는가
쪽물든 다듬이 소리
　　　　－<뉘게 먼저 선보이랴> 전문

　전통은 일정한 집단 공동체인 가족·국가·민족 및 지역 사회의 단위
로서 전해 내려오는 사상·관습·행동·기술 등의 양식을 말한다. 전통
은 조용하면서도 어떤 무엇으로도 물리칠 수 없는 강한 위력을 갖고 있
다. 이러한 전통 의식을 텍스트 행간에 자유롭게 배치시켜놓고 있다.
　쪽물든 모시 한 필에서 여름의 긴 협곡을 지나, 쪽물든 다듬이소리를
듣는다. 무더운 여름이 지나야 쪽물든 가을 하늘을 볼 수 있다. 험난한
질곡의 역사를 지나야 쪽물든 다듬이 소리를 들을 수 있는 것이다. 쪽빛
다듬이 소리야말로 우리 민족이 들어야 할 절실한 소리가 아닌가.
　다듬이소리를 듣기 위해 화랑은 여름의 긴 협곡을 건넌다. 화해와 극
복의 칙칙한 숲을 건너가지 않으면 안된다.

한지 그
칙칙한 숲을
초롱 밝혀
헤쳐

```
갈 제

비바람
개인
서라벌
날빛 쌓여 쇠북 울고

뫼, 가람,
아지랑이 푸르른

오, 향불 피워 빛 품는 님
            -<화랑 소고·1> 전문
```

화랑은 신라시대에 있었던 청소년의 민간 수양 단체 혹은 그 단체의 중심 인물이다. 오계를 지키며 학덕을 갖추고 용모 단정한 귀족의 자제로서 조직되었다. 이들은 정치·사회 선도를 이념으로 국가 발전에 큰 영향을 미쳤는데 특히 신라 삼국통일에 공로가 컸다고 한다.

한지 그 칙칙한 숲을 초롱으로 밝혀 헤쳐간다. 비바람 개인 서러벌에 날빛은 쌓여 쇠북이 운다. 화랑을 뫼, 가람, 아지랑이, 향불 피워 빛 품는 님이라고 하였다.

화랑의 전통미에서 민족혼을 찾고자 했다. 화해와 극복에 이를 수 있다고 생각되기 때문이다. 송선영은 <휴전선>, <설야>를 노래하면서 전통이라는 또 다른 구속의 세계를 자청했다. 한을 극복한다기보다는 민족의 근원이 어디에 있는지 찾아보고 싶어했다. 극복과 화해의 미학이 화랑과 같은 전통미에 있음을 인식하기에 이른 것이다.

송선영은 전통의 긴 협곡을 지나 이제 민중 속으로 뛰어든다.

3. 민중 속으로

이윽고 고향 땅은 야전장이 되어 갔다.

서울발 꽃상여 하나, 한길 덮은 만장행렬

치열한 오월의 밤이
운암동을 흔들었다.

가파른 망월 길의 징소리도 멀어지고

검게 탄 노점 언저리 두 노인의 긴 그림자……

고뿔 든 아침 태양이

빈 폐허를 쓸었다.

언덕 위 하늘집이 안개 속에 잠긴 주일

대낮에도 촛불 켠 채 아, 얼룩진 말씀이여

목 붉은 통성 기도를
파도 타고 흐른다.
　　　　　　　　　　　－<귀성록(歸省錄)> 전문

　역사적 삶의 상처가 치유되지 않은 채 현실에 탁본되어 있다. 변천하는
시인의 정신은 변천하는 사회를 시에 투영한다. 이를 객체화라고 한다.
객체화된 <귀성록>은 당시의 역사적 현장을 생생하게 증언하고 있다.
　민족의 비극인 휴전선을 바라보며 전통의 긴 질곡을 건넌다. 비극을
극복하는가 했더니 현실은 그를 전통에 안주시킬 수 없게 만든다. 민중
속으로 뛰어들지 않을 수 없는 현실이 엄연히 존재하기 때문이다. <휴전
선>은 두 쪽으로 잘려나간 민족의 비극이지만, <귀성록>은 잘려나간 민
족의 비극 한쪽에서 자행된 또 하나의 비극이다. 안주할 수 없었던 이유
가 여기에 있다.
　고요하고 포근한 고향 땅이 야전장이 되어갔다. 서울에서는 상여 하나

가 떠밀려오고 치열했던 오월의 밤은 운암동을 흔들었다. 휩쓸고 지나간 망월동의 징소리도 멀어지고 검게 탄 두 노점 언저리 두 노인의 슬픈 그림자. 고뿔든 아침 태양은 빈 폐허를 쓸었다. 대낮에도 촛불켠 주일, 그 얼룩진 말씀, 붉은 통성의 기도가 파도타고 흐르고 있는 것이다. 역사의 처참한 현장이 그대로 각인되어 있다. 시가 리얼리티를 획득하고 있다는 것은 아이러니일런지 모른다. 그러나 그 이상의 리얼리티가 텍스트에서 당시의 현장을 그대로 보존시키고 있다. 그 만큼 시인의 아픔은 한을 넘어선다. 그러한 참담함이 <귀성록>에 대한 문답으로 시적 자아에게 또 하나의 <신·귀성록>의 현장 입증을 필요로 하고 있다.

정오의 빈 들녘에 핏빛 노을이 타오른다

숨 찬 경운기 부대 속속 읍내로 들어서고……

물건너
몰려온 한파
우짖고 있는 풀뿌리

성난 쌀, 그 쌀상여, 전대미문의 만장이여

무너진 상복 행렬 쇠장터에 진을 치고……

한겨울
밤이 깊어도
들불 거푸 치솟는다

어둡고 차운 고개 허위 넘는 떼기침 소리

헤진 농기 몇 개 지쳐 쓰러진 마을 어귀로

뜻모를
먼동이 튼다

새벽닭이 홰를 친다
　　　－<신·귀성록> 전문

　역사적인 사건이 있은 얼마 후의 일이다. 송선영은 그 때의 역사적 비극을 생생하게 기록하고 싶었던 것이다. 그것은 사건에 대한 반발이기보다는 민초들의 말없는 침묵 때문이다. 이제 경운기 부대들이 속속 읍내로 들어선다. 풀뿌리들은 우짖고 있고, 무너진 상복은 쇠장터에 진을 치고 있다. 밤이 깊어도 들불 거푸 짚이며, 고개 넘어 떼기침 소리를 듣는다. 농기 몇 개 쓰러진 마을 어귀로 뜻모를 먼동이 트고 새벽닭이 홰를 친다.

　완벽한 현장 보존 후 송선영은 민중들의 삶을 따뜻한 시선으로 돌아본다. 고통스러운 삶을 살다간 민초들에도 눈을 돌리는 것이다. <오월비망록>에서는 볼멘 소리로 한 잔, 목멘소리로 한잔한다는 장성역 지게꾼의 얘기가 나온다. <그림자 하나>에서는 굽이굽이 한을 묻고 끌고 온 길 다 지운다는 소리꾼 날치기 얘기가 나온다. <보릿고래>에서는 교문 밖 머슴새가, 복이네가 밤길을 뜬다는 민초들의 가난한 삶의 얘기가 나온다.

4. 민족의 원형을 찾아

　안주할 곳은 따뜻한 어머니같은 품속이다. 모성 본능, 귀소본능은 선험적으로 형성되어 있는 인간 특유의 싱품들 때문에 생기는 본능이다. 원형은 본능의 자기 모상같은 것이다. 여러 구체적 사상들이 지니고 있는 특성들을 기본적으로 대표하는 것이라 할 수 있다. 그것은 상당히 추상적인 범주에 속하는 세계이며 각기 특성을 가진 사물들이 한결같이 뿌리를 박고 있는 깊은 근원같은 것이기도 하다.

　　그대가
　　그려놓은
　　숫백성의 고을 어딘가

희귀한 조선 풀꽃
지천으로
피어있다

골 깊은
나랏말씀을
길눈 밝혀 찾아간다
                    —<고향의 눈물> 전문

　송선영은 다시 민족 정신에다 근원적인 물음을 던진다. 조선 풀꽃이
지천으로 피어있는 골 깊은 나랏말씀을 찾아간다. 정신의 틀을 찾아 길
눈을 밝혀 가는 것이다. 원형은 이전에 형성된 현존재의 기본틀이다. 인
간이면 누구의 정신에나 존재하는 인간 정신의 보편적이고 근원적인 곳
으로 가고 싶어한다. 거기에서 시적자아는 또 다른 세계를 보고 듣고 이
야기를 주고 받는다.
　<백제고분>에서는 익명의 새가 찾아와 사투리로 울고 있는 수혈식 석
실에서 파도 소리를 듣고, 잠깨는 토기에서 우레 씻는 것을 본다. <청동
거울>에서는 고인돌이 잠긴 움집을 만나고, 천년 숲 맑은 향의 영혼을
만난다. 이 밖에 <상평통보>, <신·상평통보>에서는 왕조의, 쑤꾸기의 목
소리를 듣는다. <강강수월래>에서는 노래하고 같이 어우러져 춤을 춘다.
민족의 정신적인 틀, 그 원형을 찾아 같이 호흡하고 있는 것이다. 거기에
서 역사를 반추하고, 현실을 직시하며, 미래를 읽을 여유를 갖는다.

어쩔거나 만월일레
부풀은 앙가슴을

어여삐 달맞이꽃
아니면 소소리래도……

목 뽑아
강강수월레

청자 허리 이슬 어려

얼마나 오랜 날을
묵정밭에 묵혔던고

화창한 꽃밭이건
호젓한 굴헝이건

물오른
속엣말이냐
다름 없는 석류알

솔밭엔 솔바람소리
하늘이사 별이 총총

큰기침도 없으렷다
목이 붉은 선소리여

남도의
큰 애기들이
속엣말 푸는 잔치로고

돌아라 휘돌아라
메아리도 홍청댄다

옷고름 치마자락
갑사댕기 흩날려라

한가위
강강수월레
서산마루 달이 기우네

5. 나오며

민족의 참상에서 출발한 송선영의 시학은 전통의 긴 협곡에서 하나의 탈출구를 찾게 된다. 거기에서 극복과 화해의 미학에만 안주할 수 없음을 인식한다. 그는 민중 속으로 뛰어든다. 여기에서 시인에게는 또 하나의 역사적 비극과 만나게 된다. 현장 보존의 필요성을 인식하게 된 것이다. 또한 고통스럽게 살다간 민초들에게도 눈을 돌리게 된다. 그리고는 다시 민족의 원형 속으로 들어가 역사를 반추하고, 현실을 직시하며, 미래를 읽을 여유를 갖는다.

송선영의 발자국이 어디에까지 미치게 될지는 모른다. 송선영이 가는 곳이면 그의 특유한 남도 사투리와 토막이말, 고유어들을 만날 수 있다. 언어는 변한다. 시인의 정신도 변한다. 그러나 시인의 정신과 시대의 언어로 객체화된 텍스트는 변하지 않는다. 그만큼 언어의 사용은 중요하다. 언어에는 언어신이 따로 존재하기 때문이다.

시조는 우리의 시이다. 우리의 시라고 해서 조건 없이 사랑하고 보존해야 한다는 논리는 맞지 않는다. 시조도 적자생존의 원칙에 입각하여 치열한 생존 경쟁에서 살아남을 수 있어야 한다. 수많은 테마들이 시와 시조 앞에서 기다리고 있다. 현실 감각이 결여되어 있고 전통지향적인 것은 시조만이 있는 일이 아니다. 얼마나 형상화가 잘되었느냐가 문제가 된다. 여기에서 송선영의 시조를 문제삼아본 것이다. 평자들은 시인의 다양한 발자국들에 질서를 부여하여 창조적인 작업을 수행할 수 있어야 할 것이다.

서동설화의 심리학적 고찰

윤경수[*]

Ⅰ. 머리말

서동요의 탄생은 그 배경설화에 의하면 미륵사 창건에 있었던 만큼 종교적인 합리화로 보게 되나, 설화에 나타난 주인공은 국가사회를 건전한 방향으로 이룩하는데 전형이 되었던 만큼 이들의 인간상을 심리적으로 분석할 필요가 있다.

서동설화는 여주인공이 궁중에서 쫓겨나는 것을 계기로 인하여 Hero-tale이 지닌 서사적 구조를 형성했다. B.B.Wolman은 모든 인간관계를 참여자의 목적에 따라 ① 자신의 욕구충족을 위해 형성하는 도구적 관계 ② 상호간에 욕구충족을 위해 이루어지는 상호적 관계 ③ 상대방의 요구만을 무조건직으로 충족시켜 주기 위하여 이루어지는 백터적 관계의 3종으로 나누고, 이 세 가지 관계 형성을 적절히 할 수 있는 사람이 정신적으로 건강한 사람이라고 했다. 서동설화의 주인공 서동은 이 세 가지 관계 형성을 적절히 행했던 것이다.

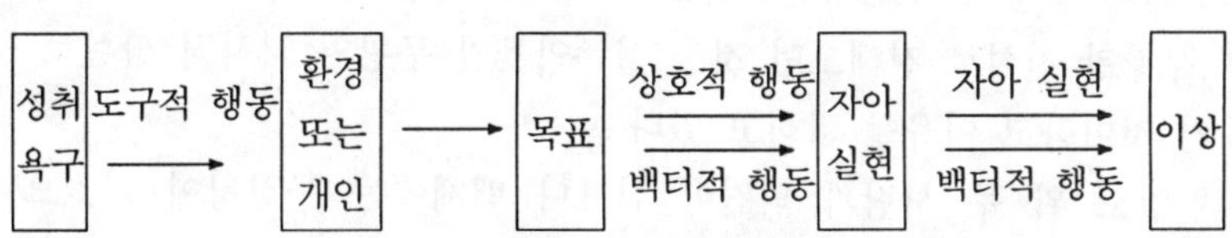

*부산외대 교수

서동은 독립성을 지녀 성숙한 적응행동을 하였고, 환경숙지로서는 적응행동을 하여 창조성을 낳았고, 부부로서는 애정의 능력을 지녔고, 자기 실체 지각력과 통합력으로는 자아실현을 이루어, 특성을 완전히 갖춘 Hero-tale의 구조를 형성했다.

2. 설화의 주인공 검토

1) 문헌사학계의 학설

삼국유사 소정에 의하면 서동설화의 주인공은 서동이 무왕으로 되어 있다. 그러나 국어국문학계와 고고학계의 이견과는 달리 문헌사학계는 그 주인공을 서동으로 보지 않고 있다. 이병도는 서동설화와 무왕 작의 역사적 사실과를 대비해 동성왕이 무왕이라 보고 있다. 김선기는 이를 부정하고 서동설화에 있어서 주인공은 원효밖에 될 사람이 없다고 주장한다.

2) 설화학적 학설

설화학적 측면에서 논급한 사재동은 삼국유사 소전을 고본으로 붙어 인용 수록한 것이 분명하고, 그 고본의 원제가 무강왕이었던 것을 일연이 무왕으로 개찬했기 때문에 서동요는 작자미상이라고 볼 수 밖에 없다고 했다.

국어사적 측면에서 분석을 시도한 송재주도 삼국유사 권2 무왕조에 무왕전설의 고형이 무강왕전설이었던 것으로 보았다. 이것은 일연이 고본에 무강왕 전설로 전해오던 것을 실존인물인 무왕의 역사적 사실로 둔갑시킨 것이라고 이유를 밝히고 있다.

지헌영도 위 두 사람과 의견이 같으나 백제에는 무강왕이 없었으니 '강'자와 '령'자가 통하는 바로 24대 무령왕으로 볼 수 있다고 했다.

3. 설화의 구성과 지룡 상징성

1) 구성

서동설화는 다섯 개의 에피소드로 구성되어 있는데 도표로 나타내면 다음과 같다.

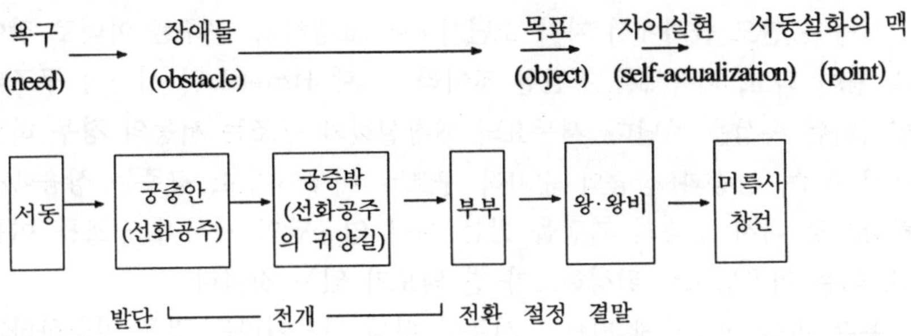

서동설화의 구성은 온달설화와 유사성을 띠게 된다. 이것은 단군신화의 동굴모티프와 관련이 있다 하겠다.

설화의 구성요소	발단	전개	전환	절정	결말
심리학적 구성요소	욕구	장애물	목표	자아실현	죽음
단군신화	곰	짐승의 탈	인간	지모신	단군탄생
온달전	공주	왕, 온달반대	온달부	사위로 인정케 함	호국신

2) 서동과 지룡

삼국유사 무왕조에 의하면 서동은 지룡의 아들로 태어났다. 서동의 부계가 지룡이라고 뜻함은 주인공인 서동의 장래를 영웅화하기 위한 전제에서 그의 출생을 지룡의 아들로 분장시킨 것이다. 지룡은 못에서 사는 용의 일종이지만 삼국유사에 나타난 용은 중국의 용사상과 인도의 Naga 신 그리고 한국적인 용사상과 유기적인 결합으로 보아야 할 것이다.

서동설화에 나타난 지룡은 상상적인 동물이지만 하늘과 왕 등을 상징하게 된다. 서동은 왕의 아들이라고 볼 수 있으므로 백제 법왕의 아들이 된다. 아마도 서동이란 이름은 목동 채동들과 같이 그의 생업이 '마를 캐어 팔아 살았다.'하는 데서 붙여진 이름이 아닐까 싶다.

서동은 편모 슬하에서 자라 소년시절에 고생하고, 공주를 아내로 맞이해 왕이 되고, 미륵사를 창건한 것이라 볼 때 Hero-tale의 서사적 구조와 일치하는 속성을 지닌다. 서동요의 배경설화의 구조는 서동의 경우 하강에서 상승, 상승과 상승의 순차적 구조로 이루어지고, 공주는 상승에서 하강으로 다시 상승의 과정을 밟는 데서 영웅담의 서사적 구조를 이룬다. 이는 영웅담으로 편성하고자 한 의도가 있는 것이다.

용은 왕을 상징하게 되므로 서동이 왕의 아들이라는 것은 영웅화하기 위한 하나의 모티프이다. 서동의 부계가 용인 것은 일리아드에 의하면 월동물로서 생산력의 기능을 갖춘 것으로 되어 있다. 영웅담에서 영웅의 탄생은 기이하고 부계의 정체가 모호하다. 신화의 일반적인 특성으로 서동설화는 신화적 요소가 강하다는 것을 알 수 있다.

서동은 지룡의 아들로 출생했으므로 왕이 될 운명을 부여받게 되나 소년시절까지 천상적인 이미지가 없어서 가난하게 자랐지만 왕이 될 운명을 타고났으므로 비상한 인물이었다. 고대설화와 소설에서 청룡의 꿈을 꾸고 태어나 인물은 초년에는 고생하는 것으로 되어 있다. 서동설화에서 서동은 지룡의 아들로 태어나 초년에 고생을 많이 한 것으로 보아 청룡의 성격을 띤 인물이라고 보아야 될 것 같다.

서동설화를 볼 때 서동은 어렸을 때의 이름이고 후일에는 선화공주를 만나서 혼인을 하여 말년에는 왕위에 오른다는 영웅담이다. 그리고 서동이 지룡의 아들이라고 한 것은 영웅담의 서사구조를 이루기 위한 데 있다고 본다.

4. 심리학적 분석

1) 서동의 애정욕구

서동은 마를 캐면서 빈천한 생활을 했다. 시정을 왕래하면서 많은 사람들과 접촉이 있었을 것이고 장래에 영화롭게 살겠다는 꿈을 가지게 되었을 것이다. 그가 신라 진평왕의 제삼공주가 천하의 일색이라는 말을 들었을 때는 더더욱 그러한 이상에 젖었을 것이고 서동은 그것을 실현하기 위해서 경주에 들어가 군동에게 서동요를 부르게 했다. 서동요가 군동에 의해서 광포됨에 따라 선화공주는 궁중에서 쫓겨나게 되어 서동은 수행하여 잠통하고 취처하는 데 성공했다. 설화상에서 서동이 노래를 지어 군동에게 부르게 한 것은 선화공주를 취하다는 목적의식과 친밀성이 융합된 것으로 볼 수 있다. 서동은 서동요로써 선화공주를 취처하는 데 목적을 달성한 셈이다. 본디 신라인은 향가가 천지귀신을 감동하게 한다는 주력을 믿는 관념 때문에, 서동도 군중의 선화공주를 취처하는 데 성공할 것이라 믿어 노래를 전파시켰던 바가 된다. 서동은 선화공주를 취처하는 데 있어서 장애요인이 되는 신분상의 차이를 극복하고, 서동 자신의 욕구충족을 위해서 서동요를 짓고 군동에게 전파하게 한 것이다. 노래 자체가 주력이 있었던 것은, 선화공주가 궁중에서 축출되고 선화공주 자신도 효험이 있었다는 것을 신기하리만큼 믿는 데서 역력히 드러나는 것이다. 그러므로 서동요는 서동과 선화공주가 결합 성취하는데 있어 매개적인 역할을 했으므로 강렬한 애정의 표출로 작용됐다고 본다. 서동요가 유포되기까지의 과정을 살펴보자. 서동이 용의 아들로 태어나고 마를 캐서 어렵게 살아가는 것은 보다 나은 생활을 소망하게 되는 1차적인 욕구를 가지게 된다. 2차적 욕구는 선화공주가 아름답다는 소문이 서동으로 하여금 애정을 유발하게 했다. 이 애정은 서동의 욕구를 더욱 가중시키는 결과가 된다. 이는 프로이드의 기본 욕구로 혼인을 실현시키려는 욕망으로 이어진다. 서동의 욕구가 운명적으로 이루어지게 된 것은 지룡의 아들이라는 데 있다.

서동의 애정의 욕구는 Hero-tale의 서사적 구조와 관련지워져 운명적으로 이루어지는 단계라 할 수 있다.

2) 서동의 사춘기

서동이 서동요를 유포시킨 나이는 15세 전후 사춘기라고 볼 수 있다. 15세 전후는 어린이 상태에서 청춘기 상태로 이행하는 과도기로서 행동발달이 순탄치 못하고 불안정하여 질풍노도 시대라든가 부정기라 부르기도 한다. P.P.Ausubel(1954)는 이 시기의 특징에 대해서 신체의 급격한 변화에 따라 심리적으로 불안하고 부정적인 특징을 가진다고 했고, 성(sex)의 성숙으로 이성에 관심이 많아진다고 했다.

서동이 선화공주를 사모해 백제에서 신라 국경을 넘어 경주까지 간 것은 이성에 대한 관심이 많은 것과 관련된다. E.R.Hilgard의 심리학적으로 서동의 기질형과 특성을 대하면 현실적·명량·온정적·정서적 흥분이 빠르고 가볍고, 체액은 다혈질이라 할 수 있다. 선화공주의 체형기질은 W.H Sheldon의 기질 특성으로 보면 내장긴장성소이고 사교적·행락적이므로 애정이 풍부한 여성이었음이 드러난다.

이와 같이 보면, 서동은 15세이거나 그 전후가 되는 연령으로 사춘기에 해당하여, 과도기로서 많은 불안과 갈등의 원인을 내포하고 있으며, 또 이성에 대한 그리움이 강렬한 시기가 된다. 따라서 서동과 선화공주의 사춘기는 그들 기질의 특성대로 행동했음이 잘 드러나고 있다.

3) 욕구성취

서동과 선화공주는 사춘기에 해당되므로 성적 성숙이 이루어져 이성으로 관념이 바꿔지는 시기라서 서동은 치마를 두르면 누구나 좋고, 선화공주는 짝사랑하는 사람과 혼인하는 백일몽을 하는 나이이기도 하고,

낭만적 연애를 하는 나이이기도 하다. 그래서 자기 앞에 나타난 이성이면 덮어놓고 좋아하는 사춘기에 접어들면서, 소위 바지를 입은 자는 누구나 좋아하는 이성열광기가 되어서, 아무런 저항 없이 상호간 정을 통하게 된 것이라고 본다.

따라서 서동설화는 고난 속에서 살아온 서동이 선화공주와의 혼인을 하게 됨으로써 영웅서사시의 구조를 이룬다. 서동과 선화공주가 부부가 되어 살게 된 것은 욕구불만이 해소되고 욕구가 성취됐음을 의미한다.

4) 사회승인의 욕구

서동이 사회승인의 욕구가 이루어진 것은 전환장면이다. 선화공주는 서동과 잠통한 후 황금을 내놓으며 생활을 영위하자고 하자 서동은 자신이 마를 캐던 곳에는 황금이 진흙처럼 쌓여 있다고 했다. 선화공주는 황금을 천하의 보배라고 생각해서 서동을 깨우치게 하고 편지와 함께 지명법사의 도움으로 진평왕에게 보냈다. 왕은 신통하게 여기여 서신으로 안부를 묻기도 하고, 서동은 인심을 얻어 왕위에 오르게 됐다. 이 과정은 심리학에서 이르는 사회승인의 욕구가 이루어졌음을 의미한다.

서동이 자아실현의 욕구가 충족된 나이가 20대 후반기라 하면, 선화공주의 나이는 20세 전후가 아닐까 한다. 20대 전후는 남녀가 모든 일에 자신감과 적극적인 사고를 가지며 높은 이상을 발전시키며 성취하게 된다. 더구나 선화공주는 서동과 산다는 멸시를 만회하기 위해서 자기의 가치를 실현하기 위해 인격적인 욕구의 충족이 필요했다. 심리학에서 이 욕구는 자아적 욕구와 사회적 욕구가 있는데, 이 욕구는 서동설화의 주인공의 인간상을 연구하는 데 도움을 준다.

자아적 욕구는 ① 탐구적 욕구 ② 성취적 욕구 ③ 독립적 욕구로 나눈다. 사회적 욕구는 사회생활의 안정과 충실을 지향하는 것으로 ① 애정의 욕구 ② 소속의 욕구 ③ 사회승인의 욕구로 나눈다.

이들 부부의 욕구는 자아적 욕구와 사회적 욕구가 강렬하게 작용했다고 본다. 서동과 선화공주의 신분은 귀와 천으로 대응관계가 이루어져,

선화공주는 서동과의 혼인이 하향적이었고, 서동은 신분의 상승작용이 있었다고 본다. 서동은 신분의 상승을 이루려고 원조자를 맞이하게 되어 선화공주가 이끄는 대로 이행해 지명법사의 구원으로 금을 신라궁중으로 보내게 되었다. 서동설화는 진이한 공적을 보임으로써 서동은 정식으로 신부측의 승인을 받게 됐다.

선화공주가 집에서 쫓겨난 것은 인심에 따른 여론이요, 또 서동이 왕위에 오른 것 역시 인심을 얻은 것으로 본다. 선화공주는 서동이 왕위에 오름으로써 자기 신분의 가치 획득이 실현되었다. 선화공주는 혼인의 합리화를 위해 자신의 지혜로 지명법사의 도움을 얻어 원하는 바를 이루었다.

서동부부가 원하는 사회승인은 자신 스스로가 이루었다기 보다는 지명법사의 도움이 컸었다. 서동이 왕위에 올라 사회승인의 욕구가 이루어진 것은 신력에 의했던 만큼 타력으로 이루어진 것이다.

5) 귀결점

서동설화의 귀결점은 구성상 결말장면에 나타난다. 그러나 서동설화에서의 구성은 원칙으로 결말이 없는 구조이다. 즉 서동설화 (1)-(4) 장면으로 끝나는 영웅담으로 볼 수 있지만, (5)의 불상창건을 결말장면으로 보고자 한다. 심리학에서 성취의 욕구는 어떤 일을 성공적으로 완수하려고 하거나 성공할 것이라는 행동을 하게 되면 거의 달성하게끔 되어 있다. 서동은 혼자 보고 가정을 이루려는 독립의 욕구가 있었던 성취의 욕구를 달성했다. D.C.Moclelland는 성취동기가 높은 집단이나 주민은 성공률이 많다고 했던 것으로, 서동은 이 욕구가 높았던 바라 할 수 있다.

서동은 욕구를 가지고 목표를 향해 자아실현을 이루었다고 볼 수 있다. 그는 노력단계→욕구→목표추구행→목표→만족단계→자아실현을 위해서 노력했다고 볼 수 있다. 이를 순환적으로 도시해 보기로 한다. 이 도시는 자아실현을 이룬 욕망을 C.Morgan의 동기유발의 순환을 응용해

본 것이다.

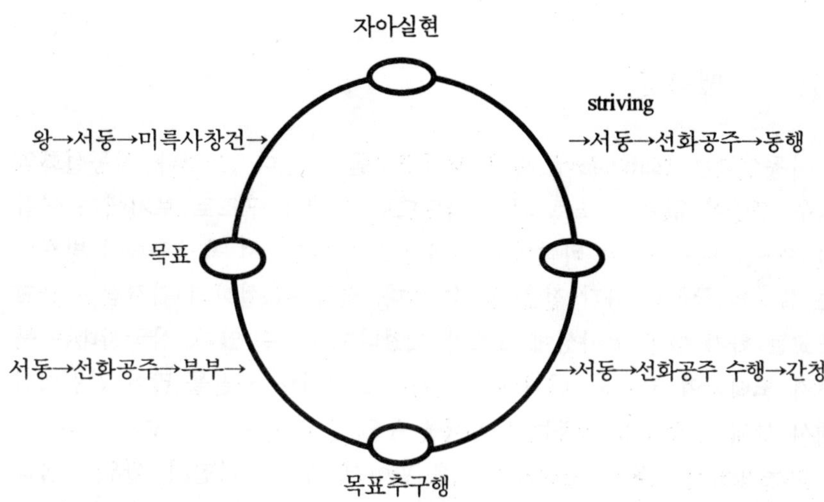

G.T.Mouy는 정서적으로 성숙된 행동특징을 지닌 사람에 대해서, 자아실현을 위하여 노력하고 알맞은 목표를 세우고 생활을 위해서 힘쓴 사람이라고 볼 수 있다고 했다.

결말장면은 서동과 선화공주가 사자사에 가려고 용화사 밑의 큰못에 이르니 미륵보살이 나타났다는 것으로, 이 설회는 불교 포교의 목적이 있었던 바라 할 수 있다. 미륵하사경에 의하면 미륵이 하생해 용화수 밑에서 성불하자 전륜성왕이 가서 맞이한 것은 미륵사 창건 과정에서 무왕이 용화산 밑의 큰 못가에서 출현한 미륵삼존을 만나 수레를 멈추어 공경한 것과 유사하다.

무왕이 선화공주의 소원을 들어 미륵사를 창건했다는 것은 종교적으로 나라를 다스리고자 한 목적을 두었다고 불 수 있다. 서동설화에서 미륵사를 청건했다는 것은 불찰이 건립됐음을 의미한다.

이와 같은 서동설화의 결말장면은 서동의 욕구가 충족된 상태이므로 불교가 흥성했던 시대상을 반영해 준다. 결말장면은 불교 포교에 목적이 있었다고 본다. 서동설화는 이러한 서동과 선화공주와의 혼인으로 높은 지위에 오르게 된다는 점에서 Hero-tale의 구조와 일치한다고 볼 수 있다.

5. 맺음말

서동설화는 Hero-tale이 지닌 서사구조를 지닌다. 그러나 서동설화의 경우 결말이 없는 구조로 되어 있으므로 서사적 구조로 보기에는 어렵다. 이 설화는 자력과 타력이라는 내용으로 이루어져 욕구충족에 방해되는 요소를 극복해 나간 점을 들 수 있다. 결국 이 설화의 귀결점은 불교 포교를 하기 위한 역사성에 요소가 있었다고 볼 수 있다. 삼국시대는 불교가 도래되어 고구려, 신라에서 신봉됐고 백제도 사찰을 많이 건립했던 데서 불교의 중흥을 이루는데 목적을 두었던 것은 부인할 수가 없다.

서동설화는 서동이 소년시절 마를 팔아서 생활을 하면서, 왕위에 올라 미륵사를 창건했다는 것에 의의를 지니게 된다. 서동의 민간성을 심리학적으로 분석해 보면 다음과 같다.

첫째, 서동설화의 주인공은 고난과 역경을 극복한 슬기로운 인간상이었다는 것을 들 수 있다.

둘째, 서동은 선화공주에게 요구와 감정을 정확하게 감지했으며, 동시에 자발적이고 수용적이고 이해성 있고 융통성 있는 태도에 대하여 정신적으로 건강한 사람이었음을 심리학적으로 분석할 수 있다.

셋째, 설화의 주인공은 정신적으로 건강한 사람이었던 것으로 환경조성을 있는 그대로 정확히 지각하여 외계의 사물을 자기의 기원·희망·신념 등을 국가 사회적 요구에 따라 왜곡되게 지각하지 않고 현실 그대로 인정하고 받아들였다. 심리학적으로 주인공은 환경자원을 생산적이고 창조적으로 이용하는 방향으로 환경에 적응했음을 볼 수 있다.

넷째, 서동은 일을 수행함에 있어 이기적이라기보다는 국가 혹은 타인에게의 봉사로 임했다. 심리학적으로 이들의 일은 보람을 느끼게 했기 때문에 생산적이고 정열적이고 능률적으로 목적하는 바를 이루었다고 본다.

다섯째, 우리는 이들 주인공의 정신건강을 통해, 개인의 최선의 기능을 발휘하고 최대한의 자기실현을 이룩하는 상을 확립했다고 볼 수 있다. 서동과 공주에 있어서의 정신건강은 이상상태를 향해 끊임없이 나아가는 적응과정이라 할 것이다.

우리는 서동설화의 주인공이 무에서 유를 창조해 낸 슬기를 배워야 하며, 서동설화는 물질만능주의에서 건전한 인간정신을 함양하는데 있어서 가져야 할 바탕과 대상이 무엇인가를 보여 주고 있다. 서동의 용기는 현시대를 살아가는 데 있어, 우리들에게 건전한 정신적 함양과 이상의 이정표를 설정하는 목표라 아니 할 수 없다. 이 설화에 나타난 인간상은 창조를 바탕으로 새로운 이상을 실현하고 진취적 이상을 갖는 데 의의를 지닌다.

염상섭 문학의 근대성

이보영*

1

　지난 식민지시대 작가 중에서 염상섭만큼 순탄하지 못한 길을 간 작가는 李箱을 제외하고는 없을 것 같다. 橫步가 작가로서 출발할 때 부딪친 장애물이 조선인의 시민적 자유에 대한 일제의 억압이었다. 이것은 시민적 근대문학의 길을 막는 원천적 장애물이다. 물론 그것을 장애로 통감하는 사람에게만 그것은 장애물이었다. 가령 金東仁같은 작가에게는 그런 장애는 눈에 띠지 않는다. 그의 초기작 <弱한 자의 슬픔>(1919)이나 <마음이 옅은 者여>, <배따라기> 등은 일제통치로 인한 식민지적 질곡과는 아무런 관계도 없다.

　염상섭의 경우도 근대적 자아의 실현이라는 과제는 그의 초기 평론 <개성과 예술>에서 강력히 주장된 것이었다. 그러나 그것은 식민지적 질곡으로 인하여 극히 어려운 일이었다. 가령 근대소설의 핵심적 주제의 하나인 '연애'만 해도 <사랑과 죄>에서의 이해춘과 지순영, <삼대>에서의 김병화와 홍경애의 경우처럼 그들의 사랑은 경찰의 추적이나 검거로 인하여 도중에 좌절되는 것이다.

　이와 같은 식민지적 상황에 대한 대응 방법에는 두 가지가 있었다. 하

---

*전북대 영문과 교수.

나는 李光洙의 <無情>의 주인공 이형식처럼 교육에 의한 점진적인 민족 실력의 향상을 도모하는 길로서, 이때 본받아야 할 교육 모델은 '문명국' 일본이었다. 이 작품에서 박진사로 대표되는 亡國恨은 그런 이형식의 목적 속에 해소된다.

다른 하나는 식민지적 상황에의 절망과 그로 인한 권태와 정신적 방황으로서 廉想涉의 <闇夜>(제작년도 1919)가 그렇다. 주인공의 정신상황은 절망적 데카당스의 그것이다. 그의 이름도 'X'라는 암호적인 것인데, 이는 그의 불안한 정신상태의 반영이다. 이 데카당스는 식민지적 허무주의와 동의어이다.

이 작품에서 식민지 조선의 축도인 서울은 조선조 국권의 상징인 '光化門'이 '무덤'으로 화한 결과 죽음의 도시요, '기갈과 피로에 허덕이는' 주민(<군중>)들은 '魍魎'으로서 거리를 떠돈다.

亡國으로 인해 정신적 지표를 잃고 권태에서 헤어나지 못하고 있는 주인공(x)은 그 대낮의 도깨비들을 경멸하지만, 동료 예술가들의 속물적인 생활에 한가하게 동참할 수도 없다. 이 작품에서 주목되는 것은 亡國으로 인한 서울의 경복궁과 주민의 形骸化에 대한 암시와 진정한 예술가 정신에 배치되는 그 속물적인 예술가의 '유희적'인 생활태도에 대한 반성이다.

> 「…오늘날의 우리같이 천박한 것들이 또 있을까 … 자기자신까지 우롱하지 않으면 만족할 수 없다는 영리한 듯한 愚物의 무리다…」(…) 「자기기만, 자기우롱 외에 무엇이 있었는가?」 「그러나 취할 점은 하나 있다. 속되지 않다는 것! 俗衆과는 同化치 않는다는 것! 이것뿐이다…」

인용문은 윤리적으로 성실하고자 하는 외로운 지식인으로서의 예술가상을 보여준다. '俗衆'은 그가 '魍魎'에 비유한 서울의 주민들과 예술가 친구들을 의미한다. 자기가 亡國民의 한 사람임을 저주스럽게 의식하면서도 성실한 예술가로서의 길을 걷지 않을 수 없는 자기모순이 <闇夜>의 가장 중요한 주제이다. 시민적 자유가 제약 당하고 있는 식민지 원주민이지만, 예술가로서의 제 몫을 하고 싶은 그는 결국 데카당스로서 정신적 방랑을 할 수 밖에 없다. 그것은 정치적 자유가 없는 비시민적 시민인 그로서는 불가피한 일이다.

주변적 인간인 비시민적 시민으로서 작품을 쓸 수밖에 없다는 것이 'X'의 걸림돌이요, 엄연한 현실이다. 예리하고 절박한 이런 현실인식이 橫步의 작가로서의 출발점인 <闇夜>에서 볼 수 있는 기본적인 자기확인이었다.

그를 집없는 부랑자로 만드는 비시민적 시민이라는 식민지적 현실을 무시한 어떠한 생활태도도 자기기만이다. <無情>의 이 형식이 자기자신을 조선의 선각자로 자부한 것이 그 자기기만의 대표적인 예이다. <암야>에서 데카당스의식으로 나타난 근대의식은 천재의식이기도 하다. 그에게는 일상적으로 자명한 것은 평범한 것으로서 기피의 대상이다. <無情>의 거의 개화기 수준의 민족계몽이란 민족을 위한 당위이기는 하지만, 문학에 끼여들면 그 문학의 자율적 순수성을 해칠 것은 자명한 노릇이었다. 초창기 동아일보의 정경부기자 노릇을 잠시 하다가 그만둔 염상섭은 통치체제에 순응하는 중심지향성으로 인하여 동아일보 편집국장이 된 李光洙와는 달리 체제 밖의 저항적인 부랑자 문인이었다.

염상섭문학의 근대성에 관한 종래의 논의에서는 근본적으로 중요한 것이 빠져 있었다. 그것은 염상섭문학의 근원에는 조선조라는 국가의 일제침략에 의한 와해가 준 극도의 충격이 있었다는 점으로서, 이는 <암야>에서의 조선조 국권의 상징인 '광화문'의 形骸化에 대한 저주스러운 언급으로도 알 수 있는 일이다.

염상섭으로서는 한국사회의 많은 불행한 문제는 그 근본적 원인이 국가의 와해에 있었지만, 작가로서의 입장에서 볼 때 보다 중요한 것은 도덕관이나 가족제도와 관련된 전통적인 이념의 연속성이 그 국가 와해로 인해 상실되었다는 점이었을 것같다. 물론 그로서는 그런 연속성 상실은 역사적 사회적 전망의 불확실성으로 인한 불안감과 동시에 그 연속성 회복의 갈망으로 이끌어갔지만, 그의 문학의 근대성 자체는 그의 그 불연속성의식에 있었다고 볼 수 있고 그의 초기작들에 그 불연속성의식은 허무의식으로 나타나 있다. 그러나 그 불연속성은 창조적인 불연속성이요, 허무주의 역시 창조적인 허무주의임이 그의 작품을 통하여 밝혀지게 된다. 그것이 그 불연속성의식 또는 허무주의의 역설적 양면성이다.

그런 불연속성이 대표적으로 나타나는 것은 주인공의 가족과의 관계에서다. 그들은 정신적으로 혈통적으로나 가족중의 예외자다. 가령 <만세전>의 이인화는 친일파인 아버지와 정신적으로 단절되어 있고, <삼대>의 김병화는 보수적, 현실타협적인 아버지와 의절해버리며 <사랑과 죄>의 이해춘은 한일합병의 공신(功臣)인 아버지에게서 물려받은 귀족 칭호를 총독부에 반납함으로써 아버지와의 정신적 유대를 끊어버린다.

그런가 하면 <제야>의 최정인은 사생아여서, <남충서>의 충서, 및 <사랑과 죄>의 유진은 어머니가 일본여자이기 때문에 혈통적으로 정상적 연속체가 아니다. (최정인은 남성관계가 난잡하지만, 시대의식에 있어서 반항적인 허무의식이 강한데, 그것은 자기가 아버지의 사생아라는 소외의식에서도 연유한다.)

가족의 문제는 세대의 문제이기도 하다. <삼대>의 경우 조덕기는 조부세대와 아버지세대를 거친 손자세대로서의 의식이 분명하고 그것은 가문 보존의식과 연결되어 있다. 반면 김병화는 아버지세대와 단절되어 있는데, 그와 같은 세대의 단절은 새로운 의미의 세대, 곧 가족의 범위를 넘어설 수도 있는 동지적 세대의 형성으로 이끌어갈 수 있었기 때문에 그의 경우 세대의 불연속은 창조적인 불연속이 된다.

여기서 떠오르는 중요한 문제가 염상섭 소설에서의 부랑자의 문제이다. 그는 <E선생>의 E선생이나 <암야>의 주인공, 또는 <진주는 죽었으나>의 김효범, <무화과>의 김봉익이 그렇듯이 '집'이 있으면서도 거길 뛰쳐나온 떠돌이인데, 이 역시 세대적 불연속성의 산물이다.

이처럼 적지 않은 염상섭 소설의 주인공의 떠돌이적 성격이 말해주는 그의 불연속의식이야말로 그의 문학의 기초인 근대성의 표징이지만, 그것은 그의 문학이 실현한 문학의 주제와 형식의 실험성의 당연한 정신적 기조였다. 왜냐하면 그 나라 민족의 도덕적 규범의 신화적 원형인 국가의 상실이 초래한 허무주의 및 인간관계에 있어서의 허무주의는 그 양자의 회복의 갈망을 그에게 심어주었고, 그 갈망이 앞으로 언급할 그의 휴머니즘의 동기가 된 때문이요, 문학 형식의 실험으로 말하면, 그것도 국가 상실이 초래한 불연속의식의 연장선 위에 위치한 것이었기 때문이다. 그런 실험은 단지 순수한 예술형식의 실험같은 것이 아니라, 도덕적 정통성이 상실된 나머지 전통적, 절대적인 것은 이제 있을 수 없다면 문학의 경우도 그것은 마찬가지라는 前堤的 思考가 그 이면에 숨어 있다고 보아야 하며, 이보다 더 중요한 원인으로서는 그의 중요한 작품에 나타난 휴머니즘이 실험적인 것이라면 그 표현 형식도 실험적일 수 밖에 없다는 전제적 사고도 여기에 관련되어 있으리라는 점이다. 바꿔 말하여 그의 실험적 주제와 형식의 선택은 예술적인 차원의 선택인 동시에 윤리적인 선택이었던 것이다.

그러나 염상섭의 문학도 근대문학이라는 제도라면 그것은 제도의 본질이 그렇듯이 전통적인 정신적 연속성이 없을 수 없다. 염상섭의 경우 그런 연속성은 처음부터 확보되어 있었으니, 그것은 사회주의마저도 포용할 수 있는 휴머니즘의 정신을 통한 연속성이었다. 그는 망국 후의 모든 가족적, 세대적 연속성의 허위와 약점을 통찰한 나머지 이를 경멸하고 그 구속에서 자유로웠고, 그리하여 그의 주인공들을 부랑자로 만들었지만, 그들은 부랑자로 더 나아가서 항일 지하운동자로 만든 것이 다름아닌 그 휴머니즘이요, 그것은 소년시절 이래의 주된 교양체험인 맹자, 오스카 와일드, 그리고 아리시마 다께오[有島武郞]의 영향으로 볼 수 있다.

<闇夜> 이후의 橫步의 중요한 작품은 당시의 자기와 같은 식민지 작가의 비시민적 시민성의 극복이라는 과제에 대한 대응책이었다. 여기에는 위에서 말한 대로 두 가지 길이 있었다. 하나는 식민지적 조건에 대한 휴머니즘의 입장에 선 비판적 대응이요 다른 하나는 문학 형식의 실험을 통한 대응이다. 전자가 주로 정치적인 전략의 성격이 짙지만 주체적, 논리적인 대응이라면 후자는 순수한 문학형식에 대한 관심의 산물이

었다. 바꿔 말하면 비판을 하되 문학적 형식의 실험을 통해서 한다는 것이다. 바로 그 점에도 그의 문학의 근대성이 있지만, 이 문제는 그렇게 단순하지가 않다. 왜냐하면 문학의 형식은 제도적 장치여서 그런 형식의 틀 안에서 그 비판적 주제가 구상되기 때문이다. 염상섭은 문학이 다른 무엇보다도 먼저 예술이어야 한다는 견해를 지킨 작가였다. '형식'을 중요시했던 것도 그 때문이다. 그의 소설의 형식이 초기와 중기 및 후기에 따라서 달라지고 있는 것은 세계관의 변화에 따른 현상이다. 곧 초기의 허무주의(<표본실>, <암야>), 민족주의(<만세전>) 및 사회주의적 휴머니즘(<삼대>)이라는 세계관 말이다.

2

그러면 비시민적 시민이라는 정체성의 문제를 해결하기 위한 비판적 대응책은 무엇인가? 먼저 작가의 정신적 방황과 그것을 거친 뒤의 지하투쟁을 통한 식민지적 질곡의 근본적 해결의 시도요, 다른 하나는 연애를 통한 시민적 자각과 시민성의 실현을 위한 노력이다. 이것은 모두 비인간적인 식민지적 억압을 돌파하기 위한 것으로서 橫步문학의 휴머니즘을 증명하고 있다.

우리는 먼저 <標本室의 청개구리>의 주인공인 실의에 빠진 떠돌이인 '나'와 김창억, 실험실에서 해부되어 무참하게 죽어있는 '청개구리'에 비유된 '껍데기'만 남아서 감옥에서 풀려 나온 김창억에게서 비시민적 시민의 초상을 본다.

그런데 여기서 주목할 것은 이 초기작들에서 나타난 作者의 표현주의적 수법이다. 그의 문학의 근대성을 보장하는 또 하나의 특성인 실험적 수법이 일찍부터 나타난 예인 이 표현주의적 리얼리즘은 20세기 초엽의 독일 표현주의를 바로 연상시키지만, 橫步가 여기서 영향을 받은 것은 아니다. 그의 표현주의적 언어표현은 일본의 白樺派의 기관지 <白樺>의 미술란을 통하여 알았을지도 모르는 반 고호, 표현주의회화에 지대한 영향을 준 반 고호의 영향도 있었을 지 모르지만[1]), 그가 애독한 표현주의적 작가 도스토예프스키의 작품에서 받은 무의식적 영향이 작용한 결과일 수도 있을 것이다.

그러나 절박한 식민지적 위기의식—그것은 <闇夜>라는 제목에 그대로 반영되어 있다. 그를 표현주의적 언어표현으로 내몰았으리라고 보는 것이 가장 확실한 설명이 되리라. 이와 관련하여 독일 표현주의 문학에도 영향이 컸던 베르그송의 생명철학의 영향을 橫步도 직관적으로 받았다는 사실을 상기해 두자. 때로는 절규와 같은 강렬한 감정의 표출, 이를 위한 대상의 왜곡과 암호적 추상화가 그 기본적인 것으로 알려진 표현주의적 수법이 橫步의 초기작에 보인다. <闇夜>의 '무덤'으로서의 '光化門', '긴 무덤'인 '六曹大路', '魍魎', 작기의 데카당스에 대한 신음이나 저주와 같은 반성의 말, 그리고 이 작품의 끝부분에 나오는 밤하늘의 별을 향한 기도에서 자기자신을 표현한 '작고 약하고 추한 그림자' 등은 표현주의적 요소가 진하고 <標本室의 청개구리>에서도 '껍데기만 남은' 청개구리의 강렬한 이미지랄지, 주인공이 평양 부벽루 아래에서 낮잠을 자면서 꾼 자살과 관련된 악몽, 그리고 이 작품의 끝부분에서 그가 기거하게 된 하숙집의 심층적인 뜻이 있는 상징적인 '북국 한촌의 진흙방'과 그 자신의 죽음의 공포와 관련된 지난 '인생의 전국면'의 순간적 상기 같은 병적인 사건은 분명히 표현주의적인 이미지들이거나 발상이다.

표현주의는 작가가 그의 주제를 위해 본질적인 것으로 여긴 것만을 집중적으로 제시하려고 하고 대상의 표현도 자연주의적인 충실성을 무시하는 극히 정서적인 것이기 때문에 그 대상이 왜곡되고 추상화되기 쉽

---

1) 橫步가 주도적 역할을 하여 발간한 <廢墟> 1호에는 반 고호의 <아를르의 폐허>가 실려 있다. 白樺派 동인들은 로댕, 세잔, 반 고호 등에 호감을 가지고 있어서 이들을 <白樺>에 작품과 함께 소개하곤 했는데, <아를르의 폐허>도 아마 <白樺>에 실린 것의 재복제일 것 같다. 橫步는 <배울것은 技巧—日本文壇雜觀>(1927)에서 白樺派 작가들을 세상물정에 어두운 이상주의자들이라고 비웃었지만, 그 자신이 白樺派 작가의 한 사람인 아리시마 다께오[有島武郎]의 영향을 받고 있다.

다. 따라서 대상의 일상성이나 세부는 관심 밖이다. 이런 표현주의적 특징이 제일 현저한 것이 <闇夜>이다. 이 작품의 첫 부분에 나오는 어머니와의 대화 같은 일상적인 가정사는 희곡에서는 '지시'처럼 핵심적인 사건의 전개를 위한 구실에 지나지 않는다. 주인공은 밤하늘에 '기도'를 올린 뒤에 무한히 뻗친 듯한 '光化門通 太平通'을 걸어갔다고 하면서 이 작품이 끝나고 있는 것을 주목하자. 그 길의 무한성은 고뇌의 무한성을 암시하지만, 동시에 방랑의 길도 암시한다. 이 종말 부분의 분위기는 정신적 고통으로 인하여 양분되어 있다.

<標本室의 靑개구리>에서도 그런 분위기는 이 작품의 처음과 결말 부분에 짙지만, 김창억 방문에서 그의 전기적 사실을 말하는 중간 부분은 자연주의적 리얼리즘소설의 일부분과도 같아서 표현주의적 수법을 저버린 것이다. 그런 이질적 성격의 문학적 수법이 사용된 점에서 <闇夜>의 보다 순수한 표현주의적 특성이 보장되어 있지 않은데, 이처럼 일관성이 없는 것은 橫步의 표현주의가 위에 언급한 복합적 영향이 작용한 거의 본능적인 수법이었음을 말해준다. 그렇다고 해서 그 초기작들의 표현주의적 특성이 중요하지 않다는 것은 아니다.

표현주의 문학은 작가의 자기고백, 자기 手記의 문학이다. <지하실행활자의 手記>나 <白痴>의 폐병환자 뽈리트의 手記는 말할 것도 없고 도스토예프스키의 문학세계에는 이 고백의 정신이 곳곳에 침투해 있다. <標本室의 청개구리>의 첫 부분과 <北國 어느 寒村>에서의 생활을 쓴 부분에는 日記的 요소가 짙다. 그는 亡國이 초래한 절망적 기분과 3.1운동 실패로 인한 환멸을 그런 식으로라도 표출하지 않을 수 없었을 것이다.

<除夜>는 자살을 결심한 여주인공의 고백수기이다. 따라서 그 고백의 정신은 표현주의적 경향의 <闇夜>의 연장선 위에 있다. 그리고 1920년을 전후하여 발표된 작품의 경우 橫步의 초기작(<闇夜>, <標本室>, <除夜>)에 등장하는 주인공의 자의식은 李光洙의 <無情>과 <開拓者>, 金東仁의 <弱한 者의 슬픔>과 <마음이 옅은 者여>, 田榮澤의 <惠善의 죽음>과 <運命> 등의 주인공의 자의식과는 비교할 수 없을 만큼 知的이고 섬세한데,

이것은 그 문학적 표현에도 나타난 그 자의식의 보다 세련된 근대성에 연유한다. 그러나 <除夜>는 독특한 연애소설이어서 처음 두 작품에서 고립된 주인공과는 달리 일상적 인간관계를 무시할 수 없고 어느 정도까지는 심리묘사를 해야하기 때문에 표현주의문학의 범주에서 상당히 벗어나 있다. 따라서 이 <除夜>는 초기작의 표현주의적 예술충동에서 <萬歲前>의 사회적 리얼리즘으로 가는 중간의 과도기적인 성격의 작품이다.

<除夜>가 그 주제를 전개하는 데 필요했던 사회성은 최정인이라는 여주인공 개인의 내면문제와 관련된 것이지만, <萬歲前>에서는 민족적인 문제와 폭 넓게 관련이 된다. 그리고 이에 따라서 <除夜>를 비롯한 초기적 휴머니즘도 발전된다. <암야>와 그 속편 격인 <標本室의 청개구리>의 절망과 환멸은 그것대로 그 절망과 환멸을 초래한 원인(일제)에 대한 소극적 항거의 수단이었고, <除夜>는 연애라는 개인주의적 실천을 통하여 작가가 식민지적 질곡을 타파해보려는 시도였다. 그런 소극적 항거와 연애를 통하여 비시민적 시민인 자기를 확인하고, 그 비시민적 상태를 정신적으로 극복하고자 한 橫步의 이런 문학을 통한 저항은 외로운 휴머니즘의 실험이라고 말할 수 있다.

염상섭의 초기작에 나타난 표현주의적 경향과 관련하여 덧붙여 두고 싶은 것은 그의 문체의 근대성이라는 문제다.

염상섭에게 문체의 과도기가 있었던 것은 불가피한 노릇이었다. 근대나 근대의 토착화는 문제에 있어서도 하루아침에 이루어질 수는 없다. 반드시 과도기적 혼란이 있기 마련이요, 그런 혼란 속에서 근대적 요소를 찾아내고 음미해야 된다. 염상섭의 초기작(<암야>, <표본실>, <제야>)에 나타난 '彼', '彼等, '貴君' 같은 대명사를 일본식이라 하면서 그의 소설이 白樺派 작가 가령 시가나오야[志賀直哉]와 아리시마 다께오[有島武郎]같은 작가에 적대적인 종속되어 있었다고 보는 김윤식의 지론은 반드시 옳은 게 아니다. 이 경우도 그는 문제를 단순화시키고 있다.

염상섭의 초기작에서 이광수나 김동인, 현진건에게서 볼 수 없는 현저한 특징은 두 가지다. 곧 恣意性이 많은 한문투 표현을 자주 쓴 점과

266

'彼', '彼等' 같은 대명사의 사용이다.

전자는 그의 유교적 교양이 독립적 패기와 결합된 산물이요, 후자는 그의 한문투 표현의 연장선 위의 일이며, 그 배후에는 당시에 3인칭 대명사의 사용이 한국작가들의 관행이 되지 못했다는 사정이 숨어 있었다. 물론 그것은 일본식 3인칭 대명사인 '彼', '彼等'과 일치되지만, 그것을 이유로 하여 염상섭이 일본문학권내에 있었다고 보는 것은 잘못이다. 그것은 한문 문화권에서 있을 수 있는 일치이기 때문이다.(염상섭이 '彼', '彼等'을 오직 일본식 대명사로서 명확히 의식하면서 사용했다고 볼 수는 없다.)

그러나 그의 초기작에 나타난 언어표현에 있어서 보다 중요한 문제는 일본식 대명사의 사용이나 자의적인 한문투 표현의 결점이나 그 부당성이 아니라 그의 문체의 근대적 호소력의 유무다. 전자는 단지 한 작가의 언어 사용법의 시대적 적합성 여부의 문제라면 후자는 작가의 개성이 반영된 문체의 근대성의 유무라는 문제인데, 그것은 동시에 작가의 사상과 감정의 문제이기도 한 때문이다. 한 예로서 <제야>에서의 최정인의 독백을 들어본다.

> 결국 善도 없고 惡도 없고 正도 正이 아닌 것같고 邪도 邪가 아닌 것같을 뿐 아니라 모든 것을 善이라 하고 正이라 하여 肯定하려고 할 때도 있었습니다. 그러나 또 한편으로는 '모든 것이 어린 兒孩가 만들어 놓은 玩具에 不過하다. 거기에 무슨 權威가 있고 意味가 있느냐. 主觀은 絶對다. 自己의 主觀만이 唯一의 標準이다. 社會가 무엇이라 하던지 道德이 무엇이라고 抗議를 提出하던지, 神이 滅亡하리라고 警告를 하던지 귀를 기울일 必要가 어디 있느냐. 世間의 俗衆 雜輩가 일의 大小를 莫論하고 正義니 무엇이니 하며 혼자 잘난 체하는 것은 結局 自己의 罪科를 隱蔽하기 위하여 所謂 神이니 共同目的이니 社會니 國家니 하는 等 避難處에 숨어서 기다란 댓개비에 매어 달은 旗발을 墻外에 내어 밀고 휘두르는 것과 같은 것이다. 이러한 의미로 彼等은 누구보다도 먼저 僞善者이다.

인용문에는 '彼等'이라는 대명사와 '兒孩'나 '墻外'라는 한문투 표현이 오늘의 독자의 눈에 거슬린다. 이것은 한 예에 지나지 않으며 그와 같은 피하려면 피할 수 있는 한문투 표현이 초기작에 많다. <암야>에서는 '조끼'를 '足其'로, '고추'를 굳이 '苦草'로 적었으며 '京取'를 '京城 取引所'의 뜻으로 썼으며, <표본실…>에서는 '설합'을 '舌盒'으로, '浮碧樓안'을 '(浮碧)樓內'로 적고 있다.

굳이 <암야>와 <표본실…>에서의 한문투 표현을 예거한 것은 그 당시의 염상섭에게는 그런 식의 한문투 표현이 일상적으로 체질화되어 있었음을 입증하기 위해서다.

인용문을 비판할 때 우리는 오늘의 독자인 동시에 1920년대의 한국인 교양층 독자가 되어야 한다. 염상섭의 과도기적 문체의 특질과 그 근대적 의미를 제대로 파악할 수 있기 위해서다. 그렇게 할 때 인용문이 대표적으로 보여주는 염상섭의 언어 표현은 표현주의적 경향에 알맞은 투박하면서도 강한 정서적 호소력이 감지될 것이다. 그 야성적인 직접적 호소력이 바로 느껴질 것이다.

이 사실을 直視해야 한다. 그리하여 가슴으로 와 닿은 것을 머리로 부정해서는 안된다. <除夜>에 대한 박종화의 평론에는 자기기만이 없었다. 그는 <문단 1년을 추억하며>라는 월평(개벽, 1923.1)에서 <제야>가 "그 '力'이 솟는 듯한 '血'이 뛰는 듯한 變的 異端者의 울음소리같은 강하고 뜨거운 作風"을 가진 작품이라고 찬양했던 것이다.

염상섭소설의 근대성을 문체면에서 검토해본다면 그것은 과도기적 근대성이라고 말할 수 있다. 시민시대의 합리적인 언문일치가 식민지적 후진성으로 인하여 완전히 실현·정착되기 전의 근대성이다.

염상섭이 첫 창작집 <견우화>(1924)에 그 세 편의 초기작을 수록할 때 3인칭 대명사 '그'와 '그들'을 '彼'와 '彼等' 대신으로 사용한 것은 그 대명사의 사용이 널리 보급되었기 때문이다. 그러나 위에서 언급한 한문투 표현만은 대부분 유보했는데, 이것은 그의 옹고집 때문이다. 그런데 바로 그 점에 그의 작가로서의 개성이 살아 있었다. 그는 '근대'를 고집스럽게 자기를 지키면서 받아들였던 것인데, 자기의 주체성을 지키면서 받아들인 '근대'만이 진정한 '근대'라고 할 수 있다면 그와 같은 염상섭의 태도를 우리는 긍정적으로 평가해야만 할 것이다.

3

<萬歲前>은 염상섭의 고독한 휴머니즘을 민족적 휴머니즘으로 발전시킨 전기가 된 작품이다. 이 전기로 인하여 橫步는 <E先生>, <眞珠는 주엇으나>, <南忠緖> 등을 거쳐 앞으로 문학을 통한 反植民主義 투쟁을 위한 원숙기의 삼부작 <사랑과 罪>, <三代>, <無花果>를 산출할 수 있게 되는 것이다. 그러고 보면 <萬歲前>을 준비한 그 이전의 초기작들의 의의가 새삼 돋보일만 하다.

이 작품에서 모든 대상은 일단 객관적으로 냉철하게 관찰되는데, 그것은 오직 객관적인 리얼리즘만이 그의 휴머니즘의 문학적 실천을 위한 기본적 무기라는 것을 처음으로 보여주기도 한다. 그러나 그 당시에 3.1운동과 관련된 사건을 소설에서 저항적인 정신으로 중요하게 취급한 작가는 놀랍게도 橫步 뿐이었다. (3.1운동 자체를 취급하는 것은 검열 때문에 불가능했다.) 金東仁의 <笞刑>(1923)은 3.1운동 가담의 죄목으로 투옥된 사람들의 감방생활을 사실적으로 묘사한 점이 주목되지만, 그 이상은 아니다. 여기에는 3.1운동의 정신이기도 한 일제의 비인도성에 대한 아무런 저항도 없다.

먼저 <標本室의 청개구리>가 그렇다. 이 작품은 지금까지 3.1운동과 아무런 관련이 없는 소설로 간주되어 왔지만, 실은 그렇지 않다. 주요한 등장인물 김창억이 감옥살이를 한 것은 3.1운동에 참가한 죄 때문이다. 그 사실이 암호적으로 언급되어 있어서 독자로서 눈치를 채기가 어렵다.

<萬歲前>의 경우 橫步가 애초의 작품 제목 '墓地'를 '萬歲前'으로, 따라서 前向的인 방향으로 고친 것은 3.1독립운동의 추진력이 된 민족의식을 강조하기 위한 것이다.

휴머니즘은 인간의 개성의 발전과 실현을 위하여 노력하는데, 그 유력

한 수단의 하나가 연애이다. 橫步의 연애소설은 식민지에서 억압되고 위축되기 쉬운 인간의 개성을 실현하기 위한 것이었다. 그의 연애에 대한 관심은 초기의 <除夜>에서부터 나타나 있지만, 1924년 발표된 장편 <너희들은 무엇을 어덧느냐>에서 한층 고조되었다.

조선의 식민지화로 인한 원주민의 비시민적 시민의 상태를 극복하기 위한 것이 시민적 휴머니즘의 정신이라고 한다면, <除夜>는 그것을 연애를 통해서 실현시키려 했고 <萬歲前>은 민족적 현실의 직시를 통해서 실현시키려고 했다. 한국에서 처음으로 지식인소설의 가능성을 보여준 작품이기도 한 <萬歲前>의 주인공인 동경 유학생 이인화가 자기의 개인적 자아가 민족의 운명과 깊이 관련된 것을 귀국 과정에서 깨닫게 된다는 것, 그리고 각성된 민족의식으로 인하여 연애감정의 대상인 카페여급 일본인과의 관계를 단념한다는 그 두 사건은 橫步의 민족적 휴머니즘의 강한 윤리성을 알려준다.(<除夜>에서의 최정인의 윤리적 결단(자살)은 한 개인의 내면적 사건에 지나지 않았었다.) 橫步는 이 작품에서 자기의 주인공을 처음으로 '망국청년'이라고 부른다. 이것은 1919년 10월에 제작된 <闇夜>에서는 검열을 의식한 나머지 쓸 수 없는 말이었으리라. 따라서 그런 말의 사용은 비록 실패했지만, 3.1운동이 일제로 하여금 그때로서는 상당한 정도로 허용한 언론자유의 덕택으로 보아야 한다.

검열은 원주민 작가로 하여금 핵심적으로 중요한 것을 제2차적인 것인 양 가장하도록 한다. <萬歲前>에 이은 또 하나의 지식인 소설 <E先生>에서 중학교 교사인 주인공(E 先生)은 모든 생물에 대한 범신론적 애정을 평소의 생활 신조로 삼고 있는 인물로 제시되고 있지만, 정작 작가가 힘주어 말하고 싶었던 주제는 그가 수업시간에 학생들에게 강조한 조선인의 봉건적인 사고와 생활감정, 그리고 '군국주의'에 대한 반대였음에 틀림없다. 물론 반군국주의는 모든 우주 생명을 존중하는 범신론적 애정과 맥락을 같이 하는 면이 있지만, 범신론 자체는 정치적 개념이 아니다. 범신론같은 보편주의적 사고 방식은 자칫하면 어떤 개념을 비정치화하기 쉬우며, E선생의 경우도 그의 반군국주의나 봉건적인 잔재에 대한 반발과 범신론적 애정은 모순된 것이다. 橫步의 시민적 휴머니즘은 정치적 현실을 중시하기 때문에 그와 같은 자기모순이 용납될 수 없다. 따라서 <E선생>의 읽기에서는 간단히 언급된 반군국주의 등을 여러 지면에 걸쳐 강조된 범신론적 애정보다 핵심적으로 중요하게 읽는 방법이 사용되어야 한다. 이런 읽기의 특수성은 식민지시대에 나온 반체제적 성격의 작품의 경우에 불가피하다.

일제의 검열을 의식한 橫步의 시민적 휴머니즘은 간접적인 저항수단인 풍자소설과 義賊小說의 형식의 작품으로 굴절되어 나타나기도 했으니, 전자는 <二心>, 후자는 <眞珠는 주엇으나>이다.

일제 상업자본의 침투를 암시하는 일본인 상인과 그의 공모자인 조선인의 간교한 횡포와 일본인의 조선인 경멸에 대한 응전이라 할 수 있는 <二心>에서 중요한 특성의 하나는 여주인공(박춘경)이 이들의 농간 때문에 파멸되는 과정을 제시한 방법이 풍자적이라는 사실이다. 橫步는 이 풍자를 통하여 일제의 정체에 대한 독자의 올바른 인식을 추구하고 싶었을 것이다. 그러면서도 박춘경 자신이 돈과 섹스의 유혹에 약한 단점을 부각시키기를 잊지 않은 점에 그의 리얼리즘의 정신이 살아있기도 하다. 그가 <眞珠는 주엇으나>에서 진형식이라는 친일 변호사와 일제 고급관리와 친근한 인천 갑부의 악덕행위에 현대판 의적 같은 김효범을 내세워 저항한 것 역시 일제에 대한 간접적 저항으로 보아야 한다. 그러나 의적소설 <洪吉童>도 그렇듯이 로망스적 요소가 적지 않은 이 작품은 본격적인 저항소설 <사랑과 罪>를 위한 준비물로 보아야 할 것이다.

橫步에게 <사랑과 罪> 삼부작을 쓰려는 결의와 용기를 준 것은 틀림없이 1927년의 '新幹會' 성립이었을 것이다. 합법적인 대일 투쟁을 위한 민족주의자와 사회주의자의 신간회를 통한 제휴는 그에게 민족주의자의 재정적 후원을 받는 사회주의자의 지하투쟁이라는 소재를 착안하게 했을 것이지만, 한편으로는 그의 리얼리즘의 요구에 부응한 것으로 볼 수 있다. <萬歲前>과 <E先生>의 사회적 리얼리즘의 한계는 그것이 당대사회를 총체적으로 관찰하고 민족의 장래에 대한 보다 현실적이고 적극적인 전망을 줄 수 없다는 점에 있었다. 바꿔 말하면 그 리얼리즘으로는 식민지 사회의 정치 경제적 모순의 관찰과 작품을 통한 그 타파의 도모에 한계가 있었다. 따라서 리얼리즘은 보다 비판적인 것이 되어야 했고, 이를 위해서는 여기에 역동적으로 상응한 세계관이 필요했다. 그 항일지하투쟁을 위한 이념은 바로 사회주의였다. <사랑과 罪> 삼부작의 비판적 리얼리즘은 그의 현실인식이 사회주의적 세계관을 수용함으로써 보다 비판적이고 총체적인 것이 된 산물이다.

그러나 이 삼부작을 언급하기 전에 잠시 주목해둘 작품이 있으니, <너희들은 무엇을 어덧느냐>이다. 지금도 廉想涉을 범속한 자연주의 작가라고 보는 견해가 거의 통념처럼 되어 있는 것같지만 이것은 사실과 크게 다르다. 橫步는 李箱 못지 않게 창작 방법에서 실험을 거듭하였기 때문인데, <너희들은 무엇을 어덧느냐>도 그 실험을 말해주는 한 본보기이다.

<너희들은 무엇을 어덧느냐>는 <除夜>에 이은 본격적인 또 하나의 연애소설이다. 이런 연애소설은 심리소설이어서 주인공들의 섬세한 심리묘사가 중요하다. 橫步가 이 작품에서 쓴 것이 複數 선택적인 全知的 시점인데, 도스토예프스키가 <죄와 벌>에서 쓴 적이 있는 이 수법에 의존한 이 작품은 주요한 인물들의 상호관계와 내면세계를 그 추정이 불확실한 것으로 취급한다. 과연 <너희들은 무엇을 어덧느냐>에서 김덕순, 나명수, 김중환, 강문수라는 네 인물의 연애는 그 타입이 서로 다르지만, 우리는 이들의 심리세계를 그들의 행동과 그들에 대한 다른 인물의 평을 통해서 짐작할 수밖에 없다. 그들 작가의 개성적인 목소리를 작자는 그의 주관에 의하여 일인칭시점이나 전지적 시점의 소설에서처럼 한 중심적인 방향으로 집중시키지 않고 독립시키기 때문에 그 작품은 多聲的이 된다. 예컨대 작자는 경박하고 타산적인 소위 ‘신여성’ 김덕순의 연애, ‘순일’한 사랑의 이상과 그 사랑이 성취되었을 때의 환멸이 두려워서 실행을 못하는 김중환식의 연애, ‘사랑의 絶對境 神秘境’이라는 이상에 직접 투신하는 폐병환자 나명수의 갈수록 절박해지는 연애, 그리고 異性에 대한 사랑과 자기연민의 경계가 모호한 강문수의 초라한 사랑 중에서 그 어느

편도 편중하여 옹호하지 않는 것이다. 그 결과 <너희들은 무엇을 어덧느냐>는 독립된 목소리들이 비록 도스토예프스키의 작품에서처럼 극적인 것은 아니지만, 교향악적으로 울리는 독특한 작품이 되어 있는데, 그의 多聲的소설 수법은 도스토예프스키의 영향일지도 모르지만, 확실하게 그렇다고 단언할 수는 없다. 그렇기는 해도 당시로서는 희한한 <너희들은 무엇을 어덧느냐>에서의 이 수법의 개발은 橫步로서는 주목을 받기에 충분한 발전이다.

초기작 주인공들의 외로운 목소리는 <萬歲前>이나 <E先生>에서도 비록 사회적 관련의 폭은 넓어졌을지라도 여전한 것이었다. 연애의 주제가 세태소설 형식 속에 녹아든 <해바라기>에서도 여주인공의 목소리만이 다른 목소리들을 압도하고 있었다. <해바라기>의 주제는 연애와 밀접히 관련되어 있으니, 바로 최영희의 홍수삼에 대한 그의 사후에도 한결같은 사랑, 곧 로맨틱한 사랑의 집념이 그것이다. 이것은 <除夜>의 최정인이 'E'와의 관계에서 버틸 만큼 버티어본 집념이기도 했었다. 그러나 <너희들은 무엇을 어덧느냐>를 쓸 때 橫步는 사랑의 인간관계라는 현실의 불확실성, 가령 언제 상대방의 배신을 당할지 모르는 그런 불확실성이라는 문제를 前作들의 사랑의 집념 대신에 숙고했음에 틀림없다. 그 결과 현실의 불확실성에 연유한 궁금증과 불안을 가장 잘 반영할 수 있는 복수선택적인 전지적 시점을 사용했고 그 결과 <너희들…>은 多聲的 소설의 형태를 갖추게 된다. 이 작품을 통속소설로 보는 것은 이 독특한 수법을 간과한 소치이기도 하다. 통속소설(장편)에서의 연애사건은 가령 橫步의 <牧丹꽃 필 때>에서 그런 것처럼 반드시 작자의 전지적인 시점으로 알기 쉽게 전개된다. <너희들은 무엇을 어덧느냐>처럼 多聲的소설의 사건 전개는 단일한 플로트를 선호하는 일반독자를 예상하는 통속소설적 수법이 아니다. 이 多聲的 수법은 <사랑과 罪>에서도 활용될 것이다.

이렇게 볼 때 비시민적 시민의 상태를 극복하기 위한 橫步的인 연애소설의 제작에서는 반드시 한결같을 수가 없는 연애심리들이라는 불확실한 세계의 추구를 위한 視點의 선택이라는 문제도 중요한 것이었음이 밝혀지게 된다.

4

廉想涉의 <사랑과 罪>, <삼대>, <무화과> 삼부작의 비판적 리얼리즘과 관련하여 한 가지 확실한 것은 그를 민족주의 작가로 보는 종래의 또 하나의 통설이 그릇된 것이라는 사실이다. 왜냐하면 비판적 리얼리즘의 시각은 그 당시에 사회주의 작가, 혹은 사회주의를 적극적으로 옹호하는 작가가 아니고서는 결코 사용될 수 없었기 때문이다. 편협하고 순응주의로 기울기 쉬운 민족주의 작가의 시각이 아니라 현실을 보다 냉철하고 총체적으로 관찰하고 투쟁적인 자세를 가진 사회주의자의 시각의 필요성을 橫步는 이 작품들을 쓸 때 작가적 본능으로 알아차렸을 것이다.

그런데 <사랑과 罪> 삼부작은 일제에 대한 지하투쟁이 진정한 주제임에도 불구하고, 외면상으로는 부유한 민족주의자의 가족사나 생활사를 취급한 것으로 보이고, 이를 실지로 뒷받침해주고 있는 것이 <三代>같은 제목이다. 따라서 우리가 이 작품들을 고찰할 때 유념해야 할 두 가지 의무가 있다. 하나는 주제의 파악과 관련하여 오해되기 쉬운 그런 작품 제목은 일제 경찰이 사회주의를 위험사상으로 본 당시에 불가피한 것이었으므로 우리는 그것을 바로 읽지 말고 비스듬히 읽는 방법을 익혀야 한다는 것, 다음으로는 작중 인물과 작중 사건을 수직적인 도덕적 가치의식을 가지고 판단해야 한다는 의무이다. 이것은 아무리 강조해도 지나칠 수 없다. 악랄한 일제통치에 저항한다는 것은 자기 희생적인 정신과 용기가 없이는 불가능한 일이다. 대부분의 원주민(작가)은 소시민적인 순응과 타협의 길을 갔던 것이요, 이 삼부작에 등장하는 민족주의 경향의 심파사이저들도 거의 마찬가지이므로 그 등장인물들은 준엄한 윤리적 기준으로 판단해야만 한다. 따라서 삼부작의 주요한 인물들도 당연히 가족사소설적인 시각이 아니라, 윤리적 관점에서 그들의 행동을 관찰하고 평가하는 것이 무엇보다도 중요하다. 가령 <삼대>는 대체적인 구성이 가족사소설적인 것은 사실이다. 삼세대에 걸친 조덕기집의 가족사를 취급한 부분이 양적으로도 가장 많다. 이것은 <無花果>에서도 대동소이하며, <사랑과 죄>도 가족사적 소설은 아니지만, 부유한 심파사이저 이해춘의 집안 내력과 현황, 그리고 그와 지순영의 애정 관계에 치중된 부분이 양적으로 제일 많기는 하다. 그러나 이 작품들에서 핵심적으로 중요한 것은 사회주의자들의 지하운동이요, 총독부 검열 하에서는 그들을 당당히 표면에 내세울 수는 없는 일이어서 삼부작의 제목이나 가족사소설 형식 등을 중요한 주제의 전개를 위하여 불가피한 방편으로 사용해야 했을 것이다. 물론 그 이면에는 소시민의 생활풍속에 대한 황보의 지속적 관심이 숨어 있기도 하다. 따라서 우리는 그 삼부작의 제목들은 일단 그 심파사이저의 집안에 접어두고 이 작품들을 읽어야 한다.

<사랑과 罪> 삼부작 중에서 가장 널리 알려진 <三代>는 <萬歲前>과 더불어 현대 한국소설사에서 기념비적인 작품이다. 항일운동이라는 휴머니즘의 관점에서 볼 때 <三代>라는 김병화와 피혁의 접선, 비밀 아지트의 운영, 및 테러리즘을 위한 고성능 폭탄의 준비 등이 가장 중요한 사건인데, 그런 사건의 과정에서 주인공의 한 사람인 김병화와 홍경애의 동지에, 김병화와 조덕기의 협력 관계, 그리고 김병화를 비롯한 지하운동자를 검거하고 모진 고문을 가하는 경찰의 죄악상 및 장훈의 영웅적인 자기희생의 정신이 감동적으로 제시된다. 김병화와 홍경애는 橫步가 탁월하게 창조한 전형적 인물들이다. 그들은 조덕기와 달리, 식민지에서의 사회적 모순이 극단화된 결과인 항일투쟁에 투신함으로써 그들 자신이 그 모순의 산 증인이자 동시에 그 모순을 투쟁적으로 극복하려고 한 고귀한 희생물이다.

실은 사회주의와 관련하여 橫步의 휴머니즘의 문제가 복잡해진다. 식민지적 질곡에서 민족을 해방하려고 하는 것이 민족주의자나 사회주의자의 공통된 목적이다. 그러나 이데올로기적으로 양자는 대립된 것이어서 <사랑과 罪> 삼부작에서 옹호된 사회주의의 성격이 문제를 일으킨다. 그 사회주의는 민족의 독립을 위한 투쟁이 계급투쟁보다 선결문제로 본

다는 점에서 민족주의와 방향이 같은 것이지만, 또한 바로 그 점에서 <사랑과 죄>의 집필을 위해 옹호한 사회주의 이념은 독립투쟁을 위한 일시적 방편으로 쓰였다고 비난될 수도 있다. 정당한 비난이지만, 이보다 더 중요한 것은 그 작품 자체이다. 그 작품들에 등장하는 사회주의자의 도덕적 진실성은 橫步의 사회주의자의 옹호가 그의 일시적 방편이라는 주장을 넘어선, 아니 이데올로기 자체까지도 넘어선 인간적 호소력을 가지고 살아 있다. 작가가 그 사회주의자들과 한 몸이 되지 않고는 그런 인물들의 창조는 불가능하다. 작가는 정치가도 이론가도 아니다. 오직 그 시대의 절박한 문제를 자기자신의 일로 알고, 그 문제의 해결에 정열적으로 고심할 뿐이다. 그 결과 평소의 자기를 닮지 않고 그것을 뛰어 넘는 인물이 창조될 수도 있는 것이다.

廉想涉은, 여기서 일단 돌이켜 볼 때, 亡國으로 인한 절망적인 폐허도시(서울)를 배경으로 하여 창작을 시작하여 <無花果>에서 김봉익이 지령을 받고 동경으로 가는 사건을 끝으로 실질적인 작가 활동을 끝냈다. 그 후의 통속소설들은 그 이전의 중요한 작품들과 연속되지 않는다. 그는 <無花果>에서 일본을 '死地'라고 부른다. 지하투쟁을 해야 될 위험한 땅이면서 조국의 광복을 위해 마땅히 자기의 목숨을 바쳐야 할 곳이라는 뜻이다. 황보는 폐허의식은 마침내 그런 역설적 의미를 지닌 '사지'를 통하여 극복된다. 그것은 결코 쉬운 일이 아니다. 그의 비시민적 시민의 상태를 극복하기 위한 창작활동은 실험적인 수법을 그때그때 필요로 했고, 이것이 그의 문학세계의 또 한 근대성을 입증해주고 있지만, 그런 활동의 과정에서 그는 어쩔 수 없는 이중인격자가 되어야 했다. <萬歲前>, <E선생>, <너희들은 무엇을 어덧느냐> 같은 작품을 쓰는 한편으로 <잊을 수 없는 사람들>, <電話>, <池先生> 등 소시민의 일상생활이나 생활풍속을 취급한 단편소설들을 썼기 때문이다. 그 작품들은 생계를 위해서도 써야 했으리라. 식민지 시대에 쓴 십여 편의 이런 류의 작품들은 염상섭의 문학적 수법의 실험성과 시민적 휴머니즘이 말해주는 그의 문학의 근대성과는 거리가 멀다. 그 작품들의 주인공은 자기의 비시민적 시민성의 의식이 전혀 없는 평범한 소시민들이다. 식민지 시대의 대부분의 원주민이 그런 소시민들이었다. 그들을 보는 橫步의 눈은 유머러스한 마음의 여유를 가진 방관자의 그것이다.

橫步의 이중인격을 뚜렷이 보여주는 대표적인 본보기는 <萬歲前>과 <조그만 일>인데, 각자 식민지 원주민의 궁핍화에 대한 주인공의 반응이 딴판이다. 문학청년인 <萬歲前>의 주인공은 부산에서 원주민이 갈수록 가난해지는 원인이 일본인의 자본과 고리대금, 그리고 여기에 농락 당하는 원주민 자신에게도 있다는 것을 비판적으로 반성하고 있는데, <조그만 일>의 주인공(작가)은 아내가 극심한 생활고로 인해 자살까지 시도했는데도 자기네 궁핍과 관련된 반성, 가령 일제의 식민지 수탈을 위한 정치 경제적 체제에 대한 반성에까지 나가지는 않는다. 바꿔 말하면 작자는 그의 가난을 한 소시민 가정의 매우 불행한 일 정도로 치부하고 있다. <조그만 일>의 주인공에게는 물론 비시민적 시민성 같은 문제는 전혀 생각 밖이다. 그리고 이런 소시민의 일상생활이나 생활풍속을 취급한 대부분의 작품의 배경에서는 그곳이 일제 식민지라는 것을 전혀 감지할 수 없다.

<電話> 계열의 이 작품들은 위에 언급한 염상섭의 세계를 구성하는 중앙의 우람한 건물들에 비유할 수 있는 그의 가장 중요한 대표작들 주변의 그 다음으로 중요한 군소 작품들의 그늘에 가려져 있다. 그리고 그 위치에 있으면 족하다. 그럼에도 불구하고 그 작품을 그늘에게 꺼내어 놓고 횡보의 철저한 리얼리즘의 표본인 것처럼 강조하는 평론가들이 있기도 하다. 8.15 해방 후 橫步의 작품에서는 식민지시대의 그 이중인격이 사라졌다. 이데올로기와 관련된 정치적 관심도 후퇴해버려서 좌우익이 대립되어 싸운 해방 후의 정치상황이나 남북분단이라는 문제에 대한 이데올로기적 반성 같은 것도 그의 작품에서 거의 볼 수 없게 되었다. 특히 창작에서의 실험적인 수법에의 관심도 <취우>의 경우를 제외하고는 사라졌는데, 이것은 모두 해방의 덕택, 혹은 해방 전까지 그를 괴롭힌 일제가 시야에서 사라진 덕택이다. 그 결과 비시민적 시민이라는 어려운

문제로 고민할 필요가 없게 되었고, 이 문제와 관련이 깊은 그의 문학세계의 근대성이라는 문제도 연애소설의 경우 외에는 거론할 필요가 없게 된다.

이제 그의 관심은 거의가 소시민의 생활풍속과 이와 관련된 한에서의 작중인물의 심리의 세계가 되었다. <두 破産>, <一代의 遺業>을 비롯한 수십 편의 단편소설과 <花冠>을 비롯한 여러 편의 장편은 평범한 자연주의 작가라는 통설을 굳혀주기에 알맞다. <두 破産>에서는 당대의 물질주의적 경향에 대한 문제의식이 없지 않지만, 작자는 무비판적인 중립적 입장을 벗어나지 않고 있다.(<三代> 시절의 이데올로기에 기초한 문제의식이 없다.) 이 작품 역시 시민생활의 일상을 그 시대의 총체적 현실의 문맥에서 관찰하지 않는 세태소설에 속한다. 한 작가의 근대의식에는 그가 표현주의 수법을 선호할 경우에도 소재가 된 상황과 관련된 총체적 현실감각이 숨어 있는 법이다. 횡보의 그런 현실의식의 핵심에는 그이 예민한 정치적 시대감각이 숨어 있었다. <闇夜>, <標本室>, <E先生>, <사랑과 罪>, <三代> 등은 그 주제의 정치성으로 인하여 미완성으로 끝낼 수 밖에 없었다.

문학의 근대성은 염상섭 같은 작가에게는 고통스러운 부담이다. 여러 가지 원인이 겹친 삶의 허무주의를 극복하기 위한 노력이 때로는 반체제적 투쟁으로, 연애의 모험으로, 혹은 문학적 실험으로 나타나게 되고, 그것이 그 작가의 근대성을 보장해 준다. 이 근대성에 대한 의식으로 인하여 그 작가는 소시민의 일상적 생활이나 그 생활을 규제하는 풍속 혹은 풍속적 도덕에 대해서는 그것을 희극적 풍자의 대상으로는 삼을지언정 진지한 정치적 관심사로 삼지 않았다. 그리고 예나 지금이나 한결같이 일상생활에 안이하게 예속되어 있는 소시민들과 그의 허무의식은 결코 양립될 수 없다. 그들은 가령 <標本室의 靑개구리>의 주인공의 고민거리인 '狂이냐 신념이냐'의 문제, 곧 반체제적인 정체신념을 가지고 투쟁하든가, 식민지적 허무의식으로 미쳐 버리든가의 양자택일의 벽과 무관한 사람들이다.

橫步의 이 소시민의 일상에 대한 집요한 관심, <잊을 수 있는 사람들> 이후 해방 전에는 이중인격자 노릇을 하면서까지 견지했고, 해방 후에는 거의 한눈 팔지 않고 집착한, 수십 년에 걸친 풍속적 관심의 산물들은 앞에서 말한 대로 그의 우람한 건물들 주변의 그 군소 건물의 그늘에 묻히게 될 작품들이다.

이 세태소설들은 인간성을 왜곡시키는 금전욕과 전통적인 생활풍속의 압력, 그로 인한 피해자의 불행 등을 때로는 신랄하게, 자주 유머러스하게 제시해주지만, 그 작중인물들을 공통적으로 비인간적인 돈과 풍속이나 풍속적 도덕의 압력에 굴복하거나 타협하고 있다. 만일 소극적 반항이 있다면 성적 불만으로 인한 기혼남녀의 외도 정도이다.

이들 세태소설이 수십 편에 달한다는 사실은 놀라울 정도로 집요하다고나 할 그 작자의 평범한 생활 속의 일상성에 대한 관심의 반영이지만, 이윽고 그 평범성이 비범한 평범성의 경지로 비약할 수 있는 계기가 닥쳐왔으니 곧 6.25동란이다. 식민지시대에도 절망적 허무주의라는 정신의 위기를 역으로 창작에 선용했던 지혜가 6. 25로 인한 위기를 놓칠 리가 없다. 그 결과가 <驟雨>(1953)이다.

인민군과 폭격기로 인한 죽음의 위협과 식량의 부족 등으로 불안하고 위축된 생활을 서울 시민들이 강요당하고 있을 때 이 작품의 주요한 사건이 일어난다. 그것은 강순제와 신영식의 연애로서 전시의 시(詩)라고 할 수 있다. 황보의 휴머니즘은 인간의 생활이 비인간적인 억압 속에서 궁지에 몰려 있을 때 필요한 개성의 회복과 실현을 또 한번 그 연애를 통하여 추구했는데, 그것도 신영식으로 구현된 풍류적 감각을 동반시켰다. 그 풍류를 통하여 성(性)이라는 생명적 자연은 시화(詩化)되었는데, 이와같은 풍류적 연애는 <제야> 및 <너희들은 무엇을 어덧느냐>에 나타난 불안한 연애의 세계를 극복할 수 있고 한국의 풍류문학과 접맥될 수 있는 것이기도 했다. 그 점에 <驟雨>라는 연애소설의 염상섭으로서는 마지막으로 시도한 실험적 요소가 잠재해 있었다.

이전의 연애소설과는 다른 <驟雨>의 독특한 면은 연애에 있어서의 육체적, 성적 호소력을 인간이 순응해야 될 건장하고 진실한 자연으로서 부각시켰다는 점이다. 또한 그 점에 강순제의 매력이 있는데, 그녀를 아주 생동감 있게 묘사한 작자의 역량은 정말 뛰어나다. 게다가 수준 높은 연애소설에 반드시 필요한 섬세한 심리묘사도 충분하다.

橫步의 뚜렷한 문학적 업적의 하나가 그의 연애소설이다. 곧 <除夜>, <너희들은 무엇을 어덧느냐>와 <驟雨>이다. 연애소설의 근대성은 보수적이고 안이한 풍속적 도덕의 굴레를 타파하는 사랑의 모랄이라는 이념의 추구에 있는데, 橫步의 경우 그것은 여기에 덧붙여 식민지적 질곡의 타파라는 휴머니즘의 정신의 발현이기도 해서 <너희들은 무엇을 엇더느냐>에는 일제의 식민지적 지배체제에 대한 작자의 반발이 숨어 있었다. 이런 요소가 이광수의 <開拓者>에는 없었다. 한편 <驟雨>에서도 역시 방금 말한 근대 연애소설의 기본적 특성은 다를 바 없지만, 그 연애가 평범한 일상생활을 존중하면서도 각자의 과거사, 가령 결혼한 전력이랄지, 그 전력이 강제하는 윤리까지도 자유롭게 넘어서는 동시에 본래 그런 재래적 도덕의 권외에 있는 인간의 원초적 자연으로서의 性的인 세계에 유희적 여유를 가지고 순응한다. 풍류적 인간은 인간 속의 자연이 시냇물처럼 거침없이 흘러가기를 바란다.

하기야 불행한 동족상잔의 전시에 그런 풍류적이면서 성적(性的)인 연애는 한가한 사치로서 부도덕한 일이라는 비난이 나옴직도 하다. 橫步가 그것을 모를 리 없었을 것이다. 게다가 이 작품은 6.25와 관련된 역사적, 이데올로기적 문제를 反共主義的 시각으로 편벽되게 취급했다는 결점이 있고 그 점에 8.15후 橫步가 빠져든 정치적 무관심으로 인한 그의 작가적 시야의 한계가 드러나 있다.

廉想涉의 문학세계에서 마지막으로 중요한 작품인 <驟雨>에서 그 작자가 연애의 휴머니즘을 일상생활과 인간의 자연(性)을 존중하면서 실현시키려고 한 것은 평범한 듯하면서도 비범한 문제의식 덕분이었다.

'아버지'를 부정함으로써 문학을 시작한 염상섭은 우리의 신문학에서 근대성이 풍부한 독자적인 문학의 세계를 이룩한 최초의 작가이다. 그의 업적은 일제 강점기간이라는 시대적 제약을 극복하기 위하여 자기자신에게 과한 시련의 산물이었다. 그것은 처음부터 근대작가의 정체성의 위기를 해결하기 위한 다난하고도 다양한 모험이었다.

돌연변이 시대의 문학

전기철*

1. 새로운 현실

컴퓨터의 발전으로 우리는 산업사회에서 경험하지 못한 일들을 수없이 겪고 있다. 컴퓨터는 이제 작은 일에서부터 깊은 과학적 지식에 이르기까지 인간의 활동을 대체하고 있다. 이는 기계의 도구적 이용에 혁명을 일으키고 있다. 산업사회에서 기계는 인간 활동의 보조적 역할 이상을 해내지 못했다. 생산력을 증가시키는 기계라든가 혹은 인간 활동을 편하게 도와주는 기계 등이 인간의 육체적 한계를 극복하는 역할을 해왔다. 그러나 컴퓨터가 발명된 이후 기계는 인간의 지적 한계를 극복하는 데에 큰 역할을 하고 있다. 컴퓨터는 시뮤레이션을 통한 가상 체험에서부터 복제 인간을 만드는 데에 이르기까지 인간의 지적 한계를 극복하는 데에 주요한 역할을 하고 있다. 그리하여 문화는 인간과 자연과의 관계에서 다차원적 관계로 바꾸었다.

이제 우리들은 문화나 절대적인 세계에 속하는 것으로 생각했던 가상 체험 속으로 들어갈 수 있다. 이 세계는 실재하는 세계가 아니라 가상의 현실이기 때문에 철저히 가상의 지식과 사고의 세계이다. 이러한 세계에서 삶이란 시뮤레이션의 세계이며, 거울의 세계이다. 이 거울의 세계는

---

*숭의여대 문창과 교수

현실을 왜곡하고 현실을 새롭게 주조하여 가상의 현실을 '파생시킨다.'(보드리야르는 이 실재를 파생적 실재라고 한다.) 그 가상의 현실 속에서 인간은 자신도 가상의 존재가 되어 가상의 현실에서 가상의 체험을 쌓는다. 여기에서 가상의 현실과 함께 가상의 인간이 탄생한다. 우리들은 본래적인 자아 뿐만 아니라 가상의 자아를 갖게 된다. 그 가상의 존재는 점점 실재의 존재를 대체하고 실재의 존재를 무의미하게 만든다. 왜냐하면 실재의 존재로서의 인간은 밥을 먹고 대변을 보는 형이하학적인 존재에 불과하기 때문이다. 그러나 가상의 현실 속의 인간은 지적인 존재이며 지적으로 재구성된, 형이상학적인 존재이다. 이러한 존재는 끊임없이 자아를 재생산하여 새로운 인간으로 재탄생될 수 있는 무한의 인간을 창조하는 절대적인 존재이다. 즉 인간이 창조적인 신이 될 수 있는 존재이다.

이러한 가상의 현실과 가상의 인간을 만들어내는 거울은 우리들의 앞에 놓인 새로운 세계이다. 우리들은 이제 컴퓨터라는 거울을 통해 새로운 세계와 자아를 재창조하고 있다. 따라서 거울은 우리들의 현실에 만연되어 있으며, 거울 속에서 우리들의 삶이 만들어진다고 해도 과언이 아니다. 거울은 빠른 속도로 기존의 인간형을 대체한다. 거울만이 이제 살아 있는 세계이며 거울만이 우리들의 리얼리티를 확인할 수 있는 매체이다. 거울은 우리들의 삶을 결정하고 우리들의 사고 방식을 결정한다. 거울이 주체가 되었다고 해도 과언이 아니다. 그리하여 거울은 스스로의 언어를 갖는다. 그 언어는 실재의 언어와 연속적이면서 다른 언어다. 그것은 거울의 언어이기 때문이다. 그 언어는 인간의 언어를 대체하고 인간의 사고력을 대체하여 인간 세계에서 주체로서 자리잡고 있다. 이렇게 인간 언어를 대체한 거울은 매체라기보다 주체가 되었으며, 주체로서 인간의 모든 생활 방식과 사고력을 장악한다. 복합적인 세계에서 쓰는 언어는 복합성을 지닌다. 왜냐하면 복합적인 세계에서 유통될 수 있는 언어는 복합적인 다자간에 소통될 수 있는 기호여야 하기 때문이다.

2. 자아의 정체성 논란

거울은 새로운 인간형을 창조한다. 근대적 인간형은 개성과 자아의 발견이라는, 정체성을 찾는 과정에서 형성되었다. 따라서 근대적 인간형은 지상에서의 유아독존으로서의 인간의 절대성을 인정한 주체 개념이었다. 개성적인 '나'로서 유일한 존재인 '나'는 절대자로서의 신과 형이하학적 존재로서의 사물이나 물질 사이에서 리얼리스틱한 세계의 주체였다. 따라서 근대적 자아는 이성적 존재로서 논리적으로 이 세계를 설명하고 과학적 설명을 통해 세계를 이해하는 존재이다. 그만큼 세계는 자아의 주체성을 통해서 파악되는 한정된 장소이며, 이러한 세계 속에서 인간은 자아의 정체성을 찾는 데에 몰두해 왔다. 자아의 정체성을 통해서 세계를 이해할 수 있다고 생각한 것이 이성적 존재로서의 인간의 당위적인 의식이라고 생각했다.

그러나 거울의 세계에서는 근대적인 이성적 존재는 부정될 수 밖에 없다. 왜냐하면 거울은 자아를 고정적인 존재로 파악하지 않고 제이, 제삼의 존재로까지 자아를 변형하기 때문이다. 거울은 다면적이며 복합적이다. 따라서 거울 속의 인간형은 근대적 인간형과는 달리 다원적 주체를 갖고 있으며, 다원적 주체의 정체성을 찾지 않으면 자아의 존재론적 본질이 파악할 수 없는 존재이기도 하다. 실재의 존재와 가상의 존재, 그리고 파생된 제이, 제삼의 가상의 존재는 실재의 존재를 부정하고 실재의 세계를 부정하여 실재의 인간형에 대해 부정하고 배제한다.

이제 인간은 자아의 정체성을 찾기 위하여 실재의 나를 찾아야 할지 혹은 가상의 나의 정체성을 찾아야 할지 알 수 없게 되었다. 실재의 나는 물질적이며, 거울 속의 나는 지적이며 가상적이다. 이 두 주체는 다른 주체를 간섭하며 다른 주체에 대하여 보조적이면서도 부정하기도 하고 방해하기도 한다. 이 두 주체의 자의식이 동시에 작용하기 때문이다. 이러한 복합적 주체의 형성으로 자아의 정체성을 찾는 우리들의 작업은 새로운 국면을 맞이하게 되었다. 실재의 나를 찾기에는 나는 너무 물질적이고 제한적이다. 따라서 실재의 나는 빠르게 발전하고 있는 또 하나의 나의 세계에 적응하기 어렵다. 또한 거울 속의 나는 지적이기는 하지만 변형이 심하여 자의식을 갖기에는 너무 복잡하다. 이러한 복합적인 자아로 인해 자아의 정체성은 혼란에 빠져 있다. 우리 시대의 혼란이란 모두 이러한 자아의 복합성으로 인한 정체성의 교란에서 온다. 나는 누구인가의 물음에 대한 답을 갖지 못하는 자아는 끊임없이 물질적 자아와 지적 자아 사이에서 혼란에 빠져 있다.

3. 몇 가지 어두운 조짐

복합적 자아는 우리에게 재앙인지 아니면 행복인지 알 수 없다. 다만 우리들은 이러한 복합적 자아로 인해 미래에 대한 전망을 갖지 못한 채 정체성에 대한 심한 혼란을 겪고 있는 것만은 사실이다. 우리는 이 지구상에 새로운 인간을 받아들여야 할 지 알 수 없는 불안과 공포로 둘러싸여 있다. 그 절망의 징후들이 곳곳에서 나타나고 있기 때문이다.

무엇보다도 생태학자들이나 환경론자들은 엔트로피의 증가를 꼽는다. 지구상의 인간의 멸망을 초래할 지도 모르는 엔트로피의 증가로 인해 에너지 생성의 한계에 도달한 현실에서 생명을 위한 엔트로피의 억제를 통해 인간 환경을 자연친화적인 생태 구조로 바꿔놔야 한다는 목소리가 높다.(제레미 리프킨의 『엔트로피』는 이러한 문제에 대해 다각도적으로 경고 메시지를 보내고 있다.) 나와 복제 인간, 그리고 수많은 새로운 유전자와 돌연변이들이나 새로운 바이러스나 박테리아들에 대해 기존에 갖고 있었던 인간이나 생명에 대한 정의를 새롭게 하지 않으면 안될 지도 모른다. 슈퍼박테리아나 다이옥신이 자연과 인간을 파괴하여 인간의 생존 자체를 위협하고 있다.

이와 같은 환경적 위험에 대한 경고가 너무 과장되었는지도 모른다. 엔트로피 증가에 대해 부정적으로 이해하는 환경론자들의 견해가 세기말을 틈타 종말론과 함께 확대 과장되었을지도 모른다. 즉 세기말 20세기적인 현상에 대한 반성과 함께 새로운 구원의 구조가 형성되지 못한 현실에서 종말론적 구원의 종교가 만연하고, 그와 함께 새로운 대안이 제시되지 못한 현실에서 과거에 대한 부정적 인식이 팽배하면서 가치관의 혼란과 함께 엔트로피에 대한 공포가 나타났는지도 모른다. 그러나 거울의 세계로 인해 지식이 풍요로워지면서 혼란이 가중되고 있는 것만은 사실이다. 그것은 인간의 능력으로는 거울의 지식을 장악하기에는 불가능하기 때문이다.

이러한 위기 의식은 끊임없이 생성되는 돌연변이 세포에 대한 공포로도 짐작해 볼만하다. 그 대표적인 것으로 우리는 암과 슈퍼박테리아를 들 수 있다. 이들은 돌연변이 세포로서 인간의 육체적 정체성을 부정하는 공포의 생명체이다. 이 생명체는 기존의 자연인 혹은 문명인으로서의 인간의 정체성에 대한 심한 타격을 입히고 있다. 암의 발달, 그리고 슈퍼박테리아의 생성 및 알 수 없는 세포들은 인간의 육체적 정체성을 위협하여 인간을 불안에 빠뜨리고 있다. 이와 같은 암의 발달과 함께 나타난 현상이 복제 생명체이다. 복제 생명체는 돌연변이 세포인 암의 상업성과 맞아떨어져 나타난 또 다른 생명체이다. 콩이나 쌀, 소나 양 등에서 생산성의 증가를 위하여 돌연변이 세포를 만들어내는 작업이 꾸준히 발달하면서 인간의 복제에 대한 이해에까지 이르게 된 것이다. 이러한 복제로 인해 기존의 인간형이 파괴되어가고 있는 공포의 현상이 나타나기도 하지만 돌연변이는 오늘날 생명에 대한 새로운 이해 뿐만 아니라 종교나 철학에 대한 새로운 이해를 요구하고 있다.

이제 인간은 불안하다. 돌연변이들에 대한 이해없이 현실을 이해한다는 것은 불가능하게 되었다. 우리들은 아침 식탁이나 저녁 만찬에서 돌연변이를 먹고 있으며 돌연변이 애완동물을 키우며 살아가고 있다. 그만큼 우리들은 돌연변이 세포에 의해서 육체가 침범 당할 위험을 항상 갖고 있다. 질량의 법칙에 의해 이러한 현상이 계속된다면 언제 우리들은 돌연변이들의 지배를 받을지 모른다. 지금은 우리의 정상적인 생명체와 돌연변이들과의 투쟁 과정에 있다. 돌연변이들은 끊임없이 인간 환경에 적응하며 인간과 갈등을 빚을 것이다. 암은 날로 새로운 암이 될 것이며 박테리아는 새로운 박테리아를 낳을 것이다.

4. 혼을 잃은 문학

이들은 우리들에게 자아의 정체성을 복합화하여 우리들을 혼란에 빠뜨릴 것이며 다원적 거울 속에 있는 자아 속으로 우리를 몰고 갈 것이다. 이와 관련하여 우리는 이상(李箱)이나 채만식 시대의 폐병 문학에서 암의 문학으로 발전해 가고 있는 조짐을 통해서 우리 문학과 암과의 관계를 체계적으로 살펴볼 필요가 있다. 폐병의 문학은 세계와 자아의 갈등을 통해서 자아가 세계에 대해 열등하여 불안과 절망으로 위축되어 있다. 그리하여 자아는 소외되어 불행하다. 따라서 폐병의 시대에 소설은 현실로부터 소외된 자아 찾기에 몰두한다. 이에 비해 암의 시대는 절망하지 않는다. 새로운 돌연변이 세포의 생산을 통해서 재구성하고 재조립하면 되기 때문이다. 그만큼 기형적이다. 암은 돌연변이 시대의 병이며, 거울 시대의 병이며, 복합적 자아의 병이다. 따라서 암은 포스트모더니즘 시대의 병이다. 우리 시대 작가나 시인은 돌연변이 세포인 암의 의식에서 작품을 쓴다고 할 수 있다. 환상 소설이나 윌리엄 깁슨의 <뉴로맨서>와 같은 사이버 펑크, 키취나 사소설, 서정 소설 등은 암의 문학이며 거울의 문학이다. 정상 세포와 돌연변이 세포 사이에서 정체성의 혼란을 겪는 거울 시대의 문학이다.

포스트모더니즘은 돌연변이의 사조이다. 포스트모더니즘에는 그 자체 생성의 원리란 존재하지 않으며 조립과 변이의 원리만 존재한다. 따라서 포스트모더니즘은 종말론적인 문학적 현상에서 돌출한 돌연변이의 문학이다. 시인의 가슴에서 불을 지펴 울려나오게 하는 문학적 꽃이 아니라 기존의 문학에서 파생하여 생산되는 소비적인 문학이다. 그만큼 엔트로피의 법칙으로 만들어진 문학이며 엔트로피에 대한 자구책으로 만들어진 문학이다. 오늘날 환상 소설이나 시적 소설 혹은 키취는 시인이나 작가의 창조적 열정과는 무관하다. 이들은 기존의 문학의 창조적 열정의 극한에서 비롯한 사회역사적 산물이다. 다시 말하면 돌연변이와 깊이가 있는 거울 속에서 복합적 자아가 만들어내는 구조물이다. 따라서 이러한 문학은 세기말적인 시대상을 잘 반영하는 허무적인 문학이다. 파편화된 우리 시대의 현실을 적나라하게 반영하고 있는 이 문학은 문학을 시인이나 작가로부터 분리하여 시장 속에 던져 놓는다. 그러나 이 시장이란 기존의 시장과는 다르다. 기존의 시장이란 작가가 내어다 파는 공간으로서의 시장이었다. 따라서 작품은 작가의 생산품이었다. 여기에서 작가는 작품을 생산품이면서 자신의 영혼을 담는 그릇으로 간주했다. 그러나 이제 거울 속에 있는 작품은 조립품이다. 그 조립품은 기존 작가들이 이미 생산해 놓은 작품을 재편집하거나 거울이라는 새로운 환경에 적응할 수 있는 품목이다. 그 거울 속의 작품은 작가와는 무관한 거울이라는 새로운 환경에서 만들어진 작품이기 때문에 거울 속에서 새로운 독자를 만난다. 거울 속의 독자는 거울 속의 작품을 통해서 대화하며 그 대화는 기존의 인쇄 매체를 통해서 맺어지는 작가—독자의 관계와는 다르다. 거울 속에서 작가는 이미 존재하지 않으며 작품 자체만이 존재한다. 거울이 하나의 새로운 환경이므로 거울 속에서 작품은 하나의 가상의 작가와 독자만이 존재한다. 여기에서 가상의 작가란 없다. 가상의 작가란 작품 자체이다. 왜냐하면 작가란 거울 밖의 개념일 뿐 거울 안의 개념이 아니기 때문이다. 거울은 세계를 창조한다. 그 세계는 다수의 독자들만이 존재하고 작가는 존재하지 않는다. 수많은 가상의 독자들이 하나의 거울 속의 조립품을 검색하고 조립품 속에서 자아를 비춰본다. 온통 거울인 세계 속에서 작품은 홀로 이야기를 조립하고 가상의 독자를 만난다. 가상의 독자는 거울 속에서 가상의 이야기를 체험하며 가상의 인간을 만난다. 혹은 자폐적 영혼을 만난다.

토마스 핀천의 소설이나 마르께스의 소설, 혹은 도서관 문학인 보르헤스의 문학에 이르기까지 환상성은 우리 시대 병리학의 반영이다. 또한 우리 소설에서 윤대녕의 서정성이나 전경린의 사소설적 서정성, 그리고 신경숙의 위태로운 자아찾기는 우리 시대의 삶을 위축시키고 정체성에 혼란을 초래하고 있는 문학이다. 또한 키취에 함몰해 있거나 이상(李箱)을 흉내내고 있는 시인들도 암의 시대에 적응한 혼란의 문학이다.

거울 속에서 신화는 끊임없이 만들어진다. 그러나 그 신화는 기존 인간과의 관계 속에서 만들어진 신화가 아니라 가상의 인간형이 만들어낸 가상의 신화이다. 이는 환상 속의 신화이며 환상을 통해서 이해될 수 있는 신화이다. 거울 속에서 신화는 신화를 번식한다. 번식된 신화는 현실 속의 인간과는 상관없이 자생력을 갖고 있으며 거울의 이미지를 통해서 수많은 새로운 신화를 재구성한다.

인간은 누구나 자신의 램프를 갖고 있다. 그러나 이제 우리는 그 램프를 켜지 못한다. 그 불빛이 닿을 곳이 없기 때문이다. 우리가 지신의 불을 갖고 있는 것은 우리가 자신의 혼을 높이 올릴 곳이 있기 때문이며 그 영혼이 닿을 신화의 세계가 있기 때문이다. 그러나 이제 인간의 신화는 존재하지 않는다. 인간이 자신의 영혼을 쏘아 올려 만들 수 있는 신화는 존재하지 않는다. 왜냐하면 복합적 자아가 신의 영역을 대체하기 때문이다. 따라서 거울 속에서 자아는 무궁무진한 변형을 통해 신화를 구성한다. 그 신화는 복합적인 자아에 의해서 재구성되기 때문에 환상적이기는 하지만 신비하기까지는 하지 않다.

〈이 잔을〉에 비친 김동인의 기독교

진병도[*]

1

김동인(1900-1951)의 단편 〈이 잔을〉은 1923년 1월, 『개벽』 제31호 지상에 상재된 작품이다. 그 소재는 신약성경에서 가장 정채있는 부분인 〈최후의 만찬〉 직후부터 〈겟세마네 동산에서의 기도〉를 거친 다음 군병들의 손에 넘겨지기까지의 예수 그리스도의 행적[1]이 주된 것으로 되어 있다. 그래서인지 아래와 같이 논평한 이도 있다.

> 기독교 장로집안에서 자란 김동인이 신약성경속의 감동적인 클라이맥스에 해당되는 대목을 매우 절제된 문체 속에 담아 놓았다. 이 작품에서 우리가 어떤 기독교적인 의미를 읽고자 하면 실망한다. (중략) 그는 성경에 적힌대로 그 내용을 우리말로 쉽게 고쳐놓았을 뿐이다.[2]

동인의 출신에 대한 긍정적 추론에 따른, 복음서와의 대조의 미비가 빚은 추단인 듯하다. 그러나, 만일 복음서의 해당 장면을 일별하기만 했더라도 이 작가가 의도적으로, 개신교의 전통적 성경관과는 다른 동기로

---

*개혁신학교 교수

1) 마26:20-56, 먹14:22-50, 눅22:14-53, 요18:1-11 참조.
2) 김윤식, 김동인 연구(서울: 민음사, 1987), 230-231면 참조.

이 단편을 썼으리라는 것을 쉽게 감지할 수가 있었으리라고 본다. 그런데, 이와는 다르게 본 이도 있다.

> 여기서 동인은 예수를 하나님의 아들로서 '아버지의 뜻'에 전적으로 순응하게 하는 것이 아니라, 보다 인간적인 면으로 투정하게 한다. 필경 동인은 예수의 이미지 속에 하나님의 속성보다는 인간적인 속성을 강조함으로써 모든 인간들이 하나님에게 항거하는 것이, 인간들의 기본 속성임을 나타내고 싶었던 것이 아닌지 모르겠다.[3]

예수가 구유한 신성과 인성 중 신성보다는 인성쪽에 더 기운 예수상을 형상화 해 보임으로써, 하나님께 항거하는 것이 인간의 기본 속성임을 부조하고자 한 것으로 보인다는 지적인데, 이것은 어느 정도 시사적인 지적으로 보인다. 동인은 춘원의 계몽주의적인 소설관을 비평하는 관점을 그의 소설 창작의 출발 시점으로 정립했던 것과 유사하게, 기독교에 관해서도 자신이 기독교 가정과 교회와 기독교 계열 교육기관에서 습득한 개신교의 전통적 기독관을 액면대로 수용하지 않았다. 오히려 그것을 자아류의 시각에서 비평하고 변조하는 관점을 자신의 기독관의 기저로 삼고자 하였음을 그의 첫작품인 <약한 자의 슬픔>에서 시사한 바가 있었고, 그후 이어서 <자기의 창조한 세계>에서도 그런 의도를 논술한 바가 있었다. 그후 <배따라기> 서두에서도 하나님의 섭리에 배치한 자아류의 유토피아관에 따른 진시황론을 언급한 후 <이 잔을>에 와서 본격적으로 그의 기독관을 <특이한 예수>의 형상화를 빌어서 주장하고자 한다. 본고는 <이 잔을>에서 동인이 특수하게 창조한 예수상의 이모저모를 찾아서 살펴보고 그가 그런 특이한 기독관을 갖게 된 배경을 들추어봄으로써 그의 기독관의 특이성의 일면을 조명해 보고자 해서 계획되었다.

---

3) 이인복, "한국소설에 수용된 기독교 사상 연구," 문학이론과 비평의식(삼영사, 1983), 279-280면 참조.

2

이 작품은 기존의 예수관에 대한 파행을 유도하는 것으로 시작된다. 예수의 성육신(incarnation)의 계시적 예정적 목적이 인류의 죄의 대속을 위한 것이었다고 믿는 개신교적 고정관념부터 절룩거리게 하면서, 신·인 양성을 갖춘 예수의 특성에서 신성을 제거함으로써, 인성만 가진 예수로 수정해 버린다. 신성 상실 뿐 아니라, 범부보다도 못한 겁장이·도망자 예수로 분장을 시킨다.

> 이틀 있으면 이를 유월절 전으로 그를 꼭 죽이려고 계획한 그것도 알았다. 오늘 이제로 가퍼나움이나, 막달라로 달아나든지, 그렇지 않으면 그가 아직 모든 괴로움을 뚫고 하여 오던 일을 성공 직전에 허물어 버리든지, 그렇지 않으면 죽든지, 이것이 그의 앞에 놓인 운명이다. (중략) 만찬 뒤에 취미 좋은 포도주에 녹아서, 베드로에게 머리를 찍히우면서 이런 생각을 하고 있던 예수는, 저편에서 쿵쿵거리며 뛰어 오는 발소리에 후더덕 일어나 앉았다. —<이 잔을>에서.

유월절 전에 자신을 꼭 죽이려고 계획한 것을 안 예수로 하여금 ①달아나든지, ②지금까지 해오던 일을 성공직전에 허물어 버리든지, ③죽든지 할 수 밖에 없다는 갈등의 상황에 빠지게 한다. 이것은 신적인 갈등이 아니라, 인적인 범부적 갈등에 빠지게 한 것이다. ①항은 삼위일체 하나님인 예수가 대속을 위하여서 자발적인 사랑의 발현으로 성육신한 예정성의 부정과, 대속의 사명의식이 결여되고 신성도 거세된 범부, 그중에도 비겁한 도망자로 예수를 평가절하 하였고 ②항은 지금까지 해오던 일이 이스라엘을 로마의 속국에서 해방시킨 다음 스스로 세상왕이 되기 위한 행각이었다고 하는 예수의 세속화를 노린 상황설정이며, ③항의 '죽든지'도 대속을 위한 계시에 따른 자원적 죽음이 아니라 숙명적 피동적 한계상황적 죽음 쪽에 무게를 둔 것이라고 볼 수 있다. 최후의 성만찬 때 독한 술을 과음하여서 취한 예수가 제자 베드로에게 머리를 찍기우고 있다고 묘사된 장면은, 예수란 범부는 신성유무 따위는 이미 논의할 가치조차 없을 뿐 아니라 술에 취해서 제자에게 머리를 쥐어 박히고 있을 정도의 인격밖에 못된다고 품격을 폄척하고 있다. 그 다음은 예수가 제사장에게 쫓기어 겟세마네 동산까지 황급히 쫓겨가고 있는 과정을 그려가고 있다.

동인이 이와 같이 범부로 평가절하된 예수를 창조한 이유가 무엇인가를 찾아보지 않을 수 없다. 그것은 우선 그가 쓰고 살아 온 <페르조나(persona)>의 특성에서부터 시작하는 것이 좋을 것 같다. 페르조나는 고대 그리스의 연극에서 배우들이 쓴 가면을 이른다. 우리나라 탈춤에서도 양반탈을 쓰면 양반노릇을 하고, 노인탈을 쓰면 노인 역할을 한다. 인간집단에서의 삶도 여러 가지 탈을 썼다 벗었다 하면서 살아간다. 그때 쓰는 탈은 그 사람의 개성이라고 착각하기 쉬우나 그것은 집단정신의 한 단면을 현시한 가면(mask)에 불과하다.4)

김동인은 개신교 교회의 장로였던 그의 부친에게서 기독교 가정교육과 기독교 계통의 학교인 숭실소·중학교에서 기독교 교육을 받으면서 기독교 신자라고 하는 집단정신의 한 단면을 나타내는 페르조나를 숙명적으로 쓰고 살도록 마련되었다. 그러던 숭실중학교 시절의 어느날, 성경시험에서 부정행위를 하다가 발각이 되었다. 그후, 그는 스스로 등교를 거부했더니, 그 학교 외국인 교장이 그의 가정을 방문하여 등교를 권유했으나 듣지 않았을 뿐 아니라, 그의 부친까지 가세해서 그를 동경유학을 시켜 버렸다.5) 페르조나는 자아로 하여금 외계와 관계를 맺게 해 주는 기능인데,6) 그 페르조나에 입각한 태도는 주위의 일반적 기대에 맞추어 주는 태도이며, 외계와의 적응에서 편의상 생긴 일종의 기능 콤플렉스(Funktions komplex)라고 할 수도 있다. 그리하여 그것은 환경에 대한

---

4) 이기영, "분석심리학," C.G.Jung의 인간심성론, 일조각. 65-66면 참조.

5) 박현숙, "천재·오기·그리고 좌절의 연속," <문학사상> 제2권, 1972년. 293면 참조.

6) C.G.Jung, *Die Beziehungen zwischen dem Ich dem Unbewußten*(Rascher, Zurich, 19 63), 179면 참조.

'나'의 작용과 환경이 '나'에게 작용하는 체험을 거치는 동안에 형성되는데,[7] 그런 페르조나를 분석해 보면, 지금까지 자기 것이라고 생각해오던 것이 실은 자기의 것이 아니라 남들의 것이었음을 알게 되며, 이러한 지각이 때로는 심각한 충격과 위기를 마련할 수도 있다. 또 어떤 계기로 체면이 손상되었거나 상실되었을 때, 그는 '나의 것은 과연 무엇인가' 하는 회의에 빠지기 쉽다. 동인의 숭실중 자퇴사건은 성경시험 부정행위를 적발하여 그의 불명예를 공개한 학교와 교회에 대한 그의 강한 반감표출의 결과로 생긴 사건으로 볼 수 있다. 유별나게 유아독존적 개성을 가진 그에게 이 체면손상 사건이 빚은 외상적 체험은, 지금까지 그가 타의에 의해 쓰고 살아 온 기독교인 페르조나에 대한 회의와 동시에 '참 자아의 페르조나 찾기'를 시작하게 한 동기가 되게 하였을 수 있다. 즉, 별로 참회의 체험도 없이, 장로의 아들이었기 때문에 기계적으로 교회 주일학교에서 미숀계 소·중학교에 이르기까지 장로의 아들이라는 일반적 기대에 맞추어 주기 위하여 타협과 적응의 가면(페르조나)를 쓰고 살아올 수밖에 없었던 일에 대한 자성적 자각이, 이 퇴학사건으로 인하여 싹트게 되었을 수 있다. 그후, 이어서 타국(일본)에서 자유스럽게 유학생활을 하게 된 생활 여건은 그의 '자아찾기'를 더 가속화시켰을 수 있다. 그리고 당시 그의 유학지 일본에서는 속죄나 구원이라고 하는 근원적 충격과는 관계가 먼, 다만 '이국적 정취를 환기시켜 주는 문학의 소재로서의 기독교'를 다룬 문학이 유행하였있는데 (이것은 대정문학의 특성 중의 하나였다.) 그것이 문학 지망생이었던 그의 눈에 띄지 아니하였으리라고 볼 수 없다. 거기서 그는 그의 부친과 개신교회와 학교가 가르쳐 준 보수적 교리와는 판이한 자유주의 신학을 접하게 된 충격으로 갈등에 싸였을 무렵에, 부친이 타계하게 되었다. 그때까지 그의 부친의 권위는 그로 하여금 기독교에 대한 반감표출을 억제토록 하여 계속 기독교인의 페르조나를 쓰고 살도록 한 억압기전 역할을 하여 왔었는데, 부친의 사망은 그로

---

7) C.G.Jung, Psychologische Typen. G.W.Bd.6 233면과 505면 참조.

하여금 그 억압(vertrangung)에서 벗어나서 탈기독인이 될 수도 있는 계기를 마련하여 준 한 단계의 전기적(傳記的) 마디가 되어진 셈도 된다.

그의 부친의 사망 2년 후,『창조』제7호(1920년7월)에 상재한 <자기의 창조한 세계>에서 그가 소위 '인형조종술'을 그의 문학론으로 주장한 것은, 실은 그가 지금까지 부친의 강요에 의해서 써온 기독교인 페르조나를 이제는 벗어버리고 문인의 페르조나로 바꾸어 썼다는 선언적 의미가 내재해 있을 뿐 아니라 여기서 그는 부친과 교회가 가르쳐 준 기독교와는 다른 자유주의 신관에 의한 새로운 눈으로 기독교를 보게 되었다는 개종의 뜻도 엿보이며, 그 다음에 <이 잔을>이란 단편을 빌어서 그의 개종을 구체적으로 공포한 것이 된다고 볼 수 있다.

김동인이 이와 같이 기성 권위에 대하여 그의 특유의 확산적 사고를 빌어서 어떤 권위가 되었든 그 권위를 낱낱이 거부하고 그 권위 대신 자신의 대안을 제시하기를 일삼는 이유를 구명해 볼 필요가 있다고 본다. 그것은 그가 갈아 쓴 그의 페르조나와 관계가 깊다고 본다. 그는 그의 전기적 한 매듭에 해당되는 '페르조나 갈아쓰기' 때 즉, 숙명적으로 쓰고 살 수 밖에 없었던 장로의 아들로서의 기독교인의 페르조나를 벗어버리고 문학인으로서의 페르조나를 갈아 쓸 때부터, 일종의 굴밖보기(tunnel vision)[8]에 빠진 듯하다. 즉 지각의 폐쇄와 개방은 인간의 욕구에 의하여 좌우되는데, 이는 특정한 욕구가 강력하게 작용하여 지각의 장(場)을 좁히는 것을 터널·비젼(tunnel vision: 필자는 이것을 '굴밖보기'라고 번역해 보았다)이라고 한다. 김동인은 '페르조나 갈아쓰기'를 감행하면서 하나님이 지은 세계에 만족치 않고 자기 힘으로 '자기다운 것 창조하기'라는 강력한 욕구가 내면세계에 팽창한 연유로 그의 지각의 장이 좁혀져서 극히 제한된 시야로 세상을 바라보게 되었다고 볼 수 있다. 그것은 마치 동굴 속에서 밖을 내다볼 때에 밖의 세계 전체가 보이는 것이 아니라, 굴의 윤곽 안에 제한된 것만 보이는 것과 같다. 그의 굴밖보기는 ① 개

---

8) A.W.Combs, *Individual Behavior*(New York: Harper & Row Publishers, 1957), 17-20면 참조.

신교의 전통적 기독관의 부정 ② 춘원 이광수의 사랑 이야기나 하면서 계몽적 설교에 빠진 소설관과 기법에 대한 비평의식의 표출, ③ 당시 일본문단에 대한 멸시 ④ 빅토르·위고까지 통속작가로 규정하는 기염을 토하는 등의 특성을 보여 주고 있다. 우선 <자기의 창조한 세계>(1920)에서 동인이 개신교의 전통적 세계관에 정면으로 도전하고 있는 양상을 엿볼 수 있게 하고 있다.

어떠한 요구로 말미암아 예술이 생겨났느냐, 한마디로 대답하려면, 이것이다. 하나님의 지은 세계에 만족지 아니하고, 어떤 불완전한 세계든 자기의 정력과 힘으로써 지어 놓은 뒤에야 처음으로 만족하는, 인생의 위대한 창조성에서 말미암아 생겨났다. —<자기의 창조한 세계>에서

예술발생론인데 하나님이 지은 세계보다 스스로 신이 되어서 자신이 지은 세계에 만족하기 위하여 예술이 생겨나야 한다는 것이다. 그러나 이것은 하나님에 대한 도전 외에 당시 일본문단의 장자격인 나쓰메(夏目漱石)의 다음과 같은 예술발생론에 대한 비평적 자기 소신을 밝힌 것이기도 하다.

산길을 오르면서 이렇게 생각했다. 지(智)를 부리면 모가 나고, 정(情)에 노저어 가면 떠내려가고, 의(意)로 밀어 부치면 답답하다. 아무튼 이 세상은 살기 어렵다. 살기 어려움이 더해가면 편한 데로 옮아 살고 싶어진다. 어디로 옮겨 보아도 살기 어렵다고 깨달았을 때 시가 나오고 그림이 생긴다.
인간 세상을 만든 자는 신도 아니고 귀신도 아니고 역시 저기 서너 집을 이웃하며 언듯언듯 보이는 예사 사람인 것이다. 예사사람이 만든 인간세상이 살기 어렵다고 해서 더 나은 나라가 있을 이가 없다. —객지잠(草枕) 허두의 글에서9)

나쓰메는 인간이 지·정·의를 부려 보아도 살기 어렵고, 편한 데를

---

9) 夏目漱石, 草枕, <新小説> 1906.9. 단행본은 <新潮文庫> -1-9, 5면 참조, 윗글은 필자가 번역함.

찾아서 옮겨 보아도 살기 어렵다고 깨달았을 때 그 푸념으로 생긴 것이 예술이라고 한다. 그리고 인간 세상을 만든 자는 신도 귀신도 아니고 예사 사람이며 이들이 만든 인간 세상이기에 어디에 가 보아도 더 나은 나라가 있을 리가 없다는 것이다.

여기에, 동인은 세상은 하나님이 지었다고 도전한다. 그러나 그것은 하나님을 찬양하기 위함이 아니라, 하나님이 지은 나라는 만족할 만한 나라가 못된다는 것을 부각시키기 위한 것이다. 그리고 나쓰메가 말하듯이 세상살이가 어려울 때 생기는 푸념이 예술이 된 것이 아니라 하나님이 지은 세계에 만족할 수가 없어서 자신이 창조성을 발휘하여 자신의 힘으로 자신의 세계를 지어 놓고 만족하기 위해서 만든 것이 예술이라는 것이다.

동인은 자국의 문학 선배인 춘원에게만 그 권위에 도전하는 것으로 그치지 아니하고 다시 일본문단에서 존경받던 나쓰메를 비롯한 여러 문인들의 문학까지 경멸했고 프랑스의 빅토르 위고까지도 통속작가라고 멸시했다고 다음과 같이 고백하고 있다.

> 나는 그때 소년다운 야심이 만만하던 시절이라, 더욱이 나의 아버지가 나를 기르실 적에 유아독존의 사상을 나의 어린 머리에 깊이 쳐박았으리만치 일본문학 따위는 (그위의 문맥으로 보아 기꾸찌깡[菊池寬], 아꾸다가와 류노스께[芥川龍之介], 나쓰메[夏目漱石] 등을 언급하고 있다. -필자 주) 미리부터 깔보고 들었으며 <빅토르 위고>까지도 통속 작가라 경멸하리만치 유아독존의 시절이었다.[10]

동인은 다시 아래와 같이 강조한다.

> 어린애도 하나님의 세계에 만족치 않고, 인형이라는 자기의 세계를 사랑하는 이 인생에서, 이 누리에서, 오해한 인생이든 어떤 '자기의 창조한 인생, 자기가 지배권을 가진 인생'을 지어 놓고 자기 손바닥 위에 뒤채여 본 문학

---

10) 김동인(김치홍편), 김동인 평론전집(삼영사, 1984), 432-433면 참조.

자는, 이 세상에 과연 몇이나 되는가. -<자기의 창조한 세계>에서

어린애까지도 여호와를 의지하지 않고 자기의 명철을 의지하기를 좋아하는 까닭에(잠언 3:5과 비교) 자신이 지배하기 위해서 지은 인형의 세계를 사랑한다는 것은 일종의 <탈(脫)에덴 의식>이라고 할 수 있다.(창세기 3:4~7참조) 이 성경의 앞부분을 보면 아담은 제사장·왕·선지자로서의 삼중직11)을 수행 중에 있었다. 그러던 중 뱀의 유혹이 왔다. 선악과를 따먹으면 선악을 알게 되어 하나님과 같아지는 길이 있다는 유혹이다. 즉, 하나님이 약속한 생명과 영생을 얻을 수 있는 길은 말씀을 믿고 순종하는데 있는 것이 아니라 스스로 선악을 판정할 수 있는 권능을 소유하는 데 있다는 유혹을 한 것이다.(창3:5) 그 유혹을 수용했다. 스스로 하나님이 되겠다는 결단의 표출이었다. 가장 살기 좋은 시·공을 제공하되 계율을 준수하거나 거부할 자유까지 허용한 하나님의 사랑을 외면하고, 그 계율을 어기는 데 대한 죄의식보다 스스로 하나님이 되고 싶은 욕구가 더 강했던 아담을 동인이 배워서, 그와 똑같은 방법으로 자신이 지배할 세계를 창조하기로 작정한 것은, 아담의 행위가 원죄가 된다는 교리적 통념을 의도적으로 외면하고 오히려 범법을 합리화하려고 하는 데서 연유한 것으로 보인다. 선악을 판단하는 권능은 갖게 되었으나 스스로 악을 멀리할 수 있는 능력은 상실한 불행한 아담처럼 동인은 그후 하나님께 항거하는 판단력을 가진 문학은 하였으나 아래와 같이 그는 고백하고 있다.

> 방탕은 다시 시작되었다. 정오쯤은 요리집에 출동하여 제1차회, 제2차회, 3차회, 어떤 때는 4차회까지 끝난 뒤에 새벽 세시쯤 집에 돌아와서 한잠 자고는 정오쯤 다시 요리집으로 출동하고, 이러한 광포한 생활은 다시 시작되었다.12)

---

11) 창세기 2:15 그리고 19-20참조. 이 삼중직설은 캘빈(Calvin Jean: 1509-1564)에 의해 확립되었고, 그리스도의 삼중직에 적용되었으며 아담에게도 적용된 바 있다.

이와 같이 악을 스스로 제재하는 능력을 갖지 못하는 파행을 면할 수 없었던 불행을 엿볼 수가 있다. 위와 같이 자신이 지배하기 위해서 지은 인형은 이른바 '예술을 닮은 자연'일 수 있는데, 이것은 또 한편으로는 다음과 같은 유미적 세계와 관계가 있을 수 있다. 즉, 이것은 오스카 와일드(oscar wilde: 1856~1900)의 <가공의 퇴폐>(The Decacy of Lying)에 나오는 세계를 연상시킨다.

> 예술이 인생을 모방한 것보다 훨씬 더 인생이 예술을 모방한다.13)

> 위대한 예술가는 전형(type)을 창조한다. 인생은 마치 기업심이 있는 출판업자와 같이, 대중적 형태로 재현하기 위하여 그것을 묘사한다.14)

동인은 위와 같이 하나님이 창조한 기존세계에 만족할 수 없어서 자기의 명철을 최상의 것이라 믿고 자기가 지배할 자기 세계를 창조하겠다는 '탈 에덴 의식'에다 오스카 와일드가 말한 "자연이 예술을 모방한다."는 탐미주의적 예술관을 접맥시켜서 그의 소위 '인형조종의 미학'이란 굴밖보기(tunnel vision)로 그의 문학을 구축해 갔다.

다시 <이 잔을>의 남은 부분을 살펴보자. 예수가 최후의 만찬 때 포도주를 과음하여 취했기에 제자 베드로에게 머리를 쥐여 박혔다는 대목에서 동인은 '성찬'을 평범한 '만찬'으로 격하한 것에 주목할 필요가 있다.

> 최후의 만찬은 먹고 마시는 데 그치는 일반적인 만찬과는 다르다. 그리스도는 그 성찬을 유월절 양잡는 날 밤에 세운 것이다. 유월절은 이스라엘 백성을 출애굽케 하여 구원하는 표이며 기념일이다. 새 언약 의식인 예수그리

---

12) 김동인, "한국근대소설고" 참조.

13) "Life imitates art for more than Art imitates life."—Oscar Wilde, *The Works of O scar Wilde*(Black's Readers Service Company, New York). 610면 참조.

14) "A great artist invents a type, and life tries to copy it, to produce in a popular fo rm, like an enterprising publisher." 위와 같은 책에서.

스도의 마지막 성찬의식도 십자가를 지기 전에 세운 것이다. 구약의 유월절의 어린양의 피는 어린양으로서 십자가에 못 박힐 예수 그리스도의 예표이다. 구약의 유월절은 예수의 유월절 양됨으로 완전히 성취되는 것이다. 하나님은 피로써 사람을 속량했다. 그런데 짐승의 피로 사람의 죄가 다 속량된 것이 아니라, 하나님의 어린양인 참사람 예수 그리스도의 피로써만 완전히 속량된다. 이 언약의 기념이 성찬인데 성찬의 요소는 떡과 포도주이다. 떡은 찢기고 죽었다가 부활한 예수의 몸을 상징하고 포도주는 사람을 구원하기 위하여 흘린 예수의 피를 뜻한다. 이 예식은 그리스도와 연합되어 있음을 더욱 강화하는 예식이다.(필자 요약)

그런데 이 '성찬'을 모독한 것은 의도적인 듯하다. 르낭(Joseph Ernest Renan: 1832-1892)은 성찬에 대하여 다음과 같이 말하였다.

반대로 최후의 만찬에 관해서는, 나는 내 의견을 고집한다. 예수의 최후의 저녁에 있었던 성찬의 성립을 말하고 있는 공관 복음서의 이야기가 내게는 거의 기적과도 같이, 그럴 듯하지 않은 것 같다. 나의 생각대로 말하면, 그것은 상투적인 것이며, 기억의 착각에 근거를 둔 책이다.[15)

동인은 르난이 평가절하한 '성찬'에다 비하의 색조를 더 진하게 칠해 보려고 애쓴 흔적을 보인 것이다.

(전략)—애인 막달라 마리아와 밟기 좋은 물에 젖은 모래 위를, 갈릴리의 비디기를 거치던 젓도 진실로 행복스런 꿈이었다. ——<이 잔을>에서

막달라 마리아가 '예수의 애인'이라고 하고 있다. 그러나 그녀가 예수 그리스도의 애인이었던 기록은 신구약 성경의 어디를 찾아보아도 없다. 막달라는 막달라·마리아의 출생지로 알려진 성읍이다. 그래서 막달라·마리아란 막달라 출신의 마리아란 뜻이다. 그녀는 예수로부터 "악귀를 쫓아 내심과 병고침을 받은 어떤 여자 곧 일곱 귀신을 쫓아내주심을 받

---

15) Joseph Ernest Renan(박무호 역), 예수전: *Vie de Jesus*(홍성사, 1986), 284면 참조.

은 막달라인이라 하는 마리아"(눅8:2, 막16:9)이며 그 은혜에 감사해서 헌신적 삶으로 중생된 성도의 삶을 살아가던 여인이다. 그리고 성경에 명시되지는 아니 하였지만 향유가 든 고가의 옥합을 깨뜨려서 그 향유로 그리스도의 장사(葬事)를 예비하면서 진하게 회개한 모습을 보여준 '옥합을 깨뜨린 여인'(요1:8)을 이 여인으로 보는 이들도 있다. 이 대목을 오스카·와일드도 그의 <옥중기(De Profuntis)>에서 "마그다렌의 마리아는 그리스도를 보았을 때 7인의 정부 중 한 정부가 그녀에게 준 설화석고(雪花石膏)의 장려한 병을 부셔서 피로하고 먼지낀 그의 발에 향기로운 향료를 뿌려준 것"16)으로 기술하고 있기는 하지만 애인이었다는 기록은 없다. 막달라·마리아는 예수가 십자가에서 운명할 때 무리들과 거기 있었으며(마27:56), 안식후 첫날 여인들과 함께 무덤을 찾았고, 예수의 부활을 사도들에게 고한 여인(눅24:10, 요20:18)으로, 자신의 죄사함 받은 것을 감사해서, 받은 은혜에 보답하려고 전도하고 봉사하는 등 가진 노력을 다하여 중생한 성도로서 충성을 다한 막달라·마리아라고는 기록되어 있어도, 새사람이 된 그녀가 다시 더 큰 죄인이 되어서 그리스도의 애인이 되었다는 기록은 없다. 그뿐 아니라, 인성이 신성에게 먹힌 바 된 인격을 가진 그리스도가 그녀를 애인삼았다는 것은 소설기법상 리얼리티가 결여된 황당한 비약이라고 보아야 옳을 것이다. 다만 그리스도를 신성은 부인하고 인성만을 가진 범부로 보기로 작정한 르낭(Joseph Ernest Renan)이 그의 <예수전>에 다음과 같이 기록해 놓은 데는 있다.

> 그가 원기를 회복할 수 있는 맑은 샘물과, 그 밑에 앉을 수 있었던 포도나무와 무화과 나무, 그리고 자신을 사랑할 수도 있었던 젊은 여자들을 상기했었을까?17)

여기에 나오는 "사랑할 수도 있었던 젊은 여자들을 상기했을까?"란 대

---

16) Oscar Wilde, *De Profundis*, with an Introduction by Vyvyan holland Methuen & co. ltd. London. p.109 참조.
17) Joseph Ernest Renan(박무호 역), *Vie de Jesus*(홍성사, 1986) 285면 참조.

목에서 암시를 받은 동인이 '애인 막달라·마리아'라고 비약시킨 것이 혹시 아닌가 한다. 이 점은 동인 역시 예수 그리스도를 신성이 없는 인성만 가진 범부로 르낭처럼 보고 있음이 틀림없다는 것을 시사한 것으로 볼 수 있다.

'40일 기도'를 하고 난 다음, "그 결과로 예언과 치유의 능력을 얻게 되었고, 목수로서 보내기에는 너무 뛰어난 인격인 줄 자기로서도 알게 되었다."는 묘사는 예수의 초월적 능력이 전지전능한 절대자로서 원초부터 보유하고 있었던 것이 아니라, 후천적인 것 즉, '40일 기도'의 영험으로 얻은 새 능력으로 본 것이 된다. 그리고 목수로서 보내기에는 뛰어난 인격인 줄을 이때 비로소 알게 되었다는 것도 예수의 성육신(incarnation)이 이미 예정된 섭리인 것을 의도적으로 부인하려는 것임을 알 수 있다.

> 태초에 말씀이 계시니라. 이 말씀이 하나님과 함께 계셨으니 이 말씀은 곧 하나님이시니라. 그가 태초에 하나님과 함께 계셨고 만물이 그로 말미암아 지은 바 되었으니 지은 것이 하나도 그가 없이는 된 것이 없느니라.(요1: 1-3)

위와 같이 예수 그리스도는 초월적 신적 능력을 원초적으로 갖고 있음을 주일학교나 미슌계 학교에서 이미 배워서 알고 있었을 터인데 '40일 기도'의 영험으로 예언·치유·자아인식 등의 능력을 얻게 되었다고 한 것은 예수를 비하하는 가학적 인형조종의 또 하나의 시도로 볼 수 있다. 이것은 아마 임마누엘 칸트(Immanuel Kant: 1724-1804)의 개혁신학자로서의 한계를 동인이 그대로 도입한 것일 지도 모른다. 즉, 성경은 초자연적 유래와 기원을 가졌지만, 칸트는 오직 경험이 가능하고, 실험을 통하여 알 수 있는 세계만을 인정할 뿐, 그런 세계가 아닌 초월세계인 신의 세계나 내세 등에 관해서는 다룰 수가 없다는 것이다. 오직 이성(理性)이 납득할 만한 진술만 할 수 있을 뿐이란 것이다. 그래서 칸트의 이성 위주의 신학에 따라 자유주의 신학은 성경연구에서도 역사적 비평적 방법과 종교사적 방법으로 성경을 접하므로써, 기독교를 시간과 공간 내의 사건 혹은 현상계의 한계 내에 속한 것만 제한적으로 인정한다. 따라서 성경은 인용서나 행동의 지침서 정도로만 인정할 뿐이다. 이런 성경관을 동인이 도입한 것으로 보인다. 그리고 또 특기할 만한 것은 기독교를 예수 당시에 바리새교인들이 추구했던 것과 같이 정치·사회적 이용가치면에서 본 것을 동인이 수용한 것으로 보인다. 즉 "사회를 한번 착하고 아름다운 사회로 뒤집을 개혁자가 될 것을 깨달았기 때문에 이스라엘 왕을 포기하고 십자가에서의 죽음을 택했다."고 기술한 것이 그것이다. 이것은 자유주의 신학이 조직신학에서까지도 윤리학, 실천신학 등을 통해서 주장한 것과 동일한 것으로서, 사회생활의 결과로 나타난 것과 사회부조리 개선에 도움이 된 것만이 진리로 본 것을 그대로 수용한 예가 된다. 또 이것은 사회개혁에 역점을 둔 '소망의 신학'과도 통한다. 즉 로마 카톨릭 신학자 메츠(J.B.Metz)의 정치신학이나, 렌돌프(T.Rendtrorff)나 퇴트(Todt) 등의 혁명신학 등이 이에 속하는데, 동인은 자신이 창조한 변조된 예수로 하여금 사회개혁자가 되려고 십자가를 지도록 꾸민 것은 위에서 제시한 신학과 유사한 경향에 접맥시킨 것이 되며, 이것은 전통적 구원관을 변조하여 인형조종술을 구사하고자 한 의도를 내 비친 것이 된다.

> 그런데 당신이 제 죽음을 요구하시니 웬일이오니까. 제 죽음이 저 불쌍한 무리를 구원할 유일의 방편이란 너무너무 야속한 일이외다. —<이 잔을>에서

삼위일체인 성자 예수 그리스도(요1:1~3)는 인류구원을 위한 희생양이 되기를 스스로 계획하고 이를 위하여 성육신하여서 그 예정된 일을 실천한 것이었기에 타율적이 아니라 자율적으로 행한 일이었는데, 위와 같이 대속의 제물됨을 원망하게 꾸민 것은 성경적 개연성을 의도적으로 피하고 예수 그리스도를 소명의식이 없는 평범이하의 인간으로 비하함으로써 가학적 인형조종을 즐기고 있는 것이 된다. 이 점을 성경은 밝히

고 있다.

> 그는 근본 하나님의 본체시나 하나님과 동등됨을 취할 것으로 여기 아니
> 하시고, 오히려 자기를 비어 종의 형체를 가져 사람들과 같이 되었고, 사람
> 의 모양으로 나타나셨으매 자기를 낮추시고 죽기까지 복종하셨으니 곧 십자
> 가에 죽으심이라.(빌2:6~8)

그러나 동인에게 피조되어 인형조종 당한 예수는 그날 밤 자진 피체
되기 직전에 겟세마네 동산에서 희생양이 될 것을 불평·원망하도록 꾸
며졌는데, 그것은 다음 성경구절을 빌미삼아 예수 비하의 극대화를 꾀할
수단으로 삼은 것이다.

> 가라사대 아바 아버지여 아버지께는 모든 것이 가능하오니 이 잔을 내게
> 서 옮기시옵소서 그러나 나의 원대로 마옵시고 아버지의 원대로 하옵소서
> 하시고 (막14:36, 마26:39,42, 요18:11)

여기서 문제의 핵심은 '이 잔을 옮기시옵소서'의 의미이다. 물론 국부
적·축조적 의미도출로만 평면화하기로 든다면, 동인이 해석한 대로 '죽
음의 잔을 옮겨 주옵소서'란 해석도 가능할 것이다. 그러나 이런 난해한
성문계시의 바른 이해 방법은 축조적 이해 방법을 지양하고 신구약 성경
전체의 흐름이 현시하는 대주제적 계시(의지계시)의 조명을 빌어서 해석
하는 것이 오류에서 벗어날 바른 방법이 될 것이다. 그래서 신구약 전체
의 시각에서 볼 때 '이 잔'은 '죽음의 잔'을 옮겨 달라는 것이 아니라 '실
패의 잔'을 옮겨 달라고 한 것으로 보아야 옳을 것이다. 그것은 예수의
대속사역이 이미 창 3:21을 비롯하여 수없이 많이 예언되었고 예수 그리
스도 스스로도 겟세마네 동산에서의 기도 이전에 이미 대속의 죽음과 부
활을 예언했기 때문이다.

> 예수께서 말씀을 하시고 눈을 들어 하늘을 우러러 가라사대 아버지여 때

가 이르렀사오니 아들을 영화롭게 하사 아들로 아버지를 영화롭게 하게 하
옵소서. 아버지께서 아들에게 주신 모든 자에게 영생을 주게 하시려고 만민
을 다스리는 권세를 아들에게 주셨음이로소이다.(요17:1~2)

　아버지께서 나를 사랑하는 것은 내가 다시 목숨을 얻기 위하여 목숨을
버림이라. 이를 내게서 빼앗는 자가 있는 것이 아니라 내가 스스로 버리노
라. 나는 버릴 권세도 있고 다시 얻을 권세도 있으니 이 계명은 내 아버지
에게서 받았노라 하시니라.(요10:17-18)[18]

위와 같이 예수는 선택한 백성의 대속의 제물이 될 예정대로 성육신
하였기 때문에 능동적으로 희생양이 될 것을 다짐했을 뿐, 그것을 기피
하려 든 것은 아니었다. 여기서 예수가 스스로 자원한 희생양은 예수밖
에 다른 자는 감당할 수가 없는 것이었다. 그 이유는 ①대속 제물은 흠
없는 양(민19:2, 신15:21, 출12:5, 레1:3, 민6:14)으로서, 구약에 예표된 대
로 원죄와 자범죄가 없는 예수만이 될 수가 있음을 의미하며, ②신성(神
性)과 인성(人性)을 겸유한 자만이 신성의 손으로는 하나님을, 인성의 손
으로는 인간을 잡고 다시 연결하는 중보자가 될 수 있으며, ③온전한 번
제(시51:19)를 드려야 기뻐하시기에 곤욕을 당하여 괴로울 때에도 입을
열지 아니하였다(사53:7, 렘11:19)고 기록된 대로 곤욕과 아픔에도 입을
열거나 소리지르지 아니해야 온전한 제물이 된다.(마26:63, 막14:61, 요
19:9, 벧전20:23) ④그러나 중요한 것은 신성으로 대처한다면 <제물되기>
는 쉽게 감당할 수가 있으나, 순수한 인성만을 구사하여 희생제물이 되
어야 하기 때문에 신성은 억제되어야 하고, 한편 심한 아픔을 못이길 경
우, 억제했던 신성을 부득이 구사하게 된다면 사형집행자인 권세자나 군
병들까지 일갈에 진멸해 버릴 수도 있으나, 만일 그렇게 된다면 대속과
업이 마귀가 원한대로 실패로 돌아가게 되기 때문에, 신성을 억제하고
인성만으로 온전한 제물이 되어야 한다. ⑥마귀는 최후의 발악으로 아픔

18) 예수가 스스로 희생양이 되겠다는 예언은 많다. (마12:40, 16:21, 17:22-23, 20:18
-19, 26:2,12,21, 막9:31-32, 10:33-34, 14:8,18, 눅9:44,51, 17:25, 31:33, 21:15, 22:2
1-22, 요10:11,15, 17-18, 12:7, 32,33, 13:18-19,21, 14:19).

을 증폭하거나 마취제로 마취시켜 온전한 제물이 못되게 유혹할지라도 (막15:23)그것을 물리치고, 아픔에 쏠리는 것보다 인류사랑의 돗수를 더 높여서 순수한 희생제물이 되어야 한다. 이러한 상황에서 아버지인 여호와 하나님은 아들인 예수를 택한 백성의 죄를 대신 지고 속죄제물이 되어 죽도록 그대로 버려 두어야 한다. 지공지선의 법에 맞도록 하기 위하여 이때 예수는 여호와 하나님을 아버지라 부르지 않고 하나님이라 부르고 있다. 그렇게 버려 두어야 대속 사역에 성공했을 때 "엘리 엘리 라마 사박다니, 즉 나의 하나님, 나의 하나님, 어찌하여 나를 버리셨나이까"(시 22:1, 막15:34)라고 외칠 수 있어야 성공한다. 이때도 이 말은 원망이 아니라, "택한 백성을 그렇게 지극히 사랑하셔서 아들인 나까지 버리실 수 있었나이까. 할렐루야!"의 뜻이 된다. 따라서 위와 같이 신성을 억제하고 인성만으로 감당해야 할 뿐 아니라, 마귀는 최후의 발악으로 넘어뜨리려 할 것이기 때문에 '이 잔을 지나가게 하옵소서'는 '실패의 잔이 지나가게 하옵소서'라고 해석해야 성경의 대주제에 합당한 해석이 된다. 그러나 동인은 예수로 하여금 대속의 제물이 되는 것을 원망하도록 꾸며서, 예수 스스로 예정한 대속사역 수행에 대한 책임과 사명의식을 버리도록 해서, ①예수를 비열한 품격의 소유자로 비하했고 ②구속사역의 예정성을 부인하였고, ③예수만이 가지고 있는 신·인양성을 구유한 고유의 특이성을 부정하고, 이성만 가진 예수로 격하시켰으며 ④예수의 십자가에서의 죽음도 당시의 사회상황에 따라 자의적으로 선택한 죽음으로 만들었고, ⑤인류의 속죄와 영생을 위해서 대속의 희생이 된 죽음이 아니라 속죄와 영생과는 관계가 없는 도덕적 사회개혁을 위해서 희생하는 본을 제자들에게 보여주기 위한 죽음으로 한정하고 있다.

<이 잔을>은 한 단편이 되었지만 성경에 이 장면을 가장 길게 기록한 데는 다음과 같이 아주 짧다.

예수께서 이 말씀을 하시고 제자들과 함께 기드론 시내 저편으로 나가시니 거기 동산이 있는데 제자들과 함께 들어가시다. 거기는 예수께서 제자들

과 가끔 모이는 곳이므로 예수를 파는 유다도 그곳에 있더라.(요18:1~2)

그리고 이어서 겟세마네 동산에서의 예수의 기도 장면이 성경에 기록된 것이 전부이나 동인이 단편으로 만든 데는 또 다른 그의 뜻이 있었다.

> 춘원의 <단종애사>는 옛날의 사서에 나타난 '사실'과 '판단'을 보고 그냥 답습하여 고처 놓은데 불과하다. 거기는 춘원의 '판단'이 없고 춘원의 '주관'이 없다. 여기서 '사실'과 '판단'과의 문제가 벌려지는 것이다. 옛날의 기록을 보아서 '모순성'을 발견할 때에는 우리가 우리의 '판단력'으로서 이 모순성을 제거하지 않을 수가 없다.19)

일찍이 칸트가 현상계와 예지계로 구분했던 것을 실존주의 철학에서는 Historie와 Geschichte, 즉 '달력상의 역사'와 '의미로서의 역사'로 분리한 바 있다. 이와 같이 동인은 Historie에서 Geschichte를 추출하는데 의의를 둔 것이다. 그가 <단종애사>에서 사가들이 보는 '사실'에 가치를 두지 않고 보는 이의 '주관'에 가치를 두어야 한다고 주장한 것처럼, 그는 성경을 있는 그대로 전통적 개신교의 교리관에 의해서 해석하지 아니하고 '의미있는 이야기' 즉, Geschichte로 재구성한 것이 그의 소설 <이 잔을>이라고 볼 수 있다.

3

동인은 피동적으로 쓰고 살아오던 페르조나를 자아발견 사건을 계기로 자아다운 페르조나로 갈아 쓰게 되었는데, 그때 그는 일종의 굴밖보기(tunnel vision)로 사물을 바라보게 되었다. 그 주된 내용을 '자기의 창조한 세계(톨스토이와 또스또엡스키이를 비교하여)'에서 보여주었다. 거

---

19) 김동인, "역사와 사실과 판단과 사료에 대한 작가의 입장을 논함," 조선중앙일보 1934.10.14-24.

기에는 주된 두 가지가 있는데, 하나는 하나님이 지은 세계에 만족할 수가 없어서 어떤 불완전한 세계든 자기의 정력과 힘으로써 새 세계를 지어 놓기 위해서 예술을 하며, 둘째는 톨스토이가 만년에 정상을 잃고 발작을 일으킨 뒤에 발산한 일종의 광기, 즉 자기가 창조한 자기 세계를 자기 손바닥 위에 올려놓고 자기가 조종하며 그것이 가짜든 진짜든 거기 만족했던 대로, 동인 자신도 톨스토이의 위대한 예술적 가치를 본받아서 그렇게 하겠다는 것이다. 그 일환으로 그는 춘원의 문학관을 비판하고, 일본문단을 경멸하고 세계문학을 매도하면서, 여기서는 하나님이 지은 세계에 만족할 수 없어서 <이 잔을>을 빌어 개신교의 전통적 기독관을 전복시키고 새로운 Geschichte를 창조한 것이 바로 이 단편소설이라고 볼 수 있다.

몇 개의 중요한 관심

—浮雲의 시집 『그대, 그대 자신으로』가 보여주는 것

채규판*

1

한 마디로 말할 수는 없지만, 시란 그 생김새부터가 늘 수수께끼와 같은 형국을 보임으로써, 적절한 자기 기준(自己基準)을 잃지 않고 있는 게 사실이다.

분명한 목소리를 가지고 있으면서도 그 분명한 목소리에 대한 확신을 확인할 수 없다는 데, 시의 아이러니가 있다. 이것은 건강한 질서일 수도 있으며, 건강한 만큼 진부한 반복일 수도 있을 것이다. 그럼에도 불구하고 시에 대한 끊임없는 관심은, 그 관심만으로도 시의 엄존성(嚴存性) 혹은 불멸성(不滅性)을 인증하는 것이므로, 시는 어차피 우리의 가장 가까운 곳에 자리를 잡고 있으면서 동시에 가장 먼 곳에 그 의미를 들고 있다고 쓰여진다.

참으로 힘든 작업—그렇다, 참으로 힘들 수 밖에 없는 과정이 시를 쓰는 사람의 삶의 과정이며, 그 과정을 숙명으로 받아들일 수 밖에 없는 곳에 이르는 바 시인이란 위상이 자리매김할 것이다.

어제와 오늘과의 사이에 일어나는 괴리(乖離)가 아무리 크다 하더라도, 오늘과 내일, 지금과 나중과의 사이에 일어나는 갖가지 모양의 변화(變化)

---

*원광대 교수

가 제 아무리 복잡하고 미묘하다 하더라도 시가 겨냥하고 있는 것은 그 과정(過程)에 대한 관찰이며 확인이므로, 시는 시 스스로가 철저한 자기배반(自己背反)의 카데고리 속에 갇혀 있음을 확인받게 된다 할 것이다.

그리하여 시는 하나의 독존적(獨尊的) 가치에 대하여 시는 깊은 관심을 갖기 마련이다. 특히 정직성(正直性)에 대한 문제가 중요한 시발을 이룬다고 할 수 있다. 사물이나 사상(事象)을 바라보는 창작자의 접근이 순수에 기초해야 한다는 말과 다름이 없다. 이런 점에서 淨雲의 출발은, 그의 경직된 자기충돌에 상관없이, 비교적 안정됐다고 싶어진다.

> 귀로 듣고
> 눈으로 보이는
> 경계가
> 철저하게
> 자유의 문을
> 봉쇄하는데
>
> 그 가운데
> 비워둔 마음의 밭
> 가슴으로 즐기는
> 법의 음식 있어
> 나누어 먹는 사람들
>   —<그대 자신으로>

위의 시에서 말할 수 있는 중요한 자기 지적(自己指摘)도 그렇거니와

> 흙이 되어
> 물이 되어
> 불이 되어
> 바람 되어
> 스치는 자락 자락마다
> 이름없는
> 향기의 꽃으로

일어 서는 것과
무엇 다르리
   —<천상의 꽃 지상의 꽃> 부분

인용시가 말하고 있는 직립적(直立的) 자기몰입(自己沒入)이 더욱 잘 증명하고 있는 것이다. 끊임없이 추구되고 있는 자기와 또 다른 자기와의 대치(對峙)에서, 비로소 우리는 시가 시일 수 있는 태동점(胎動點)을 발견해내게 되기 때문이다.

2

淨雲의 작품이 지니고 있는 여러가지 가능성에 대하여 깊이 간섭할 일은 아니지만, 적어도 그의 삶이 지니고 있는, 운명적인 값이 잔잔하게 또는 간절한 소망으로 나타나고 있음에 비추어, 적어도 그의 시의 작품으로서의 가능성은, 최우선 선적추적(禪的追的)이라는 경우에서 만난다 할 수 있을 것이다. 실제로 선(禪)의 영역이 일반적 명상형태와는 구분되는 터이므로, 이런 점에서 淨雲의 사색적 기저(基底)는 매우 깊다 보는 것이며, 그만큼 많은 전진적 운동점(運動點)을 확보하고 있는 셈이라 여겨지기도 한다.

문제는 종교시 혹은 종교적 시, 또는 종교인이 쓰는 시라는 것이 스스로 자기함몰(自己涵沒)에 빠지는 수가 허다히며, 작품으로시의 평가를 받음에 있어 무척 인색할 수 밖에 없다는 것도 사실이다. 종교라는 특정적 구속감도 그러하겠지만, 그러므로 그 구속감 속에서 의식의 자유로움을 쉽사리 얻어내지 못하는 데 기인한다 할 것이다. 뿐만 아니라, 언어에 대한 선택이 없음도 또한 사실이다.

여기—자유롭지 못하다는 데, 종교시의 아픔이 있는 것이며 동시에 종교시의 성공적 가능성이 있다 할 것이다. 바꿔 말하여, 자유롭지 못하므로 자유롭기 위한 몸부림, 자유롭지 못하므로 자유롭기 위한 자기 변화(自己變化)에 민감한 것이 아니겠느냐는 이야기이다. 자칫하다가 신성시되고 경외시되는 초월적 상황이, 하나의 수준으로 유지하지 못한 채, 작품으로서의 입장에서 뿐만 아니라, 원초적 모티브부터가 잘못 이해되기 십상이기 때문이다. 이 점은 수월찮게 이해하고 있는 듯이 보이기도 한다.

> 살아서
> 또 한번만이라도
> 가슴
> 절절한 추억을 만들어야 한다기에
> 오늘
> 천겁의 인연을 풀어볼까 하고
> 어둠속 밖으로
> 내민 손을 잡아 보았다.
>
> <중 략>
> 저 깊은 곳
> 뜨락에 핀
> 덜 여물어진 물빛 꽃
> 눈에 넣을 때마다
> 근사한
> 웃음의 화신은
> 사랑의 보살이라 했는데
> 꿈결이 아닌 밤에
> —<또다시 걷는 하나의 길>

그러나 <또다시 걷는 하나의 길>에서 말하고 있는 것처럼, 淨雲의 경우에서, 종교적 사색의 잔행을 상당한 진전으로 맞고 있다는 점—이것만으로도 그는 그의 생각의 끝간데를 잘 겨냥하고 있는 듯이 보인다.

종교에 대한 집착은, 엄밀하게 말하자면, 미의식(美意識)에 대한 궤적 확인(軌蹟確認)이라고 해도 지나치지 않을 것이다. 미의식, 이것이야말로 인간이 인간일 수 있는 이유의 하나로 이해되는 것이라 아니할 수 없으며, 그리하여 인간은 역사이전부터도 미에 대한 끊임없는 탐색을 집중시키고 있는 것이다. 결국 집중적 진행 또는 집중적 반복을 통하여 자기 극복(自己克服), 자기 발양(自己發揚)을 꾀한다는 말이 되겠지만, 최선의 미에 대한 인간의 탐색은 언제나 새로운 시작을 의미한다고 보아 틀림이 없지 않을까.

> 때론 아침에 왔다가
> 저녁이면
> 제집으로 돌아가고
>
> 때론 저녁에 왔다가
> 아침이면
> 먼 바다로 건너가고
>
> <중 략>
> 둘레둘레에
> 번져가는
> 속박을
> 벗어나지 못하는
> 외로운 게임은
> 그칠 줄 모른다.
>   —<함께 하길래> 부분

위의 시에서 淨雲의 미에 대한 집중적 관심이 얼마나 집요하며 열성적인가 하는 것을 확인할 수 있다. 왜냐하면 미에 대한 관심은 궁극적으로 최고의 선(善) 최고의 참(眞)을 농시에 구현시킬 수 있다고 보기 때문이다.

3

더러, 혹은 많이들 기교(技巧)에 대한 논의를 활발히 전개하는 경우가 없지 않다. 기교—분명히 기교는 중요한 표현수단이다. 내용의 의미적 진행 뿐만 아니라 암묵적 의미 도약까지도 유발시킬 수 있기 때문에—중요

하다 못해 요체적(要諦的) 기능을 갖고 있는 것과 다름이 없다. 달을 그냥 달로 보아 넘기지 않게 만들어 냄으로써 달은 천체적 존재가 아닌 천체외적 상상체일 수 있으며, 그럴 수만 있다면 무한대의 의미제작을 꾀할 수도 있는 결정체(結晶체)로도 이해된다는 점인데, 그림으로써 기교가 갖은 일차적 내지 최종적 도착점은 그 성과가 작품이라고 하는 형성체(形成體)에서 가름이 난다 할 것이다.

淨雲이 기교에 대하여 서툴지 않은가 보는 견해도 있을 수 있으며, 이런 견해는 다분히 淨雲의 글이 기교에 관심을 기울이지 않는다는 인상에서 비롯되겠구나 싶기도 하다. 그럼 기교를 일컬어 꾀나 꾸밈에만 그 뜻이 있는 게 아니며 즉 시각적 감각적 인상에만 중요한 결착점(結着點)이 있는 게 아니면, 진정한 기교란 무기교(無技巧)의 경지에서 만 나올 수 있는 것이라 믿고 있다면, 무기교야말로 진정한 의미에서의 기교라 할 수 있지 않겠는가 - 라는 의견의 접근에 淨雲 또한 동승하고 있는 듯이 보인다. 그런 점에서라면 淨雲은 어렵고 힘든 도정이랄까, 방법을 선택했다고 볼 수 있을 것이다. 항상 그러하듯이 역진(逆眞)의 원리가 자연스럽게 이해될 수 있으리라 기대되기 때문이다.

코스모스가
눈시리게
길 위에 누어 있던
그해 가을

<중 략>
채워질 수 없는
가을의 얼굴
강가에
강가에서
파묻혀 닦고 있다
오른 손
왼 손이 아닌
눈빛으로

　　　　　－<강가에서> 부분

위에 나타난 구조적 인상이 곧 무기교의 방식을 채택한 결과라 할 수 있을 것이며, 이와 함께 탈기교(脫技巧)의 흔적도 뚜렷하게 보이고 있는 것이다. 저마다 채택한 표현의 잣대가 있다면 그것으로 족한 것이며, 전혀 탓할 성질의 것이 아니거니와, 다만 작품으로서 성공 여부와 상관없이 얼마나 치열한 자기투쟁(自己鬪爭)을 거쳤는가 하는 데 주목할 필요가 있다.—고 보는 것은 다양하고 복잡한 상황, 상태 속에서 일정한 값을 지닌 소출(所出)을 기대한다는 것은 참으로 어렵기 짝이 없는 작업이라 보기 때문이다.

　　　　모기 한 마리가
　　　　백열등
　　　　불빛 밑으로 와서
　　　　협상을 했다
　　　　동침을 하자고
　　　　헛기침을 했다.

　　　　<중　략>
　　　　하루 밤
　　　　동침도 없는
　　　　빈 아침에
　　　　불을 켠다
　　　　그
　　　　어디에도
　　　　향해는
　　　　보이지 않았다.
　　　　　　－<여름밤 그 생명의 소리>

위의 시가 현시적으로 말해 주듯이, 과연 淨雲의 탈기교적 잣대가 반드시 성공하고 있는가라는 점을 적잖이 의심쩍게 만들고 있는 것도, 살펴보자면 원론적인 의견이 되겠지만, 모든 시인이 그러했고 그러하듯이 이 작가 역시 심한 자기방황(自己彷徨)에서 수월히 발신(拔身)하지 못하고 있음으로 알게 하고 있다.

어차피 시인은 그 길이 정해져 있지 아니하며 정해진대로 끌려가는 것도 아니며, 출발이 그러하듯이 그 끝을 예측할 수 없는 것이다. 그리고 이 예측할 수 없다는 올가미가 시인으로 하여금 시를 쓰지 않을 수 없게 만들 숙명적 까닭이기도 하리다.

4

종교가 지니는 초월적 사유(思惟)와 개인적 또는 인간적 사색(思索)과의 사이에는 간격이 있게 마련이다. 그것이 갈등일 수 있겠으며 고뇌일 수도 있겠으며 불가해(不可解)의 벽일 수도 있을 것이다. 그리고 그런 일련의 진행적 진자(振子)는 오히려 당연한 것으로 파악되고 있는 게 옳은 일일 것 같다. 즉 갈등은 그만큼의 사색적 과정으로 제공할 것이며 고뇌가 크면 클수록 정비례하여 가능적 결과에 대한 기대 또한 클 것이라 보기 때문이며, 마침내 하나의 벽(壁)으로 이해되는 사유적 함정에서도 최소한의 운신(運身)의 이유가 확보될 수 있으리라 보기 때문이다.

물론 쉬운 일이 아니리라. 물론 가능하다고 만은 할 수도 있을 것이고, 끝내는 자아적 환멸에 떨어지는 고통도 있을 수 있으리라. 결론적으로 말하여, 여기에 시인의 길이 있고 시를 쓰는 자의 영광이 있다고 보는 것은, 우리 서로 잘 알고 있는 영혼의 집중적 흔들림을 만에 하나 만들 수 있으리라는 희망이 있기 때문인 것이다. 즉 고통이나 갈등이 없이 아무런 기대도 걸 수 없다는 데 동의하지 않을 수 없다. 더욱이 시라고 하는 초월적 영물(靈物)을 대함에 있어서랴. 그리하여 淨雲의 갈등도 그 마지막이 보이지 않을 정도로 깊어지고 있다.

몇번이나 창가로 달려와서
곤두박질 치는 추위는

코끝이 시린 바람과 함께
매서움을 보여주고 있습니다
겨울 바람이 불어 깊숙한 가슴까지
파고들 때 번쩍나는 정신은
겨울이 있어 봄을 그립게 하는 것과
같습니다.
　　　　　－<길목에서.48>

전생 전생 인연이라고 하길래
그냥 모든 것 접어두고 안아
보았습니다.
탐 진 치 여위고 나면
그것은 어떤 실체도 아닌 빈 것
이었습니다
그러기에 편안히 바라볼 수가 있었지요
　　　　　－<길목에서.50>

　<길목에서.48>과 <길목에서.50>은 눈가는 대로 뽑아본 글이지만, 이만
한 그늘과 이만한 주저로움이라면 그의 갈등하는 모습이 실제로는 더욱
깊은 색의 주름을 잡고 있으리라 믿어진다. 그리고 그의 고뇌 역시 다음
에 본 시에서 드러나듯이 헤어날 수 없을 만큼 깊어지고 있음도 함께 알
게 된다.

너 앞에서는
나는
평정을 잃는다
자제력을 잃는다
그리고
채워지지 않는다고
아우성을 친다
날이 새면
금방 후회할 것을

<중 략>

그래
살아서 그리운 사람
그리워 해보자
그리운 것이 없어질 때까지
끊임없이
그리워 해보자

<중 략>

밤이 지나면
날이 밝아오는 것처럼
살이 있는 그것만이라도
그리운 것
　　　　　　－<살아서 그리운 사람>

　일상에 대한 정직한 관조(觀照)에서도 그렇지만, 미세한 자기 처리(自己處理)의 과정에서도 마치 하나의 소용돌이를 만난 것처럼 움직거리고 있으며, 꿈틀거리고 있으며, 필요한 만큼 소리를 내지르고 있는 것이다.
　그가 진행하고 있는 과녁에 대한 최상의 전진이며 싸움이며 전진적 대치라 아니 할 수 없다는 데, 淨雲의 땀이 빛나고 있음을 알게 된다.

5

　누가 되는 시를 쓴다는 일은 여간한 각오가 없이는 애당초 발 들여 놀 그런 '놀이'가 아닌 것은 확실하다. 단순한 신념만으로 그 길이 만들어지는 것도 아닌 것 같다. 흔히들 형극의 도(道)라 하지만, 그러므로 철학적 사유의 위(上)에 자리를 매겨 두기도 하지만, 그리하여 모든 정신이나 학문적 결론은 시로 귀일(歸一)한다고 단언하기도 하는 만큼, 그만큼 시인의 기쁨을 무관의 영예에 대한 자족(自足)이라 할 수 있다.

淨雲의 작품을 읽고 다시 읽으면서 대체로 파악할 수 있었던 것은 겸손이란 말로 대신하면 될 것 같다. 작품을 만들어 내기 위한 부지런한 모습이나 그에 알맞는 노동의 투여(投與)가, 읽는 사람의 심경을 편안하게 만들어 주고 있기 때문이 아닌가 생각한다.

늘
그리움 다하지 않는
얼굴 하나
가슴에 묻혀 있는데

어느날
환한 웃음으로
문득
내 그림자를
멈추었을 때

그날은
참 좋은 날이며
   —<좋은 날>

화들짝 놀라
깨어난 새악시처럼
한참을 그곁에서
바라만 보고 싶은
기다림을 찾는
봄날의 열정
   —<꽃불>

더욱 갈고 닦고 가다듬고 밝힘으로써 이미 체득했다고 보여지는 선추적(禪追的)에의 이정(里程)을 일컬어 시라고 하는 <큰길>과의 만남에서, <좋은 날>, <꽃불>로 이어지는 즐거움이 자주자주 일어나기를 바랄 따름이다.

일제하 한국 현대시에 나타난 고향의식

최종금*

Ⅰ. 들어가기

우리는 살아가는 동안 고향을 떠날 수 없다. 바쁜 일에 몰두해 있다가도 혼자 되어 돌아오는 저녁에 우리의 의식을 지배하는 것은 살아있는 실체인 고향이다. 죽을 때가 되면 자기가 자란 곳으로 머리를 향하게 한다는 여우나, 죽을 고비를 몇 번이나 넘으면서 자기가 태어난 곳으로 돌아와 후세를 산란하고 장엄하게 죽어 가는 연어를 예로 들지 않더라도 우리 인간은 고향을 향한 동물적인 본성을 지니고 살아간다. 자신을 통제할 의식이 있을 때는 잊고 살지만, 막다른 곳에 다다랐을 때는 그 본성이 드러난다. 그것은 인간의 생로병사를 통해서 극명하게 나타나는데, 사람은 누구나 자기가 태어난 곳에 영원히 안장되고 싶은 강한 이끌림을 갖고 있다. 자신의 태반을 묻은 모성에 대한 강한 그리움을 일단 고향의식이라고 하자. 그리 간단치는 않지만, 고향에의 회귀의지나 유년시절로의 귀환의지 또는 낙원의식을 고향의식의 범주에 포함시킬 수 있겠다.

그러면 이러한 고향의식을 글로 표현해 내려는 것이 우리가 문학을 하는 근본적인 이유는 아닌가 하는 의구심이 본 글의 화두가 되었다. 무엇보다 문학에서 추구하는 고향의식과 우리가 막연하게 상상하고 있는

---

*신흥대 강사.

고향의식이란 어떻게 같고 다른가 하는 데서 논의의 출발점이 시작되었다고 해야 하겠다.

먼저, 문학에서 추구하는 고향은 어떤 모습이고, 고향으로 향하는 인간의 의식은 어떻게 표현되고 있는가에 대한 질문으로 이 글을 시작하기로 하자. 문학에서의 고향은 우리 서정의 본래의 모습[archetype]이다. 여기서 거론되는 고향이란, 의식 내재적이고 정신적인 차원의 고향에 대한 인간의식이 언어를 통해 형상화된 것이다. 구체적인 삶의 세계에 대한 작가마다의 다양한 인식과 태도가 작품을 통해 형상화되었기에 고향의식은 다양한 내포적 가치를 형성하게 된다. 누구에게나 일률적인 의미로 고향은 실재(實在)하지 않는다는 말이다. 고향에서의 삶이 척박한 생활이었든, 풍요로운 생활이었든 고향은 엄연한 실체로 현대인의 가슴속에 살아있다. 도시의 각박한 현실세계는 고향에 대해 더욱 강한 애착을 갖게 하고, 돌아가고 싶은 어머니 품속, 잃어버린 서정으로 다가온다.

김우창의 고향에 대한 적확하면서도 아름다운 정의인, 다음 인용에 유의하자.

> 고향이 나타내고 있는 것은 사람의 삶의 場으로서의 조화의 공간이다. 또 이 공간은 선조들에 대한 회상에 의하여 깊이를 얻고, 미래에 대한 그리움과 계획에 의하여 가깝기도 하고먼 地平들이 생기기 때문에 시간을 포함한 살아있는 공간이다.[1]

고향은 '살아있는 공간'이라는 탁월한 견해가 우리를 사로잡는다. 우리의 의식이 과거로 향한다는 것은 단순한 도피나 퇴행이 아님은 물론이다. 과거 시간으로의 회귀는 새로운 출발점이 될 수 있다. 생래적인 곳에서 취득하게 되는 유년의 순수함, 친족과의 단란함, 선조와의 끊임없는 교감은 함께 어울려 살아가는 공동체적 삶의 방법을 체득하게 한다.

그러면 현대인이 생각하는 고향의식이란 어떤 것인가? 현대인은 뿌리

---

1) 김우창, "꽃과 고향과 땅," 지상의 척도(서울: 민음사, 1981), 86쪽.

뽑힌 삶을 살고 있다. 우리의 고향은 인간과 점점 이질화되어 가면서 단절감을 느끼게 하고, 우리는 우리의 근원을 알지 못하는 삶을 살아가게 된다. 고향은 우리 삶의 구심점이고 우리의 태반을 묻은 생래적인 원천지이다. 그러나 개인주의가 중요한 가치가 되고, 공동체의 삶이 더 이상 귀하지 않은 현대인은 삶 자체가 개인적인 살이에 맞춰져 있다. 그렇더라도 고향을 향해 긴 목을 빼고 있음은 우리가 잃어버린 소중한 어떤 것에 대한 향수나 그리움 때문은 아니던가. 그곳으로 우리의 의식을 향하게 하는 것은, 단순히 과거에 대한 그리움이나 낙원 동경이 아님은 설명할 필요를 느끼지 않는다. 고향은 행복의 원형으로 작용하고 있는 것이다. 고향의 삶은 대개 시골의 삶이고, 그 삶이 그리 화려하지 않음은 우리가 너무나 잘 알고 있다. 초라하지만 화목했던 삶, 감상적인 그리움을 넘어서는 공간, 어떻게 보면 낙원과는 동떨어진 누추한 생활, 그러나 어머니가 계신 곳, 어머니 같은 곳, 우리 삶의 태반 등의 의미가 우리가 고향을 동경하는 요인이 될 터이다. 우리가 그리워하는 요인들을 잘 살펴보면, 고향은 정신적인 면이 많이 작용하고 있음을 알 수 있다.

고향은 어릴 때의 꿈과 계획이 세워졌던 곳이며, 초라한 삶이 그리 부끄럽거나 중요하지 않았던 공간이기도 하다. 고향은 또한 함께 하는 삶의 현장이 된다. 그래서 그곳은 떠나온 사람들의 추상성이 내포되어 있는 곳이기도 하다. 구체적인 물리적 공간을 묘사하더라도 시간적인 면은 정신작용을 좌우한다. 회상의 통로를 통한 이름다운 추억이 그것이라 할 수 있다. 기억의 촉수로 더듬더라도 그곳은 이제 더 이상 존재하지 않아 고향 자체를 운위할 수 없는 현대인에게야말로 고향은 더욱 소중한 가치일 터이다.

우리의 생활 속에서 드러나는 고향의식이나 문학에서 표현된 고향의식에는 그리 큰 차이가 보이지 않음을 알 수 있었다. 지금은 갈 수 없는 곳, 어렸을 때 꿈과 계획을 세운 곳, 누추하더라도 아름다운 추억을 공유하는 곳, 친족적인 단란한 공동체의 삶 등은 우리가 문학에서 흔히 접할 수 있는 그리움의 세계이기 때문이다.

본 글이 외압이 가장 극에 달했던 일제 시대의 고향 양상을 살피기로 한 것은 우리 국토 지키기와 연관되어 드러난다. 일제치하라는 시대적인 억압은 역으로 고향을 그리는 시의 양산을 가져왔다고 볼 수 있다.[2] 민족을 말살하려는 정책은 아이러니칼하게도 우리 민족으로 하여금 '우리 국토 지키기'라는 굳건한 정신적 바탕을 마련하게 하였다. 따라서 고향을 떠난 대다수의 문인들은 고향 그리는 작품을 쓰면서 그곳에 대한 강한 그리움을 달랬을 것이다. 우리의 옛 습속이나 인정이 살아있는 곳에 대한 탐구는 곧 고향탐구이고, 고향에 대한 강한 애착이 결국은 우리 국토에 대한 사랑을 드러내는 것이므로 무너져 가는 고향에 대한 많은 글을 써서 그곳을 보존하려는 노력을 했으리라는 추정이 가능해진다.

이제 일제하 10년을 단위로 하여 그 시대를 대표하는 시인 중 한 사람을 선택하여 그 정신세계를 고구하고자 한다. 이들이 그 시대를 대표한다고는 단정짓기는 어렵고 따라서 시인 선정 자체에 문제점이 있을 수 있겠으나, 문학사에서 중시되는 시인들이고, 고향에 대한 시를 많이 썼기에 그들이 대표성을 띤다고 보아도 무방하리라는 가정하에 본 연구는 진행된다. 그리하여 1920년대에는 김소월을, 1930년대에는 정지용을, 1940년대에는 윤동주의 고향의식을 살펴보기로 한다.

2. 고향 양상

1) 고향에의 귀환의지—김소월

1920년대 시인으로 김소월의 시를 집중적으로 살펴보기로 한다. 문학사에서 중요하게 취급하는 대표적인 시를 살피는 것은 거친 일별이지만, 후속 연구를 기대하며 고향의식을 드러내는 시의 문학사적 자리매김은 가능한가를 살피고자 한다.

김소월의 시는 임에 대한 규명이 먼저 이루어져야 그에 대한 상실감

---

2) 실제로는 우리의 국토를 점령당한 식민지 상황 자체가 전국민을 유랑민화 했다는 논의도 있었다. 윤영천, 한국의 유민시(서울: 실천문학사, 1987) 참조.

이 어떻게 심화되었는지를 알 수 있을 것이다. 소월의 임은 주지하다시피 부재하는 임이다. 소월의 한은 이별의 정한이 대부분인데, 앞으로 상실을 예고하는 임이거나 부재하는 임에 의한 것이다. 그래서 시적 자아에게 강한 한을 남기는 임이다. 소월의 임을 임이 거처하는 집과 고향으로 보는 다음과 같은 견해가 있다.

> 님은 마을과 함께 나타난다. 마을이란 공동체의 장소이다. 그러므로 님은 단독자로서의 나와 타인들과의 연대의식, 사회적 관계의 시발이며 통로로 이해될 수 있다. 님과의 분리와 단절은 개인적 고독의 근원이면서 사회적 관계의 차단 의미이다. 이런 의미에서 소월의 님도 개인적 차원에서 나아가 확산되어 이해되어야 할 필요가 있다. 소월에게 있어 님의 거처는 집과 고향이다.[3]

> 고향이 땅과 민족을 포괄하는 개념이라 한다면, 님은 고향이며 민족이고, 님의 상실은 고향의 상실, 민족의 상실인 것이다.[4]

평자들은 '소월의 님은 고향이고, 님의 거처는 집과 고향'이라는 견해로 결론짓는다. 소월의 부재하는 임은 결국 존재하지만 부재하는 고향으로 보아도 큰 무리가 없으리라는 견해에 공감하게 되면서, 구체적인 작품에서 어떻게 형상화되었는지를 살펴보기로 하자.

소월의 시에 나타나는 고향은 실제적인 생활의 기반인 집이 존재하는 구체적인 장소이며 김을 매고 땅을 기는 노동의 현장으로 나타난다. 그에게 집이라는 의미는 안식을 구하고 쉴 수 있는 被護性의 공간[5]이고, 생활이 영위되는 현실적이면서 상징적인 공간이다. 공간에의 인식 가운데 집

---

3) 김은자, "한국 현대시의 공간의식에 관한 연구," 서울대 박사학위논문, 1988, 59쪽.

4) 박철희, "김소월 시작품의 전개," 김열규·신동욱 편, 김소월연구(서울: 새문사, 1982). 36쪽.

5) Otto Boinow, *Mensch und Raum*, stuttgart, 1963, p.301; 이재선, "집(家)의 시간성과 공간성," 김열규 외, 家와 家門(서울: 서강대인문과학연구소, 1989), 74쪽에서 재인용.

326

처럼 구체적인 것은 없다. 집은 삶의 중심이고 공동체의 상징6)이 된다.
그러므로 집은 현실에서 체험된 생활세계7)로서의 고향의 은유적 표징이
다. 이처럼 그의 시에서 집은 실존의 중심을 집약화한 것이다. 그러한 의
미의 집을 떠난 삶이란 뿌리뽑힌 우리 백성의 모습일 수 밖에 없다.

>   新載寧에도 나무리벌
>   물도 만코
>   쌍조흔곳
>   滿洲나 奉天은 못살고쟝
>
>   왜 왓느냐
>   왜 왓드냐
>   자곡자곡이 피쌈이라
>   故鄕山川이 어듸매냐
>
>   黃海道
>   新載寧
>   나무리벌
>   두몸이김매며사랏지요
>
>   올벼논에 다은물은
>   츠렁츠렁
>   벼자란다
>   新載寧에도 나무리벌
>   -<나무리벌노래> 전문8)

　단란한 고향의 삶을 빼앗기고 만주나 봉천으로 떠도는 시적 자아를
우리는 이 시에서 만날 수 있다. 제1연은 현재 떠도는 곳인 만주, 봉천과
고향인 나무리벌을 비교하면서, 못살겠다고 한탄하고 있다. 떠나온 고향

---

6) 이재선, 위의 책, 73쪽.
7) 한전숙, 현대의 철학I(서울: 서울대학교출판부, 1992), 71쪽.
8) 오세영 편, 꿈으로 오는 한 사람-김소월 전집·평전(서울: 문학세계사, 1981). 앞
　으로 김소월의 모든 작품은 이 책을 기준으로 한다. 구체적인 면수는 생략한다.

을 그리워하되 척박한 땅과 각박한 인심 때문이라는 암시를 주는 표현이다. 제2연은 거친 땅에 대한 절망감을 '왜 왔느냐/왜 왔드냐'고 자문하면서 피땀어린 발자욱을 이야기한다. 그 좋고 풍요로운 고향을 떠나 왜 거친 곳에 와 있는지에 대한 뼈아픈 질문을 던진다. 제3연을 보면, '두몸이' 고향 땅에서 행복했음을 나타내고 있다. 농사일로 고달픈 삶이더라도 부부가 함께 하는 삶이 얼마나 귀한가 하는 것을 드러내고 있다. 함께 할 때의 고생스러움은 고생이 아니고 회상의 통로를 통해 그리움의 대상이 된다. 현재 있는 곳이 척박할수록 그 그리움은 증폭되기 마련이다. 제4연에서는 기름진 고향 땅에 대한 끝없는 회상과 그리움 즉 향수를 보인다. 평화롭고 행복했던 삶의 터전에서 쫓겨나, 메마른 이국 땅에서 궁핍하게 살고 있는 만주 이주민의 고향의식을 보여준다. 이들에게 고향은 잃어버린 나라이며, 민족이며, 우리 민족 미래의 꿈이다.

소월의 시에 드러나는 고향의식은 일차적으로 유랑민이 느끼는 잃어버린 고향에 대한 향수로서이다. <남의 나라 땅>, <옷과 밥의 자유> 등은 시적 자아가 부평초처럼 떠돌며 쓴 시이다. 그 떠돎을 적나라하게 보여주는 시에 <바라건대는 우리에게 우리의 보섭대일 짱이 잇섯더면>이라는 작품이 있다.

나는 쑴쑤엇노라, 동무들과내가 가즈런히
벌짜의하로일을 다맛추고
夕陽에 마을로 도라오는쑴을,
즐거이, 쑴가운데.

그러나 집일흔 내몸이어,
바라건대는 우리에게 우리의보섭대일쌍이 잇섯드면!
이처럼 쩌도르랴, 아츰에점을손에
새라새롭은歎息을 어드면서.

東이랴, 南北이랴,
내몸은 쩌가나니, 볼지어다,

希望의반짝임은, 별빗치아득임은,
물결쑌 써올나라, 가슴에 팔다리에.

그러나 엇지면 황송한이心情을! 날로 나날이 내압폐는
자츳가느른길이 니어가라. 나는 나아가리라
한거름, 쏘한거름, 보이는山비탈엔
온새벽 동무들 저저혼자……山耕을김매이는.
　　　－<바라건대는 우리에게 우리의보섭대일쌍이 잇섯더면> 전문

　이 시의 시적 자아는 들판에서 하루일을 다 마치고 동무들과 집으로 돌아오는 꿈을 꾸지만, 그것은 말 그대로 꿈일 뿐이고 '집일혼 내몸'이 현실이다. 땅은 건강한 땀을 요구하며, 그 댓가로 수확의 기쁨과 생명을 주는 삶의 모태이다. 땅을 빼앗긴다는 것은 살아가는 목적을 상실하게 되는 것이고, 시적 자아를 '동으로 남북으로' 떠돌게 하는 요인이다. 그러나 제4연에서 보여주듯이 앞으로의 살이가 '가는 길'[細路]만 내 앞에 놓일지라도 그 길을 가겠다는 의지가 보인다.

　소월의 시는 흔히 나약한 여성적 어조의 시로 생각하는데, 이처럼 의지적이고 투쟁적인 면모를 보이는 시도 있다. 소월이 앞으로 가려는 그 길이 무슨 길일까 짐작하기는 그리 어렵지 않다. 우리의 생존기반인 땅을 빼앗긴 극한상황에서 시적 자아가 해야 할 일은 단순히 고향을 등지고 방랑하는 것만이 능사는 아니라는 자각에 이르고 있는 것이다. 이제 힘들고 어려운 小路이지만, 선인들이 그러했듯이 '아득한 별빛'만이 앞에 있을지라도 투쟁해 나가겠다는 의지를 표현한 것이다. 상실한 땅에 대한 현실적 인식과 미래를 지향하는 태도는 소월이 개인적 감상에만 빠져 시대를 망각한 시인이 아님을 알 수 있게 한다. 고향상실로 인한 실존 자체의 위기감을, 땅을 되찾기 위한 투쟁으로 극복하리라는 나름대로의 의지를 보이는 시이다.

　소월은 그의 시 전체 문맥을 통해 고향을 그리워하고 돌아가기를 기원하지만 그 곳은 현실 속에 존재하는 고향이 아니기에 갈 수 없음을 <朔州龜城>, <길>, <三水甲山>, <산> 등에서 보여주고 있다.

물로사흘 배사흘
먼三千里
더더구나 거러넘는 먼三千里
朔州龜城은 山을넘은 六千里요

물마자 함빡히저즌 제비도
가다가 비에걸녀 오노랍니다.
저녁에는 놉픈山
밤에 놉픈山
　　－<朔州龜城> 일부

　'朔州龜城'은 실재하는 고향이 아니라 초월적 공간이다. 날개가 있는
제비마저도 갈 수 없어 '물마자 함빡히저즌'채 돌아오고 마는 험하기 짝
이 없는 곳이다. 그 곳은 '물로사흘 배사흘', '山을 넘는 六千里' 먼 곳에
있어서, 우리가 육신을 가지고 갈 수 없는 곳이다. 인간의 근원적 고향인
삭주구성은 돌아갈 수 없는 공간이며, 부재하는 임과 더불어 고향상실감
을 부추기는 곳이다. 삭주구성은 실재하는 공간인데도 갈 수 없는 곳으
로 아득하게 표현한 것은 식민지 현실과 연관지어 생각해볼 수 있다.
　고향은 떠나오면 추상적인 공간이 된다. 다시 돌아가 보면 이미 예전
의 고향이 아니라는 말을 우리는 흔히 하는데, 우리의 상상 속에서 좋은
기억으로, 더 나은 곳으로 기억하려는 의지 때문에 빛나는 곳으로 기억
되기 일쑤이다. 그래서 구체적인 곳이었던 고향은 고향을 떠나면서 추상
적인 공간으로 바뀌는 성질을 갖고 있다. 소월이 살았던 시대는 식민지
현실로 말미암아 그 손상의 정도가 훨씬 혹심했을 것이며, 이제 더 이상
은 고향이 아닌 곳이 되어 고향을 떠난 사람들을 다시 내모는 공간으로
변모하고 있었다. 실제의 거리보다 과장되게 먼 공간으로 표현한 것은
이러한 심리적인 변모를 여일하게 보여주려는 의도라는 것을 읽을 수 있
겠다.

오늘은
쏘멧十里
어듸로 갈까.
산으로 올나갈까
들로 갈까
오라는곳이업서 나는 못가오.

말마소 내집도
定州郭山
車가고 배가는곳이라오.
　　　　－<길> 일부

　'열십자복판에' 서서 방황하는 나그네의 고향은 '車가고 배가는' '定州郭山'이다. '갈내갈내 갈닌길'에서 갈 곳을 몰라 망연히 서 있는 것은 그가 가고자 하는 곳이 태어난 고향집이 아니기 때문이다. 이 시에서 시적 자아의 방황은, '차가고 배가는' 정주 곽산이라는 엄연한 고향이 있지만, 그곳을 향함이 아님을 알 수 있다. 일제에 의해 훼손된 고향에는 갈 수가 없어서 어디로 갈 것인가 하면서 방황하고 있는 시적 자아를 만날 수 있다. 이미 훼손된 고향은 고향이 아닌 곳이 되어버린 공간이고, 구체적인 지명이 있더라도 추상적인 공간이 되어버린 곳이다. 이 시의 시적 자아처럼 실체는 있지만 갈 수 없어서 그리워하는 고향에 대한 이중적인 그리움을 이해할 수 있겠는가? 이 고향은 식민지 현실 속에서는 민족이나 조국으로 의미가 확대될 수 있다. 그래서 고향으로 돌아가기를 염원하는 것은 상실한 조국의 주권회복을 추구하는 시대의식으로 볼 수도 있겠다.

　　　1
즘생은 모를는지 고향인지라
사람은 못닛는것 고향입니다
생시에는 생각도 아니하는것
잠들면 어느덧 고향입니다

조상님 쎄가서 뭇친곳이라
송아지 동무들과 놀든곳이라
그래서 그런지도 모르지마는
아아 꿈에서는 항상 고향입니다
…………<중략>…………

4
물결에 쩌나려간 浮萍ㅅ줄기
자리잡을 새도업네
제자리로 도라갈날 잇스랴마는!
괴롭은 바다 이세상에 사람인지라 도라가리

고향을 니젓노라 하는 사람들
나를 버린 고향이라 하는 사람들
죽어서만은 天涯一方 헤매지말고
넉시라도 잇거들낭 고향으로 네 가거라
　　　　－<故鄕> 일부

　4편의 연작시로 된 이 시에서, 제1장은 그가 태어나고 자란 고향의 모든 것이 제시된다. '조상님 쎄가서 뭇친곳'으로, 어릴 때 '송아지 동무들과 놀든' 고향이다. 그러나 이제는 현실 속에서 존재하지 않고, 잠들면 꿈속에서나 갈 수 있는 곳이다. 조상님 뼈가 묻혀 있는 곳이라는 혈연적인 유대감과 순진무구한 유년의 세계가 존재하는 고향은 자아와 세계가 분리되지 않은 근원으로서의 고향이다. 제2장의 아름다운 향토적 마을의 제시와 제3장에서의 고향상실감, 제4장의 갈 수 없는 초월적 세계에의 제시로 나타난다. '쩌도는 몸'이 된 시적 자아가 항상 기억으로 만나는 곳으로, 마음속에 존재하며 고향과 분리되지 않은 정신세계를 드러낸다. 아무리 오랜 세월 객지생활을 하더라도 우리를 사로잡는 것은 대도시의 화려함이 아니라 넋이 편히 쉴 수 있는 곳, 마음속에 항상 살아 숨쉬는 고향이라는 것을 제3장은 잘 드러내고 있다. 꿈속에서밖에 갈 수 없는 곳이라서 더욱 그리운 고향으로 묘사되었다. 제4장은 우리가 아무리 객지를 떠돌지라도 결국은 돌아가리라는 믿음이 표현되었다. 살아서 못가면 죽어서라도 가야할 곳, '죽어서만은 천애일방 헤매지말고', '넉시라도 잇거들낭' 꼭 가야 할 고향으로 표현하여 시적 자아의 고향 귀환의지를 확고히 보여주는 시이다.

이상에서 보았듯이 소월의 고향은 현실의 갈등과 대립에서 벗어나 돌아가 쉴 안식처이며, 본래적 고향이다. 그곳은 임의 거처로서 그의 의식 속에서 미화되고 이상화된 낙원인 것이다. 소월은 실존에의 위기감을 고향으로 돌아가는 꿈을 꾸면서 치유하는 귀환의지를 보여주고 있다. 고향은 이미 과거의 고향이 아니지만 그곳은 우리의 국토이기에 살아서는 돌아가려는 의지를, 죽어서라도 헤매지 말고 가기를 바라는 낙원으로 표현되고 있다. 식민지 당대 조국의 상실을 고향의 상실로 형상화하여, 방향을 잃은 민족의 실상을 대변하고 식민지 현실을 제시하려 하였다고 볼 수 있다.

2) 원초적 고향에의 복귀의지―정지용

1930년대의 대표시인인 정지용의 고향은 생명의 원천으로서의 고향이다. '상처입지 않은 대지'[9]의 뜻으로서의 공간이고, 낙원이나 천국의 개념으로 표현되는 '신화적 이미지의 세계'[10]로 받아들일 수 있는 공간이다. 이는 우리의 의식적 마음이 진통을 겪고 난 다음에 유년으로 되돌아 가서 그곳에서 이전과 같이 무의식적 가르침을 받게 될 때 재발견할 수 있는 고향의 이미지이다. 이미 세상의 괴로움을 맛본 다음에 우리가 얻을 수 있는 것은 순수한 원래적 고향의 고귀함이다. 다시는 돌아갈 수 없더라도 그런 고향의 이미지를 떠올리는 것만으로도 따뜻한 온기를 느낄 수 있는 아늑한 심상이 된다. 우리의 고향은 이미 20년대에 피폐화 되어가고 있었고, 그 농촌의 모습을 잘 묘사해내고 있는 시에 저 유명한 <鄕愁>가 있다. 누구나가 꿈꾸고 있는 원초적 고향의 모습을 따라가 보자.

---

9) 하이데거/소광희 역, 시와 철학(서울: 박영사, 1975), 22-23쪽.
10) N.Frye/임철규 역, 비평의 해부(서울: 한길사. 1988), 186쪽.

넓은 벌 동쪽 끝으로
옛이야기 지줄대는 실개천이 회돌아 나가고,
얼룩백이 황소가
해설피 금빛 게으른 울음을 우는 곳,

──그 곳이 참하 꿈엔들 잊힐리야.

질화로에 재가 식어지면
뷔인 밭에 밤바람 소리 말을 달리고,
엷은 조름에 겨운 늙으신 아버지가
짚벼개를 돋아 고이시는 곳,

──그 곳이 참하 꿈엔들 잊힐리야.

흙에서 자란 내 마음
파아란 하늘 빛이 그립어
함부로 쏜 활살을 찾으려
풀섶 이슬에 함추름 휘적시든 곳,

──그 곳이 참하 꿈엔들 잊힐리야.

傳說바다에 춤추는 밤물결 같은
검은 귀밑머리 날리는 어린 누의와
아무러치도 않고 어쁠 것도 없는
사철 발벗은 안해가
따가운 햇살을 등에 지고 이삭 줏던 곳,

──그 곳이 참하 꿈엔들 잊힐리야.

하늘에는 석근 별
알수도 없는 모래성으로 발을 옮기고,
서리 까마귀 우지짖고 지나가는 초라한 집웅,
흐릿한 불빛에 돌아 앉어 도란 도란거리는 곳,

　　――그 곳이 참하 꿈엔들 잊힐리야.
　　　　　　　－<鄕愁> 전문11)

　　매 연의 끝에는 '그 곳이 참하 꿈엔들 잊힐리야.'로 이루어져 있어서 통일성과 절대로 잊을 수 없다는 의지를 동시에 보여주고 있다. 우리가 이 시를 좋아하는 것은, 우리가 원초적으로 그리는 고향의 이미지와 맞닿아 있다는 점에 있다. 가난하지만 별다른 걱정이 없어 보이는 아늑한 삶, 바로 인류가 추구하는 낙원의 이미지가 본 시에서 느껴지기 때문일 것이다. 그러나 이야기의 전개를 따라가노라면, '그 곳'은 '추억과 원초적 삶의 공간'인 자연을 드러내고 있음을 알 수 있다. 이 시에 대해서는 '고향의 가족과 화자가 결합되고 그들의 어려움이 자기화된 시적 경지'12)라거나, '고향에 대한 회상적 공간 이미지'13)라는 평가가 있다. 김춘수는 "각 연은 영화의 한 cut라고 보면 될 것이다. cut와 cut와의 아무런 연관도 없다. 그런대로 그들은 우연이 필연이 될려면 여기 montage가 있어야 한다. cut와 cut를 montage하여 이을 고리는 '그 곳이 참하 꿈엔들 잊힐리야'이다"14)라는 평가와 아울러 '시의 효과는 전혀 montage에 달렸다'15)는 평가를 내렸다.

　　이러한 견해를 참고하지 않더라도, 이 시의 빼어남은 시어의 참신함과 우리의 본래적 고향에 대한 이미지를 잘 형상화했다는 쪽으로 논의들을 진행시켜 왔다. 기왕의 이러한 평가요소들은 배제한 채 단순하게 이 시에 접근하기로 하자. 전형적인 한국의 농촌을 묘사했다는 기존의 연구에는 재고를 요하는 사항이라는 단서를 붙이면서 본 연구를 진행하기로 한다.16)

---

11) 정지용, 정지용전집-1 시집(서울: 민음사, 1988)을 참고로 하며, 구체적인 면수는 생략함.
12) 신동욱, 우리시의 역사적 연구(서울: 새문사, 1981), 150-152쪽.
13) 문덕수, 한국모더니즘시연구(서울: 시문학사, 1992), 83쪽.
14) 김춘수, 시론(서울: 문호사, 1961), 63쪽.
15) 김춘수, 앞의 책, 같은 곳.
16) 이상섭, 언어와 상상(서울: 문학과지성사, 1987), 79쪽을 참조하면, 우리는 1930

한국인의 심성을 가장 잘 표현하고 있는 이 시는 한 편으로는 공소한 느낌을 주기도 한다. 우리의 농촌이 이렇게 한가하고 여유가 있었던 적은 예나 이제나 없을 터였다. 가장 순박한 농촌은 외압을 당하거나 강한 자의 논리에 의해 희생되기가 일쑤였던 때문이다. 그 곳에서 사는 농민들은 한없이 당하기만 한 사람들로 대변되게 마련이다. 문학 작품에 드러나는 수난의 장은 바로 우리의 농촌이 대부분이었다. 그런데 이 작품에는 왜 고단하고 핍박만 받아온 삶의 자취가 보이지 않는가? 정지용이 그린 농촌은 과거의 시간이다. 30년대 당시에도 아득한 과거의 이야기, 인류의 황금기 즉, 낙원이었을 때의 우리 농촌 이야기를 들려 주고 있는 것이다. 그 곳은 이제는 존재하지 않기에 귀한 곳이고, 한 번쯤 가보고 싶은 곳으로 설정된 것이다. 고단한 삶의 모습이란 짚베개를 베고 누우신 아버지의 모습과 이삭을 주으러 다니는 아내와 누이동생 등 시 속에 등장하는 사람들을 통해서이다. 그 삶이 그리 처절해 보이지 않는 것은 시적인 환경의 따뜻함 때문일 것이다. 그래서 오히려 시 속의 사람들은 사물화된 사람들로 보인다. 그들이 나타나는 부분은 가난이 있지만 나머지는 풍요롭고 꿈이 가득찬 공간으로 묘사되었다. 대상을 바라보는 시선이 희망적이고 꿈을 꾸게 하는 것은 시점을 어린아이의 눈으로 바라보았기 때문일 것이다. 어떤 대상에 대한 막연한 그리움을 하늘에 화살을 쏘는 것으로 대신하기도 하는 순수한 세계로 표현해냈다. 각 연을 따라 가면서 작품에 대한 논의와 고향의식을 살펴보기로 하자.

제1연에 나타난 고향은 전형적인 한국 시골의 자연적 모습이다. 옛 이야기와 실개천의 결합을 통하여 자연을 의인화했으며, 고향의 자연적 풍광은 상처 입지 않은 삶의 터전이 되고 있다. '해설피 금빛 게으른 울음

년대를 살아보지 않았기 때문에 30년대의 고향재현이라는 표현은 적절하지 않음을 지적한 바 있다. 필자는 이러한 논리를 적확한 지적이라고 보아 동조한다. 따라서 이러한 논리에 의한다면, 우리 역시 1930년대를 살아보지 않았기 때문에 전형적인 30년대의 농촌이라는 표현은 무책임한 언술이 아닐 수 없다. 연구자들은 30년대를 살아보지 않았기 때문에 1990년대를 살면서 30년대의 농촌을 묘사하였다는 표현은 어불성설이라고 하겠다.

을 우는 곳'에서 청각을 시각화한 공감각적 이미지로 표현되고 있는 황
소의 울음은, 한가롭고 평화로운 시골이라는 하나의 이미져리를 가능케
해준다. 또한 황혼녘의 묵직한 자연과 어울리는 사물로 환기되고 있다.
황소의 거대하고 남성적인 무게, 느릿한 자세와 자연의 황혼은 통하는
분위기가 있다. 무거우면서도 안정적인 분위기와 세상의 어려움을 감싸
안는 포용력을 갖춘 사물로서의 자연이다. 어떤 어려움이 있더라도 고향
의 산천과 그 속에서 한가로이 우는 황소의 울음소리는 우리를 원초적인
고향으로 이끄는 힘을 갖고 있다.

그리고 제2연과 제4연에 나타난 고향은 아버지와 누이, 그리고 아내의
이미지에 의해서 환기된 가족 질서로서 화해의 공간을 이룬다. '엷은 졸
음에 겨워 짚벼개를 돋아 고이시는 늙으신 아버지', '전설바다에 춤추는
밤물결 같은 검은 귀밑머리 날리는 어린 누의', '아무러치도 않고 여쁠
것도 없는 사철 발 벗은 아내' 등이 나타나는 고향의 가족들이다. 이들은
한결같이 가난한 모습들이다. 가난을 운명처럼 등에 지고 무던히 견디어
내는 사람들이다. 가난에 대한 불평도 없다. 오히려 현실의 물질적 가난
따위를 초월하여 짚베개에, 전설바다에, 한 걸음 더 가까이 살아가는 '순
진무구의 아날로지(analogy of innocence)'[17]에 대한 짙은 향수를 맛볼 수
있다.[18]

제3연과 제5연에서의 고향은 신비적 세계이며, 유년기의 순수한 세계
이다. 파란 하늘을 향하여 쏜 화살의 상승적 이미지는 흙에서 자란 내
마음, 즉 유년의 순수하면서 신비함을 간직한 꿈으로 볼 수 있다. 하늘을
향한 목적 없는 화살쏘기는 어린 날의 순수성을 표현한다. 아직 세상을
모르고, 높고 파랗기 그지없는 하늘을 향해 화살이 얼마나 날아가나 쏘
아보는 행위는 그것이 무위라는 생각이 들지 않는다. 새파란 동경으로

---

17) N.Frye/임철규 역, 앞의 책, 209쪽 참조.
18) 고향은 어머니와 같이 떠오르는 관념적인 공간인데, 이 시에서는 어머니가 없
　　다. 시인의 어머니는 아내로 변형되어 나타나거나, 고향 자체가 어머니이므로
　　굳이 어머니를 묘사할 필요가 없었는지 모른다.

읽혀지기 때문이다.

석근 별이 알 수도 없는 모래성으로 발을 옮기고 초라한 지붕 위로 서리 까마귀 우지짖고 지나가는 밤은 그러한 꿈을 지니기에 가장 적합한 시간적, 공간적, 장치가 아닐 수 없다. 그리하여 고향은 시적 자아의 유년이 지니는 순수한 꿈의 의미로 나타나게 되는 것이다. 겨울 밤이면 희미한 등불 아래 爐邊 座談을 하고 있을 가족들의 모습이 밖의 춥고 어려운 상황을 이겨낼 수 있는 힘의 바탕을 이룩한다. 가족간(또는 이웃간)의 화해가 시적 자아의 현재를 떠받치는 힘으로 작용함을 알 수 있다. '향수'는 달리 고향에서 뛰어 놀던 유년 시절에 대한 그리움일 수도 있다. 이러한 향수는 어디에서 오는가.

김준오는 '현대시의 짙은 향수나 실향의식은 상실한 본래의 자아와 세계에 대한, 그 통시적 동일성에 대한 동경 이외의 아무 것도 아니다. 변화를 상실로 의식하는 것이 우리 시대의 한 비극성일는지 모른다'[19]고 하며, 정지용의 고향상실감이 그의 개인적인 것에서 연유된 것인지, 집단적, 시대적 상황에서 오는 것인지의 문제를 제기하고 있다.

정지용의 다음 시를 더 보기로 하자.

> 고향에 고향에 돌아와도
> 그리던 고향은 아니러뇨
>
> 산꿩이 알을 품고
> 뻐꾹이 제철에 울건만,
>
> 마음은 제 고향 진히지 않고
> 머언 港口로 떠도는 구름.
>
> 오늘도 메끝에 홀로 오르니
> 한점 꽃이 인정스레 웃고

---

19) 김준오, 앞의 책, 54쪽.

어린 시절에 불던 풀피리 소리 아니 나고
메마른 입술에 쓰디 쓰다.

고향에 고향에 돌아와도
그리던 하늘만 높푸르구나.
　―<故鄕> 전문

　이 시에서 고향의 모습은 변화하지 않은 모습으로 고스란한 시골이다.
산꿩이 알을 품고, 뻐꾹이 제 철에 우는 변함없이 실재하는 고향에 찾아
와서 느끼는 또 다른 향수, 그것은 시인 자신의 성장과 변화에서 일차적
원인을 발견할 수 있다. 고향의 사물들은 그대로인데 예전의 향취를 느
낄 수 없다는 토로는, 이미 다른 문명의 세계를 맛보았기 때문에 느낄
수 있는 감흥일 수 있다. 성장을 한 이후에 고향에 찾아가서 느끼는 유
년에 대한 향수는 있을지언정 변화한 자신의 모습을 느끼지 못하는 상대
적 감상일 수도 있다는 것이다. 또는 더 이상은 우리의 예전의 고향이
아닌 데 대한 안타까움일 수도 있다. 산천은 그대로이지만, 인심은 달라
진 고향에서 우리는 예전의 느낌을 가질 수 없을 터이다. 이미 훼손되어
가던 국토에서 우리의 옛·정서나 인심을 찾는다는 것 자체가 이미 불가
능해진 일인 지 모른다.
　지용이 1918년 휘문고보에 입학하던 15세 때부터 1929년 同志社大學
영문과를 졸업하던 26세 때까지 11년간의 소중한 청소년기를 가족과 향
리를 떠나서 타향, 타국 생활을 계속했다는 그의 전기적 사실은 동일성
상실에 대한 현실적 체험의 바탕이 되었을 것이다.
　그러나 "어린 시절에 풀피리 불던 소리 아니 나고/메마른 입술에 쓰디
쓰다//고향에 고향에 돌아와도/그리던 하늘만이 높푸르구나"고 한 끝의
제5, 6연에서 눈앞에 보이는 고향이 이미 자기의 고향이 아니라는 현실
의 인식에서 오는 내적 공허감을 읽을 수 있다. 왜 어렸을 때의 고향이
아닌가는, 성장하고 문명의 맛을 본 다음에 다시 만난 고향인 탓도 있지
만 망국민 또는 식민지의 한 지식인으로서의 현실 감각이 직설적으로 드

러나고 있다고 볼 수 있다. 더 이상은 우리의 삶의 터전이 아닌 곳이 되어버린, 꿈속에만 남아 있는 이상향이 되어버린 공간이 우리의 고향이라는 자각을 하고 있는 것이다.

<향수>에서 보여지는 지용의 고향의식은 원초적인 고향에 대한 회귀의지이며 낙원의식이라고 할 수 있다. 어느 시대에도 존재하지 않을 것 같은 고향의 '재귀'를 <향수>가 드러냈고, 이는 인간의 원초적 고향에 대한 그리움의 표현이라고 할 수 있다. 지용은 식민지 시대 지식인의 전형적인 인물로, 스스로 국토 회복에의 의지를 보이는 시를 쓰지는 않고 단지 기행시를 쓰면서 국토상실을 인정치 않는 소극적인 저항을 한 것으로 보인다. 이 때 문인들이 유행처럼 우리 국토를 기행하고 그 소감을 산문이나 시로 썼는데, <장수산>을 썼다든가 제주도에 갔다 와서 <백록담> 연작시를 쓴 것은 국토사랑과 그것을 지키기 위한 소극적인 노력과 연관지을 수 있을 것이다.

<고향>에서는 고스란한 예전의 고향은 실재하지만 많은 성장을 거친 후에 시적 자아가 달라진 감각으로 고향을 바라보는 시선이다. 유년기의 꿈과 관련짓는다면, 고향에서의 그 꿈이 더 허망하고 붙잡기 어렵다는 직접적인 식민지 삶의 체험에서 오는 공허한 감상일 수도 있다. 개인적인 변화와 시대적 상황이 발목을 잡고 있는 형상이다. 어쨌거나 원초적인 고향이든 유년의 고향이든 이제 더는 존재하지 않는 고향이 된 공간이다. 지용의 이러한 고향 상실감은 개인적인 변화와 집단적, 시대적 상황이 복합된 데서 오는 것이라고 말할 수 밖에 없다.

3) 원향으로의 회귀의지—윤동주

1940년대의 대표시인인 윤동주에 있어서 고향은 어떤 의미인가? 윤동주는 고향인 북간도에서 아름다운 유년 시절을 보냈으나 서울 유학 생활을 하면서 현실의 암담한 상황을 깨닫게 된다. 서울에서 동경으로 이어지는 유학생활에서 동주는 식민치하의 암담한 상황을 직접 부딪치게 되고, 식민지 지식인으로서 결단력 있는 삶을 살지 못하는데 대해 심한 부끄러움을 느끼고 그것을 시화한 시인으로 정평이 나 있다. 행동하지 못하는 지식인의 자괴감이 시로 잘 형상화되어 있고, 우리는 그러한 시를 현재에도 적용시켜서 가슴 따로, 행동 따로인 지식인을 질타하는 작품으로 받아들이고 있다. 윤동주가 그리는 고향은, 인류의 황금기—루카치가 말한 별을 보고 길을 찾을 수 있던 시기—로의 회귀를 드러내는 공간으로 형상화하고 있다. 시인의 유년기 이후 계속된 유학생활은 다시는 고향으로 돌아갈 수 없는 존재로 성장시켰다. 유학생활 이후에 부딪치게 되는 상황은, 고향에 돌아왔으나 마음에 그리던 고향이 아니어서 고향 자체를 상실하게 되고, 내적 자아가 분열을 일으키고 있는 상태를 작품으로 형상화했다.

> 고향에 돌아온 날 밤에
> 내 白骨이 따라와 한 방에 누웠다.
>
> 어둔 방은 우주로 통하고,
> 하늘에선가 소리처럼 바람이 불어온다.
>
> 어둠 속에 곱게 풍화 작용하는
> 백골을 들여다보며
> 눈물 짓는 것이 내가 우는 것이냐?
> 백골이 우는 것이냐?
> 아름다운 혼이 우는 것이냐?
>
> 지조 높은 개는
> 밤을 새워 어둠을 짖는다.
>
> 어둠을 짖는 개는
> 나를 쫓는 것일 게다.
>
> 가자 가자
> 쫓기우는 사람처럼 가자.
> 백골 몰래

　　아름다운 또 다른 고향에 가자.
　　　　ㅡ<또 다른 고향> 전문20)

　　윤동주 시의 주요한 모티프를 이루고 있는 그리움은 다양하게 나타나는데 특히 고향에 대한 그리움의 폭은 크다. 그것은 평화롭기만 했던 유년 시절에 대한 추억 때문일 것이다. 그러나 이 시는 고향에 대한 단순한 그리움만을 노래하는 것은 아니다. 평화롭고 아름답기만 했던 고향을 떠나 평양, 서울, 일본을 전전하면서 암담한 현실을 깨닫고 고향에 돌아와 보니 옛날의 고향이 아님을 알게 되고 비애, 불안, 심리, 강박 관념에 사로잡힌다. 이를 극복하기 위해 새로운 고향으로 가자는 것이다. 이 시는 그 갈등과 화해의 과정을 잘 보여 준다.

　　제1연은 그리던 고향에 돌아왔으나 그 곳에는 유년의 평화로움이나 아름다움은 사라지고 어둠으로 가득 찬 장소일 뿐이다. 이미 육신이나 영혼이 함께 편안히 안주할 수 있는 장소는 아닌 곳이다. 고향에서 안주하고자 하는 시적 자아는 이 암담한 식민지 현실 속에서 이미 죽어 백골과 같은 존재가 되고 말았다. 스스로의 존재를 박제화시켜서 백골이 되어 돌아온 것으로 표현하면서 이전의 자아가 아니라는 토로를 하고 있다. 백골을 사물의 본질로 이해한다면 사물의 핵심만 돌아온다는 표현으로도 읽힐 수 있다.

　　제2연에서는 닫힌 세계(어둔 방)에 있으려니, 시적 자아를 열린 세계(우주)로 부르는 바람 소리가 들린다. '하늘에서 불어오는 바람'은 현실에 안주하려는 나를 새로운 세계로 향하게 한다. 새로운 세계로의 소망을 가져보는 단계이다. 안일하게 현실에 안주하려는 시적 자아를 언제나 일깨우고 독려하는 사물로 '바람'이라는 존재가 있다.

　　제3연은 고향에 돌아와 자아가 분열되어 갈등을 일으키는 현상을 형상화한 것이다. 현실에서 안주하고자 하는 현실적 자아(백골)와, 현실의

---

20) 윤동주, 하늘과 바람과 별과 시(서울: 정음사, 1948) 참조. 앞으로 시의 인용은 이 책을 기본으로 하고 구체적인 면수는 생략함.

안주를 거부하고 이상을 추구하려는 이상적 자아(아름다운 혼)가 갈등을 일으킨다. '백골'은 식민지 현실 속에서 생명력을 다한 자신의 현실적인 모습을 표현한 것일 터이다.

제4연에서는 어디선가 본질을 지키라는 소리가 들린다. '어둠을 짖는 개'는 암담한 현실 속에서 무력한 생활을 하는 시적 자아를 일깨운다. 제5연에서는 나의 안일한 자세를 일깨우는 자성의 소리가 내 부끄러운 양심을 압박해 온다. 지식인의 강박 관념을 표현한 것이다. 제6연은 현실에 안주하고자 하는 부끄러운 자아를 떼어놓고 새로운 이상의 세계로 가자는 것이다. '또 다른 고향에 가자'는 말은 시대적 상황으로 정신적 고뇌를 겪고 있는 스스로를 구원하기 위해 새로운 세계(미래의 이상향)를 지향하는 것으로 볼 수 있다.

일반적인 해석은 이렇게 표현될 수 있으나, 백골 몰래 '가자'를 반복하는 시적 자아는 그 곳에 결코 갈 수 없음을 알고 있다. 인류가 원하는 원향에 가고자 하는 의욕과 소망은 있으나 그곳은 결코 갈 수 없는 곳이며, 그곳에 가는 날은 이 세상에서의 살이가 이미 끝나는 날임을 이 시의 시적 자아는 너무나 잘 알고 있다. 그러므로 '그 곳'은 현실을 벗어난 곳이지만 갈 수 없는 곳으로, 불안한 현실을 벗어나고 싶어하는 시적 자아의 지극히 소망적인 표현에 다름 아니다. 일제의 질곡을 벗어나고자 하는 소극적인 방법은 스스로에게 이곳을 벗어나자는 다짐 외에 달리 없을 터이다.

> 별 하나에 추억과
> 별 하나에 사랑과
> 별 하나에 쓸쓸함과
> 별 하나에 동경과
> 별 하나에 시와
> 별 하나에 어머니, 어머니,
>
> 어머님, 나는 별 하나에 아름다운 말 한 마디씩 불러 봅니다. 소학교 때 책상을 같이 했던 아이들의 이름과 패, 경, 옥, 이런 이국 소녀들의 이름과,

벌써 아기 어머니 된 계집애들의 이름과, 가난한 이웃 사람들의 이름과, 비둘기, 강아지, 토끼, 노새, 노루, '프랑시스 쟘', '라이너 마리아 릴케', 이런 시인의 이름을 불러 봅니다.

　　이네들은 너무나 멀리 있습니다
　　별이 아스라이 멀듯이.

　　어머님,
　　그리고 당신은 멀리 북간도에 계십니다.

　　나는 무엇인지 그리워
　　이 많은 별빛이 내린 언덕 위에
　　내 이름자를 써 보고,
　　흙으로 덮어 버리었습니다.

　　딴은 밤을 새워 우는 벌레는
　　부끄러운 이름을 슬퍼하는 까닭입니다.

　　그러나 겨울이 지나고 나의 별에도 봄이 오면,
　　무덤 위에 파란 잔디가 피어나듯이
　　내 이름자 묻힌 언덕 위에도
　　자랑처럼 풀이 무성할 거외다.
　　　　　　　　－<별 헤는 밤> 일부

　이 시는 타향에서 밤하늘을 쳐다보면서 아름다웠던 유년 시절을 회상하고, 갖가지 상념에 사로잡히는 것을 형상화했다. 여기서의 '별'은 회상의 매체이면서 동경하는 세계를 나타내고 있다. 지난날에의 그리움과 더 높은 내일의 이상을 노래한 시로, 후반부로 갈수록 확고한 신념과 믿음을 보여 주고 있다.

　밤하늘에 반짝이는 별을 바라보면서 시적 자아는 유년의 그리운 세계로 함몰해간다. 유년에의 꿈이 서려 있는 맑은 창공의 별을 바라보며, 맑고 밝은 세계를 지향하던 어린 날의 꿈과 우리의 원향인 어머니를 떠올린다. 언제나 우리의 고단한 몸을 품에 안아서 따뜻하게 감싸주실 어머니에 대한 그리움은 고향에 대한 그리움과 함께 오고, 그곳은 회상의 통로 입구에 있다. 아울러 떠오르는 정경은 초등학교 때의 광경이다. 가장 순수했고 근심이나 걱정이 없었던 유복한 유년이 그리움의 구심점으로 작용한다.

인용한 제4연은 별 하나씩에 상념들을 하나하나 대비시키며, 조금 느린 듯한 가락으로 차분하게 나열한다. 그러다가 제5연에서는 산문체로 바뀌면서 주마등이 스쳐가는 것처럼 빨라지는 상념이 하나하나 전개되고 있다. 이 부분에서 우리는 오히려 산문의 호흡이 더 빨라지는 경험을 하게 된다. 어릴 때의 친구들, 이웃 사람, 동화의 주인공, 프랑시스 잼이나 라이너 마리아 릴케와 같은 사람들의 공통점은 사소한 주변 사물들에 대한 애정을 갖고 있다는 점이다. 자연을 그리워하고, 자연을 사랑한 시인들은 그래서 동류로 묶였을 것이다. 그러나 이런 순수하고 아름다운 사람들은 너무나 먼 곳에 있다. 안타까움과 그리움이 교차하면서 품격 높은 서정의 세계를 열어간다.

제7연은 어머니를 그리워하면서 만날 수 없는 상황이 제시되고 있다. 멀기에 그리움의 깊이가 더해지고, 그리움은 안타까움을 동반하게 된다. 우리 민족이 많이 이주해가서 살게 된 곳에 계신 어머니. 여기서의 어머니는 조선의 어머니라는 의미를 안고 있다. 가족을 위해 머나먼 타국도 마다하지 않고 고생길에 나선 식민시대의 어머니들, 조선의 여인들에 대한 그리운 외침을 형상화한 구절이다. 개인적 체험이 민족적 체험으로 확대되는 경험을 하게 하는 표현이다.

제8연에 와서 시적 자아는 자신을 돌아보게 된다. 잃어버린 추억에 대한 그리움과 더불어 자신의 존재에 대한 자각을 드러내고 있다. 거기에는 자신에 대한 연민과 그 감정을 이기려는 갈등의 표현이 함께 하고 있다. 그래서 제9연의 풀벌레의 울음소리가 자신의 이름이 부끄러워서 운다고 동질감을 느끼게 되는 것이다. 풀벌레는 대부분 의성어로 된 이름이 많으므로 인간의 입장에서 보았을 때는 제 이름을 부르며 우는 격이 된다. 밤을 새워 우는 것은 자신의 이름자 역할을 제대로 하지 못한 데 대한 자책감이라고 보고 있는 것이다. 그러나 마지막 연에 가서야 자기 이름자를 지키지 못한 죄책감이 해결되는데, 죽음까지도 받아들일 마음의 자세가 그것이다. 지금은 부끄럽기 짝이 없고 외로운 생활이지만 봄이 오면, 즉 광복이 되면 자신의 죽음이 결코 헛되지 않으리라는 자각이다. 갈등을 일으키고 감상에 젖어 나약해지기 쉬운 시적 자아가 나지막하게 자신을 추스르는 모습이다.

이 시는 지난날에 대한 그리움과 내일에의 이상을 노래한 시로, 후반부에서 우리는 시적 자아의 확고한 신념을 읽을 수 있었다. 이 시를 격이 높은 시로 이끌어 주는 것은 지난날에의 회고가 아니라, 마지막 연에서 보는 바처럼 지난날의 그리움을 극복하고 확고한 삶을 살기로 다짐하는 부분이다. 안존하는 고향에서의 삶은 회상 속에 남겨두고 시적 자아는 다시금 세찬 현실에 맞부딪쳐 나가야 하는 것이다. 스스로에 대한 끊임없는 부끄러움은 확고한 의지로, 슬픔은 희망으로 극복하는 부분이다. 극복의 근저에는 고향에서의 삶과 어머니가 있음을 이미 보았다. 고향은 삶의 구심점이 되고 있음을 알 수 있다. 동주가 추구하는 고향은 인류의 원향이며, 그곳에로의 회귀의지가 시의 동력이 되고 있음이 확인되었다.

3. 나오기

이 글은 한국 현대시에 나타난 고향의식의 재정립을 위한 하나의 시도이다. 고향은 외압으로 인해 더욱 가기 힘든 곳이 될수록 현대인의 관념 속에 살아있는 시간으로 다가온다는 점이 논의되었다. 즉, 모태이면서 삶의 형성기의 중요한 곳이며, 미래를 꿈꾸는 공간이라는 점이 오늘을 사는 우리에게 고향이 환기하는 바이다. 그곳은 큰 다툼이나 이기심이 난무하지 않는 곳, 공동체적 삶의 중요성을 알고 있는 곳, 꿈을 키울 수 있는 곳, 세상에서의 갈등이나 번민이 치유될 수 있는 곳, 어머니와 동질적인 의미로 다가오는 곳 등의 의미를 지닌다.

그러면 우리에게 원초적인 공간인 고향을 잃었거나 다시 돌아가지 못하는 요인은 무엇이고, 문인들은 이러한 난관을 어떻게 극복했는가? 특히 일제 식민지 시대에 우리 문인들은 왜 진취적이지 못하고 고향찾기에 침잠하거나, 고향을 그리워하며 그곳으로 돌아가려는 작품을 많이 양산하게 되었는가?

현대인에게도 고향은 이미 너무 멀리 떠나와 있어서 돌아가기 힘든 원향의 공간 이미지로 남아 있다. 식민시대의 작가들이 느끼는 고향은 외압에 의해 다시는 돌아가기가 힘든 어머니의 품 속 같은 기억으로 남아 있는 곳이다. 이 글에서 논의한 내용을 간추리기로 하자.

먼저, 소월의 고향은 두 몸이 김매며 살았던 초라하지만 마음이 풍족한 고향이다. 우리 농촌 어디서나 볼 수 있을 것 같은 지어미와 지아비의 일 하는 모습이 제시되고 있는데, 그러한 단란한 가정생활을 지금은 할 수 없고 갈 수 없기에 귀한 가치가 되어버린 노동의 현장이다. 고향 마을이 심신에 주는 안정감은 세상의 각박함을 싸안을 수 있을 것 같은 힘의 원동력이 되기도 한다. 소월의 고향도 자신들의 살이의 어려움이나 이웃의 아픔을 감싸안는 너그러움과 화해로운 삶이 가능한 공간이어서, 상처를 지닌 사람들을 치유해주는 장의 역할도 한다. 국토를 잃고 떠도는 사람들의 귀환 의지를 소월의 시에서 확인할 수 있었다.

정지용의 고향은 원초적인 고향에 대한 회귀의지이며 낙원의식이라고 할 수 있다. 어느 시대에도 존재하지 않을 것 같은 고향의 '재귀'를 <향수>가 드러냈고, 이는 인간의 원초적 고향에 대한 그리움의 표현이라고 할 수 있다. 지용은 식민지 시대 지식인의 전형적인 인물로, 스스로 국토 회복에의 의지를 보이는 시를 쓰지는 않고 단지 기행시를 쓰면서 국토상실을 인정치 않는 소극적인 저항을 한 것으로 보인다. <고향>에서는 고즈란한 예전의 고향은 실재하지만 많은 성장을 거친 후에 시적 자아가 달라진 감각으로 고향을 바라보는 시선이다. 유년기의 꿈과 관련짓는다면, 고향에서의 그 꿈이 더 허망하고 붙잡기 어렵다는 직접적인 식민지 삶의 체험에서 오는 공허한 감상일 수도 있다. 지용의 이러한 고향 상실감은 개인적인 변화와 집단적, 시대적 상황이 복합된 데서 오는 것이라고 말할 수 있을 것이다.

윤동주의 고향은, 안존하는 고향에서의 삶은 회상 속에나 남겨두고 시적 자아는 다시금 세찬 현실에 맞부딪쳐 나가야 하는 현실로 제시되고 있다. 스스로에 대한 끊임없는 부끄러움은 확고한 의지로, 슬픔은 희망으로 극복해낸다. 그 극복의 근저에는 고향에서의 삶과 어머니가 있다. 고향은 삶의 구심점이 되고 있음을 알 수 있다. 동주가 추구하는 고향은 인류의 원향이며, 그곳에로의 회귀의지가 시의 동력이 되고 있음이 확인되었다.

본 논의를 진행하면서 다룬 시인 이외에 간략하게 30년대 시인들의 고향의식을 더 살피면서 논의를 맺기로 하자.

백석은 고향찾기의 일환으로 친족과의 화락한 삶의 모습, 우리의 민속이나 어릴 때의 놀이, 음식 등에 침잠해갔다. 이러한 탐구는 긍정적이게도 우리에게 시어의 확대와 30년대의 삶의 일단을 엿볼 수 있게 했다. 당대에도 이미 사라져 가는 놀이나 민속에의 집착은 그러한 풍속을 보존하려는 작가의 남다른 노력으로 이루어졌다

이용악의 고향에서의 삶은 궁핍 그 자체이다. 어려서부터 유이민의 체험을 한 그는, 그들의 삶에 많은 공감대를 형성했다. 고향은 가난과 폐허로 대변되는 궁핍한 곳이다. 어린 시절의 가난과 자신의 유민성, 그리고 도시에서의 가혹한 노동체험을 통해 그는 이웃들의 삶에 공감하고 일제의 수탈에 의해 황폐해진 고향을 시적 공간으로 설정했다. 많은 사람들이 고향을 버리고 새로운 삶을 찾아 국경을 넘다가 죽어간다는 사실을 통해 그는 고향의 피폐함을 드러내고 있다. 그는 고향을 어린 딸을 팔아야 할 정도로 파탄에 이른 공간으로 바라보고 있다. 이러한 고향의 모습은 전국적이며 우리 국토의 폐허 이미지로 남는다.

오장환은 고향에 대해 남다른 집착을 보인다. 비록 고향은 종가에 의해 지배당하는 보수적인 공간이지만 진보적이지 못한 고향에 대한 애착이 남다르다. 봉건적인 유교사회의 관습이 남아있는 고향의 보수성과 고향 사람들의 무기력, 양반들의 허위의식 등을 버려야 할 것으로 본 그는

이를 비판한다. 오장환은 보수성이 답답했던 것 같다. 고향마을에 발전이 없는 것도 양반인 체하는 몇몇의 위장된 봉건주의자 때문이라는 생각이 그것이다.

30년대의 시인들은 너나할 것 없이 고향을 그리는 시를 통해, 고향상실의식과 유랑의식이 지배적임을 알 수 있었다. 백석은 풍요로왔던 유년을 회상하면서 현재의 누추함을 이겨내는 힘으로 작용함을 알 수 있었고, 이용악은 황폐함 그 자체로 유년의 고향이 표현되었고 그래서 다시 떠나야 하는 곳으로, 오장환은 고향에서의 삶이 우리를 구제하리라는 희망을 갖고 있음을 알 수 있었다.

우리에게 고향이란 이념을 초월하는 곳이다. 그곳이 누추하든 화려하든간에 떠올리기만 하면 아늑하게 채색되는 색채를 지니고 있다. 어머니이면서, 어머니 이전의 원래적인 곳으로 우리의 고향은 남아 있다. 인류가 꿈꾸는 황금기의 상처받지 않은 대지로 고향공간은 현대인의 의식을 지배하고 있다.

한국문학의 근대적 인간

하병우*

1. 여는 말

일반적으로 인간이라는 개념을 간단하게 "인간은 만물의 영장이다."라는 의미를 부여할 수 있고, 더 쉽게 풀자면 Hans Erick Nossak의 "인간이란 자기 자신과 대화를 나눌 수 있다는 독특한 재능이 부여된 생물이다."라는 정의를 지적할 수가 있다. 문학평론가로서 나는 항상 자기 자신에 대해 노출하고 평가와 반성하는 자세를 갖고 있다. 그러나 가치판단으로 생각되는 것은 아니다. 한국문학에 내재된 근대적 작품에서 한 인간에 대한 평가와 또한 작가의 성격을 분석해 볼 경우가 있게 된다. 필자는 여기에서 세부적으로 인문과학 관계, 즉 문학작품에 따른 교양적인 의미가 내포된 부분을 실명하고자 한다.

어느 날 문학가와 종교가들이 '교회와 예술'이란 제목 아래 회합을 가졌다. 한 작가가 종교가들에게 "세상 사람들은 왜 당신들에게 묻지를 않고 우리에게 묻습니까?" 하고 질문을 했었다. 이에 종교가의 대답이 "당신네들이 우리보다 더 전력을 다하고 있다고 사람들이 믿고 있기 때문이겠지요."라는 이야기를 쓴 독일 노사크의 저서를 읽은 일이 생각이 난다. 오늘날의 문학에 있어서 근대적 인간사회 관계가 어떻게 형성되는지 생

---

*서울시 문화예술진흥자문위원

각해 볼 여지가 있는 것이다.

성경의 <욥>기는 신의 전능함을 나타내는 교훈시이다. <욥>기의 작가를 자기의 불행과 대결하는 고독한 인간일 것이다. 훌륭한 작품 중에는 순수한 자기 자신에 대한 인간성을 내재한 표현들이 솔직하게 내놓은 작가들도 있다. 그의 사색으로 몰아 넣는 인간, 자신의 고뇌를 당하게 되는 경우가 있다. 또 그 반면에 자기 능력을 자만하여 주장하는 문학 작가들이 독자들에게 얼만큼 대화속에서 책임감을 갖고 있는지가 문제시되고 있다. 성경에서 "지식은 교만하게 하며 사람은 덕을 세우나니" 하였거니와, 즉 우리들이 처해 있는 실용주의의 시대에서 문학의 존속을 합법화시키는 유일한 동기는 종교적 성질이라는 것을 생각해 볼 수가 있다. 또 문학이 시대 상황에서 자기 사명을 잘 이행하고 있는지.

그러나 오늘날의 시점에서 문학은 아직도 사명을 다하고 있음을 인간들은 인정하고 있다. 작품 속에 근대적 인간들의 기능이 독특한 능력을 부여받고 시대적 상황이 정확하게 묘사되는 것을 볼 때 참된 문학의 의미를 일면으로 엿볼 수가 있다. 작가들은 문학 세계에서 자기 자신과의 대화를 나누어 어떤 침묵을 체험하고 대자연과 속삭이는 고독한 심정을 이용하여 작품속에 근대성의 인간상을 묘사하고 싶은 감상적이고 '로맨틱'한 심정에 빠지는 것이다. 또한 글을 쓴다는 것이 어느 동정에 기대하고 싶지도 않고, 그것을 희구하지도 않으며, 그러한 인간사회의 체험은 한 때에 도저히 견디기가 어려운 일이라고 생각된다.

또 필자는 남다른 인생의 철학을 갖고 있는 것이다. 작가들이 갖고 있는 철학의 형태가 다르지만 모든 소설 속에서 나타낸 근대적 인간상이 근사치를 내포하고 있다. 또 문학은 인간들이 근대의 사회적 공동체와 조직을 탈피해 보려는 사상을 용서하지 않으며, 극단적으로 더 나아가서는 죽음에 대한 것들도 문학에서 빼어 놓아질 수 없는 것이다. 부정적인 문학의 사상을 부르는 사람들은 체제 속에서 자신의 구제를 희구하는 인간들, 즉 비문학적 방향에 기반을 두고 있다는 것을 알게 될 것이다. 또 작가들이 근대적 인간상을 쉽게 무시하고 있다는 인상을 주고 있지만,

이러한 관념은 근대의 집단적 범주에서 인간상을 탈피해 보려는 기도에 기인한 것으로 생각된다.

또 작가는 마음이 약하고 언제 오류를 범하게 될지 모른다. 그 작품의 왜곡된 인간상에 상처를 주는 것은 자기 자신에게 받는 것과 같다고 하겠다. 다른 의미에서 우리들이 근대에 와서 문학이 '종교적 인간'이란 모습이 형성되어 가는 경향이 다소 우리 주변에서 찾아 볼 수가 있다. 왜곡된 근대적 인간상을 구출하고 추상적 합리화의 시대를 극명하고자 하는 하나의 시도에서 온 결과가 아닌가 싶다.

2. 근대적 문학의 관점

문인들은 사회적 보장과 생활의 안전을 얻지 못하는 입장에 서 있는 사람이라는 극히 소박한 사실 감각에서 나온 것이다. 문학 세계 속에서 파묻쳐 작품과 씨름을 계속하고 있는 것이 또 근대 문학적 관점에서 착실한 시민임을 상상하게 되고, 무한한 자기 자신과 싸우고 노력하는 인간이란 '자유 문필가'라고도 말하고 싶다. 즉 '자유'라는 수식어가 사회적 측면에서 보면 무책임한 느낌이 들 때가 있다. 문학은 여가를 주지 않는다. 감상 속에서 시간을 희생시킨 다음에 얻어지는 결과가 오는 것이다. 근대문학의 편에 서서 문학의 범주 안에서 비평을 가하고 상대방에 대한 평가를 서슴없이 말하고 또한 결정적인 방법으로 정확하게 불평을 주는 것은 작가의 자세이며, 글을 쓰고 학문을 연구하는 자의 행위 중에서 가장 중요한 동기와 이유인 것이다. 때로는 근대 사회인들에게 오해를 받을 경우와 근대적 인간관계가 나빠지는 경우도 있는 것이다. 문학평론가들은 당당하게 문학이 필수적이며 중요한 존재임을 부르짖는다. 작가들은 책을 한 권 쓸 때마다 그 중요한 문학성을 제시하려고 노력하며 그 증거를 위해 몹시 애를 쓰고 있지만, 한 때는 찾지 못해 방황하고 자기 작품을 경멸하여 아무런 의미가 없는 단계에 도달하게 마는 것이다.

그 반면 성공한 작품을 만든 작가는 다행이지만 실패를 거듭한 작가의 위치란 문학적 관점에서 보면 안타깝게도 연약하고 애매한 것이 보이며 연민의 정을 느끼게 된다. 또한 작가의 반응은 연상에 있으며 사고방식은 완전 논리적이 아니지만 유추적 방식을 겸비한 점이 중요한 것이다. 문학의 작가들은 때로는 일반인들이 상상할 수 없는 비문학적인 반응을 연출하게 하는 심리를 갖고 있다. 어느 학문에 휩쓸려 가는 문제를 안고 있음을 알 수가 있다. 작가들이 올바르게 표현하고자 하는 노력은 학자들이나 문학작가나 별다른 느낌을 주지 않는 것이다.

작가들이 문학에서 볼 때 증거적인 이론이나 개념적인 면에서는 좀 미약한 것은 사실이다. 그러나 그 반면에 작가들은 사물에 대하여 섬세하고 정확성이 있는 표현의 언어를 구사할 수 있는 능력을 갖고 있다. 또 소설가나 시인들이나 모두 그 작품속에서 자기의 욕심과 자기의 분수에 넘친 야망, 자기의 지식을 과대 과시하려는 심정에서 헤어나지 못한 근대성에 기인된 순수성이 없으며 불안전한 작품밖에 만들 수가 없는 것이다. 독일의 노사크는 "소설 속에 지식으로써 혹은 배운 것으로써 펼쳐져 있는 것은 기껏해야 시대적 현상으로서 흥미를 끌뿐 곧 역사에 의해 능가당하고 말 것이며, 작가가 한 소설을 쓰거나 희곡을 쓸 때엔 그의 모든 지식을 내던져 버림으로써 잊어 버려야 한다. 축적된 지식은 그에겐 명백한 배경 이외의 아무 것도 아니며, 그는 그 곳에서 나와 긴장된 자리로 나아가는 것이다. 책의 생생한 '시튜에이션'이 요구하면 작가는 실생활에 있어서와 마찬가지로 축적해 두었던 지식에서 통합한 물감을 꺼내 사용하는 것"이라고 했다.

더 나아가 종교적인 의미에서도 많은 시편과 후기 '유태'주의 문학 가운데서 '가난한 자'라는 말은 바로 이스라엘의 위안을 고대하고 있는, 마음이 열려 있는 자들을 지칭한 것이었다. 예수도 이 사용법을 알고 있었으며 또 그것을 받아들였다. 그러므로 복음서 중에 '가난한 자'라는 말이 나올 때는 즉각적으로 단지 경제적인 의미에서의 가난한 자라고 생각해서는 안 된다. 사실상 당시는 경제상의 빈궁과 종교상의 겸손 내지 신뢰는 바리새인들의 세련된 덕행과 그들의 정의의 실행과는 반대로 대체로 일치하는 것이다. 그러나 이것이 널리 퍼져 있는 상황이라면 근대적인 '빈과 부'에 대한 범위는 그 당시의 것으로는 전혀 옮겨질 수 없다는 것은 명백하다.

또 종교적인 고뇌는 그 세계에서만 표현할 수 있는 격노한 계몽적인 의미를 주는 경의를 표하는 고귀한 것으로 되는 것이다. 작가들은 자기 생각이 그와 같다고 하더라도 인간적 사회에서의 지위가 연약하고 자기 심정에서 의심케 하는 경우를 체험하게 된다고 하겠다. 또 근대적 문학의 관점에서 작가는 학문적 증거로써 가르친다는 것이 아니며 그러한 능력이 없는 것이다. 인생사에서 가르치는 능력이 있으며 그 저서에 대해 책임을 다 할 수 있고 근대 인생의 지침을 글로써 전달하게 하는 큰 힘이 있다고 하겠다. 그에 반하여 작가는 임무를 지켜야 할 직분의 의식에서 최선을 다하여 작품활동에 노력하여야 한다. 작가는 자기 사고방식이 어떤 사물의 연상에서 오는 반응이며 개념에서 온 것이 아님을 잘 알 수 있다. 어떤 때에는 자기 모순에 빠지고 마는 경우가 있다. 근대적 사회에서 소위 우리 작품들이라고 하는 것이 우리가 객관적으로 판단하고 음미할 수 있는 것을 아주 간단하게 발견한다.

작품을 쓰기 전에 많은 독자들을 염두에 두어 필을 든다. 그러나 창조적인 작가는 일개체의 독자를 의식하고 쓰게 된다. 즉 복수어와 단수어의, 인간과 수자의 차이가 있을 따름이다. 문학은 순수한 인간의 생에 대한 표출에 기인하고 근대적 문학관에서 자기 자신을 표현하고 다른 객관화시키는 의도가 있음을 말하고 싶다. 작가가 때로는 근대적 인간에 대하여 오류를 범하고 착각을 일으키는 경우가 있다. 문학을 통하여 용서와 이해를 받아 볼까 하는 노력을 경주하는 것을 볼 때가 있다.

또 작가는 무척 구상속에도 '모럴'이란 '프로테스트'에서의 보람이 가슴속에 깊이 파묻혀 있다고 하겠다. 즉 동성간에는 이해하고 이성간에는 사랑으로 대하는 근대적 인간관계를 내세워 모든 문제를 해결하려는 인간 그 자체만으로 위하고 더 나아가서는 제작하는 모럴리스트들의 마음

속에 깃들어 있는 심리를 엿볼 수가 있다. Hans Erick Nossack가 이러한 문제들에 있어서 문학이라는 이름에 합당하는 문학, 더 정확하게 말하면 모든 예술작품과 책은 항상 혁명적인 행위라는 점이 고려되지 않고 있다. 근본적으로 진화의 형태로 발전해 나가는 과학과는 아주 반대로, 문학은 항상 새로 시작하는 것이지 결코 계속되는 것이 아니라고 했다. 근대적 문학에서 벗어나서 카테고리니 앙가주망하는 견지가 우리에게 주어진 개념을 좀 정확성이 희박하게 하고 또 불필요성을 얻게 된다.

문학으로서는 범주에서 본질적으로 타당성이 명백하여 근대적 사회참여 의식을 가지게 되고 문학의 어떤 면에서도 혁명적인 작용이 형성되어 가는 것을 느끼게 된다. 작가는 세상을 보는 평가와 비평들의 정확성이 문제시되고 있는 것이다. 그 판단의 사교적이 존재하게 되는 것이며 또 시대의 변화에 따라 그 보는 사고력과 판단력이 달라진다는 것을 볼 수 있다. 근대적 문학의 관점에서 어떤 사물에 대해 견유주의(犬儒主義)적이라 할 지라도 커다란 무리가 되지 않는다고 생각되며, 성스러운 진리는 근대의 어느 사회와 종교에서도 통용되는 것이며 종교 단체는 특수하니까 사회문화와 다른 비윤리적인 행위가 용납되고 일반적인 관습이 허용되어 인간 사회에서도 볼 수가 없는 인간관계의 약속을 지키지 않고 저버려도 된다는 태도는 마땅히 지탄을 받아야 할 것이다.

문학은 의로운 사람들에게 당연히 존립할 수 있는 것이며, 작가는 인간관계에서 보여 주는 아름다운 예술적이고 낭만적인 철학관을 마음속에 깊이 간직하게 될 것이다. 작가가 사람들에게 문예 지식을 잘 전달하는데 최선을 다하겠다는 결심이 선행되어야 할 것이다. 또 틀에 박은 생활에서 벗어나려고 온갖 몸부림을 치고 있으며 광범위한 정서적인 저술을 엮어 볼 의도를 갖고 미래로 향하고 있는 것이다.

3. 근대적 인간관계

인간의 생활을 보기로서 내세우기는 어려우나 말할 수 있는 것은 행동의 법칙뿐이다. 거기에는 비교를 가능케 할 만한 압도적인 유사성이 엿보인다고 Sir Cedric Sranton Hicks가 말했다. 근대적 인간이 과학적이나 문학적이나 모두 할 것 없이 우리 몸 안에 시계처럼 돌아가는 근거적인 형태에서 벗어나지 못하고 제도적인 형태로 신앙을 고정화하면 신앙에 불가결한 능동적인 성격을 악화시키며 때로는 마지막으로 쇠퇴를 가져오기도 한다. 또 근대적 인간 삶의 방식에서 상식선의 윤리가 허물어지는 시대를 바라보고 있는 이 현실을 우리들이 체험할수록 생존을 위해 위선적 인간들이 판친다. 이 시대의 근대적 인간의 삶을 바라보는 작가의 시선도 자연 위선적 인간에게 향하기 마련이다.

인간이 성장함에 따라 근대적 인생을 더 깊이 경험하게 될 때, 어떤 내적인 세계를 소유하고 있는 한 외적 변화, 즉 '문화의 진보'에 의해 추진되는 것이 아니라는 사실을 발견하게 된다. 근대적 인간은 오히려 자신이 이전에 있던 자리에 있다는 것을 알게 되며 선조들이 추구했던 힘을 자기도 추구하고 있다는 것을 지각하지 않을 수 없게 된다. 더 나아가서 근대적 인간은 신앙에 기초한 인식의 결과로서 생기는 바가 실로 강력한 것이다.

또 항시 근대적 인간의 내적인 발전과 주관적 이성의 척도에 따라 실제 다르게 되는 것이다. 유아성은 인간의 가장 본질적이며 불가결한 것이며 가장 고상한 의미에서 근대적으로 인간다운 특징의 하나가 된다. 프리드리히 쉴러는 "인간은 놀고 있을 때만 진실한 인간이다."라 했고, 니체는 "본래의 인간에게는 놀고 싶어하는 어린이가 숨겨져 있다." 또 "인간이 생각하고 있는 것은 대체로 틀려 있으나 알고 있는 것은 옳은 것이다." 이와 같이 인식론으로서는 무책임한 이 명제는 모든 인간의 지식 또는 지식이라는 것의 모든 발전 과정을 훌륭하게 요약한 표현이라 할 수 있다. 성경에도 "지혜에는 아이가 되지 말고 악에는 어린아이가 되라. 지혜에 장성한 사람이 되라."는 근대적 인간관계를 의미하게 된다.

마르크스(Marx)는 "객관적으로 형성된 인간의 본질 자원을 통해서만 인간의 주관적 감각이 풍부해질 수 있으며 음악을 아는 귀, 아름다운 형태를 볼 줄 아는 눈, 짧게 말해서 때로는 훈련되고 때로는 창작되면서 비로소 근대적 인간적인 향유와 감각이 가능해질 수 있는 것이다.”고 했다. 그 공간 속에서 모든 인간은 그 세계와 대결하고 그 공간 속에서 특수한 세계상을 형성한다. 그래서 우리들은 여러 시인들의 세계상을 말할 수 있는 것이며, 그 철학적인 내면을 통한 세계상도 서로 매우 이질적일 수 있고 또 그것이 곧 하나의 공간 속에 있을 수 있는 것이다. 즉 우리가 하나의 광범위한 언어의 세계관이라는 범주 속에 직관과 사유를 이룰 수가 있다.

문학의 중요한 결과는 팔고 사고할 수 없는 것, 그리고 다 써서 없애버릴 수 없는 것을 의식에 떠오르게 만들어 감각으로 느낄 수 있는 것으로 만드는 일이며, 따라서 문학은 우리들의 일상생활에서 필요로 하는 것 이상으로 더 냉철하고 진지한 마음을 필요로 하는 것이다. 작가도 그에 따르는 사상과 체험들이 자기 심정에서 어지럽게 만드는 문제에 사로잡히고 있는 경우가 허다하다. 모든 작품들의 근대적 인간 삶에 대한 묘사가 단순히 시대상의 반영에만 접근하려는 것임을 지적하고 싶다. 근대적 인간 본래성의 추구는 현실적 인생, 자연적 생태, 인간의 순수성을 표출하려는 의도가 우리들에게 주어진다. 농업을 하고 있던 우리의 조상은 먼 옛날부터 인간이나 동물의 배설물이나 수확한 뒤의 찌꺼기가 토양을 기름지게 하는 중요한 구실을 한다는 것을 알게 되고, 그것이 오로지 경험적인 지식을 주었지만 생태학적인 하나의 발견인 것이다. 인간은 자라나는 과정의 생활에서 얻어지는 경험사가 작품 속에 넣게 하는 큰 효과와 힘을 주게 된다.

그러나 작가들이 문학사를 연구하는 것이 다만 과거사에 몰두하는 것을 의미가 아니다. 사실 지난 체험사가 근대적 인간에 주는 것이 단순한 흥미에 지나지 않으며 그 위대성을 주는 것도 아니다. 작품은 역사적인 증거를 주는 학문적 연구자료가 될 수가 없다. 근대적 인간을 초월한 의미에서는 오류가 신을 믿는 한, 철학적 사변에 의해서가 아니라 예수의 삶과 죽음을 직시함에 의해, 그와 하나님의 영원한 일치를 느낌에 의해서 지향하고 예지하는 영원한 생명 확실성이 시간 내에서 그리고 시간을 영원한 생명의 확실성을 얻는 것이다. 오늘날 처음으로 개인 생명의 가치에 대한 신앙은 확립된다. '불사'의 확실성을 증명함으로 기초를 세우려는 모든 시도에 대한 "믿어라, 취행하라. 신들은 아무런 보증을 주지 않는다."고 말한 어떤 시인의 구절은 정당하다. 살아 계신 주와 영원한 생명에 대한 신앙은 하나님으로부터 생기는 자유의 행위인 것이다. 근대적 인간에게 주는 신념을 표현하려는 사상, 꿈, 고민을 주게 되는 현실성을 외면할 수가 없는 것이다. 또 지나간 일들이 옛이야기로만 돌릴 수 없는 것이다.

작가들은 항상 회상하는 과거사를 잊으려고 하는 의도를 작품 속에서 진행되는 과정으로 전개하고 있는 것을 가끔 볼 수가 있다. 작가들은 자기 작품 제작 활동이 곧 인생의 연장으로 느낄 때도 있는 것이다. 그리고 남다른 근대성에 따른 모순된 것을 자기도 모르게 자행하고 있는 것이다. 인간은 선택된 심리로써 얻어지는 결혼을 득하여 인생관을 이루어 살아가는 형상을 유지하고 있는 것을 엿볼 수가 있다. 인간이 살아가는 데 무서운 것은 권력도 아니요 폭력도 아니요 오직 그저 남처럼 먹지 못해 배고파 죽어 가는 것이 가장 서럽고 무서운 것이다. 근대적 인간이 생활 터전을 잃은 인간의 마음을, 失念을 달래는 마음씨의 허전함에 이겨내는 인간의 힘, 그 현실이 우리들의 근대적 인간에게 주는 방향을 제시하고 있다. 작가가 자기 생활의 터전인 작품 제작활동 속에서 우왕좌왕 헤매고 터전을 잃는다면 빛을 잃고 죽음을 당하는 것과 같다고 하겠다.

근대적 문학의 관점에서 인정할 수 없는 지나친 주관적 판단이나 더할 바 없는 친근감에서 생기는 공감을 이루게 되는 것을 알 수가 있다. 작가들은 작품들을 어느 장르보다 그 당대의 상황 인식에 사로잡히고 만다. 근대 인간의 기본적인 삶을 환경에 기인한 것이다. 환경의 오염으로 병들어 죽음의 조건을 강화하고 있으며 세상의 변화에 휘말리어 갈피를 잡지 못하고 시나 소설이 극복할 인식의 상황에만 뉘우치고 있다. 즉 요즈음 문학상에 논리된 하나의 생명시학적 의미를 우리에게 주게 된다. 인류는 자연과 근대적 인간관계에서 자연생태계의 파괴로 인하여 인간의 삶이 훼손되고 있는 이 근대적 상황 속에 도저히 견딜 수가 없는 시련을 겪게 된다. 인간의 결함으로 예상치 않는 전쟁을 일으키고 불상사가 일어나는 것이다.

또한 오늘날의 작품에서 작가의 단점을 숨기려고 하는 심리가 내포되어 있음을 말할 수가 있다. 작가가 독자들에 대한 임무를 회피하려는 결점도 가지고 있다. 근대적 인간의 희망은 이 세상의 도리, 지상의 고통이 따르고 기쁨을 주는 것이다. 그러나 이를 성취하기 위해서 못지 않은 강력하고 고통을 당하게 하는 동기가 되는 것이다. 희망은 실현되지 않고 실패하기도 한다. 이러한 현실을 근대적 인간들은 무한히 도전하고 순응하기도 한다. 그러나 근대적 인간의 희망은 우리들을 세상으로부터 이끌어 올리며 작은 일은 작게 큰 일은 크게 생각하고 시간적인 것과 영원한 것을 구별하도록 가르쳐 주는 가장 위대한 지표가 되기도 한다.

4. 근대성의 창조적 문학

레크리에이션이란 것은 한가하다는 것과는 완전히 다른 것으로, 문학 장르를 전에 오락문학이라고 불리던 것과 혼동해서는 안 될 것이다. 물론 레크리에이션이란 용어가 사전에는 두 가지의 뜻을 나타내고 있다. Re'creation과 Recreation은 발음에 있어 서로 그 뜻이 다르다. 전자의 Re'creation은 재창조·재생 새롭게 만든다는 것이며, 후자의 Recreation은 여가선용, 기분전환, 위안, 오락, 취미 등의 뜻을 갖고 있다. 그런데 왜 Re'creation이라고 하지 않고 Recreation이라 하는가를 고찰하면 Recreation은 확실히 창조적인 것만은 사실이다. 그러나 실제 레크리에이션 활동에 참여하는 사람의 대부분은 그 동기에 있어서 창조적이든 아니든 간에 결과적인 것과는 상관없이 새로운 취미활동을 즐긴다든가 또 고된 생활에서 심신을 위안한다는 데서 찾아볼 수가 있다.

문학적 창조에서 인간의 창조성의 존재는 인간의 독특한 기능이다. 생산 과정에서 각 시대적 발전의 물질적 현상은 근대적 인간의 창조력에 따르는 소재에 불과하다. 박영희는 물질의 생산 과정에서 창조력이 출현된 것보다도 사람의 창조적 기능에서 물질적 발전은 급속도로 되었다고 했다. 근대성의 창조적 문학은 현대과학에 있어서 기초문학이 반드시 수반되는 것이다. 현대문화와 문학에 많은 영향을 미치고 있는 방도, 신문·잡지 등에 발표되는 작품들을 지금에 와서 예술작품에는 두 말할 여지가 없다. 그에 우리 나라에서 가장 부응했던 새마을운동을 전개했던 사회계몽사상에 도전하는 이 현실은 우리 마음에 침투했던 장면을 연상케 했다. 즉 심훈의 농촌계몽운동으로 전개된 <상록수>에 비할 수가 있듯이 어민생활, 농촌생활을 담은 우리 가난의 현실을 탈피하고자 국민들에게 의식을 불어넣었던 근대성의 창조적 문학에 작품들이 새로운 바람을 일으켰던 때가 있었다.

> "하루 속히 지역 주민들과의 유대를 강화하고 근면, 자조, 협동하는 새마을정신을 불어넣어 자활의 의욕에 불타는 새마을을 만들어야겠다고 마음속으로 굳게굳게 다짐했다."

> "지성이면 감천이라 이제 그들은 잠에서 깨어났다. 그들의 얼굴에는 밝은 미소가 감돌고 그들의 걸음걸이는 활기가 넘쳐 흐른다."

> "우리 모드가 이 진리를 가슴속에 되새기며 소국근대화 과업의 완수를 위해 총화단결하여 근면, 자조, 협동의 새마을정신을 바탕으로 피땀 어린 노력을 아낌없이 쏟을 때 역사상 일찍이 없었던 비약적인 성장을 이룩하게 될 것임을 하루 속히 이룩되기를 염원하는 간절한 마음에서 우리 학교 새마을교육실천 사례를 소개하고자 한다. (도시 새마을교육의 선구자)-안효삼.

'75년도 교육자의 새마을 성공사례로 된 예술사회학적인, 즉 요즈음 소위 자유저술가들의 작품과 같은 비슷한 상투어로 서두가 시작되는 부분을 옮겨 본 것이다. 이런 것도 또한 한 시대에 해당되는 것이며 어느 누구의 힘으로 이루어지는 것이지만 조소적 논증으로 넘길 수는 없다. 또한 부정할 수도 없는 것이다. 근대 창조적 인간은 이 세계 속에서 고난을 경험했으리라 생각한다. "부자가 되자."는 슬로건을 내거는 이러한 점에 있어서 <상록수>가 밝혔던 문학활동에 있어서의 농촌계몽운동은 오늘날에도 사라지지 않고 재평가할 여지가 충분하다. 그 작품 속에 있듯이 이 나라의 청년들에게 슬픔을 극복해 나갈 용기와 의지를 길러주고 그 문학 속에서 그들이 지향할 이상적인 목표를 제시해 주었던 것이다.

영국의 Donne은 인습에 젖은 낭만적인 것의 지배에 반항하며 목가와 우화를 좋아하는 풍조에 반항했다. 시연, 정결, 용어, 문체 등의 그의 시는 전면에 걸쳐서 단호한 독창성을 한결 같이 찾아 볼 수 있었다. Donne은 항상 정열적인 시인이다.

O more than moon
Draw not up seas to drown me in thy sphere
Weep me not dead in thine arme, but forebean
To teach the sea what it way do too soon,

아 달보다 더욱
바다를 끌어 당겨서 내가 그대의 세계에서 익사치 않게 하시오
내가 그대의 품안에서 죽지 않는 것을 서러워 말고
찾아서 바다가 곧 할 수 있을 일을 가르치시오

바다로 떠나가며 애인과 작별을 하면서 거대한 해양을 끌어당기는 달은 생각하게 된다. 복잡한 은유 밑의 열정적인 pathos를 독자들은 분석할 수 있을 것이다. 또한 우리 나라의 자연을 대상으로 한 김광섭씨의 <흙>시법의 기초 부분을 그대로 살려 순수한 이념을 읊은 시상을 이야기할 수가 있다.

나는 산을 떠나 벽에 붙어 섰다.
아무것도 나지 않고 낡아가는 살결의 무늬는

굳어지며 속에 남은 부드러움은
억압된 채 만짐없이 차다한다.

미쟁이에 깎인 가아는 핏 줄은 끊긴 듯 이어
대지의 공감위에 입술 없이 마음을 대인다.

첫번 꿈에서 이탈된 마지 못할 인과로
예전 산 마루에 누운 추상의 정영을 그리며

매어 달려 합치려고 손을 내민다.
어서 벽은 무너지라 지표는 열리라.

하늘은 별을 더함인가 별들은 새롭고
길이 피어날 꽃을 뿌리에서 만남이여

때와 자리를 선각하고 피는 색채 본념은
태양을 조절하는 바람처럼 내게서 제한을 벗긴다.

출생을 기다리던 태동의 첫 아픔처럼
문득 충격된 감동에 놀라 벽은 무너지며

과거를 뉘우치던 부드러움은 터져서
원죄의 가슴에 솟은 한가닥 샘물로 간다.

그래도 벽은 자주 일어 선다.
벗어 나자 빛이 돋고 향기나서 산엔 하늘이 생긴다.

　기교상 특징을 든 것은 시에 통일이 없어도 좋다는 것을 변명하자는
것은 아니다. 현대시가 아무리 표면에 논리적 연결이 없다 할지라도 내
용적 통일만을 가져야 할 것이다. 현대파 시인은 이 내면적 통일을 감성
의 일관성에 의하여 형성하고 있다. 그는 유사한 이미지 또는 대조되는
이미지로 시의 한 절을 구성하되, 그 하나 하나가 가지고 있는 사전적
의미에 가치를 두는 것이 아니라 그것들이 만들어 내는 국면에서 자연스

럽게 우러나오는 감성에다 통일의 계기를 두어야 한다는 것은 일반적인 논리가 된다. 작가의 산물은 그의 내적 생명의 유형이다. 작품 이해는 작품의 전체를 인식함으로서 독자가 작가화한 최후 순간을 가리키고 문예학자가 이 근대적 문학세계 속의 한 시인으로써 재창조를 받았다고 하여도 과언이 아니다. 문예학의 시학적 내포성이 내재하고 있는 것이다.

문학에서 작품들의 현실적 창조자들에게 별로 관심이 없었고 현재도 이런 분야가 우리에게 친밀감을 주지 못하고 있음을 잘 알고 있다. 또한 예술적 사회학은 미학을 필요로 하는 해결할 난제들이 쌓여 있는 것이다. 레크리에이션 문학에 있어서는 어떤 작품의 사건 묘사가 전부 화제를 제공해 주는 재료를 제공하고 있다. 그렇기 때문에 레크리에이션 문학은 항상 사건의 상황 밖에 있는 것이다. 어떤 경우에는 레크리에이션을 체험하는 것이 아니고 레크리에이션에 관한 의견을 제시하고 있는 것이라고 했다. 또한 결코 '무엇'보다 '관해서'라는 말을 했으며, 독자나 듣는 사람에게 엄격한 의미를 내세우고 처리되는 현명한 말이 연결되는 것이다. 레크리에이션 문학이라는 장르에서 교육적 소설이나 수필적 성격을 띤 작품 뿐만 아니라 소비자 대중이 시적 작품이라고 받아들이고 최우수 작품으로 인정하게 되는 작품이 있다.

예술작품에 있어 자기 현실이라는 것은 결코 이룰 수 없는 것이다. 작가의 자기 현실에의 충돌, 근대적 인간에게 주장하고 있는 것이며, 어느 정치인에게 바라며 호소하는 것이 아니다. 다만 레크리에이션 문학가들에게 예술지상주의라고 경시받게 되는 것을 알 수가 있다. 예술과 예술적 창조는 결코 사회화할 수 없으며 다만 인간화할 수 있을 뿐이다. 예술가나 예술적 창조가 그 자체를 마치 직업인처럼 사회적 보호를 요구할 수 있는 사회적인 하나의 직업으로 인식하면 예술가와 작가가 가야 할 길을 탈선하게 될 것이다. 그에 따라서 문학작가는 이 사회의 테두리 안에서 레크리에이션 문학 작가로서 항상 하나의 안정된 개체를 잘 유지할 수도 있는 것이다.

5. 맺는 말

인간은 세계관에 자기 자신의 독특한 위치를 확보하려고 노력하고 자기에게 주어진 책임을 다하겠다는 의식을 가진 사람임을 알 수가 있다. 김태길씨는 "인간에 가장 중요한 것은 인간이며, 따라서 우리는 언제까지나 인간이기를 희구한다. 인간이 언제까지나 인간이기를 지속한다함은 인간으로서의 본질을 끝까지 지킨다는 뜻이 아닐 수 없으니, 인간으로서의 본질을 지킴은 우리들의 가장 절실한 요청이라 하겠다. 많은 사람들이 믿어 왔으며 오늘도 믿고 있듯이, 인간이 만물 가운데서 가장 존귀한 존재라면 인간이 그 본질을 지켜야 할 이유는 더욱 명백하다."고 했다. 또한 작가들이 결코 지나친 야만적 행동이 있는 것이 아니고 좀 보다 냉철하고 끈질기며 참으로 어떤 환상과 허영심에 사로잡히지 않고 자기 앞에 놓인 임무에 열중하는 인간들이라는 것을 알고 경악스럽기도 하고 무엇인가 잃어버린 허전한 느낌이 생긴다.

사실 우리 나라 민족은 인정이 많은 민족이라는 것을 옛날부터 전해 내려 온 것이며, 이 인간미가 오늘날에 근대적으로 크고 작은 인간 관계를 다양하게 형성되고 있다. 우리 민족은 문화의 예술 방면에도 다른 민족에 비해 탁월하다는 것이 잘 알려지고 있는 것이며, 우리 민족성에 뜨거운 감정이 넘쳐흐르고 있으며, 우리 민족의 기질 속에 타고난 강한 정열이 우리에게 슬기로운 도덕의 원천에 기인한 것이 아닌가 싶다. 더 나아가서 우리들에게 세련된 예술적 정서에서 온 근본적인 바탕이기도 하다.

작가는 정신적인 현상의 존재에 대한 평가하는 관점이 있을 것이다. 작가 자신의 다양한 고찰은 항상 다른 분야와 비교해 볼 때 근대적 문학의 입장에서 지나친 확고성과 방황하는 심리가 때로는 작가들에게 불안감을 주게 되는 경우가 생긴다. 오늘날에 만일 작가의 행동이 무책임했을 때는 역시 작품도 무책임한 것이며, 그때 언어를 지적할 수 있는데 그 속에는 최선을 다 하고 있지 않기 때문이다. 또한 작가 속에 성의를 불어넣지 않으면 따라서 독자들도 문학세계 속에 끌려 들어가지 않으려고 애를 쓴다. 독일의 노사크는 "창조적 인간은 훌륭한 솜씨와 순간 순간의 효과를 파악하는 직관력을 나타낼 그러한 상태에는 있지 않을 것"이라 했다. 상황과 문학에 대해 관심이 있기 때문에 그렇게 할 수 없는 것이다.

레크리에이션 문학의 작품을 창조하는 작가들은 공정한 방법이나 공정하지 못한 방법이든지 단순히 화제에 오르지 못하여 이 근대적 사회에서 각광을 받지 못한 무명의 창조적 작가에 지나지 않는 것이다. 그러나 사람마다 상이한 듯이 그 감정도 특출하고 독립되어 있다. 그의 색깔이 진하면 진할수록 예술 공감적인 진실성을 내포하게 되는 것이다. 순수하고 진실성이 있는 즉 창조적인 작품이 있다면 근대적 인간은 동일한 쾌락의 감정 속에서 아름다운 문학의 관념을 얻게 될 것이다.

그러나 형식에서는 항시 특별한 가치가 부여된다. 그리고 이 형식은 단체를 유지하기 위한 수단이므로 그것이 쓰이는 형식이 존재하는 사실의 가치는 부지불식간에 형식 자체로 옮아가며 또는 적어도 그러한 위험이 항시 존재한다. 그리고 형식의 유지는 그것을 억제하고 또 강제될 수 있기 때문에 내적 생명은 그것을 확실히 제어할 수 없고, 이 위험은 다시금 박차를 가하게 된다. 근대적 인간은 본래 자연의 정에 약한 심정을 안고 살아가는 것이며 근대적 인간의 미를 수반하는 생활 상태를 이어가는 보편적인 근대적 인간성을 발휘하고 있는 것이다. 이는 정에 호소하고 사념에 사로잡히고 온정하게 행동하는 태도가 인간과 인간사이에 밀접한 내면의 관계가 있음을 본다.

근대적 문학의 관점에서 볼 때에 '인간'이라거나 '근대 인간적'이라는 개념의 자체가 불신을 초래하는 경우가 생긴다. 정치가들까지도 그들의 비인간적인 정책을 정당화시키기 위해 근대적 인간성이란 언어를 비약시키고 왜곡시킨다. 작가들은 늘 사물을 접하면서 느끼고 묘사하며 자기 자신을 비평하는 결심을 부여받은 인간임을 생각하고 있는 것이다. 때로는 지나치게 근거를 주지 않고 작품을 제작하고 자만하여 오류를 범하는 착란이 생기게 된다. 변왕중의 장편소설인 <소멸의 의식>에서 문학은 문학을 예술로 부를 수 있게 하는 점, 예술이 될 수 있는 이유는 그것이 인간 심증의 미묘하고 정신적인 어떤 것, 밝혀 낼 수 없는 것 그것에 대한 지난 도전 때문이다. 그걸 포기하고 단순히 사물과 생활에 대한 집착하며 언어의 묘사에만 나열하여 주어진 뜻과 임무가 상실한다면 그것이 소멸하고 말 것이다. 문학과 작가의 원초적인 인간적 현상은 바로 우리들의 현실에서 근대적 인간의 승리와 패배, 인간의 희극과 비극, 인간의 삶과 죽음이란 작품 속에서 전개되는 것이 근대적 인간이란 범주내에서 왕성하게 형성되고 추구되어지고 있는 것을 볼 수가 있다. 또한 근대적 인간은 광대한 인생항로에서 자기 자신과도, 내부에서도 부단히 투쟁하고 노력을 기울이고 있는 것이다.

회원 저서 및 수상 소식

김봉군―1999   ≪문장기술론(공저)≫(개정 4판, 서울: 삼영사) 출간

1999   ≪한국문학과 인간상(공저)≫(서울: 새문사) 출간

1999   ≪작문의 원리와 실제(공저)≫(서울: 새문사) 출간

김효중―1998   ≪번역학≫ (대우학술총서 103, 서울: 민음사) 출간

≪한국현대시의 향연≫(대구: 대구효성가톨릭대학출판
부) 출간

1999   ≪언어학과 인문학(공저)≫(서울: 서울대출판부) 출간

≪실용국어(공저)≫(대구: 대구효성가톨릭대학출판부)
출간

문무학―1998   5인 시집 ≪보리밥 풋고추≫(서울: 고려원) 출간

1999.1   제11회 현대시조문학상 수상

1999   ≪문학사전(편)≫(이상사) 출간

1999   ≪무엇을 무엇으로 어떻게 짜고 써서 고치는가≫(한
음) 출간

박명용―1998.9   시집 ≪뒤돌아보기·江≫(새미출판사) 출간

1998.10   제7회 한국비평문학상 수상

1998.12   제35회 한국문학상 수상

1999.1   ≪창작의 실제(공저)≫(서울: 국학자료원) 출간

1999.8   ≪현대시 창작방법≫(서울: 국학자료원) 출간

박영만―1998.11   <순수문학> 소설 본상 수상

1999.5   영문시집 ≪The Sent of Flowers≫(한강출판사) 출간

	1999.5	영한 대역 시집 ≪별빛은 어디에나≫(서울: 문예사조사) 출간
	1999.6	<문학공간> 수필 본상 수상
소한진—	1999.6	정문(正文)문학상 수상
윤경수—	1998	≪圖解 조선조 소설의 신화적 분석≫(서울: 태학사) 출간
	1999	≪圖解 한국고소설의 동굴모티프 연구≫(서울: 태학사) 출간
이방원—	1999	시집 ≪지상의 행복≫(영하) 출간
이유식—	1999.9	설송(雪松)문학상 수상
이인복—	1998	≪막내딸의 혼인날≫(서울: 우진출판사) 출간
	1998.12	≪오늘도 저희 곁에 계시는 저희≫(서울: 우진출판사) 출간
	1999.3	≪타협 없는 복음생활≫(서울: 우진출판사) 출간
이정숙—	1999.5	≪한국현대소설연구≫(서울: 깊은샘) 출간
임금복—	1998.3	≪박상륭 소설 연구≫(서울: 국학자료원) 출간
임영천—	1998.2	≪세계 초대교회사≫(쿰란출판사) 출간
	1998.8	"한국 현대소설의 다성성과 기독교정신 연구"로 서울시립대학교에서 박사학위 취득
	1998.10	≪한국 현대소설과≫(서울: 국학자료원) 출간
	1998.11	조선대학교 인문과학대학 학장 취임
	1999.6	≪예루살렘 초대교회사≫(쿰란출판사) 출간
정순진—	1998	≪시창작 이론과 실제(공저)≫(서울: 시와시학사) 출간
	1999	≪창작의 실제(공저)≫(서울: 국학자료원) 출간
	1999	≪김기림(편저)≫(서울: 새미) 출간
채수영—	1999.3	≪시적 감수성과 정신변형≫(서울: 국학자료원) 출간
	1999.3	≪인간학과 시적 페러다임≫(서울: 국학자료원) 출간
	1999.3	≪현실인식과 시적 상상력≫(서울: 국학자료원) 출간

하길남―1998.10 ≪수필문학연구와 비평≫(도서출판 교음사) 출간
　　　　1998.12　경상남도 문화상(문학부문) 수상
　　　　1999.4　수필집 ≪사랑과 죽음의 상송≫(세손출판사) 출간
　　　　1999.4　시집 ≪생각 안에 너는 있고≫(세손출판사) 출간
　　　　1999.5　≪비평언어와 사상의 유희≫(세손출판사) 출간
한상렬―1998　≪한국현대수필 작가론≫(도서출판 서해) 출간
　　　　1998　≪현대수필 작가·작품론≫(도서출판 서해) 출간
　　　　1999　≪수필창작의 길라잡이≫(도서출판 서해) 출간
　　　　1999　≪문학과 인생의 여울에서≫(도서출판 서해) 출간
　　　　1999　≪인천문학사≫(도서출판 서해) 출간

편집 후기

▶ 한국문학비평가협회의 기관지 『문학비평』이 오랜 산고 끝에 드디어 첫선을 보이게 되었다. 한국문학의 현 상황을 진단해 보고 향후 지향점을 모색해 보려는 의도에서 특집 위주로 구성된 창간호는 <새 천년과 한국문학의 대응 방안>, <생태환경과 한국문학>, <1999년 전반기의 문제작과 비평>, <사이버문학과 탈장르의 현상>이라는 특집을 마련하여 이 의도를 달성하고자 했다. 그러나 많은 부분 회원들의 기대에 부응하지 못한 듯하여 부끄러움이 앞선다.

▶ 시작이 반이라고 했다. 이 말처럼 시작이 얼마나 어려운 일인가를 새삼 절감하게 된다. 창간호의 발간이 예정보다 늦어짐에 따라 오랫동안 원고를 묵히게 된 필자 여러분께 우선 양해를 구하고 싶다. 아울러 편집위원회의 검토 결과 어쩔 수 없이 원고를 탈락시킬 수밖에 없었던 몇몇 분에게는 거듭 죄송하다는 말씀을 전하고 싶다.

▶ 본지는 문단이나 학계의 움직임을 항상 예의 주시하면서 그때그때 긴요한 문제점 등을 포착하고 독자 여러분과 함께 논의할 공동의 광장이 되고 싶다. 본지의 이러한 취지가 이번 창간호에는 제대로 반영되지 못한 것 같아 다소 아쉬움이 있다. '첫 술에 배부르냐'는 속담이 있듯이 보다 나은 다음호를 만들 것을 약속드리며 조심스럽게 발을 옮기고 싶다.

▶ 한국문학비평가협회는 회비를 내지 않는 사람이 어느날 갑자기 얼

굴을 내밀어서도 안되고, 필요의 깃발을 위해 낯선 사람들이 우르르 회비를 내면서 회원을 주장하는 무질서의 잣대를 외면한다. 화합과 격려속에서 한국문학의 좌표를 설정하고 향도자의 길찾기를 위해 오직 땀을 흘릴 것이다.

▶ 앞으로 본지는 우리 시대가 요구하는 문학의 존재 양식이 어떤 것인가를 스스로 묻고 탐색하는 데 힘쓸 것이다. 많은 문학비평가들의 동참을 바란다.

전환기의 한국문학과 비평상황

인쇄일 초판 1쇄　1999년 10월 30일
　　　　　2쇄　2015년 08월 20일
발행일 초판 1쇄　1999년 11월 10일
　　　　　2쇄　2015년 08월 23일

지은이 이 인 복 외
발행인 정 찬 용
발행처 국학자료원
등록일 2006.113.02 제2007-12호

서울시 강동구 성내동 447-11 현영빌딩 2층
Tel : 442-4623~4 Fax : 442-4625
www. kookhak.co.kr
E- mail : kookhak2001@hanmail.net
ISBN 978-89-8206-437-1 *03810
가 격 13,000원

*저자와의 협의 하에 인지는 생략합니다.